KB261047

한백림 新무협 판타지 소설

천잠비룡포
Fantastic Oriental Heroes
天蠶飛龍袍

# 천잠비룡포 8

한백림 新무협 판타지 소설

초판 1쇄 찍은 날 § 2008년 7월 10일
초판 1쇄 펴낸 날 § 2008년 7월 18일

지은이 § 한백림
펴낸이 § 서경석

편집장 § 문혜영
편집책임 § 유경화
편집책임 § 정서진 · 최하나

펴낸곳 § 도서출판 청어람
등록번호 § 제1081-1-89호
등록일자 § 1999. 5. 31
어람번호 § 제2-1530호

주소 § 경기도 부천시 원미구 심곡2동 163-2 서경빌딩 3층
전화 § 032-656-4452  팩스 § 032-656-4453
http://www.chungeoram.com
E-mail § chungeorambook@hanmail.net

ⓒ 한백림, 2006

ISBN 978-89-251-1387-6 04810
ISBN 89-251-0108-4 (세트)

한백림 新무협 판타지 소설

# 천잠비룡포

Fantastic Oriental Heroes

天蠶飛龍袍

8 ■ 천적(天敵)

# 목차

天蠶飛龍袍

# 제25장 가면(假面)

신마맹은 참으로 특이한 문파다.

신화회와 요마련의 연합.

천신의 가면을 쓴 자들과 요마의 가면을 쓴 자들이 압도적인 무력을 자랑한다.

그들은 가면을 씀으로써 자신들의 근원을 찾는다고 믿는다.

제천대성은 말했다. 어차피 사람들은 그 얼굴 위에 가면을 쓰고 살아가는 법이라고.

다른 사람들이 모두 다 가면이라고 알고 있는 것은 더 이상 가면이 될 수 없다고.

사람은 맨얼굴 위에 결코 자기 자신의 진심을 다 표현하지 못한다고 했다.

사람들은 얼굴이 가려졌을 때야 비로소 마음 깊은 곳에 생각하는 모든 것을 있는 그대로 토해낼 수 있다고 하였다.

어쩌면 맞는 말인지도 모른다.

좋아도 좋다고 말하지 않을 때 우린 가면을 쓴다.

싫어도 싫다고 말하지 못할 때 우린 가면을 쓴다.

막상 얼굴이 가려지고 내가 누군지 상대가 모르면, 우리는 우리가 하고 싶은 말을 전부 다 할 수 있다. 나는 신마맹이 아니며 그 어떤 가면도 쓰고 있지 않지만, 또한 나는 살아가며 얼마나 많은 가면들을 보여주고 있을까.

신마맹의 힘은 그렇기에 강하고, 그렇기에 매력적이다.

그토록 사람을 잡아끄는 것이 있으므로 우리는 그들에게 두려움을 가진다. 팔황이 위험하다 말하는 것은 틀림없이 그들 모두가 그처럼 치명적인 마력을 가지고 있기 때문이리라.

한백무림서 미완<br>한백의 일기 中에서.

"이것이 태산이군요!"

강설영의 목소리엔 감탄이 묻어나고 있었다. 완만한 구릉지에 솟아 있으니 더 높고 거대해 보인다. 봉우리를 감싸고도는 하얀 구름이 동악대제(東嶽大帝), 산신의 입김과도 같았다.

"태산은 태산인데……."

궁무예가 입에서 하얀 연기를 내뿜으며 눈살을 찌푸렸다. 매캐한 연기는 장엄한 산정의 구름과 대비되어 더 독하고 탁해 보였다. 그걸 본 막아흔이 미간을 좁히며 물었다.

"태산이 뭐가 어떻다는 거요?"

궁무예는 곧바로 대답하지 않았다. 뜸을 들이듯 태산의 전경을 노려보며 혀를 차던 궁무예가 이내 고개를 설레설레 흔들며 입을 열었다.

“쯧쯧… 이 잡스런 기운이란…….”

“잡스런 기운이라고?”

막야흔이 태산을 돌아보며 의아하다는 듯 되물었다. 궁무에는 대답하지 않았다. 뭐가 그리도 마음에 안 드는지 연신 고개를 흔들고 있을 뿐이다. 그 대답은 대신 단운룡으로부터 나왔다.

“전장(戰場)이란 이야기다. 이건 꼭 불산 때 같군.”

단운룡은 태산을 보며 불산을 떠올렸다. 양무의를 만나고, 강설영을 만났던 곳. 수많은 군웅들이 창왕비전을 손에 넣겠다며 부나방처럼 몰려들었던 그 불산을 뜻함이었다.

“불산 때와 같다고요?”

“소상주도 느낄 수 있을 텐데. 저건 그냥 태산이 아니라 싸움터야.”

단운룡의 말에 강설영의 눈이 탐색의 눈으로 바뀌었다. 그녀도 느꼈다. 이내 그녀가 고개를 끄덕이며 말했다.

“그렇군요. 험악한 싸움터예요. 마치 불산처럼요.”

“쉽지 않을 것 같아. 그러니 소상주, 다시 한 번 묻겠어. 강행이야, 아니야?”

“선택하라고요?”

“그래. 소상주의 선택에 따른다. 진심이야.”

강설영의 손에 선택의 칼자루를 온전히 내맡긴 것이다. 생색을 내기 위한 연기라면 모를까, 그녀는 그의 눈에서 진짜 진심을 읽을 수 있었다.

“여기까지 왔는데, 당연히 강행이죠.”

　　　　　*　　　　　*　　　　　*

까앙! 콰직!

"으핫핫핫! 관성대제 흉내만 내는 줄 알았더니만 제법 하는구
나!!"

쇠스랑과 언월도가 부딪치며 불꽃을 튀겼다. 운장대도 관승
이 허리를 돌리며 육중한 청룡언월도를 비껴들었다. 그의 뒤로
불붙은 노송들이 검붉은 색깔의 춤을 추고 있었다.

"말이 많은 놈이로다!"

관승의 목소리는 언제나처럼 웅혼했다. 그가 텅, 하고 앞으로
한 발 나섰다. 지축이 흔들리는 듯한 굉장한 기세다. 하나, 팔계
저마는 미동도 하지 않았다. 비대한 몸집이 천 근이라도 되는
양 그 자리에 그대로 서 있을 뿐이다.

"관제 가면이 어울리겠다! 아니, 아니다! 혹시 그 붉은 얼굴은
이미 가면이 아닐까?"

팔계저마가 요란한 목소리로 소리쳤다. 차르르릉, 하며 상보
손금파 쇠사슬에 달린 고리들이 다시 한 번 흔들렸다.

"말장난은 이제 그만이다."

위잉!

관승의 청룡언월도가 무서운 속도로 뻗어나갔다. 팔계저마
의 쇠사슬이 청룡언월도와 부딪치며 굉음을 울렸다.

쩌엉! 차라라랑!

쇠사슬에 매달린 고리들이 미친 듯 요동쳤다.

팔계저마의 몸에 걸쳐진 금장 갑주가 당장이라도 떨어질 듯 흔들리고 있었다. 관승이 한 손으로 창대를 휘어잡고 빠르게 짓쳐들었다. 팔계저마가 요란한 목소리로 소리쳤다.

"덤벼오는 기세가 몹시도 거칠다!"

관승은 대꾸하지 않았다. 칠흑 같은 수염 위, 관승의 입술은 위엄있게 닫혀 있을 뿐이다.

위잉! 휘릭! 차라랑!

관승의 청룡언월도가 허공을 훑었다. 제대로 들어가는 줄 알았더니 어느새 팔계저마는 저 앞에 있다. 저토록 비대한 몸집으로 어찌 저렇게 허허로운 신법을 구사하는지 모르겠다. 팔계저마의 신법은 그야말로 허깨비와 같아, 어떻게 움직일지 좀처럼 종잡을 수가 없었다.

"캇!"

이번에는 팔계저마가 달려들었다. 달려드는 것도 바람 불어오듯 훅 끼쳐드는 느낌이다. 축지법 같다고나 할까.

쩌정!

두 사람의 병장기가 다시 한 번 부딪쳤다. 힘과 힘의 겨룸이다. 서로를 부숴 버리겠다는 듯, 일타 일타에 온몸의 힘을 다 실어내고 있었다.

'강하군!'

관승은 생각했다. 팔계저마의 무공은 대단하다. 경망되게 지껄이며 건성건성 쇠스랑을 휘두르는 것처럼 보이지만, 그 안에 감춰진 공력은 심후하기 짝이 없다. 진기의 강도는 바위와 같이 단단하고 그 밀도는 빈틈없는 그물처럼 촘촘하기만 하다. 정종의 심법이든 사마의 마공이든, 오랜 시간 필사적으로 연성한 내공이 틀림없었다.

"캇! 머리 굴리는 소리가 여기까지 들리겠다!"

위잉! 차라라랑!

관승의 언월도가 또다시 빗나갔다.

내공은 천 근의 무거움을 자랑하면서 도리어 신법은 깃털처럼 가벼웠다. 눈으로 보는 육중한 몸체와의 괴리감이 상당할 수밖에 없다. 백전으로 다져진 정심(貞心)이 없었더라면 크게 당황했으리라.

텅! 위잉!

언월도가 연신 허공을 갈라도 관승은 흔들리지 않았다.

'오래가지 못해.'

저 정도 몸을 저렇게 가볍게 움직이려면 그만큼 공력의 소모가 심할 수밖에 없다. 그뿐이 아니다. 자루까지 금속으로 만들어진 화려한 쇠스랑은 보기 드문 중병(重兵)이다. 제멋대로 걸친 금장 갑주도 결코 가벼워 보이진 않았다.

그 모든 것이 승부를 가르는 중대한 요인이 될 수 있다. 전설 속 요마의 내공이 마르지 않는 샘물과 같을지라도 저 정도 부담은 버텨내기 쉽지 않을 게다.

차르르릉!

물러나는 팔계저마를 쫓아 몸을 날렸다. 불길이 제법 일기 시작한 노송 숲으로부터 텁텁한 열기가 훅 끼쳐들었다. 타닥타닥, 떨어지는 불꽃 아래에서 팔계저마가 몸을 돌렸다. 이번에는 팔계저마 쪽의 반격이다. 팔계저마가 두 걸음 만에 관승의 눈앞까지 쇄도했다. 관승의 대응은 즉각적이었다. 조금도 당황하지 않은 채 허리를 틀며 청룡언월도를 내뻗는다.

쩌어엉!

두 중병의 충돌이 빚어낸 충격파는 실로 대단했다. 뭉클뭉클 솟아나던 검은 연기가 일순간에 바깥으로 밀려날 정도다. 관승이 어깨와 팔을 휘돌리며 위에서부터 아래로 청룡언월도를 내리찍었다. 꽝! 하고 막아내는 쇠스랑에 팔계저마의 두 발이 두 치나 땅 밑으로 파고들었다.

"캇!!"

팔계저마가 쇠스랑을 왼손으로 비껴들며 버텨내던 언월도를 흘려냈다. 날랜 몸놀림으로 두꺼운 허리를 비틀더니, 오른손으로 일장을 내쳐 온다. 관승이 청룡언월도를 거꾸로 돌리며 봉으로 일장을 막아냈다. 팔계저마가 그 반탄력을 이용, 멀찍이 몸을 튕겨냈다. 팔계 가면의 아래쪽으로부터 예의 요란한 목소리가 흘러나왔다.

"보통 괴물이 아니로다! 그렇다면 이건 어떨까!!"

일순, 팔계저마가 뒤쪽으로 한 바퀴 재주를 넘었다.

쇠스랑을 짧게 잡고, 자세를 낮추며 다리를 앞뒤로 길게 벌려 섰다. 팔계저마를 노려보던 관승의 두 눈으로 한줄기 이채가 깃들었다.

'변했다?'

차르르르룽!

자세만 달라진 것이 아니다. 이글거리는 불길을 앞에 두고 마주 선 팔계저마는 처음 보았을 때와 완전히 다른 자가 되어 있었다. 가면 밑으로 한줄기 나지막한 소리가 흘러나왔다. 관승의 눈이 놀라움으로 물들었다.

"크르르르르!"

거대한 범 한 마리가 으르렁거리는 소리 같았다. 자세도 그렇다. 범이 사냥감을 노리는 모양새였다.

텅!

박차고 뛰어든다. 그것은 쇠스랑을 휘두르는 사람이 아니라, 쇠스랑의 이빨을 송곳니로 지닌 한 마리 짐승이었다. 관승이 한 발 옆으로 움직이며 언월도를 내뻗었다. 쇠스랑 이빨들과 언월도가 부딪치며 요란한 소리를 냈다.

째재재쟁!

"큭!"

땅으로 내려서기 무섭게 자세를 낮추고 덤벼든다. 종전과 전혀 다른 초식, 전혀 다른 보법이었다. 관승이 언월도를 수직으로 세우며 찢어발길 기세로 짓쳐드는 이빨들을 막아냈다.

쩌정! 쩡!

정신이 없다. 아까의 신법이 날렵했다면, 이 신법은 이미 신법이라 부르기가 무색하다. 한 마리 범의 움직임과 같다. 난폭하게 쳐들어오는 것이 도통 막아내기가 어렵다. 반격의 실마리를 찾기가 힘들었다.

'게다가⋯⋯!'

진짜 문제는 따로 있었다.

관승은 연신 전해지는 충격 속에서 언월도가 망가지고 있음을 느낄 수 있었다. 한 발 한 발 뒤로 물러나며 힘을 모으고, 단숨에 강하게 내치면서 뒤쪽으로 몸을 날렸다. 사납게 짓쳐들던 팔계저마의 움직임이 멈추었다. 물러난 관승이 시선을 내려 언월도의 날을 훑었다.

느낀 대로다. 언월도의 날은 성치 않았다. 이가 빠진 것은 물론이요, 이리저리 균열이 가 있다. 쇠스랑과 부딪칠 때마다 손상을 받았다는 이야기다. 그것은 그만큼 상대의 병장기가 범상치 않다는 뜻이기도 했다.

'신병이기……!'

관승의 시선이 상대의 쇠스랑에 머물렀다. 화려한 금속 장식과 금색의 고리만 없다면 농가에서 밭을 갈 때 쓰는 쇠스랑 모양 그대로였다. 그야말로 기병이란 말이 어울린다. 저런 무기를 쓰는 자는 온 중원을 찾아도 몇 되지 않을 것이다. 대체 어떤 장인이 있어 저와 같은 기병을 당적하기 어려운 신병이기로 만들었는지 알 도리가 없었다.

"크르르르. 둔갑호형파(遁甲虎形杷)를 이만큼이나 버텨내다니, 과연 관제 흉내를 낼 만하구나! 하지만 그 위풍당당한 가짜 언월도는 더 이상 버티지 못할 거다. 크르르르르."

팔계저마가 뱃살을 출렁이더니, 다시 뒤쪽으로 한 바퀴 재주를 넘었다. 다시 자세가 바뀐다. 엉거주춤 선 자세로 어깨 높이에 수평으로 쇠스랑을 들었다. 또다시 전혀 다른 기파다. 둔갑 운운하더니 정말로 둔갑 요술이라도 펼친 것 같았다.

"둔갑웅형이다. 완전히 부서주겠다. 쿠오오오!"

콰직!

아무것도 없는 땅바닥에 쇠스랑을 내리찍더니 저돌적인 기세

로 달려오기 시작한다. 이번에 싸울 상대는 거대한 곰 한 마리
다. 관승은 깊이 숨을 들이쉬었다. 그의 전포가 터질 듯 부풀어
올랐다. 청룡언월도 자루를 쥔 손에 핏줄이 돋아났다. 일순간
땅을 박차고 마주 뛰어가는 그의 뒷모습은 백만 대군 적진에 홀
로 뛰어드는 장수의 형상 그대로였다.

차라라라랑!

팔계저마가 머리 위에서 단숨에 내리찍는 쇠스랑은 거대한
곰의 앞발과도 같았다. 관승은 청룡언월도를 사선으로 비껴서
내려쳤다. 언월도가 깨져도 상관없다는 식이다. 아무것도 두려
워하지 않는 듯했다.

꽈앙!

두 병장기의 충돌음은 화약에 의한 폭음에 가까웠다. 관승과
팔계저마의 발밑이 움푹 패었다. 팔계저마의 두 번째 일격이 이
어졌다. 마찬가지로 위에서 내리찍는 일격이다. 관승도 지지 않
는다. 순간에 언월도를 회수, 다시 사선으로 내려쳤다. 함께 내
려치는 두 중병이 또 한 번의 엄청난 폭음을 울렸다.

꽈광!

부풀어 오른 전포 자락에, 길게 기른 수염이 사방으로 뻗쳐
나갔다. 머리 위에 올렸던 옥관도 날아가 버렸다. 분노한 관제
형상이다. 팔계저마가 둔갑술을 펼치듯, 관승도 옛 진설의 관성
대제로 둔갑해 버린 듯했다.

"하아아압!"

관승의 청룡언월도가 무서운 기세를 품고 뻗어나갔다. 팔계
저마는 종전처럼 피하지 않았다. 두 다리를 땅에 박은 채 힘으

로 마주쳐 왔다. 아까와는 판이하게 다른 대응이다. 짧은 거리,
두 사람의 병장기가 불을 뿜었다.

꽝! 꽈광!

매캐한 연기도, 주변으로 옮겨 붙는 불꽃도 두 사람의 전장엔
근접조차 하지 못했다. 강력한 내공의 분출과 폭발이 주변 모든
것을 휩쓸었다. 땅바닥에 꽂힌 두 발 주위로 땅거죽이 쫙쫙 갈
라질 정도였다.

"쿠옷!"

꽈아아아아앙!

힘과 힘의 대결은 누구도 서로를 압도하지 못했지만, 상황의
급전은 다른 것에서부터 비롯된다. 병장기의 차이다. 금이 가던
청룡언월도가 그대로 깨져 버린 것이다.

촤악! 촤아악!

깨진 언월도 파편이 무서운 기세로 터져 나오며 두 사람의 몸
에 핏줄기를 만들었다. 관승의 전포가 팔뚝부터 찢어지고, 팔계
저마의 어깨에서 금장 보호대가 튕겨 나갔다.

핏물은 가슴에서도 배어 나왔다. 어느 한쪽이 아니라 두 사람
다다. 두 사람 모두 가슴 한복판의 옷이 쭉 찢어져 있다. 붉게
물들어가는 가슴 위로 제법 깊은 상처가 입을 벌리고 있었다.

"쿠오오! 아프다, 아파! 못해먹겠다!!"

팔계저마가 뒤로 물러나며 한 바퀴 재주를 넘었다. 이번에는
다시 처음의 팔계저마다. 짐승의 모양새가 사라지고, 애초에 싸
웠던 때 그대로의 기파가 흘러나오기 시작했다.

"괜한 짓을 했다, 괜한 짓을 했어. 약삭빠른 둔갑낭형으로 싸

울 것을, 미련한 웅형으로 맞섰구나. 그래도 가짜 관제의 가짜 언월도를 부숴 버렸으니 웅형의 힘은 역시나 천하제일이다. 가짜 관제야, 가짜 관제야. 언월도도 없는데 이제는 무엇으로 싸울 건가? 캇캇캇!"

언월대도의 칼날이 없지만 관승은 조금도 당황하지 않았다. 위엄이 가득 서린 눈빛으로 팔계저마를 노려보며 칼날 없는 언월도를 똑바로 겨누었다. 언월도는 이미 언월도가 아닌 한 자루 철봉에 불과했지만, 그 앞에 서려 있는 날카로움은 전혀 줄어들지 않았다. 내공의 칼날이 아무것도 없는 그 자리에 그대로 돋아나 있는 듯했다.

"어이쿠! 고집불통 가짜 관제는 포기를 모르는구나!"

팔계저마가 펄쩍 뛰며 요란하게 소리쳤다.

실로 기기묘묘한 자다.

관승은 일찍이 이런 상대를 만나본 적이 없었다. 진정한 무인이라 함은 강함에 맞는 무용과 지혜, 그리고 위엄이 있어야 하는 법이다. 한데 이 팔계저마는 백련연공 무인에 손색이 없는 무위를 갖추고 있으면서도 저잣거리 파락호처럼 경망되게 행동하며 괴이쩍은 언사를 서슴지 않는다. 사마(邪魔)의 무리임에 틀림이 없다. 아직까지는 알려지지 않았다고 하나, 언제고 세상을 어지럽히는 마인이 되리라.

"가짜 관제 주제에 무섭고도 무서운 눈빛이다! 카핫!!"

팔계저마가 달려든다. 쇠스랑 이빨 끝이 잔인하게 빛났다.

쩌엉! 쩌저저정!

두 사람의 병장기가 빠른 속도로 부딪쳤다. 일격 일격 주고받을 때마다 관승의 몸이 크게 흔들리고 있다.

밀린다? 아니다. 관승은 밀리지 않았다. 흔들리는 것은 팔계저마의 몸도 마찬가지다. 언월도에 칼날이 없어도 주조된 용의 머리가 곤봉 끝에 달린 추처럼 묵직하게 움직이며 쇠스랑의 예봉을 차단하고 있었다.

쩌엉! 꽝! 우지끈!

두 신장의 대결은 무시무시했다. 관승의 일격에 밀려 나간 쇠스랑 자루가 옆에 선 어린 소나무를 쳤다. 소나무 한 그루가 옆으로 넘어갔다. 화가 난 듯 휘두르는 쇠스랑에 이번엔 관승의 부러진 언월도가 옆에 있는 넓적한 바위를 쳤다. 바위 한가운데가 쩍 하고 갈라졌다. 휘두르는 일격마다 그만한 힘이 깃들었으니, 그야말로 일격필살이다. 일타만 허용해도 몸 한군데가 뻥하고 터져 나가 버릴 싸움이었다.

쩌엉! 차르르릉!

관승의 언월도 자루와 쇠스랑 이빨이 얽혀들었다. 두 사람의 얼굴이 마주 닿을 듯 가까워졌다. 꿈틀거리는 근육에 관승의 어깨가 커다랗게 부풀어 올랐다. 팔계저마도 마찬가지다. 비대한 몸집으로 결코 작지 않은 관승의 몸체를 짓누르겠다는 듯 온몸의 무게를 실어왔다.

"크읏!"

팔계저마도 말이 없다. 이것은 이제 내력 대결이다. 누구의 공력이 더 깊고 강한가를 겨루는 순간이었다. 본래부터 붉었던 관승의 얼굴이 더 붉게 달아올랐다. 가면 밑 팔계저마의 얼굴도 그와 같을 것이다. 투둑, 투둑 하며 관승의 전포가 찢어지고 있었다. 팔뚝과 몸체의 근육을 전포가 감당치 못하는 것이었다.

"캇!!"

차르릉! 쩌정!

먼저 움직인 것은 팔계저마 쪽이었다. 무지막지한 기세로 관승의 언월도를 비틀며 옆으로 몸을 날렸다. 연이은 충격에 두 사람의 내력까지 고스란히 받은 언월도다. 신병이기가 아니고서야 그런 힘을 감당할 리 만무하다. 결국 언월도 끝, 용머리 장식마저 부러져 버리고 말았다.

"만 년 묵은 산삼이라도 끓여 먹었는가! 보통 내공이 아니로다! 하지만 그 무쇠 몽둥이로는 이제 어쩌지 못할 것이다!!"

팔계저마가 뭉친 근육을 풀어보겠다는 듯 쇠스랑을 머리 위로 휘두르며 소리쳤다. 관승은 이제 정말 한 자루 철봉만을 들고 있는 상태였다. 하지만 관승의 기파는 조금도 줄어들지 않았다. 충만한 자신감에, 주변을 압도할 기세를 뿜고 있었다. 그뿐이 아니다. 전에 없던 여유까지 엿보이고 있다. 잔잔하게 일렁이는 기파가, 조용히 끓어오르는 눈빛이, 마치 미소라도 짓고 있는 듯했다. 작은 변화였다. 하지만 팔계저마는 둔중한 외모와 다르게 예민한 데가 있었다. 그 여유를 눈치 챈 팔계저마가 몸을 흔들며 호들갑을 떨었다.

"이놈! 관제 흉내를 낸다면서 설마하니 시간을 끌고 있었던 것인가!!!"

팔계저마가 고개를 홱 돌렸다.

한참 멀리에 철운거가 보인다. 당장 시야에서 사라질 정도로 먼 거리다. 신법을 펼쳐서 잡자면 순식간에 가서 잡을 수 있는 거리지만, 그의 앞에는 관승이 있다. 팔계저마가 발을 쿵쿵 구르며 호통을 쳤다.

"유명한 무장이라면서 고작 얄팍한 술수를 부리다니!! 울화통이 터져서 더 이상은 안 되겠다! 네놈을 당장 죽이고, 철운거를 박살 내리라!!"

"너는 결코 철운거를 건드리지 못할 것이다."

관승의 목소리는 하나의 선언과도 같았다.

팔계저마의 가면이 흠칫 흔들렸다. 그의 고개가 다른 쪽으로 돌아갔다. 그가 분통이 터진다는 목소리로 외쳤다.

"이놈! 일 대 일 일기토 승부에 병사까지 불렀구나! 가짜 관제야, 가짜 관제야! 부끄러운 줄 알아라!"

"무릇 장수라 함은 작전을 펼침에 있어 홀로 적진을 향해 돌진하기보다는 병사들과 함께 하는 것이 옳다. 하나, 지금 오는 이는 병사가 아니며 나의 친우이되, 또 하나의 장수일 뿐이다!"

"변명하지 말아라, 관제야! 관제는 그와 같지 않다!"

"잘 들어라, 가면의 괴인아."

관승이 철봉을 비껴 든다. 그가 웅혼한 목소리로 말을 이었다.

"또한 나는 관성대제가 아니다. 나는 관승. 언월대도를 쓰는 단 하나의 관승일 따름이다!"

관승이 땅을 박차고 팔계저마에게 뛰어들었다.

팔계저마가 뒤로 물러나며 황급히 쇠스랑을 휘둘렀다. 언월도는 칼날이 없는데도 더 무섭고 빠르다. 그것이 관승의 진정한 힘이다. 마치 싸우면서 더 강해진 듯한 느낌이었다.

쩌엉! 쩌정!

"크합!!"

팔계저마가 쇠스랑을 내려쳤다. 관승은 봉술의 달인처럼 철봉을 휘두르며 쇠스랑의 일격을 어렵지 않게 막아내고 있었다. 두 사람의 그림자가 빠르게 좁혀졌다 멀어진다. 진중하게 움직이며 철봉을 휘두르는 관승과 쇠스랑을 내리찍으며 휙휙 하늘을 나는 거구는 그것만으로도 하나의 장관이라 할 만했다.

"그 철봉까지도 부숴주마!!"

틈만 나면 소리를 지르는 팔계저마다.

관승은 그것이 허풍이 아님을 잘 알고 있었다.

관승의 신형이 훌쩍 뒤로 물러났다. 관승이 허리를 세우고 가슴을 펴더니 휘두르던 철봉을 한쪽으로 내던져 버렸다. 그가 뒤도 돌아보지 않은 채 오른손을 뒤쪽으로 쭉 내민다. 그가 깊고도 강렬한 목소리로 말했다.

"아우, 창을 빌려주게."

팔계저마의 신형이 우뚝 멈추었다. 가면 속 그의 눈이 관승의 뒤쪽으로 향했다. 거구의 남자가 거기에 있었다. 그가 등 뒤에 매달려 있던 창 한 자루를 던졌다.

휘익! 턱!

두텁고 풍성한 창술 장식이 달린 상창 한 자루가 날이의 관승의 손에 잡혀들었다. 관승이 그대로 창끝을 팔계저마에게로 향했다. 창날 밑을 감싼 붉은색 수술이 가볍게 흔들렸다. 그가 나직한 목소리로 말했다.

"이놈은 내가 맡는다."

뒤에 나타난 자.

방울만 한 호안을 빛내며 고개를 끄덕인다. 위왕호장 왕호저가 느릿느릿한 어투로 말했다.

"그럼 제가 철운거를 맡겠소이다."

커다랗다 못해 거대한 체구를 지닌 왕호저다. 강호에 재림한 고대 장수들의 향연이라고 할까. 관승, 왕호저, 그리고 팔계저마. 거구를 지닌 세 사람의 신형이 다시금 움직이기 시작한다. 서로를 향하여, 그리고 그들이 지닌 힘과 신념을 향하여.

불길이 치솟는 그곳.

그곳은 무림강호의 머나먼 동쪽, 천하제일 성산의 한가운데였다.

*　　　*　　　*

산불은 크게 번지지 않았다.

때마침 내려준 비 덕분이다. 불기둥에 검은 연기가 하늘 높이 올라가고 있었으나, 돌연 산 근처로 끄무레한 비구름이 몰려들더니 시원한 빗줄기를 쏟아낸 것이다.

맑았던 하늘에 내리는 비는 마치 동악대제 대신선의 조화와도 같았다. 한차례 쏟아 부어 불이 꺼지자 서서히 약해지는 빗줄기도 더더욱 그런 생각을 들게 만든다. 산을 보호하는 위대한 힘이 있어 큰 산불이 되지 않도록 막아낸 느낌이었다.

'관 형님……!'

산 중턱, 철운거를 어깨에 진 거구의 왕호저가 고개를 돌렸다. 가늘어진 빗방울이 부릅뜬 두 눈 위로 줄줄이 흘러내리고 있었다.

저 멀리 봉우리 사이로 옅어지고 있는 검은 연기가 보였다. 비바람 때문일까, 아니면 아직도 싸우고 있기 때문일까. 까마득한 숲이 연신 흔들리고 있었다.

"어디로… 가면 되겠소?"

왕호저가 느릿느릿 철운거에 대고 말했다. 철운거 흑색 철판 위로 빗물이 방울져 떨어지고 있다. 철운거로부터 나지막한 목소리가 흘러나왔다.

"여기서 동쪽이오."

"알겠소."

왕호저는 두 번 다시 묻지 않았다. 불패신룡 오기륭으로부터 그리하라는 명령이라도 받았던지, 양무의가 가자는 대로 발을 옮길 뿐이다.

한참을 말없이 산을 탔다. 빗줄기에 어둑해진 하늘이 점차 흑색 장막을 드리우기 시작한다. 노을빛 석양 한 번 구경할 기회도 없다. 어느새 밤이 된 것이다.

"여기서 기다려야 되겠소."

"좋소."

태산 중턱 어디쯤. 저 멀리 아래로 구불구불 계단과 중천문(中天門)이 보이는 걸 보면 아주 높이 올라오진 않았다. 전체 높이로 보았을 때 삼분지 이 정도라고 보면 될 것 같았다.

뻐꾹, 뻐꾹. 찌르르르르.

비가 그치고 산새들과 풀벌레 우는 소리가 들려오기 시작했

다. 왕호저의 신색은 평온했다. 관승에 대한 걱정 따윈 티끌만
큼도 안 하는 것 같았다. 안절부절못하는 것은 오히려 철운거
쪽이었다. 끼릭끼릭 하며 조금씩 바퀴를 굴리고 있는 것이 제자
리에 가만있지 못하는 사람의 모습 그 자체였다. 백가화에 대한
걱정 때문이었다. 결국 그 불안감을 못 참겠는지, 철운거 안에
서 가라앉은 목소리가 흘러나왔다.

“불산에도 오더니, 그렇게들 탐나시오? 내 보잘것없는 능력
이?”

왕호저는 곧바로 대답하지 않았다. 아니, 대답할 말을 못 찾
는 것처럼 보였다.

“내, 내가 대답할 수 있는 질문이 아, 아닌 것 같소.”

왕호저는 예의 그 느릿한 말투로 말까지 더듬으며 말했다. 무
공과 경신술은 날래기 그지없으면서 생각과 말은 다소 둔하다
는 느낌이다. 그런 이들이 없는 것은 아니다. 다른 것은 다 잘하
면서도 말을 잘 못하는 사람. 머리가 멍청해서가 아니라, 말로
표현하는 것이 애초부터 느린 사람들 말이다.

“불패신룡께서는 왔소?”

“아, 아직이오. 애초에 이곳에 온 것은 하북성에 볼일이 있어
서였소. 지척까지 왔다가 철운거의 소식을 알고 여기까지 온 것
이오.”

“하북성?”

“그, 그것이… 사실 난 하북 출신이오. 노모(老母)가 하북 구
현에 계셨는데, 참룡방에 모셔가기 위해서 왔었소.”

“노모를……!”

찌르르르르.

풀벌레 소리가 사각거리는 산바람 사이로 끼어든다. 조그만 동굴 안을 꽉 채운 왕호저와 철운거 위에 잠시 침묵이 내려앉고 있었다.

'불패신룡, 불패신룡……'

노모를 모셔갔다는 이야기는 불패신룡이란 인물의 인간됨을 보여주는 결정적인 대목이었다. 하북에까지 고수들을 보내 일개 무인의 노모를 모셔갔다는 것. 사려가 깊고 정(情)에 약하다. 하지만 이것은 달리 해석하여 큰 싸움이 임박했다는 뜻이기도 하다. 사천 구룡보에서 한참이나 먼 하북까지도 안전을 장담하지 못한다는 이야기다.

끼릭, 끼리릭.

철운거가 앞뒤로 미세하게 움직였다. 양무의가 생각을 이어갔다. 딱히 구룡보에 관심이 있어서가 아니다. 무슨 생각이라도 이어가지 않고서는 불안감을 가눌 길이 없는 까닭이었다.

'노모를 데려갔다면 보호할 장소가 있을 터. 적습을 막아낼 만한 본거지가 갖추어졌다는 뜻이렷다. 그렇게 근거지까지 갖추고 전쟁을 준비하는 이 시점에서 기어코 나를 영입하고자 한다. 그렇다면 이것은 단순한 고집인가, 그릇된 집착인가. 그도 아니라면 그 역시도 불패신룡이라는 인물의 인간됨을 드러내는 근본적인 특질이라는 것일까.'

끼리릭. 끼익.

조금씩 움직이던 철운거가 멈추었다. 철컥, 철컥 하는 금속성이 철운거 안에서 들려온다. 철컹 하는 소리와 함께 철운거의 뚜껑이 열렸다. 끼리리릭, 한줄기 기계음이 들리고 양무의의 얼굴이 드러났다. 왕호저가 천천히 고개를 돌려 양무의와 눈을 마주쳤다. 양무의가 고개를 숙이며 포권을 취하고는 입을 열었다.

"인사가 많이 늦었소. 내, 몇 번이나 도움을 받고도 고맙다는 이야기조차 못했구려."

양무의의 말에 왕호저는 왕방울만 한 눈을 한 바퀴 굴리며 고개를 갸웃거렸다. 아까처럼 대답할 말을 찾는 것이다.

"나, 나에게 감사를 표할 필요는 없소. 모두가 주군의 뜻이었소."

"이 정도까지 도움을 받았는데 아무런 보답도 해드리지 못한다면 그것은 사람 된 도리가 아닐 거요. 이것을 받으시오."

철컹.

잠금쇠가 열리는 소리다. 양무의가 철운거 안쪽에서 두 개의 철제 원통을 꺼내 들었다. 길이는 한 자 정도다. 두께는 거의 남자의 주먹만 하여 한눈에 보기에도 묵직해 보였다.

"이, 이것이 무엇이오?"

"그냥 받아서 챙겨두시오. 그대의 주군께 드리면 내 뜻을 헤아릴 수 있을 거요."

왕호저는 말재주가 없는 남자였다. 사양할 방법도 모르거니와, 흔쾌히 받는 법도 모른다. 미적미적 받아 든 그가 등 뒤에 매달린 커다란 행낭 안에 두 개의 철통을 쑤셔 넣었다. 그가 고개를 주억거리며 말했다.

"내, 내가 꼭 전해 드리겠소."

그게 다다. 양무의는 엷은 미소를 지어 보였다. 왕호저는 순수한 남자다. 참룡방은 이런 자들의 소굴일 게다. 이런 자들이 모여드는 곳, 그들의 제의는 참으로 유혹적이다. 당장이라도 손을 잡자, 양무의 쪽에서 말하고 싶을 정도였다.

'하지만 일단은…….'

아무리 마음이 동한다 해도 양무의는 이미 다른 결정을 내린 상태다.

다만 줄 것을 주었으니, 도움에 대한 보은은 충분할 것이다. 그렇게 생각하니 마음의 부담이 한결 가벼워지는 것을 느낀다.

'가화, 그대는 지금 괜찮은가……?'

다만 걱정인 것은 오직 백가화의 안위뿐이다.

그녀는 오지 않았다. 새롭게 나타난 그 막강한 무인들과의 교전에서 무사히 빠져나왔다면 진즉에 도착해 있어야 할 시간이었다.

시시각각 깊어가는 밤하늘 저편엔 아직도 남아 있는 비구름이 무겁기만 하다. 별빛 한줄기조차 내비치지 않는 칠흑 같은 밤이다. 양무의의 눈은 멀어지는 산새 울음소리와 함께 깊어가는 불안감으로 얼룩지고 있었다.


＊　　　＊　　　＊


동쪽 하늘이 어스름하게 밝아온다. 양쪽으로 높게 선 협곡 사이로 쌀쌀한 산바람이 새어들었다.

"헉!"

백가화가 정신을 차린 것은 진시(辰時) 초, 새벽바람이 산안개를 흩어낼 즈음이었다. 백가화가 땅바닥에 손을 짚고 천천히 굳어진 어깨를 들어 올렸다. 목과 어깨가 부서져 버린 듯 아팠다.

콱!

확 하고 위를 향해 고개가 젖혀진 것은 바로 그때였다. 머리카락이 잡힌 채 들어 올려진 것이다. 그녀의 눈이 놀라움과 고통으로 얼룩졌다.

"이제야 잡았다, 철혈의 마녀야."

새벽빛을 등지고 선 그자의 얼굴엔 그림자만 짙게 드리워져 있었다. 얼굴을 알아보지 못해도 누구인지는 알 수 있다. 이 말투, 이 목소리. 익숙한 자다. 바싹 마른 백가화의 입술로부터 한 줄기 침음성이 흘러나왔다.

"형산파…… 월성신장……!"

눈앞이 아직도 어둑어둑했다. 차차 밝아지는 그녀의 두 눈으로 잔인한 미소를 띤 보기 싫은 얼굴이 비쳐들었다.

"그래, 내가 네년의 얼굴을 잊지 못하는 것처럼 네년 역시 내 얼굴을 잊을 수가 없겠지. 오랜 한을 이제야 풀겠구나, 이 마녀야."

머리채를 휘어 잡힌 채 들어 올려진 얼굴이다. 그녀가 포기했다는 듯 두 눈을 감았다.

"그렇게 절망적인 표정을 지을 것까지는 없다. 당장 죽이진 않을 거니까."

그의 말이 끝나기 무섭게다.

그녀가 일순간 몸을 비틀며 허리춤으로 손을 뻗었다. 하지만 그녀의 손에 잡히는 것은 아무것도 없다. 그녀의 손가락이 딱

굳었다. 실수였다.

대가는 바로 돌아왔다.

"어딜!"

"컥!"

목줄기가 콱 막힌다. 그녀의 입에서 헛바람 들이켜는 소리가
새어 나왔다. 월성신장의 손아귀가 그녀의 얇은 목을 틀어쥔 것
이다.

'백룡창은……!'

머릿속이 안개라도 낀 것마냥 흐릿했다. 싸움의 충격이 아직
까지 남아 있는 것이다.

그렇다. 이제야 기억난다. 백룡창은 박살이 났었다. 만창회
주와 싸우면서.

손아귀에 백룡창이 잡혀들지 않은 것은 당연한 일이었다. 아
니, 등 뒤에 아무것도 매달려 있지 않다는 것은 굳이 손을 뻗어
보지 않아도 저절로 알 수 있는 일이었을 것이다.

"창 한 자루 없이 널브러져 있다니. 마녀의 오랜 죗값을 처벌
키 위해 동악대제 태산신군이 천신이라도 보내주셨는가! 누군
지는 몰라도 고맙기 그지없는 일이다. 크하하하하!"

월성신장의 웃음소리는 매우 컸다. 귓전에 대고 커다란 종이
라도 치는 것 같았다. 어찔어찔하나. 어떻게 방법이 없을까. 흩
어진 내력을 끌어올리고 팔꿈치와 손끝에 힘을 모았다.

"더 이상의 수작은 통하지 않는다!"

하지만 월성신장은 방심하지 않았다. 목줄기를 틀어쥔 채 잡
아챘던 머리카락을 놓고 견정혈을 꾹 찍어 눌렀다. 형산파 독문

의 점혈법이다. 어깨부터 오른팔 전체가 찌르르 아파오더니, 기껏 모았던 내공이 단숨에 모래처럼 흩어져 버렸다. 손가락을 움직이는 것조차 힘겨울 정도였다.

"내공을 제압하고 포박하라. 이년은 몹시도 위험한 마녀다. 이렇게 잡았다고는 하나 결코 가벼이 여겨서는 안 된다!"

월성신장이 그녀의 목줄기를 놓았다. 숨통이 트이는 듯했지만, 그저 숨을 쉴 수 있게 된 것 이외에는 나아진 것이 아무것도 없었다. 형산파 무인들이 우르르 몰려와 허리와 등의 혈도를 짚고 굵은 밧줄로 두 팔을 꽁꽁 묶어버린 것이다. 몸부림쳐도 소용없었다. 내공을 제압당하지 않았더라도 풀기가 어려웠을 만큼 튼튼한 밧줄이었다.

"일어나라! 마녀야!"

월성신장이 소리쳤다. 하지만 백가화는 제대로 일어날 수가 없었다. 지금껏 내공만으로 여기까지 버텨온 그녀다. 뼈대만 남았을 정도로 말라 버린 몸일지니, 내공이 없다면 보통의 여인들보다도 허약한 상태라고 해도 과언이 아니다. 게다가 두 팔까지 완전히 묶여 버렸으니 균형조차 잡기가 힘들었다.

"이년이!!"

월성신장의 눈썹이 꿈틀 치켜 올라갔다. 일어나지 못하는 그녀를 내려다보다가 냅다 그녀의 허리를 걷어차 버린다. 퍼억! 하는 소리가 만창회주와 격전을 치렀던 협곡 사이를 울렸다. 백가화의 퀭한 두 눈이 크게 부릅떠졌다.

"죽고 싶은가!"

그것으로 끝이 아니다. 월성신장이 성큼 다가와 다시금 백가

화의 머리채를 휘어잡았다. 참으려 했지만 도리가 없다. 백가화
의 입에서 어쩔 수 없는 신음성이 흘러나왔다.

"크윽……!"

"아프긴 아픈 모양이지? 악독한 마녀가 꼴도 좋구나!"

촤악!

그녀의 얼굴이 한쪽으로 획 돌아갔다. 월성신장이 그녀의 뺨
을 후려친 것이다. 입술이 터져 얇은 핏줄기가 흘러나왔다. 누
가 더 악독한지 모를 지경이었다.

"철운거는 어디 있나?"

백가화는 묵묵부답이었다. 촤악! 하고 그녀의 고개가 반대편
으로 돌아갔다. 이번엔 내공까지 담아서 때린 모양이다. 백가화
의 마른 얼굴이 퍼렇게 부어올랐다. 월성신장이 고개를 끄덕이
며 진득한 목소리로 말을 이었다.

"대답하지 않겠다는 뜻이렷다? 그래 봤자다. 난 오랫동안 네
연놈들을 쫓아왔지. 난 너희 연놈들을 잘 알아. 운거모사는 네
년을 버리지 못한다. 반드시 네년에게 오겠지. 네년을 잡은 이
상, 운거모사를 잡는 것은 시간문제일 뿐이다."

백가화의 표정은 변하지 않았다. 냉막한 얼굴, 그녀의 입에서
차가운 목소리가 흘러나왔다.

"뭔가 잘못 알고 있군."

"잘못 알고 있다고?"

"당신은 우릴 몰라. 모르니까 여태 잡지 못한 거지. 철운거는
오지 않아. 운거모사는 무지한 바보 따위에게 읽힐 만한 사람이
아니야."

콱!

월성신장이 그녀의 턱을 움켜잡았다.

"뚫린 입이라고 함부로 놀리는 것이 아니다."

백가화의 냉랭한 눈빛은 조금도 변함이 없다. 의연한 표정을 보고 있자면 그녀의 말이 맞겠다는 생각이 절로 들 정도다. 하지만 월성신장은 이내 흔들리던 마음을 다잡았다. 칼자루를 잡은 것은 그녀가 아니라 그였던 것이다. 그가 그녀의 턱을 놓으며 말했다.

"오지 않는다고? 그거야 두고 보면 알겠지."

"시간 낭비라니까."

백가화가 고저없는 목소리로 말했다. 뒤따라온 것은 가차없는 발길질이었다.

퍼억! 하는 소리와 함께 백가화가 새우처럼 허리를 꺾었다. 분노에 겨운 월성신장이 주먹을 쥐었다 폈다 하고 있었다. 옆에 시립해 있던 형산파 무인 몇몇이 그 광경을 보고 눈살을 찌푸렸다. 여인에게 하기엔 과한 손속이었기 때문이다. 그런 그들의 반응을 눈치 챈 월성신장이 고개를 획 돌리며 분노에 찬 목소리로 고함을 질렀다.

"그 표정들은 무엇이냐!"

눈살을 찌푸렸던 무인들이 표정을 감추기라도 하듯 고개를 푹 숙였다. 월성신장이 그중 한 명에게 성큼 걸어갔다. 그가 두 눈을 부라리며 소리쳤다.

"대답하라! 그 표정의 의미가 무엇인지!"

월성신장의 말은 거역할 수 없는 명령이었다. 대답을 하라는

데 안 할 도리가 없다. 무인이 기어들어 가는 목소리로 말했다.

"사, 상대는 힘을 잃은 여인입니다. 아무리……."

"갈!!"

월성신장이 무인의 말을 뚝 끊었다. 그가 붉게 달아오른 얼굴로 호통 치듯 말을 이었다.

"이년 때문에 형산파 무인이 몇 명이나 죽고 다쳤는지 모르고 하는 소리냐! 당장 찢어 죽여도 시원치 않을 마녀다!"

"시작한 게 어느 쪽이지?"

말을 받은 것은 백가화의 목소리였다. 월성신장이 몸을 돌려 백가화를 노려보며 소리쳤다.

"뭐라고?"

"남의 물건을 빼앗겠다며 강도들이 덤벼오면, 맞서 싸우지 않고 가만히 있을까?"

맞는 말이다. 백가화는 사실 처음부터 가해자가 아니라 피해자였다. 정곡을 찔린 월성신장의 얼굴이 붉으락푸르락하게 변했다. 그녀가 말을 이었다.

"사실 당신들도 알고 있잖아. 자신들이 떼강도와 같다는 것을. 잘못은 형산파가 먼저 한 거지. 당장 당신의 행동을 좀 보라고, 과연 형산파가 명문정파라고 할 수 있나."

백가화의 말은 백룡창 장날만큼이나 날카로웠다. 언제 이런 말솜씨를 숨겨놓고 있었나 싶을 정도다. 월성신장이 백가화의 앞에 섰다. 기어코 손을 치켜들며 내력을 모은다. 일그러진 얼굴 전체에 끔찍한 살의가 넘실대고 있었다.

"네년이 정말로 죽고 싶은 모양이구나……!"

하지만 월성신장은 일장을 내려치지 않았다. 죽고 싶냐 묻고는 퍼뜩 정신을 차린 듯 두 눈을 크게 뜨더니 한줄기 비웃음을 흘리며 입을 열었다.

"그렇군. 죽고 싶은 것이었어. 날 도발해서 죽음을 맞이할 생각이었나? 그렇겠지. 네년이 죽어버리면 철운거도 오지 않을 테니까. 운거모사와의 정분이 아무리 깊다고 해도 시체 한 구 찾고자 목숨을 걸지는 않을 거다. 그러나 철혈의 마녀야, 네년의 얄팍한 수법엔 넘어가지 않는다. 네년은 인질이 될 것이고, 운거모사는 불길에 날아드는 부나방처럼 목숨을 버리러 올 것이다."

월성신장이 확신에 찬 목소리로 말했다. 백가화의 두 눈 깊은 곳에 결국 절망의 빛이 새겨졌다. 하필이면 월성신장인가. 이런 자에게 농락을 당하느니 깨끗이 죽으려고 했더니, 그것마저도 요원해져 버렸다. 차라리 어제 만창회주에게 죽었더라면 이런 치욕을 당하지는 않았을 텐데. 그녀가 이를 갈며 씹는 듯한 어조로 입을 열었다.

"운거모사는 더 이상 혼자가 아니야. 그들이 온다면 당신들은 모두 목숨을 내놓아야 할 거다."

"크하하하! 철운거는 오지 않는다고 그렇게나 고집을 부리더니 그새 말이 달라졌군. 철혈의 마녀가 마침내 두려움을 느낀 것인가? 운거모사는 혼자가 아니라고? 네년이 말하는 게 그 덩치만 크고 무식한 장가 놈이라면 전혀 무서워할 게 못 된다. 남악천주부가 온 것은 이미 알고 있을 거다. 하지만 형산파에서 온 것은 그뿐만이 아니다. 이번엔 남악연화검까지 왔다. 남악연화검은 강하지. 근본도 출신도 모르는 장가 놈 따위는 일검에 죽일 수 있을 만큼!"

"남악연화검! 형산파도 썩을 만큼 썩었구나!"

"썩었다고? 그래, 이미 우린 오명을 썼다. 그럼 그만큼 얻는 게 있어야지. 빈손으론 못 간다, 이 말이다."

형산파는 명문대파로 알려지긴 했지만 강호를 대표하는 구대문파에는 꼽기 어렵다는 평가였다. 뛰어난 문파지만 어디까지나 구파의 아래란다. 호남 중남부에서는 어느 정도 성세를 구가한다지만 전 중원에는 내세우기 힘들다. 오랫동안 그 상태가 이어지니, 문파 내에서도 불만과 열등감이 팽배하게 된다. 급기야 파의 발전을 위해서는 수단과 방법을 가리지 않겠다는 강경파들이 득세하게 되니, 월성신장은 그 강경파들의 첨봉이라 할 것이다.

하지만 남악연화검은 다르다.

형산파가 그나마 강호 문파들 중에서 구대문파에 비견되는 명성을 쌓은 것은 위력이 뛰어난 무공들을 다수 보유하고 있기 때문이었다. 남악연화검은 그러한 형산파 전통 검법의 상징이다. 구파의 초고수들에 필적할 만한 명성과 기량을 지녔음은 물론, 뛰어난 인품까지 겸비하여 형산파를 이끌어갈 자존심이라 추앙받는 고수였다. 강경파, 온건파를 떠나 순수한 실력으로 온 천하에 승부를 걸 수 있는 인재라는 뜻이나.

그런 자까지 나섰다는 거다.

그것은 그만큼 절박하다는 반증이라 할 것이다. 그야말로 기호지세란 말이 어울리는 상황이었다. 결국 그렇게 오명을 짊어지고 갈 것이라면, 그에 상응하는 성과를 올려야만 한다는 말이다.

창왕비전에 그만한 가치가 있고 없고를 떠나서 이미 돌아오지 못할 강을 건넜다고 보는 게 옳을 게다. 남악연화검까지 투입한 것은 모든 것이 파국에 이르더라도 어떻게든 결착을 보겠다는 형산파의 군건한 의지를 단적으로 보여주는 대목이라 하겠다.

"오래가지 못할 것이다. 그런 행태로는."

"네년이 우리 문파의 장래까지 걱정해 줄 이유는 어디에도 없다. 우린 이미 네년을 잡았다. 아무도 잡지 못한 철혈마녀를 잡았단 말이지. 그리고 이젠 곧 철운거도 잡게 된다. 아니, 철운거는 부숴 버려야겠지. 그것만으로 충분하다. 그게 형산파와 척을 진 자들의 말로야. 누구도 형산파를 얕보지 못할 것이다."

월성신장의 두 눈엔 비틀린 정의와 위험한 집착만이 가득했다. 이미 그에겐 어떠한 말도 통하지 않는다. 옳고 그름 따위, 지금의 그에겐 통용되지 않는다. 그저 광기에 가까운 아집만이 그의 온 마음을 지배하고 있을 뿐이었던 것이다.


*　　　　*　　　　*


"들었지?"

"무엇을?"

"남악연화검."

"남악연화검?"

"구배검과 팔교검이 유명하지. 남악연화검은 형산파 검법 위에 자신만의 검기(劍技)로 가히 새로운 일가를 이루었다고 했다. 만창에게만 즐거움을 줄 수 있나. 나도 얻어가는 것이 있어야지.”

“간만에 흠검의 춤사위를 볼 수 있겠군. 한데…….”

“한데?”

“창왕의 후계자는 저렇게 놔둘 건가?”

“심하긴 하지만 우리가 끼어들 일이 아니지. 왜? 보기 싫다 이건가? 아니면 책임감이라도 느끼나?”

“저런 고초를 겪기엔 아까운 무인이다.”

“마음에 안 들면 직접 나서지 그래?”

“이런 일엔 흠검단주가 나서야지. 흠검단주는 대협이란 이야기가 련 내에 파다하던데.”

“대협? 웃기고들 앉았군.”

“한번 내려가 보거라. 흠검의 위용이나 한 번 봐야겠다.”

“싫다. 난 오직 검을 흠모하는 이다. 저런 잡놈 앞에서 검을 뽑을 바엔 내 머리를 쪼개고 말겠다.”

“핑계도 좋군.”

“핑계가 아니지. 하기야 저런 놈을 상대로 봉명단창을 뽑기는 싫을 거다. 그렇지 않나?”

“…….”

“자기가 시궁창에 뛰어들긴 싫으니 흠검을 부추긴다라……. 만창은 창신(槍神)이 아니라 약삭빠른 여우에 불과했군. 그거 괜찮다. 신량에게 말해야겠어.”

“아서라. 흠검과 만창의 전쟁을 보고 싶지 않다면.”

“왜? 겁나나? 흠검은 개의치 않는다. 어디 덤벼보시던지.”

“누가 흠검을 대협이라 했던가. 자네 말이 맞다. 다들 웃기고

들 앉은 거다."

무를 숭상하는 이들.

그들의 대화는 가벼웠지만 그 눈빛은 결코 가볍지 않다. 상대에 대한 격한 호승심이 당장이라도 뛰쳐나올 듯 두 눈 안에 꿈틀대고 있었다. 그저 당장 창검을 뽑지 못하는 것이 한스러울 뿐이라는 듯했다.

허공에서 부딪치던 그들의 눈이 다시 아래로 향했다.

협곡 위에 선 갈염과 능위다. 발밑 한참 밑으로 형산파 무인들이 이동을 시작한다. 밧줄에 묶인 백가화가 질질 끌려가듯 휘청휘청 발을 옮기고 있었다. 철운거를 맞이하기 위한 움직임이다. 갈염과 능위도 그들을 따라 땅을 박찬다. 산등성이로 밝아오는 하늘 끝이 격한 하루의 시작을 알리고 있었다.

＊      ＊      ＊

"이대로는 못 기다리겠소."

양무의의 인내심은 바닥이 났다. 백가화에 관련된 사안이기 때문이었다. 밤새도록 나타나지 않았으니 변고가 생긴 것이 틀림없다. 뭐라도 해야 했다.

"조금 더 도와주실 수 있겠소?"

지난밤을 뜬 눈으로 지새웠다. 백지장처럼 하얗게 질린 얼굴로 물어오는데, 왕호저는 그저 고개를 끄덕일 수밖에 없었다. 그가 커다란 행낭을 짊어졌다. 양무의가 철운거 안으로 고개를 집어넣었다. 그때였다. 왕호저가 움직임을 멈추었다. 그가 몸을 낮추며 속삭이는 목소리로 말했다.

"누, 누가 접근하고 있소."

양무의의 눈이 번쩍 빛났다. 백가화가 오고 있는 것인지도 모른다. 숨길 수 없는 기대감이 만면에 드러났다. 하지만 양무의의 눈은 이내 실망감으로 물들 수밖에 없었다. 그녀의 기척이 아니기 때문이었다. 그는 알 수 있었다. 이 발소리, 이 기파, 백가화의 것이 아니었다.

파사삭.

풀숲을 헤치고 다가오는 소리가 들렸다. 이 동굴로 직접 오고 있다. 마치 그 안에 그들이 있다는 것을 잘 알고 있는 느낌이었다.

'누구……?'

양무의의 시선이 왕호저에 이르렀다. 왕호저는 별반 긴장한 기색이 아니었다. 이유는 금세 알 수가 있었다. 왕호저가 잘 아는 사람이었기 때문이다.

"형님."

왕호저는 형님이라는 호칭을 썼다. 동굴 입구에 드리운 그림자는 길쭉했다. 호리호리한 체구, 등 뒤에 매달린 것은 한 자루 방편산이다. 양무의는 단숨에 그의 정체를 알아챌 수가 있었다.

"흑산군사……!"

"드디어 만났군. 그렇소. 내가 흑산군사 선찬이오."

대답하는 선찬의 이마엔 전에 없던 얇은 검상이 새겨져 있었다. 해남 장문인에게 입은 상처다. 양무의가 포권을 취하며 스스로의 이름을 밝혔다.

"양무의요."

"머리깨나 쓴다는 족속들에게 있어 그대의 이름은 최대의 관심사 중 하나일 거요. 도산검림 강호에서 무(武)를 겸비하지 못한 문(文)이 이름을 날리기란, 문을 지니지 못한 무보다 백배는 힘든 법이지. 몸까지 불편하여 이와 같은 기관에 의지하는 사람이 숱한 군웅들의 추격을 뿌리친다는 것은 실로 보통 일이 아니라오. 정말 대단하다 아니 말할 수 없소."

"과찬이오. 나 홀로 한 일이 아니니."

"조력자가 있다 해도 고작 하나 또는 둘. 쉽지 않은 줄타기요."

"그래서 이리 곤경에 처한 것 아니겠소."

"맞소. 그렇기에 그대에겐 더 많은 조력자가 필요하오."

선찬의 말은 단도직입적이었다. 마른 얼굴에 가느다란 미소가 떠올랐다. 그가 양무의를 똑바로 쳐다보며 말을 이었다.

"참룡방으로 오시오. 참룡방에 오면 이런 일은 겪지 않아도 되오."

양무의는 곧바로 대답하지 않았다. 대신 묻는다.

"…여긴 어떻게 찾아오셨소?"

동문서답 격인 질문이었다. 참룡방에 들어오라는 제안을 무시한 채 반문으로 받았지만, 선찬은 전혀 개의치 않는 것 같다. 그게 군사라는 족속이다. 선찬이 아무렇지 않은 어조로 대답했다.

"그냥 찾았소. 읽히더군."

"읽힌다니……."

"이 또한 그대가 직면한 곤경들 중 하나요. 그대는 지쳤소. 그대의 움직임엔 전과 같은 파격이 없소. 그러니까 찾아올 수 있었던 거요. 예상대로 있어야 할 곳에 있으니까 말이오."

양무의의 눈빛이 미세하게 흔들렸다.

흑산군사 선찬의 이야기는 치명적일 만큼 정곡을 찌르고 있었다. 그의 말마따나 양무의는 지쳤다. 예전만큼 날카롭고 과감한 지략을 펼치지 못하고 있다는 이야기다. 어제 했던 실수도 맥락을 같이한다. 물샐틈없던 움직임에 허점이 생기고 있는 것이다.

"군사께서 이렇게 찾아왔다는 이야기는……."

"그렇소. 당장 움직여야 한다는 말이오."

선찬에게 읽혔다는 것은 곧 다른 자들에게도 읽힐 수 있다는 뜻이다. 안 그래도 이곳을 벗어나려고 마음먹었던 바다. 더 이상 이곳에서 지체해선 안 되겠다. 곧바로 이동해야만 했다.

"하지만……."

양무의의 짧은 한마디.

선찬은 그 안에 담긴 뜻을 단숨에 파악해 냈다. 선찬이 동굴 밖을 한 번 더 훑어보고는 침중한 목소리로 입을 열었다.

"불산에서 본 운거모사에겐 강력한 수호자가 있었소. 하지만 내 눈에 비친 그 수호자는 운거모사를 지키는 가장 훌륭한 무기임과 동시에, 운거모사의 가장 위험한 약점으로 보이더군."

"……."

양무의는 대답하지 못했다. 선찬의 말은 급소를 찌르는 비수처럼 날카롭기만 했다. 선찬이 이번엔 왕호저를 돌아보았다. 눈짓으로 철운거를 가리키자 왕호저는 둔해 보이는 얼굴로 어찌 알아들었는지 당장 철운거를 들어 올려 어깨 위에 둘러멨다. 양무의가 그 위에서 선찬을 내려다보았다. 그가 선찬의 목소리보다 훨씬 더 침중한 목소리로 물었다.

“군사, 군사가 보기에 그녀는 무사할 것 같소?”

“나는 철혈신녀가 어떻게 그대와 떨어지게 되었는지는 잘 모르오. 그녀의 상황이 좋지 않을 거라는 사실은 내 판단보다 그대의 목소리에 더 명백히 나타나고 있는 것 같소. 게다가 이쪽도 걱정이 만만치 않소. 대도(大刀)와 합류를 못했으니 말이오.”

“운장대도가……”

“별일은 없을 거라 생각하오. 문제는 우리 쪽이오. 안전한 곳으로 이동하려면 최소한 한두 번은 더 싸움을 치러야 할 것 같소. 이번은 불산 때와 또 다르오. 훨씬 더 위험하고 강한 자들이 우글거리고 있소.”

“하면, 움직일 곳으로는 일단…….”

“지금으로서는 하나밖에 없겠지.”

“오송정.”

“오송정.”

두 사람이 동시에 하나의 지명을 꺼내놓았다. 오송정은 방어와 도주가 용이한 지역이다. 같은 사고방식, 모사의 두뇌에 의한 결론이었다.

그것으로 목적지가 정해졌다. 철컹, 하고 철운거의 뚜껑이 닫혔다. 철운거를 둘러멘 왕호저가 먼저 동굴 밖으로 나왔다. 막 내리쬐기 시작한 햇빛이 나뭇잎을 때리며 녹색 색채의 향연을 벌인다. 방편산 한 자루 비껴든 선찬이 날카로운 눈으로 주위를 살폈다. 이동이다. 두 남자와 철운거가 산자락을 타고 빠르게 움직이기 시작했다.

왕호저와 선찬은 말이 없었다. 단지 서두를 뿐이다. 철운거 안에서도 아무런 목소리가 들려오지 않는다. 추격자는 보이지 않건만, 등 뒤에 쫓는 자들이 붙은 사람들처럼 인적 없는 산길을 달려나갔다.

한참을 가던 중이다. 선찬이 먼저 발을 멈췄다. 거구의 왕호저가 그를 따라 가파른 산길 위에 섰다. 선찬이 안색을 굳힌 채 주위를 돌아보았다. 선찬이 나직한 목소리로 말했다.

"느낌이 안 좋다. 그렇지 않나?"

왕호저가 커다란 호안을 굴리며 고개를 끄덕였다.

"꼭 누가 쳐다보는 것 같소이다, 형님."

"들킨 것 같다. 어떻게 된 거지?"

선찬의 낮은 목소리엔 의아함이 묻어나고 있었다. 당황했다 기보다는 궁금하다는 느낌이다. 뭔가 신기한 것에 당했다는 투였다.

"누, 눈이 있습니다. 노려보는군요. 살기도 느껴집니다."

왕호저가 느릿느릿한 어조로 말했다. 선찬이 고개를 끄덕였다.

"나도 느껴진다. 강호에 요사스런 법술을 쓰는 자들이 많다고 하더니, 그런 거에 걸려든 모양이야."

뒤통수에 뭔가 딱 달라붙은 느낌이었다. 이쪽에선 볼 수 없지만 저쪽에선 보고 있다. 기분이 썩 좋을 수 없다. 그 끝에 있는 것은 피치 못할 싸움일 테니 더더욱 기분이 나쁠 수밖에 없었다.

"준비해라. 곧 싸움이다."

왕호저가 버릇처럼 한 손을 등 뒤로 돌렸다. 그러더니 이내 아차, 하는 표정을 짓는다. 등 뒤에 창이 없었기 때문이다. 관승에게 넘겨준 뒤 돌려받지 못한 것이다. 선찬이 왕호저의 표정을 보고는 미간을 좁혔다. 그가 물었다.

"창은?"

"관 대형에게 빌려줬습니다."

"창을 빌려줘? 언월도는 어찌하고."

"언월도는 부서졌습니다."

"언월도가 부서졌다고?"

"강하더군요."

선찬이 입을 반쯤 벌리고는 어이가 없다는 표정을 지었다. 그가 고개를 설레설레 저으며 물었다.

"왜 이야길 안 했지?"

"묻질 않았으니까요."

왕호저가 큰 눈을 다시 한 번 데루룩 굴렸다. 선찬이 심각한 목소리로 말했다.

"상대가 누구든 어렵지 않게 물리칠 수 있을 줄로 알았더니… 당했을 수도 있다는 이야기로군."

"아닙니다."

"아니다?"

"관 대형이 질 리가 없지요. 그렇게 목소리만 요란한 놈한테."

왕호저는 자못 자신있게 말했다. 관승에 대한 무조건적인 신뢰가 담겨 있는 말투였다.

"어떤 놈이었지?"

"저팔계 가면을 쓴 자였습니다. 금장 갑주를 걸치고요."

"저팔계? 당승전설의?"

“예, 맞습니다.”

선찬의 표정이 착 가라앉았다.

‘그놈들이다!’

불산에 나타났던 놈들.

직접 마주친 적은 없다. 손속조차 교환해 보지 못했다.

하지만 선찬은 기억한다. 그들은 거기에 있었다. 드러나지는 않았지만 암암리에 숨어 은밀히 수작을 부리던 놈들이다.

분석이나 계산을 넘어선 군사(軍師)로서의 직감이다. 그때 그 놈들이 틀림없었다.

“그들은 신마맹이라고 하오.”

상념을 깬 목소리가 들려온 것은 왕호저의 어깨 위에 있는 철 운거로부터다. 선찬이 위쪽으로 고개를 돌렸다. 철운거를 바라 보며 그가 되물었다.

“신마맹?”

“가면의 무리들. 불산에서부터 쭉 내 뒤를 쫓고 있었소. 그들 은 전설적인 요괴나 천신들을 형상화한 가면들을 쓰고 있소. 무 릇 중원의 천신들이란 이름이 난 정도에 따라 힘도 달라지기 마 련이오. 팔계저마는 굉장히 유명한 전설의 요괴이니, 필경 신마 맹 무리들 중에서도 상급의 실력을 지닌 자였을 거요. 운장대도 가 고전한 것도 이상한 일은 아니오.”

“꽤 자세히 알고 있군.”

“그들은 암중에 세력을 키워온 자들이오. 팔계저마 정도의 괴 물이 나온 것은 그만큼 본격적으로 나오고 있다는 뜻일진저, 정 면으로 부딪쳤다가는 쉽지 않은 싸움이 될 것이오.”

"과연… 쉽지 않은 싸움이 되겠다. 벌써 다가오고 있으니까."

선찬의 눈이 날카롭게 주위를 훑었다.

저 산등성이 아래쪽 풀숲이 심상치 않게 흔들리고 있었다. 적 출현이다. 왕호저의 굵은 팔이 꿈틀거렸다. 선찬이 먼저 땅을 박차며 소리쳤다.

"뛰자! 여긴 싸우기에 적당하지 않아!"

왕호저가 선찬의 뒤를 따라 몸을 날렸다. 아래쪽 산등성이 풀숲이 갈라지며 적들이 모습을 드러낸다. 선찬과 왕호저가 요란하게 속력을 내기 시작했으니 그들도 은밀하게 움직일 필요가 없어졌다는 식이었다.

파삭! 파사사삭!

녹음으로 우거진 태산 자락에 때 아닌 광풍이 불었다. 선찬과 왕호저가 산등성이 한쪽 좁다란 길목에 들어섰다. 왼쪽은 아름드리나무가 빽빽이 들어찬 숲이요, 오른쪽은 가파른 바위벽이 버텨선 산길이었다.

"여기서 끊자."

선찬이 소리치며 달려가던 신형을 멈추었다. 그들이 속력을 낸 것은 애초부터 도주하기 위함이 아니었다. 그들은 도망을 장기로 하는 약자들이 아니다. 단지 이쪽에 유리한 지형을 선점하기 위함이었다.

'어허, 체격 봐라……!'

뒤를 따라 나타난 자들은 십여 명에 달했다. 정확히는 아홉 명이다. 하나같이 육 척이 넘는 거구를 지녔다. 칠 척 거한 왕호저에 비할 바는 아니었지만 그래도 숫자가 숫자이니만큼 박력이 대단했다.

'가면……!'

예상했던 대로 놈들은 가면을 쓰고 있었다. 가면에는 흰 바탕에 검은 줄무늬, 부리부리한 호안에 험상궂게 벌려진 입이 그려져 있었다. 장군 가면들이다. 머리 위엔 작은 투구, 하얀색 깃털이 달렸다.

"철운거를 내놓아라!"

"철운거를 내놓아라!"

가면을 써서 말 한마디 안 할 줄 알았더니 꽤나 커다란 호통을 내질러 온다. 그것도 십여 명이 동시에. 쩌렁 울리는 소리에 귀가 다 멍멍할 지경이었다.

'이건… 음공에 가깝다.'

그러나 선찬과 왕호저는 전혀 위축되지 않았다. 그들은 백전의 달인들이다. 그 정도 음공으로는 그들의 내력을 조금도 흩어놓을 수가 없었다.

"우두머리는 아직인가."

선찬이 방편산을 꺼내 들며 말했다. 철운거를 들고 있는 왕호저를 뒤로 돌리고 그 자신이 앞으로 나섰다. 모사에 능한 군사 선찬이 아니라 흑산의 무인 선찬이다. 방편산을 앞으로 겨누고 버텨서니, 전쟁터 장수와 같은 기세가 온몸에서 흘러나오기 시작한다.

"오라!"

내지르는 한마디도 대군을 이끄는 장군과도 같았다. 거구의 가면 괴인들도 망설이지 않았다. 장군가면 괴인들은 하나같이 맨손이다. 손바닥을 곧게 편 그들이 쿠쿵! 하는 진각 소리와 함께 땅을 박찼다. 단숨에 선찬의 앞으로 쇄도해 들었다.

"한꺼번에라! 성질도 급하군!"

열 명에서 하나 모자란 아홉.

아홉 개의 거구가 단숨에 들이닥치니 마치 거대한 바위가 굴러오는 듯하다. 하지만 선찬은 당황한 눈치가 아니었다. 전혀 문제될 것이 없다는 듯, 방편산을 휘두르며 도리어 앞으로 전진한다. 방편산 자루 끝, 방패처럼 넓은 쇳덩이로 일격에 치워 버리겠다는 기세였다.

퍼엉!

놈들의 무공은 강맹하기 짝이 없는 장법이었다. 방편산과 일장이 부딪치며 폭음을 울렸다. 자루를 통해 묵직한 진동이 전해진다. 선찬의 얼굴에 가느다란 미소가 새겨졌다.

"고작 그 정도로!"

고작 그 정도가 아니다. 일장만 부딪쳐도 알겠다. 이놈들은 무척 강하다.

하지만 선찬의 마음을 가득 채운 것은 무인의 호연지기일 뿐이다. 반탄력을 이용, 허리를 돌리며 두 번째 놈의 장력을 쳐냈다. 부채꼴로 만들어진 방편산 철산에서 다시 한 번 꽝 하는 폭음이 터져 나왔다. 튕겨 나간 거구가 저 멀리서 자세를 바로잡는 것이 보였다.

퍼엉! 쫘앙!

선찬의 발밑에 깊은 족적이 새겨졌다. 선찬과 거한들이 다시 한 번 부딪쳤다. 한 놈이 균형을 잃고 튕겨 나가고, 다른 한 놈이 꿍꿍 발을 찍으며 물러났다. 거대한 바윗돌이 굴러오는 것을 철빗자루로 쓸어내는 형세다. 네 놈의 강맹한 공격을 똑같이 강맹한 힘으로 막아낸 것이다.

"형님, 거들까요?"

"그래. 우두머리가 온다."

선찬은 거들겠다는 왕호저의 말을 사양하지 않았다. 이놈들뿐이라면 어떻게 되겠지만, 더 강한 놈이 오면 이야기가 달라진다. 그리고 놈들의 우두머리가 바로 지금, 이곳으로 오고 있었다.

쿵! 쿵! 쿵!

들려오는 것은 육중한 발소리였다. 선찬의 눈썹이 꿈틀 치켜올라갔다. 무서운 기파가 피부로 전해져 왔다. 아름드리나무 사이로 거대한 어깨가 엿보였다. 얼마나 큰 것일까. 가지 위까지 머리가 솟아 있다. 얼굴, 아니, 가면이 보이지도 않는다.

쿠웅!

마침내 거대한 몸체가 드러난다.

거대한 몸, 녹색과 흑색이 어우러진 갑주를 입었다. 저 크기의 갑주를 만드는 것도 보통 일이 아니었겠다. 팔 척을 넘어 구 척이라고 해도 믿을 만한 체구다. 앞에 선 아홉 거한들을 어깨 밑으로 굽어보고 있다. 머리 꼭대기 쌓아 올린 투구 위에 녹색의 공작 깃털까지 더하자면 정말 그 높이가 구 척에 이를지도 모른다.

'크다! 이런 놈이 있었다니……!'

선찬이 무의식적으로 왕호저를 돌아보았다. 왕호저는 칠 척에 이르는 거한이다. 비교해 볼 마음이 생기는 것도 당연하다.

상대가 안 된다. 갑주에 전포까지 성장(盛裝)한 거한에 비하자면 왕호저가 아이처럼 보일 지경이다. 세상에 이런 놈이 살아서 움직이고 있다는 게 믿어지지 않을 정도였다.

'가면……!'

선찬의 눈이 이번에는 거한의 얼굴에 이르렀다. 피륙 대신 차가운 가면이 거기에 있었다. 위로 치켜뜬 부리부리한 눈에 푸른색 불꽃 같은 눈썹과 수염이 그려져 있다. 분노한 역사(力士)의 형상이다. 거기까진 알겠다. 천계 장군 누군가의 모습을 흉내 낸 듯싶다. 선찬의 눈이 조금 더 아래쪽으로 향했다. 그의 두 눈에 이채가 감돌았다.

'저건 또 무슨……?'

왼손에 들고 있는 정체불명의 물체가 눈길을 끈다. 팔을 몸에 붙인 채 허리춤 위로 손바닥을 올리고, 그 위에 무엇인가를 얹어 놓았다. 얼핏 봐서는 뭔지도 모르겠다. 병장기가 아니다. 무슨 장식 같은 것도 아니다. 무인이 들고 다닐 만한 물건이 아니었다.

'탑?!'

선찬의 눈이 가느다랗게 변했다. 그렇다. 탑이다. 손에 든 것은 층층이 조각된 황금색 탑이었다. 금탑을 든 거한. 천계의 장수. 선찬의 머릿속에 한 가지 이름이 스쳐 간다. 보탑을 수호하고 옥황상제를 보좌한다는 천신, 그의 입에서 침음성과 같은 목소리가 흘러나왔다.

"탁탑… 천왕……?"

쿵, 쿵…….

천신의 걸음걸이가 멈추었다. 가면 밑으로부터 산 전체를 울리는 목소리가 흘러나왔다.

"그렇다. 내가 탁탑천왕이다."

선찬의 미간이 확 좁혀졌다. 충격을 받았기 때문이다. 뿜어져 나오는 목소리에 만근의 내력이 실려 있었다. 바다 밑 고래의 숨결 같다고 할까. 앞에 선 아홉 장군 가면들의 목소리도 음공(音功)처럼 들리더니, 우두머리의 목소리는 그러한 음공의 정점에 올라와 있는 듯했다.

"형님, 저놈은 내가 맡겠습니다."

"철운거는 어찌하고?"

선찬은 뒤도 돌아보지 않은 채 물었다. 말문이 막힌 왕호저다. 대답은 철운거 안쪽에서부터 나왔다.

"내려놓으시오. 철운거는 튼튼하니 내 한 몸 건사하기는 어렵지 않소."

양무의의 목소리였다.

선찬이 철운거 쪽으로 눈을 돌렸다. 왕호저와 눈빛을 마주친 그가 이내 고개를 끄덕였다. 양무의의 말대로 하자는 뜻이다. 왕호저가 빠르게, 그러면서도 조심스럽게 철운거를 내려놓았다. 병장기가 없지만 두려울 것은 없다. 그는 창의 달인이면서 또한 위호장(魏虎掌)의 달인이었다. 위호장은 하북성 진주언가 권각법에서 파생되어 나온 장법으로 구결이 널리 알려진지라 범용의 하급무공처럼 여겨지지만, 상승 경지까지 연마하기 어려워서 그렇지 실제로는 훌륭한 파괴력을 지닌 강력한 무공이라 하였다.

"조무래기들을 상대하기엔 자존심이 상하는 일이나, 자네가 나보다 강하니 어쩔 수가 없겠지. 네가 저 우두머리를 맡아라."

선찬은 순순히 인정했다. 왕호저의 무위는 분명 선찬보다 우위에 있었다.

문필의 재능 따위 눈을 씻고 찾아봐도 없는 데다가 말재주도 엉망이라 둔해 보일 정도지만 무공만큼은 참룡방에서도 수위를 다투는 왕호저였다. 오직 무(武)에만 특화된 남자라고 할까. 왕호저는 관우의 재림이라는 저 관승에게도 필적할 만한 무위를 지녔다. 그것은 창이 없는 맨손이라 해도 마찬가지다. 하류무공 취급당하는 위호장만으로도 방편산 휘두르는 선찬보다 강할 정도였다.

"감히 이 탁탑천왕에게 맞서겠다는 것인가! 철운거를 내놓아라!"

탁탑천왕이 소리쳤다. 바람을 흩어낼 것 같은 경파가 그 고함 소리에서 터져 나왔다.

하지만 왕호저는 놀라지도 물러나지도 않았다. 그가 탁탑천왕에 비견될 만한 목소리로 쾌룽 고함을 터뜨렸다.

"시끄럽다, 이놈아!"

말재주가 없어 평소엔 답답하지만 싸움에 직면하면 누구보다도 통쾌하게 소리칠 수 있는 이가 또한 그였다. 선찬의 입가에 그 통쾌함을 그대로 드러낸 미소가 찾아들었다. 그가 방편산을 어깨에 둘러메고 아홉 거한의 앞으로 걸어갔다. 그가 말했다.

"우리도 다시 시작해야지."

아홉 거한들의 가면이 서로를 돌아본다. 그들의 입에서 이전과 똑같은 한마디가 터져 나왔다.

"철운거를 내놓아라!"

"철운거를 내놓아라!"

위잉! 터억!

방편산이 겨눠진다. 선찬이 이빨을 드러내며 소리쳤다.

"그것밖에 할 줄 아는 말이 없는 모양이군! 오너라! 이 흑산군사가 상대해 주마!"

싸움의 시작을 알리는 외침이다.

탁탑천왕과 왕호저가 서로를 향해 뛰어든다. 천천히 움직이는 철운거를 두고 모두의 신형이 격하게 얽혀들었다.

＊　　　　＊　　　　＊

"제길… 아프구만."

가슴에 털이 숭숭 난 거한, 장익은 허리를 움켜쥔 채 산등성이를 오르고 있었다. 장팔사모를 질질 끌고 고개를 숙이며 풀숲을 헤쳐 나간다. 옆구리에선 점점이 핏물이 흘러나오고 있었다.

"배때기에 한 방, 어깨에 한 방. 그냥 떨거지인 줄 알았더니."

형산파 남악천주부는 강했다.

쇳덩어리 커다란 전부를 가벼운 나무방망이마냥 휘두르는데, 실로 여간내기가 아니었다. 핏물이 쏟아지도록 다치지 않은 게 다행이다. 통천벽력창의 경력이 더 강했으니 망정이지, 하마터면 산야에서 황천길로 직행할 뻔했다.

"숨을 곳을 찾아야 하는데……."

워낙에 거구인지라 어지간한 곳엔 숨기도 힘들다. 방금 전에도 버려진 사찰 하나를 발견했었지만 그냥 지나쳐 왔다. 그런 곳은 안 된다. 형산파 놈들도 바보가 아닐 텐데 당장 몸 좀 편하자고 그런 장소를 선택할 수는 없다. 부상을 당했다는 사실을 놈들이 알고 있는 지금, 가장 먼저 표적이 될 만한 곳이 바로 그런 곳이니 말이다.

"벌써 하룻밤. 너무 멀리 돌아왔다. 다음 장소로 가야 하나……."

밤이 새도록 쉬질 못했다. 추격을 따돌린 것도 오늘 새벽 동이 틀 무렵에 이르러서다. 그러면서 멀어졌다. 이제 와서 첫 번째 약속 장소에 당도한다고 한들 양무의는 그곳에 없을 게다. 그럴 거면 다음 장소로 가는 것이 옳았다.

'오송정이 어디쯤이었더라……'

장익이 허리를 펴고 저쪽 산등성이를 돌아보았다. 등허리가 욱신욱신 쑤신다. 남악천주부에게 당한 상처가 아니라 이름도 모를 졸개에게 얻어맞은 상처다.

"무슨 졸개 놈이 남악오계장을……."

유명한 장로나 경험 많은 노고수가 아닌, 당장 눈에 띄지 않는 젊은이들 중에서도 간혹 뛰어난 무공을 보여주는 놈들이 있었다. 갑작스레 달려들어 남악오계장을 내쳐 온 그 젊은 놈도 그랬다. 그냥 보기엔 흔하디흔한 형산파 무인들 중 하나였지만 장법 하나는 실로 보통이 아니었다. 그게 바로 전통있는 문파의 저력이다. 지금은 몰라도 아마 조만간 기대받는 후기지수로 이름을 날리게 되리라. 살아 있다면 말이다.

"끄응… 살아 있기야 하겠지."

두꺼운 나무둥지에 손을 짚고 발치를 쳐다보며 중얼거렸다. 돌이켜 보면 꽤 아찔한 순간이었다. 난데없이 튀어나와 등허리를 때린 남악오계장에 놀라 반사적으로 있는 힘을 다해 장팔사모를 휘둘렀었다. 워낙 빠른 반격이었으니 경험이 일천한 젊은 놈으로서는 막을 도리가 없다. 단숨에 튕겨 나가 산비탈로 굴러 내려가는 것까지 봤다.

모르긴 몰라도 죽지는 않았을 게다. 그렇게 쉽게 죽을 놈이었다면 그의 몸을 건들지조차 못했을 테니까.

앳된 얼굴만 보고 얕본 것이 문제였다. 하기사 더 경험이 많은 놈이었다면 등허리에 이어 연환장으로 몰아쳐 왔겠지. 일격을 적중당한 것에 장익도 놀랐지만, 그놈도 자기 공격이 성공했던 것에 장익만큼 놀랐던 듯하다. 장팔사모에 튕겨 나가기 직전, 그놈 표정이 그랬다.

"후우……."

가슴 깊이 숨을 들이쉬며 호흡을 골랐다. 심법 수련에 더 몰두해야 할 모양이었다. 통천벽력창이란 놈은 내공을 잡아먹는 괴물과 같았다. 전개할 때마다 힘이 쑥쑥 빠져나가는데, 아주 돌아버릴 지경이었다.

"그것도 여길 무사히 벗어나야 가능한 일이지. 암, 그렇고말고."

잠시 쉬면서 기운을 차린 그가 일순 인기척을 느끼고 몸을 낮췄다. 한참 멀리 저쪽 산길에서 빠르게 움직이는 자들이 보였다. 그의 두 눈에 불똥이 튀었다. 서 김은색, 지긋지긋한 무복이다. 형산파 무인들이었다.

'날 발견한 것 같지는 않은데…….'

장익의 짐작은 옳았다. 놈들은 장익 쪽으로 달려오지 않고 곧장 산길을 가로지르고 있었다. 숫자는 네 명이었다.

장익은 몸을 숙인 채 두 눈으로 놈들의 움직임을 쫓았다. 놈들이 산길을 달려 주위보다 지대가 높은 언덕에 이르더니, 그곳에 멈춰 섰다. 사방에서 잘 보일 만한 장소다. 놈들이 등 뒤에 매고 있던 창봉 하나를 땅에 푹 꽂았다. 장익의 굵은 눈썹이 제멋대로 구겨졌다.

'뭐 하자는 수작이야.'

창봉을 세운 다음에는 널찍한 천을 봉대에 묶어놓았다. 산바람을 받은 천이 활짝 펴졌다. 말하자면 깃발이다. 장익이 눈살을 찌푸리며 기를 모아 안력을 돋우었다. 여기서는 너무 멀어 내용을 분간할 수가 없다. 몇 개의 글자가 큼지막하게 쓰여 있는 것만 알 수 있었다.

'뭐라고 써놓은 거냐.'

장익의 마음속에서 고개를 쳐든 것은 단순한 호기심이 아니었다. 그냥 넘어가기엔 지나치게 기이한 행태다.

장익의 눈이 이제 자리를 뜨고 있는 형산파 무인들에게 이르렀다. 다시 보니 가운데 두 놈의 등 뒤에 창봉이 더 매달려 흔들리는 중이다. 다른 곳에도 꽂아놓으려는 것이다. 의도는 분명하다. 깃발에 쓰여진 무언가를 산 전체에 알리려는 수작임에 틀림이 없었다.

'확인을 해야겠어.'

지체할 시간이 없지만, 어쩔 수 없다. 상대가 다른 문파였으면 모르되 형산파 놈들이다. 깃발의 내용이 생각보다 중요한 것일 수도 있었다.

장익이 왔던 길을 돌아가며 형산파 무인들이 꽂아놓은 깃대로 접근했다. 그는 결코 성급히 움직이지 않았다. 함정일 수도 있기에 몇 번이나 주위를 확인하며 움직였다. 나무 그늘에서 바위 그늘로 시간을 두고서 신중하게 몸을 날렸다. 멀지 않는 거리를 움직이는 데 일다경 이상을 쓴 것 같다. 잘 가려지지도 않는 거구를 땅에 붙을 듯 숙이고 깃대가 보이는 숲까지 당도했다.

퍼얼럭!

아직도 멀다. 하지만 깃발이 흔들리는 소리는 귓전에서 들리는 듯했다. 장익의 눈이 깃발 속 글자에 박혀들었다. 송충이 같은 눈썹이 이마 위로 치켜 올라간다. 그의 부리부리한 눈이 찢어질 듯 커졌다.

**철혈마녀 백가화를 잡고 있다. 운거모사 양무의는 용천관**(龍泉觀)**으로 오라.**

두 눈을 의심했다. 장익은 벌떡 일어났다. 여기까지 조심스럽게 왔지만 이제 와선 다 필요없다. 그가 번쩍 몸을 날려 풀숲을 헤치고 달려나갔다. 글자가 보이는 데까지 오는 데는 일다경이었지만 깃대를 통째로 뽑기까진 촌각의 시간도 걸리지 않았다.

'거짓말이다……'

깃발 꽂혔던 산 중턱의 언덕 위에 상익의 커다란 그림자가 드리워졌다. 찢어발길 듯 펴 든 깃발엔 그가 본 그대로의 전언만이 까만 먹물로 새겨진 채다. 텁석부리수염이 부르르 떨렸다.

우지끈! 깃대를 분지르고, 형산파 무인들이 사라진 남쪽 방향을 노려보았다. 그의 두 눈엔 참을 수 없는 노기가 떠올라 있었다.

‘이놈들을!’

부러진 깃발을 집어 던지고 땅을 박찼다. 땅거죽이 뒤집히며 풀뿌리를 드러낸다. 그가 미친 듯 달려나가 형산파 무인들을 쫓았다. 이 깃발 자체가 장익을 노린 함정이라 해도 개의치 않는다. 속임수라면 고약하기 짝이 없는 속임수. 이런 속임수를 쓰는 놈들은 당장 때려눕혀도 분기가 풀리지 않으리라.

쐐애애액!

머지않아 아까와 비슷한 지형에 깃발을 꽂고 있는 놈들을 발견할 수 있었다. 장익은 멈추지 않았다. 심상치 않은 기세를 감지한 그들이 고개를 돌렸다.

퍼엉! 뻐억!

두 놈을 때려눕힌 것은 그야말로 순식간이었다. 땅을 나뒹구는 두 놈은 다시 일어나지 못했다. 손마디에 검은 털이 가득한 장익의 손아귀가 한 놈의 턱을 잡아 올렸다. 놈이 두 손으로 장익의 손목을 틀어잡으며 버둥거려 보았지만 장익의 손은 강철과도 같았다. 장익의 눈이 오른쪽으로 돌아갔다. 이러지도 저러지도 못한 채 한편에서 엉거주춤 깃대를 잡고 있는 놈이 거기에 있었다. 장익이 물었다.

“깃발에 쓰여진 것이 사실인가?”

상대는 젊었다. 형산파 무복을 입고 있지만 눈빛에 드러나는 것은 겁에 질린 애송이일 뿐이다. 떨리는 발로 버텨 서서 줄행랑치지 않는 것이 용할 정도다.

“그, 그렇다.”

“철혈신녀가 형산파에 잡혔다고? 그걸 믿으란 이야긴가?”

"뭐, 월성신장께서……."

"갈! 월성신장은 가화 누이의 발끝에도 따르지 못한다! 함부로 거짓을 말하다간 아가리를 찢어놓고 말리라!"

버럭 지르는 고함 소리에 찔끔 몸을 움츠린다. 그렇다. 이런 놈도 있다. 그의 몸에 남악오계장을 먹이는 꼬맹이가 있는가 하면 그저 고함치는 것만으로도 졸도 직전인 애송이도 있는 것이다.

"잡은 것은 분명 사실이다. 지, 직접 보았다. 철혈마녀는 지금 오랏줄에 꽁꽁 묶여 있다. 처, 천지신명께 맹세한다."

장익의 얼굴이 붉게 달아올랐다. 분노가 극에 이른 까닭이다. 이 애송이는 거짓말을 하고 있지 않았다. 그래서 더 화가 났다. 거짓말을 하고 있지 않다는 이야기는 곧 백가화가 정말로 형산파에 잡혀 있다는 것을 뜻하기 때문이었다. 장익이 턱을 붙잡고 들어 올렸던 형산파 무인을 휙 집어 던졌다. 이미 의식을 잃은 채 입에서 거품을 뿜고 있던 놈이 줄 끊어진 인형처럼 땅바닥을 굴렀다.

"가화 누이에게 무슨 일이 생겼다가는 형산파 현판을 피로 씻게 될 줄 알아라!"

장익이 흉신악살과 같은 얼굴로 소리쳤다.

애송이는 기어코 주저앉고 말았다. 장익이 돌아섰다. 분노를 가눌 길이 없어 스스로에게도 화가 날 지경이다. 지쳐서 헐떡이고 있을 때가 아니었다. 부릅뜬 두 눈에서 활활 타오르는 불길이 그의 발을 재촉하고 있었다.

＊　　　＊　　　＊

퍼엉! 우지끈!

왕호저와 탁탑천왕의 싸움은 실로 엄청났다. 왕호저의 장력이 아름드리나무를 분지르면 탁탑천왕의 일권이 바위를 부순다. 두 거구의 격한 부딪침에 땅바닥엔 수십 개의 족적이 새겨졌다. 단단한 화강석 지면임에도 발자국마다 한 치씩은 파고든 것 같았다.

꽝!

두 사람이 반대편으로 튕겨 나왔다. 왕호저는 화강석 지면에서 풀이 깔려 있는 숲길 위로, 탁탑천왕은 흙먼지 뿌옇게 일어나는 흙바닥에 섰다. 발밑에서 피어오른 흙먼지가 바람에 흔들리며 숲으로 빨려든다.

"용맹한 놈이로다!"

탁탑천왕의 목소리는 역시나 강렬했다. 왕호저는 대답하지 않았다. 큰 눈도 굴리지 않았다. 포효하는 대호의 눈빛을 토해 내는데, 둔해 보이기는커녕 무섭기가 짝이 없었다.

"쓰러뜨리지 않고서는 철운거를 받아내기가 힘들겠다! 무사여, 이름이 무엇인가!"

거대한 종이 울리는 듯, 거대한 곰이 울부짖는 듯 주위를 우렁우렁 울리고 있다. 하지만 그 말투엔 고풍스런 품격이 넘치고 있었다. 경망된 언어를 마구 뿌려대던 팔계저마와 절로 비교가 된다. 품격도 품격이거니와 탁한 저음으로 쫙 깔리면서 내부를 진동시키는데, 정말 천신의 목소리가 이럴까 싶었다.

"내 이름은 왕호저다."

왕호저의 목소리도 만만치는 않았지만, 탁탑천왕의 압도적인 존재감에 비하자면 빛이 바래는 느낌이다. 탁탑천왕이 말했다.

"거령신(巨靈神)이 완성되었다면 좋은 상대가 되었을 터! 다만 여기서 쓰러뜨려야 함이 안타까울 따름이로다."

탁탑천왕이 땅을 박찼다. 꿍! 하는 진각 소리가 사위를 가득 메웠다. 거대한 신체에 어울리지 않는 속도로 짓쳐든다. 왕호저가 입술을 꽉 다물고 두 손바닥에 온몸의 진기를 집중했다. 온다. 탁탑천왕의 왼발이 땅에 박히고, 오른손 바위만 한 주먹이 왕호저의 중단으로 내리꽂혔다.

퍼펑!

단순한 정권지르기 같지만 막아내기 위해서는 우장좌장 연환격이 필요했다. 우장으로 기세를 줄이고, 좌장으로 손목을 치며 옆으로 왼쪽으로 피해냈다. 거대한 주먹이 어깨 어림을 스치고 지나가는데, 주먹을 따라 몸 전체가 뒤로 빨려들 것만 같다. 무서운 경력이었다.

꽝! 위이이잉!

탁탑천왕의 공격이 이어졌다. 왼발로 진각을 밟고, 내뻗었던 주먹을 바깥쪽으로 휘둘러 온다. 이권이었다. 왕호저의 호안이 부릅떠졌다.

퍼엉!

왕호저의 일장이 탁탑천왕의 팔꿈치에 직렬했다. 하지만 탁탑천왕의 주먹은 멈추지 않았다. 철퇴처럼 휘둘러 오는 일격에 왕호저는 있는 힘껏 몸을 숙여야 했다. 뒤통수 위를 가로지르는 쇳덩어리 주먹에 머리 가죽이 다 벗겨질 것 같았다.

타닥!

재빨리 왼손으로 땅을 짚고 뒤로 물러났다. 탁탑천왕이 따라 붙는다. 돌진하듯 달려들며 우권을 휘둘러 왔다. 무시무시한 기세였다. 왕호저가 일장을 마주 휘둘렀다. 뒤로 움직이는 와중이라 자세가 무너졌지만 내치지 않고는 막아낼 수 없다. 저걸 그대로 맞았다가는 머리통이 통째로 날아가 버리고 말리라.

파앙!

겨우 비껴냈다. 몸을 옆으로 튕기고 자세를 바로잡았다. 탁탑천왕이 돌아선다. 딱히 기수식도 없고 초식도 없는 것 같은데, 묘하게도 막을 수가 없었다.

'그것도 오른손만으로……!'

왕호저는 싸우면서 생각을 하는 무인이 아니었다. 깊이 생각하는 것이 익숙하지도 않거니와 몸이 머리보다 먼저 움직여 주는데 굳이 생각 같은 것 할 필요도 없었던 바다. 하지만 이번엔 생각을 안 할 도리가 없다. 이대로는 질 것 같다는 본능이 안 돌아가는 머리를 쓰도록 재촉하고 있었다.

'탑을 그대로 들고 싸우다니…….'

그랬다.

그게 문제였다. 탁탑천왕의 왼손은 탑을 들고 있는 그 자세 그대로였다. 황금색 보탑이 흔들리지도 않은 채 손바닥 위에 그대로 올려져 있었다. 바로 그것이 안 쓰던 머리를 쓰도록 만드는 가장 큰 이유였다.

'한 손만 가지고 싸우는데 왜 막을 수가 없는 것인가!'

분통이 터질 지경이었다. 탁탑천왕은 등 뒤의 철봉을 꺼내지도 않았다. 왕호저가 맨손이니 사정을 맞춰주겠다는 듯하다. 적의 배려 속에 느끼는 힘의 열세는 굴욕적이기 짝이 없었다.

'얕보이고 있구나.'

왕호저가 이를 악물었다.

왜 막을 수가 없나. 굳이 해답을 찾을 필요는 없다. 왕호저는 왕호저일 뿐, 선찬이 아니다. 머리 굴려가며 고민해 보았자 마땅한 묘책이 떠오를 리 만무하다. 이제 와 머리를 쓰는 것도 어울리지 않는다.

"크합!"

왕호저가 한줄기 기합성을 내지르고는 두터운 손바닥을 가슴 앞에서 팡! 하고 마주쳤다. 힘을 돋우기 위한 기합이다. 한 손에 여유롭게 탑을 들고 싸우는 게 보기 싫다면, 더 이상 그러지 못하도록 만들어주면 된다. 왕호저가 마음속으로 다짐했다.

'그 왼손, 끄집어내 주마.'

굳이 입 밖으로 내뱉을 필요도 없다. 둥글고 큰 그의 눈이 더 강렬한 빛을 뿌리기 시작했다.


한편, 선찬 쪽도 그닥 사정이 좋지는 않았다.

왕호저와 탁탑천왕이 다시 충돌하며 흩뿌리는 충격파 뒤쪽으로 이지럽게 돌아가는 열 명의 신형이 배경처럼 비쳐들고 있었다.

'이거 만만치 않구만.'

퍼엉!

짧지 않은 교전 속에서 그가 쓰러뜨린 적은 고작 한 명뿐이었다. 아홉 명에서 하나 줄어든 여덟 명의 숫자는 여전히 버겁기만 했다.

'제길……!'

머릿속에서 욕지거리 한 단어 스쳐 보내기도 쉽지 않다. 사방에 일권이요, 팔방에 쌍장이다. 일순간도 멈출 수가 없다. 머리 위로 방편산을 들어 올린다. 약속이라도 한 듯 따앙! 하는 충격이 방편산 봉대를 통해 전해진다. 그다음은 하단이다. 발끝을 세우고 가볍게 뛰어넘었다. 최소한의 움직임이다. 공중으로 함부로 치솟아올라서는 안 되는 상황이다. 육장은 병장기보다 빠르다. 여덟 명이란 숫자에 몸 하나 뒤집기가 힘들었다.

위이잉! 퍼엉!

겨우 틈이 났다. 한 놈의 몸이 튕겨 나가 땅바닥을 나뒹군다.

선찬이 장봉을 옆구리에 끼고 왼손에 진기를 모았다. 주위를 한 바퀴 돌며 벽처럼 둘러선 놈들을 노려보았다.

꿈틀.

시야 한구석에 비쳐든 움직임.

선찬의 미간이 확 좁혀졌다. 방금 나뒹군 놈이다. 놈이 먼지를 털며 일어나고 있었다. 이쪽 문제는 이거다. 한 번 쓰러뜨렸다고 끝이 아니다. 도대체 몸 전체가 무엇으로 만들어진 건지 튼튼하기 짝이 없었다. 여기 있는 놈들 전부 다 최소한 한 번씩은 넘어뜨렸을 것이다. 전부 다 다시 일어났다. 방편산을 가슴에 박아버린 한 놈을 제외하곤 말이다.

'저쪽도 안 좋아.'

왕호저 쪽도 사정이 좋아 보이진 않는다. 꽈르릉, 산사태가 일 정도의 굉음을 울리며 주변을 휩쓸고 있지만 얼핏 보기에도 왕호저가 밀리는 형세다. 거의 일방적인 싸움 같았다.

'잘못하면 이곳에 뼈를 묻겠군.'

모처럼 생각할 틈을 얻었건만 머릿속을 채운 것은 절망적인 미래일 뿐이다. 신산귀계 놀라운 전략 따윈 도통 떠오를 기미가 안 보인다.

'방법이 없는 건 아니지.'

하기야 아주 끝난 건 아니다. 죽지 않으려 한다면 타개할 방법이 딱 하나 있다.

'도주.'

그의 머릿속을 스친 도주는 말 그대로 꽁지를 빼고 달아나는 도주다. 철운거까지 내팽개치고 도망가면 목숨을 구할 수 있다. 철운거를 들고 뗬다면 모를까, 아예 버리고 가면 굳이 그들을 쫓아오진 않을 게다.

'일단 목숨을 보전한 뒤에 탈환이라⋯⋯.'

물론 그렇게 포기하겠다는 뜻은 아니다. 선찬과 왕호저, 그들만으로는 이들을 물리칠 수 없다. 자명한 결과라 해도 과언이 아니다. 그렇다면 다른 조력자가 필요하다. 당장 떠오르는 이름은 관승이다. 관승과 합류하여 다시 이들과 맞서서 빼앗긴 철운거를 탈환한다. 운거모사와 한패인 백가화와 장익까지 함께 움직일 수 있다면 성공 확률은 훨씬 높아지리라.

'최악의 책략이다. 책략이라 부르기에도 창피할 정도다!'

짧은 시간 복잡한 경우의 수가 선찬의 머리를 스치고 지나갔다. 이놈들은 그저 강하기만 한 것이 아니다. 강한 만큼 조직력도 좋고 움직임도 재빠르다. 철운거를 내주고 추격하여 잡는다는 것이 쉬울 리가 없었다.

'쉽고 어려운 정도가 아니야. 탈환은 불가능하다.'

철운거가 바로 저 뒤에 있다. 그동안 공들였던 성과를 겨우 얻는구나 했더니, 그것도 어렵게 생겼다.

'도망친 것을 탓하지야 않겠지만……'

철운거를 목전에 두고 도망친다 한들, 그들의 주군, 불패신룡은 결코 그들을 탓하지 않을 것이다. 해남 장문 위원홍과 싸웠던 일로 목숨을 함부로 하지 말라며 얼마나 큰 질책을 받았던가. 그 자신도 남해의 검제에게 아무렇지 않다는 듯 덤벼들었던 주제에 말이다.

'자존심 문제라는 거지.'

군사(軍師)라 함은, 어떤 일이 있어도 감정에 흔들려선 안 된다. 하지만 흑산군사 선찬의 몸속엔 군사의 피가 흐름과 동시에 그에 못지않은 무인의 피도 함께 흐르고 있다.

선찬의 약점이 바로 그거다.

강적들이 있겠구나, 했지만 탁탑천왕 같은 괴물이 나타날 것이라고는 상상조차 하지 못했다. 군사라는 족속에게 있어 예측하지 못한 사태란 그 자체로 일종의 패배나 다름이 없다. 거기서부터 자존심이 상한 게다. 호쾌하게 소리치며 방편산을 휘둘렀던 이유도 거기에 있다고 할 것이다.

'더 이상 싸우는 것은 의미가 없다. 철운거를 빼돌릴 방법을 찾아야……'

생각은 거기까지였다. 그는 뾰족한 타개책을 내놓지 못한 채로 재개된 공격부터 막아야 했다.

'일단 철운거 쪽으로 움직이자.'

방편산을 휘두르며 철운거가 있는 뒤쪽으로 향했다. 방향을 틀기도 쉽지 않다. 일격 내치고 반탄력을 이용하여 몸을 빼려니, 꽈릉! 하고 고막을 때리는 굉음이 있다. 여덟 거구가 일제히 발한 목소리였다.

"천신의 앞길을 막지 말라!"

"천신의 앞길을 막지 말라!"

철운거를 내놓아라, 그 말밖에 못하는 줄 알았더니 다른 말도 할 줄은 아는 모양이다.

하지만 선찬에겐 그런 것을 비꼬아줄 여력 따윈 남아 있지 않았다. 윙윙대며 울리는 고막에 내공을 모으고 머리부터 보호했다. 당장 내상을 입은 것은 아니지만 방어를 튼튼히 하지 않은 채 자꾸 당하다 보면 만만치 않은 타격을 입게 되리라.

따앙!

첫 일격을 막아내고 몸을 휘돌렸다. 방편산을 두 번 앞으로 떨쳐 내고 몸을 숙였다. 놈들의 주먹 두 개가 그의 등줄기를 스쳤다. 곧바로 몸을 일으키며 하단에서 상단으로 방편산을 치켜 올리고는 물러나는 놈들에게 뛰어들며 왼발을 짧게 후려쳤다. 불패신룡의 단파각과 비슷한 한 수였다.

파앙!

이 정도로는 큰 충격이 되지 않음을 잘 일고 있다. 그것은 큰 일격을 꽂아 넣기 위한 준비에 불과했다. 허리를 회전시키며 방편산을 사선으로 크게 휘둘렀다. 동작이 큰 만큼 빈틈이 생기겠지만 지금으로서는 일단 한 놈이라도 줄이는 것이 중요했다.

위이이잉!

표적이 된 놈은 방편산을 감히 맞받지 못했다. 재빨리 위쪽으로 몸을 뽑아 올렸지만 허사다. 마음먹고 내친 선찬의 방편산은 지독히도 빨랐다.

콰직!

방편산 뭉툭한 부분이 뛰어오르던 놈의 허벅지에 틀어박혔다. 뼈 부러지는 소리가 들린다. 제대로 들어간 것이다. 놈이 몸을 가누지 못하고 허물어지는 것이 보였다.

빡! 퍼억!

선찬도 무사하진 못했다.

동작이 지나치게 컸다. 놈들은 무리수에서 비롯된 빈틈을 놓치지 않았다.

두 방이나 허용했다.

왼쪽 어깨에서 오른쪽 옆구리로 이어진 두 번의 충격은 온 내장을 다 흔들어놓았을 만큼 컸다. 살을 내주고 뼈를 깎았다? 아니다. 뼈를 깎고, 뼈를 내줬다.

마음이 급했다. 생각하고 분석할 시간이 조금만 더 있었더라면 살도 깎고 뼈도 깎을 수 있었을 그다. 호기로 덤벼들기엔 아홉이란 적들의 수가 지나치게 많았던 것이다.

'이제 일곱.'

일곱도 많다. 선찬은 오른손으로 방편산을 빠르게 휘돌리며 치밀어 오르는 신음성을 있는 힘을 다해 억눌렀다.

'손해가 크군!'

방편산의 회전이 매끄럽지 못했다. 갈빗대 두어 개는 나가 버린 듯싶다. 간장(肝腸)을 다쳤으면 큰일인데, 당장 그런 기미는 감지되지 않는다. 문제는 왼쪽 어깨다. 왼팔로 내공을 온전히 전달시키지 못하고 있다. 그러면 방편산의 위력도 삼 할 이상 감소한다. 적 한 명 줄인 것으로 삼 할의 전력 감소라면 확실히 이쪽이 더 손해다.

파앙! 따아앙!

좌충우돌하며 철운거 바로 근처까지 왔다. 철운거는 끼릭끼릭 바퀴를 움직이며 기관을 작동하기 위해 기회를 보는 듯했지만, 신형들이 워낙 빠르게 교차되는지라 암기 하나 발사하질 못하고 있었다.

'왕호저 쪽은 어떻지? 몸을 뺄 수 있을까?'

이제 결정을 내려야 할 때다.

일곱으로 줄어들어서인지 방편산을 크게 휘둘러 놈들을 떨쳐 내자 잠시 숨 돌릴 여유가 생겼다. 그가 왕호저 쪽으로 고개를 돌렸다.

짧은 순간, 선찬의 눈을 가득 채운 것은 암울함에 다름이 아니었다.

왕호저 쪽은 힘들다.

연신 호쾌한 기합성을 내지르며 격하게 몸을 날리고 있지만 일격 일격을 응수하는 것만으로도 힘겨운 듯하다. 한 치만 흐트러져도 황천길로 직행이다. 도망지자 소리진다 한들, 들릴지나 모르겠다. 그것이 오히려 집중력을 흩어놓을까 걱정이 될 판이었다.

'진퇴양난이로구나!'

옆구리가 쑤셔온다. 옆구리뿐이 아니라 어깨의 움직임도 뻑뻑하다.

하지만 그에겐 그보다 훨씬 쓴 것이 있다.

속수무책이라는 네 글자였다.


쫘앙!

속수무책은 왕호저에게도 마찬가지였다. 왕호저는 탁탑천왕의 거력을 감당하지 못하고 있었다.

"크합!"

기합성을 내뿜으며 내친 장력은 탁탑천왕의 일권에 그저 안개처럼 흩어져 버릴 뿐이다. 내공을 있는 대로 끌어모아도 마찬가지였다. 도무지 틈이 보이질 않는다. 외팔이를 위해 만들어진 무공이라도 되는가. 한 손으로만 싸우면 빈틈이 있어야 정상인데, 탁탑천왕의 무공은 백 장 높이 금성철벽처럼 공략할 길이 없었다.

쿠웅.

탁탑천왕의 가벼운 일보는 마치 땅 전체를 흔드는 듯하다.

거탑이 따로 없다. 자신보다 큰 자를 만난 것도 처음이거니와, 힘 대 힘으로 싸우면서 이만큼 밀린 것도 처음이다.

'강하다. 너무나도 강하구나……!'

탁탑천왕의 머리는 하늘에 닿았고, 두 다리는 태산 자락에 박혀 있다. 오직 시야에 비쳐드는 것은 탁탑천왕의 거구뿐이다. 그렇게 생각하니 더 커 보인다. 너무나도 큰 괴물이라, 왕호저의 몸을 손가락 하나로 눌러 버릴 수 있을 것 같았다.

마음으로 져버렸다. 남은 것은 패배를 확인하는 것뿐이다.

그때였다.

치킹! 찰칵! 찰칵!

갑작스레 들려온 소리는 작지만 날카로운 금속성이었다. 다가오던 탁탑천왕이 그 자리에 뚝 멈춰 섰다. 왕호저의 눈이 탁탑천왕의 왼손으로 향했다. 소리가 들려온 곳은 다른 곳이 아니었다. 탁탑천왕이 들고 있는 반 자 높이 금탑에서부터 들려오고 있었던 것이다.

'무슨……?'

금탑의 모양이 변하고 있었다. 저 작은 금탑 속에 무슨 기관이 있었던 것일까. 입적한 고승들의 사리를 보관한다는 불탑의 위쪽이 갈라지고 있다. 지잉, 하는 울림이 퍼져 나왔다. 아래쪽이 사방으로 펼쳐졌다. 그 안으로부터 기이한 보석이 모습을 드러냈다.

'눈동자?'

남쪽 지방엔 고양이의 눈과 비슷하게 생긴 보석들이 있다고 했다. 묘안석(猫眼石)이라고 했을 것이다. 이 보석은 좀 다르다. 바깥쪽은 투명한 갈색으로 빛나고 있지만 중심엔 깊이를 알 수 없는 검은색이 자리 잡고 있다. 사람의 눈과 흡사한 생김새다. 굳이 말하자면, 인안석(人眼石)이라 해도 무방하리라.

"금탑이 움직였다! 주시자(注視者)의 천안(天眼)이 나왔다! 경계하라! 적들이다!"

탁탑천왕이 소리쳤다.

거구의 장군가면들이 손속을 멈추고 대형을 달리하기 시작했다. 방편산을 휘두르던 선찬의 표정이 묘하게 변했다. 당장 여유가 생긴 것은 쌍수를 들고 환영할 일이다만, 이유를 몰라서야 의아한 표정을 짓지 않을 도리가 없다.

‘적들? 금탑이 움직여?’

선찬은 탁탑천왕이 들고 있는 탑의 변화를 보지 못했다. 연관점을 곧바로 찾지 못했던 그다. 이내 그의 머릿속으로 한 가지 생각이 스쳐 지나갔다.

‘설마하니 그 탑이라는 게…….’

선찬이 방편산을 겨누며 전면을 경계하고는 탁탑천왕의 왼편으로 고개를 돌렸다. 아닌 게 아니라 금탑의 모습이 바뀌어 있었다. 반 자 높이를 조금 넘었던 금탑은 활짝 펼쳐져 하나의 금빛 연꽃처럼 변화해 있었다. 그리고 그 연꽃 위엔 사람의 눈처럼 생긴 보석이 기묘한 빛을 내는 중이다. 마치 스스로 빛을 내고 있는 것 같았다.

“웬 놈이냐! 모습을 드러내라!!”

커다랗게 울려 퍼지는 목소리는 탁탑천왕의 것이었다. 선찬의 눈빛이 다시 한 번 변했다.

‘누가 와 있다고?’

그러고 보니 누군가 있는 것 같기도 하다. 싸우는 와중이라 기척을 제대로 느끼지 못했던 모양이다. 선찬이 싸움에 집중하던 감각을 주위로 널리 퍼뜨렸다.

모르겠다. 적인지, 아군인지. 백가화는 아닌 것 같다. 관승은 더더욱 아니다. 관승이라면 이런 식으로 기척을 숨기는 일 따위 절대로 하지 않는다.

“아무래도 젤 먼저 도착한 것 같네요. 기다렸다 나가려고 했는데.”

선찬의 눈이 놀라움으로 물들었다.

맑고도 높은 음성.

들려온 목소리가 소녀의 목소리였기 때문이다.

파삭! 파라라락!

숲에서 나타난 그녀의 얼굴엔 그 어떤 긴장감도 서러 있지 않았다. 그녀가 여유로운 걸음걸이로 선찬에게 다가와 몸을 돌렸다. 작은 몸, 그녀 앞에 거구들이 즐비했다. 어딘지 모르게 비현실적인 광경이라고 할까. 그녀가 버텨 선 모습은 철탑들 사이에 피어오른 한 송이 아름다운 꽃과 같았다.

"흑산군사께서는 철운거를 맡으세요."

그녀, 강설영이 말했다.

철운거를 맡으라는 이야기는 곧, 도와주겠다는 뜻이다.

선찬의 얼굴에 복잡한 표정이 떠올랐다. 그가 그녀를 보며 말했다.

"고맙소."

구구절절 통성명을 하면서 시간을 지체할 여유 따윈 존재치 않았다. 강설영이 뒤도 돌아보지 않은 채 말했다.

"가요. 막아줄게요."

선찬의 눈이 놀라움으로 물들었다.

도와준다는 것까지는 알겠다. 그런데 가란다.

일단 철운거부터 안전한 곳으로 옮기라는 뜻이다. 그 말인즉슨, 이 거구의 괴물들을 작은 몸으로 혼자 막겠다는 이야기였다.

'가능할까.'

선찬의 머릿속에서 오만 가지 생각이 교차해 지나갔다. 장군 가면들은 강자들이다. 탁탑천왕은 말할 것도 없다.

철운거를 들고 몸을 피할 것이 아니라 함께 싸워야 하지 않을까.

그가 먼저 도망치면 왕호저는 어떻게 해야 하나. 과연 그녀는 그들을 막을 수 있는 건가.

“저분은 걱정 마세요.”

강설영은 그의 마음을 읽기라도 한 듯 왕호저를 가리키며 말했다. 선찬의 눈빛이 결연하게 빛났다.

그저 믿는 것은 그 자신의 직감뿐.

군사로서의 직감, 그리고 무인으로서의 직감이 그에게 말한다.

그녀는 강하다.

이들을 모두 상대하고 남을 만큼 강한 소녀였다.

그가 결정을 내렸다. 빠르게 움직여 철운거를 어깨 위로 올렸다. 거구의 장군가면들이 앞으로 나선다. 선찬이 그녀를 돌아보며 말했다.

“그럼 왕호저를 부탁하오.”

그는 그녀의 대답도 듣지 않은 채 몸을 날렸다.

그러면서 뒤를 돌아본다.

적들이 그녀에게 달려드는 광경이 보였다.

하나하나의 덩치가 강설영의 두 배는 될 것이다. 일제히 뛰어드는 모습이 마치 해일이 밀려오는 것 같다. 하지만 선찬은 그 해일이 그녀를 집어삼키지 못할 것임을 절로 알 수가 있었다. 강설영의 작은 등에서, 그 해일을 다 막아줄 거대한 방패의 환상을 보았기 때문이었다.

꽈앙!

비단 당화 작은 발을 땅 위에 사뿐히 올려놓는다.

짓쳐드는 주먹에 그녀가 작은 주먹을 마주 휘두르고 있었다. 곱고 가느다란 손목에 하얀 섬섬옥수로 말아 쥔 주먹은 당장이라도 부서질 듯 부드러워 보이기만 했다.

퍼어엉!

그 작은 주먹이 일으킨 파동은 무지막지하기만 했다. 무서운 충격파가 터져 나오고, 장군가면의 주먹이 다시 한 번 거세게 튕겨 나갔다. 주먹만 튕겨 나간 것이 아니라 상체 전체가 뒤쪽으로 젖혀질 정도다.

엄청난 광경이었다. 아름드리 거목이 중간부터 분질러져 넘어가는 것 같았다.

넘어지는 장군가면의 거구를 뛰어넘으며 두 놈이 짓쳐들었다. 한 놈이 먼저 강력한 일권을 내쳐왔다. 그녀가 한 발 앞으로 나섰다. 손바닥으로 일권의 손목을 쳐내는데, 마치 파리를 쫓는 듯 가볍기만 했다.

주먹이 통째로 바깥쪽으로 내쳐지니 상체가 그대로 열린다. 근접거리다. 그녀가 오른발을 좌전방으로 내딛고 허리를 돌렸다. 등과 어깨가 놈의 가슴에 박혀들었다.

뻐엉!

가죽 북이 터지는 듯한 소리가 사위를 울렸다.

파황고.

그것이 그녀의 고법이다.

장군가면의 거구가 그대로 허물어졌다. 혀를 내두를 만한 위력이었다.

"도망치려는 셈인가!"

선찬의 신형이 멀어지고 있었다. 그것을 본 탁탑천왕의 반응은 격했다. 쩌렁 울리는 호통 소리와 함께 몸을 날린다. 왕호저가 그 앞을 막으려 했지만 분노한 탁탑천왕의 일권은 무지막지한 경력을 품고 있었다. 꽈앙! 하는 소리와 함께 왕호저의 몸이 단숨에 튕겨 나갔다.

꾸웅!

왕호저의 몸이 석벽에 부딪쳐 떨어졌다. 꿍꿍대며 일어나는 것을 보면 다행히도 큰 부상은 아닌 듯싶었다.

탁탑천왕이 꿍꿍 땅을 울리며 몸을 날렸다. 생각보다 느린 속도다. 거구인만큼 경공술이 날렵하지 않고 다소 무거워 보였다.

꽈앙! 퍼엉!

강설영은 거구들에 둘러싸인 채 펑펑거리는 충돌음을 터뜨리는 중이었다. 탁탑천왕이 그 옆을 지나 선찬이 사라진 방향으로 땅을 박찼다.

강설영은 탁탑천왕을 쫓지 않았다.

거구들과 싸우는 게 만만치 않다는 이유도 있지만, 굳이 그녀가 쫓아갈 필요가 없다고 생각했기 때문이었다.

그녀는 말했었다.

그녀가 가장 먼저 왔다고.

그녀는 혼자가 아니다. 다른 이들이 있다.

탁탑천왕은 다른 이들이 해결해 줄 것이다. 게다가 저 정도 경공이라면 당장 선찬이 잡히는 불상사도 일어나지 않겠다.

'일단 여기를 얼른 끝내고…….'

강설영의 눈이 천룡의 진기를 품고 빛났다.

거기에 그녀의 힘이 함께한다. 거구의 괴인들이 무너지고 있다. 천룡무제신기. 동천왕 천룡대제의 무공이 그녀의 몸에서 그 강대한 위용을 드러내고 있었던 것이다.


*　　　*　　　*


선찬의 신형이 빠르게 산자락을 가로질렀다.

머지않아 그는 알게 되었다. 탁탑천왕이 그를 쫓아오고 있다는 사실을 말이다.

'결국 쓰러진 건가……!'

왕호저가 진 것이다. 그저 죽지 않았기만을 바랄 뿐이다.

'탁탑천왕까지 막는 것은 무리였겠지.'

선찬은 소녀의 뒷모습을 떠올렸다.

그 거구들과 싸우는 것도 보통 일은 아니다. 선찬 자신이 싸워봐서 잘 안다. 아무리 강한 고수일지라도 놈들과 맞서려면 한참 동안 발목을 잡혀 있어야 될 게다.

'그녀는 그냥 큰소리를 친 것이 아니다. 탁탑천왕까지 막지 못함을 이미 알고 있었을 터. 그것은 곧 다른 조력자가 있다는 뜻일 것이다.'

지나치게 낙관적인 추측일까.

아니다. 그렇게밖에 설명할 도리가 없다. 그렇게 자신있게 말해놓고 탁탑천왕이 쫓아오도록 그냥 두었다는 것은 숨겨진 패가 있다는 뜻이리라.

'따라오고 있다. 한데 이 느낌은……!'

선찬은 달리면서 뒤를 돌아보았다. 탁탑천왕은 보이지 않았다. 시야에 들어오지 않을 만큼 거리를 벌려놓았다는 뜻이다.

한데 거리를 충분히 두었는데도 따돌렸다는 느낌이 없었다. 바로 뒤에서 쳐다보고 있는 듯한 기분이 든다. 그때와 같다. 처음 거구들을 맞닥뜨렸을 때, 누군가 뒤통수에 붙어 있는 것 같은 바로 그 느낌 그대로였다.

'그 금탑……!'

탁탑천왕의 왼손에 들려 있는 기이한 금탑의 모습이 머리를 스친다. 사람의 눈과 같은 보석, 그리고 주변에 누가 나타났다고 이야기했던 탁탑천왕의 반응을 떠올렸다.

그 모든 것은 금탑의 변화와 함께 시작되었다.

무엇인가 관련이 있는 것이 틀림없다. 범상치 않은 물건 같더니만 무슨 특별한 조화를 부리는 신물(神物), 법구(法具)라도 되는 모양이었다.

'주술… 같은 건가?'

주술이라면 상대해 본 적이 없다. 난감한 일이었다.

"잠깐!"

풀 내음 흩어내며 경사진 곳을 오르고 있을 때다. 이제껏 아무 말이 없었던 철운거로부터 외마디 소리가 흘러나왔다. 선찬은 발을 멈추지 않은 채 물었다.

"왜 그러오?"

"왼쪽을 보시오."

철운거 안에서도 바깥이 전부 다 보이는구나, 생각하면서 선찬이 왼편으로 고개를 돌렸다. 왼쪽, 지대가 높은 곳에 펄럭이는 뭔가가 있다. 창대에 폭넓은 천을 묶어놓은 하나의 깃발이었다.

"깃발이군."

"뭔가가 쓰여 있소."

"그냥 깃발일 뿐이오. 지금 저런 것에 신경 쓸 여유는 없소."

선찬이 답답하다는 어투로 말했다. 철운거 안에서도 동의한다는 듯 잠시 동안의 침묵이 이어졌다. 하지만 그 침묵은 오래가지 않았다.

"아니오. 확인해야 되겠소."

고심의 흔적이 묻어나는 목소리다. 선찬이 할 수 없다는 듯 방향을 틀었다. 선찬은 모사라 불리는 족속이 어떤 자들인지 너무나도 잘 알고 있었다. 양무의와 같은 사람이 고심 끝에 어떤 결론을 내렸다면, 그건 그럴 만한 이유가 있는 법이었다.

깃발이 가까워졌다. 펄럭이는 깃발에 쓰인 검은 글씨가 두 눈에 박혀든다. 선찬의 눈이 커다랗게 뜨여졌다.

"이거……!"

말이 나오지 않는다. 깃발에 쓰여 있는 것은 다름 아닌 형산파가 백가화를 잡고 있으니 용천관으로 오라는 바로 그 글귀였다. 차라리 확인하지 말 것을. 그런 생각이 절로 들었다.

"함정… 일 수도 있소."

그것은 말하자면 위로라고도 할 수 있을 것이다. 하지만 철운거 쪽의 반응은 담담했다. 나직한 목소리가 철운거 안에서 새어 나왔다.

"함정은… 아닐 거요."

"......."

선찬은 대답하지 않았다. 무언의 동의였다.

함정 삼아서 꽂아놓기엔 지나치게 저급했고, 유치할 정도로 대범한 술수였다. 형산파라면 구파일방 진입을 노리고 있을 만큼 상당한 명문으로 알려진 곳인데, 이렇게 되도 않는 함정을 팔 리가 없었다.

"일단 움직입시다."

철운거에서 다시 흘러나온 목소리엔 아무런 감정이 실려 있지 않았다. 하지만 선찬은 알 수 있었다. 양무의의 고저없는 목소리 이면에 억눌린 분노가 있다는 사실을 말이다. 그게 군사(軍師)라는 족속이다. 감정이 있지만 거기에 흔들리지 않도록 정심을 유지하는 것. 양무의는 순수한 군사다. 선찬처럼 무인 반, 군사 반의 재인이 아닌 순정하고도 진정한 군사였다.

"어디로?"

"오송정."

"용천관이 아니라?"

"준비할 것이 있소."

양무의의 대답에 선찬이 고개를 끄덕였다. 철혈신녀를 잡고 있다면 당장 죽이지는 않을 것이다. 어떤 고초를 겪고 있을지는 모르겠지만 성급히 달려들었다가는 박살을 당할 게다. 안 쳐들어가느니만 못한 것이다.

"그렇다면… 오송정에 들러 곧바로 용천관인가?"

"그렇소. 다만 동행은 오송정까지만이오."

"오송정까지……?"

"내 싸움이오. 참룡방에 더 이상 누를 끼칠 수는 없소."

"형산파에 홀로 뛰어들겠다는 이야기요?"

"장익이 있소."

양무의의 목소리는 결연했다. 분명한 감정의 파동이 섞여 있었다. 그것을 느꼈기에 선찬은 이렇게 대답했다.

"그렇게는 못하겠소."

"그렇게는 못하겠다니, 무슨 소리요?"

"주군이었다면 그리 말했을 거요. 우린 주군의 뜻에 따라 이곳에 왔소. 내 생각이 조금 다를지라도 신하는 주군을 따라야 하는 법. 우린 끝까지 그대를 도울 거요. 그리 아시오. 우린 형산파를 두려워하지 않소."

"형산파가 문제가 아니오. 당신들은 방금의 싸움으로 신마맹과도 부딪치게 되었소. 이쯤에서 발을 빼면, 신마맹과는 척을 지지 않아도 될 것이오."

"신마맹? 그 괴이한 가면 무리들의 이름이 신마맹인 모양이군. 하지만 알아두시오. 우린 상대가 누구라도 상관없소."

"그들의 전력을 겪어보고도 그런 말이 나오시오? 군사가 할 말이 아니지 않소?"

"이러지 마시오. 나도 생각 같아서는 이 철운거를 여기에 내려놓고서 모든 것을 없던 일로 하고 싶은 심정이오. 하지만 말했잖소. 신하는 주군의 뜻을 따라야 하는 법. 우리는 포기하지 않소. 불패신룡은 그런 사람이며, 또한 참룡방은 그런 곳이라오."

선찬은 그리 말하며 몸을 날렸다.

더 이상 지체할 시간이 없다. 그들을 주시하는 시선은 사라지지 않았다. 사라지지 않은 정도가 아니라 가까워지고 있다. 저 뒤쪽 숲 너머로 땅을 울리며 전해오는 기파가 있다. 탁탑천왕의 기파라는 것은 두말하면 잔소리다.

파사삭!

완만한 경사로를 지나 다시 숲길로 접어들었다. 한참을 쉬지 않고 달렸다. 험로도 있고, 우회해야 하는 협곡도 있었지만 다행히도 적은 만나지 않았다.

두 사람은 말이 없었다. 산길을 꺾고 돌아 마침내 오송정이 보이는 곳까지 왔다. 뛰는 것만으로 꽤 오랜 시간이 흘렀다. 하늘을 올려 보니 태양이 중천이다. 정오가 가까워오는 것 같았다.

'그쪽 싸움은 진즉에 끝났을 텐데……'

선찬이 저 멀리 서쪽 하늘을 바라보았다.

그 소녀의 정체. 처음엔 전혀 몰랐지만 이제 와서는 감이 좀 잡힌다.

'불산이야.'

도강과 진달이 했던 말을 기억해 낸 것이다.

도강과 진달은 불산 광염공이란 노인에 대하여 정체를 감춘 노고수란 말로 선찬에게 크나큰 놀라움을 안겨줬었다. 그리고 그때 그들은 말했었다.

그 정체를 드러나게 만들었던 소녀에 대해서.

소녀는 도강의 의분중도를 맨손으로 박살 냈었다고 했다. 그리고 그 소녀의 이름은 진면목을 드러내고 허리를 꼿꼿이 세운 광염공의 입에서 나왔다더라.

선성천녀. 강씨금상의 소상주, 강설영이라고 말이다.

‘광동성에서 산동성까지… 멀리도 왔군.’

당장 그녀의 이름을 떠올리지 못했던 것은 광동성과 산동성이 지니는 거리상의 괴리 때문이다. 거리가 머니 사고의 괴리도 따라올 수밖에 없다.

하지만 이제 비로소 두 접점을 이끌어낸 그다. 생각하면 할수록 확실해진다.

그 어린 나이.

진달과 도강이 혀를 내두르며 이야기했던 패도적인 무공.

틀림없다. 모든 것이 들어맞는다.

강씨금상에서 운거모사를 가신으로 데려오려 했다는 이야기는 비밀도 아니었지 않았던가. 철운거가 불산에 화약을 터뜨리고 관가의 수배자가 된 이후로 강씨금상에선 운거모사를 포기했다는 말이 공공연하게 나돌았다.

‘사실은 포기하지 않았다는 말이렷다.’

또 다른 변수다.

강씨금상의 소상주가 혼자 움직일 리도 없으니, 다른 조력자가 반드시 있을 것이다. 양무의를 영입하고 싶은 참룡방의 입장에서는 새로운 경쟁자라 아니 말할 수 없었다.

‘결국 빼앗기고 말 것이라면, 차라리 강씨금상 쪽이 낫겠지.’

선찬은 그렇게 생각하기로 했다.

그의 신형이 오송정 앞에 이르렀다. 오송정은 시황제가 하늘에 제사를 지내는 봉선의식을 치르려고 태산에 오르던 중 비바람을 피해 쉬어 갔다는 전설이 얽힌 장소였다. 시황제는 비를 막아준 다섯 그루 소나무에 벼슬을 내렸다고 전해지는데, 전설

의 황제에게 벼슬을 받아서인지 아니면 단순히 오래되어서 그
런 것인지 소나무들의 영험한 자태가 여느 소나무들과는 어딘
지 다른 것 같았다.

"여기서 어디로 가면 되오?"

"오른쪽 숲길로 빠져 주시오."

선찬이 뒤를 한 번 돌아보았다.

탁탑천왕은 참으로 특이한 자라는 데 생각이 미쳤다. 왕호저
를 압도할 무력을 지녔으면서 경공은 선찬과 비슷하거나 오히
려 선찬보다 못한 듯싶었다. 그 거구에 성장한 갑주까지 걸쳤으
니, 빽빽한 숲길을 돌파하기가 어려웠을 법도 했다.

'다른 놈들을 더 불러 모은다면……'

보이지 않지만 시선은 여전하다.

주시자의 천안이라고 했던가.

누군가가 곁에서 그를 주시하고 있는 느낌이다. 스멀스멀, 등
뒤에 찰싹 달라붙어서 어디로도 도망치지 못한다고 속삭이고
있는 듯했다.

양무의가 말한 오른쪽 숲길로 발길을 옮겼다. 대낮인데도 어
둑한 숲길이 눈앞에 펼쳐졌다. 선찬은 한참을 들어갔다. 철운거
안쪽으로부터 양무의의 목소리가 흘러나왔다.

"거기 풀숲을 헤쳐 보시오."

선찬이 방편산을 들고 풀숲을 걷어냈다. 뻥 뚫린 동굴의 입구
가 나타났다. 감쪽같이 숨어 있는 동굴이었다.

선찬이 몸을 숙이고 동굴 안으로 들어갔다. 철운거를 들고 들
어가려니 여간 비좁은 게 아니었다. 습기 찬 돌 내음이 코끝을

간지럽혔다. 깜깜한 어둠 속에서 양무의의 목소리가 동굴 안을
울렸다.

"거기 그것을 이용하겠소."

풀숲 틈새로 비쳐드는 햇빛을 더해 안력을 돋우었다. 선찬의
눈에 동굴 한구석에 있는 하나의 물체가 비쳐들었다.

"저것은……!"

그의 눈이 번뜩이는 이채를 발했다.

전혀 예상치 못한 물건이 거기에 있었던 까닭이었다.


*　　　　*　　　　*


용천관은 여도장들의 도관이었다. 금강반야바라밀경이 새겨
진 거대한 유적, 그 유명한 태산 경석에서 그리 멀리 떨어지지
않은 곳에 위치한 도관이다. 오랜 세월 동안 태산 산로의 초입
을 지키고 있었던 유서 깊은 도량이었다.

뚜벅뚜벅…….

잡티 하나 없는 청석 바닥 회랑 위에 절제된 발소리가 울려
퍼졌다.

발소리의 주인은 흑회색 도복을 차려입은 초로의 검사였다.
청수한 인상, 두 눈엔 정광이 가득하나. 머리 위엔 옥관을 올렸
고, 길게 늘어뜨린 머리는 완벽하게 정리되어 조금도 지저분해
보이질 않는다. 허리에 찬 한 자루 보검 검집에는 푸른 구름 남
악 형산의 산세와 만개한 연꽃이 청동색으로 조각되어 있었다.
세간에서 남악신검이라 불리는 형산연화보검이 바로 그 검의 이

름이다. 형산 연화각주, 남악연화검 주개가 그 주인의 이름이었
다.

"이토록 청정한 도관에 감옥이 있다니. 참으로 놀라운 일이로
고……!"

"알고 계신 줄 알았습니다만."

말을 받은 여도사는 황색 도복 차림이었다. 목둘레로는 붉은
천을 둘러 앞쪽으로 늘어뜨렸다. 무척이나 원색적인 색깔 조합
이지만 그다지 화사해 보이진 않았다.

용천관 관주.

그러한 옷이 화려해 보이지 않는 것은 아마도 그녀의 냉랭한
표정 때문이리라

냉엄하기로 소문난 여고수인 두모낭랑이 그녀였다.

"아니오. 전혀 모르고 있었소이다."

"모르고 계셨다면 진인께서 의아하게 생각하시는 것도 무리
는 아닐 겁니다."

두모낭랑의 어조에는 고저가 없었다. 산동성의 꺾여지는 억
양이 거의 드러나지 않을 정도였다. 딱딱한 말투에 남악연화검
이 진중한 목소리로 말을 받았다.

"그저 궁금했을 뿐이라오. 오해는 마시오. 추궁할 의도는 전
혀 없었음이니……."

"형산은 멀지만, 용천관과는 같은 동도임을 잘 알고 있습니
다. 궁금한 것을 묻고 계신데 어찌 오해를 하겠습니까. 걱정 마
십시오, 진인."

두모낭랑은 같은 동도라 말하면서도 그 흔한 미소조차 보여주

질 않았다. 남악연화검이 차분하게 고개를 끄덕이며 생각했다.

'최대한 협조는 하되, 한편으로는 거리를 두겠다는 뜻임이로다.'

형산파는 본디 불문과 도문이 혼재된 형태로 발전했는지라 딱히 사상적인 근거를 특정 짓기 어려운 문파라 할 수 있었다. 여러 믿음 속에서 자라온 문파지만, 그래도 굳이 하나를 고르라면 도문 쪽을 꼽아야 할 것이다. 수많은 지파가 형성되어 있는 도문 중에서도 천사도 계열인 정일교 쪽에 가깝다.

용천관도 그렇다. 비슷한 계파의 도관이다. 본래는 태산 꼭대기에 위치한 벽하사 계열의 지파이나, 사상적 측면에서 보자면 천사도 계열이라 할 수 있었다. 형산파와 아주 같은 근본을 지니진 않았지만 먼 친척쯤은 된다는 이야기다. 동악 성산의 그늘 아래 위치한 용천관과 저 멀리 남악의 형산파가 이처럼 공조할 수 있었던 것도 바로 그런 이유에서였다.

"철혈마녀는 위험한 여인이라오. 보통의 뇌옥으로는 잡아두기가 쉽지 않을 것이오."

"그 또한 괜한 걱정이십니다, 진인. 진인께서는 태산 마금뢰(魔金牢)에 대해서는 들어본 적이 있으시겠지요."

"마금뢰라면… 물론 들어본 적이 있소이다만."

"강호 곳곳에 이름난 흉악한 대마두(大魔頭)들이 태산으로 잡혀옵니다. 마금뢰에 잡아넣기 위해서이지요. 다만, 마금뢰로 가는 길은 험하고도 은밀하여 기슭에 있는 이곳 용천관을 경유하는 일이 잦습니다. 본관 지하의 뇌옥은 그런 마두들을 임시로 가두어놓기 위하여 벽하사 벽하원군님의 지원을 받아 특별히 만들어진 백철뇌옥입니다. 어떤 마인(魔人)이 갇혔다 해도 안에서부터 부수고 나오진 못할 겁니다."

두모낭랑의 목소리엔 아무런 감정이 실려 있질 않았다. 그렇기에 더 신뢰가 간다. 어설픈 자존심이나 과한 자부심이 깃들어 있었더라면 도리어 큰 걱정을 했을 게다. 그녀의 말마따나 괜한 걱정이었다는 생각이 들었다.

"그녀를 빼내가기 위해 조만간 강호의 악도들이 들이닥칠지도 모른다오. 용천관에 폐를 끼치고 싶지는 않소이다."

"용천관의 여도장들은 외부의 침략을 두려워하지 않습니다."

"싸움이 벌어지면 형산파에 모든 것을 맡기시오. 낭랑의 제자들이 다쳐서는 아니 되오."

"진인께선 용천관의 손님이십니다. 어찌 주인이 손님의 곤란을 모른 체하겠습니까. 그럴 것이었다면 애초에 손님으로 모시질 않았을 것입니다."

남악연화검의 얼굴에 곤란함이 깃들었다.

그는 월성신장 형동과 근본적으로 다른 인물이었다. 인품이 고결하고, 정기가 충만한 진짜 협사라 할 만하다. 그러니 그럴 수밖에 없다. 형산파의 일방적인 사정에 의해 신세를 진 것만으로도 과하다 생각하는 그였다. 용천관 한가운데서 싸움이라도 벌어진다면, 그 민폐를 어찌 감당해야 할지 상상조차 어렵다 생각하는 것이다.

"혹시… 지하의 뇌옥에서 죄인을 빼돌릴 만한 다른 통로는 없소이까?"

남악연화검이 미간을 좁히면서 물었다. 두모낭랑이 잠시 동

안 남악연화검의 두 눈을 들여다보더니 천천히 고개를 끄덕이
며 대답했다.

"있긴 있습니다만."

"좋소이다. 싸움이 발생하면 그쪽을 통해 철혈마녀를 외부로
옮기도록 하겠소."

두모낭랑의 눈에 이채가 감돌았다. 남악연화검의 배려를 느
낀 까닭이었다.

그의 말인즉슨, 다른 것이 아니다.

적들이 쳐들어올 경우, 그들의 목표는 오직 철혈마녀 하나뿐
이다. 철혈마녀가 용천관에 없다면 용천관 여도장들이 싸움에
휘말릴 이유도 없다.

남악연화검은 철혈마녀를 바깥으로 빼돌림으로써 싸움터를
옮기겠다는 뜻이다. 용천관에서 싸우진 않겠다. 폐를 끼치기 싫
다는 의지가 진정으로 전해져 왔다.

"진인께선 정명하고도 진실된 협심을 지니셨군요. 마음은 감
사하나 용천관은 그렇게 약한 곳이 아니랍니다."

"낭랑께서 얼마나 훌륭한 무도를 연마하셨는지는 빈도가 잘
알고 있소이다. 이곳을 싸움터로 만들지 않고자 함은, 다만 용
천관을 약하게 생각해서가 아니라 남악(南嶽)의 천도를 지키기
위함이라오. 부디 빈도의 정을 들어주시오."

"정히 그러시다면 할 수 없군요. 뜻대로 하시지요."

두모낭랑이 두 손을 합장하며 고개를 숙였다. 마치 불가의 인
사와도 같았지만 기원은 도교다. 천상 두모신(斗母神)의 자세를
본따서 만들어졌다는 인사였다.

타다다닥!

청석바닥을 요란하게 울리는 발소리.

형산파 제자 하나가 다급한 표정으로 달려들어 온 것은 바로 그때였다.

"각주님! 큰일이 생겼습니다!"

"쯧쯧. 낭랑께서 계시는데 경망되게 이 무슨 소란인고."

"죄, 죄송합니다. 제자가 마음이 급하여……."

제자가 굳은 얼굴로 사죄하며 고개를 조아렸다. 형산파 장로이자 연화각의 각주, 남악연화검이 혀를 차며 물었다.

"무슨 일이기에 그러는가."

"제자들이, 제자들이… 여럿 죽임을 당했습니다."

"무엇이라?"

"중천문(中天門)에서 내려오는 산로에 무서운 괴인들이 나타났다 합니다. 다섯 명이 일시에 죽음을 면치 못했고, 그나마 살아온 제자들도 위독한 상태입니다. 남동으로 빠지는 숲길에서 싸움이 벌어지고 있는 모양인데, 도저히 막을 수가 없다 합니다. 천주 진인께서 전하시길, 각주님께서 나서주셔야 할 것 같다고 하십니다."

남악연화검의 표정이 급변했다.

천주 진인이라 함은 남악천주부를 말함이었으니, 남악천주부는 자존심이 강한 인물이라 누구에게 도움을 청할 사람이 결코 아니다. 그런 그가 다른 사람도 아닌 남악연화검에게 나서달라 했다면, 사태는 보통 심각한 것이 아니라는 이야기였다.

"어디쯤인가!"

묻기에 앞서 발부터 움직인다. 펄럭이는 도포 자락, 오른손은
이미 연화보검에 닿아 있었다.

"일천문 쪽으로 가시면 제자들이 대기하고 있을 것입니다!"

남악연화검은 벌써부터 도관 바깥이다. 황급히 따라 나오는
제자를 돌아보며 그가 빠른 어조로 지시를 내렸다.

"월성신장에게 일러라. 이곳 용천관에 변고가 생기면 경계를
강화하고, 철혈마녀를 바깥으로 내보내라고 말이다. 용천관 여
도장들께 누가 되어선 안 된다. 경계를 강화하고 싸울 준비를
단단히 해라. 그쪽 일을 마무리 짓고 최대한 빨리 돌아오겠다."

마지막 지시와 함께 도관 안쪽을 돌아보았다. 두모낭랑과 눈
이 마주쳤다. 그녀가 가볍게 고개를 끄덕였다. 걱정하지 마시라
는 뜻 같았다. 남악연화검이 마주 고개를 끄덕이고는 땅을 박차
고 몸을 날렸다. 무서운 속도로 쏘아져 가는 그의 신형 끝에 도
포 자락 파공음이 따라붙고 있었다.

＊　　　　＊　　　　＊

철운거를 어깨에 지고 풀숲을 헤치며 용천관으로 향했다. 칠천
사백 계단이 깔려 있는 편한 길이 멀지 않은 곳에 있었지만 선찬
은 그쪽 길을 고려치 않았다. 태산을 오르는 사람들도 사람들이
거니와, 형산파 무인들도 즐비하게 서 있을 것이기 때문이었다.

계곡물이 시원스레 들려오는 가운데, 선찬은 방금까지 따라
붙던 시선이 일순간 사라지는 것을 느꼈다. 선찬은 직감적으로
알 수 있었다. 시선은 사라졌지만 추격이 멈춘 것은 아니다. 시

선이 사라진 것은 이미 더 이상 지켜볼 필요가 없다는 뜻과 같다. 즉, 다 따라잡혔다는 이야기였다.

꿍! 꿍!

환청처럼 들려오는 소리가 그 느낌을 확인시켜 주었다. 접근하고 있음을 감추지도 않은 채 무서운 기세를 뽐내며 따라붙고 있다. 탁탑천왕이었다.

파사사삭! 푸드드드득!

산새들이 놀라 하늘로 날아오르는 것이 보였다. 굉장한 기세다. 잠깐 사이 축지법이라도 익힌 것인지, 아까보다 배는 빠르게 다가오는 것 같았다.

'피할 도리가 없다는 것인가……!'

선찬이 달리는 속도를 빨리해 보았지만 소용이 없었다. 선찬은 무작정 달리는 것을 멈추고는 풀숲이 빽빽한 곳을 찾았다. 키 큰 삼나무들이 하늘 높이 뻗어 운신이 어려운 곳이 눈에 들어왔다. 선찬이 그 안으로 신형을 날렸다. 탁탑천왕 정도의 거구가 자유롭게 움직이지 못할 만한 곳을 확보한 것이다.

꾸웅!

뒤를 돌자, 저쪽 바위를 박차고 하늘에서부터 떨어지는 거인의 모습이 두 눈 가득 비쳐들었다. 땅바닥에 꽂힌 거대한 금탑에 풀잎과 흙먼지가 확 피어올랐다.

"철운거를 내놓아라!!"

아까보다 더 큰 고함 소리다. 산새들이 푸드득 날아가고 삼나무 뾰족한 잎들이 비처럼 우수수 떨어졌다.

'이런 괴물을 어떻게 상대했지?'

굉장한 위용이다. 꽤 오랫동안 버텨냈던 왕호저가 도리어 대단했다는 생각이 들었다.

"순순히 넘겨줄 거였으면 도망치지도 않았지."

선찬이 철운거를 내려놓고 방편산을 꺼내 들었다.

그걸 본 탁탑천왕은 말없이 등 뒤로 손을 돌렸다. 탁탑천왕도 병장기를 쓰겠다는 것이다.

'어허……!'

탁탑천왕의 병장기는 거대한 철봉이었다. 검은색으로 윤기가 흐르는 묵철에 점점이 보석이 박혀 있는 보봉(寶棒)이다.

'휘두를 수나 있나?'

한 손으로 휘어잡아 겨누는데, 두껍기도 두껍거니와 길이만 해도 칠 척은 족히 될 것 같다. 어디의 누군가가 팔십 근 철봉을 자유자재로 휘둘렀다는 허황된 이야기를 들어본 적이 있다. 그런 걸 어떻게 휘두르나 했었는데, 저걸 보니 아주 꾸며낸 이야기는 아닌가 싶다. 속이 빈 철봉도 아닐 테니 정말 몇십 근 정도는 우습게 보였다.

"천신의 의지에 반하는 자여! 지옥에 떨어지고 싶지 않다면 그만 물러나는 것이 좋을 것이다!"

"지옥? 지옥은 죄지은 사람들이 가는 곳이 지옥이지!"

선찬이 호기롭게 말을 받았다. 탁탑천왕이 오른발을 앞으로 내딛으며 말했다.

"그렇다면 할 수 없다."

간단한 대답에도 온 사위를 울릴 만한 목소리를 토해낸다. 이어진 것은 공격이 아니라 찰칵, 찰칵 하는 맑은 금속성이다. 선찬의 시선이 탁탑천왕의 왼손으로 향했다. 워낙 요란하게 나타나서 몰랐는데, 탁탑천왕의 왼손에 올려진 그것은 아까와 또 다른 모습을 하고 있었다. 금탑도 아니고 연꽃 모양도 아니다. 날개가 달린 황금색 비천마(飛天馬)의 형태다. 그것이 지금 다시 금탑 모양으로 변형을 일으키는 중이었다.

'저것 봐라?'

선찬의 눈이 이채를 떠올렸다.

아까 왕호저와 싸울 때 그 물건은 탑의 모습을 하고 있었다. 그러다가 선성천녀로 짐작되는 그녀가 나타나기 직전, 눈동자가 달린 연꽃 모양으로 변했었다.

방금은 비천마의 형태를 하고 있었다. 하늘을 나는 비천마란 곧 천 리를 한달음에 날아가는 신화적인 속도의 상징이다. 그리고 다시 보봉을 겨눈 지금, 처음의 금탑으로 모습이 바뀌었다.

일련의 변화는 한 가지 추측을 가능케 한다. 확신에 가까운 추측이었다.

'싸울 때는 금탑, 적들을 감지할 때는 연꽃, 그리고 비천마……! 뒤를 따라오던 시선은 그 눈 달린 연꽃 형태의 조화였을 것이다. 시선이 사라진 직후, 쫓아오는 속도가 기이할 정도로 빨라졌다. 비천마는 경공이다. 필요한 상황에 따라 탑의 형태가 바뀐다. 틀림없다. 저건 그런 힘을 지닌 법보(法寶)인 것이다!'

중요한 사실을 한 가지 알게 되었다.

상대에 대해 안다는 것은 전술의 가장 기초적이고 핵심적인 요소다. 문제는 그 정보를 어떻게 활용하느냐다.

'신비로운 조화를 일으키는 무가지보(無價之寶)! 그렇다면……!'

일순간 번뜩이며 스쳐 간다.

한 가지 작전이 세워진 것이다.

"오라!"

찰칵!

마지막 금속성과 함께 금탑의 모습이 완벽하게 갖춰진다. 탁탑천왕이 땅을 박차고 숲으로 짓쳐들었다. 빽빽이 늘어선 삼나무들 사이로 괴물 같은 거구가 무서운 바람을 일으켰다.

위이이잉! 꽈아앙!

거대한 보봉이 쳐들어온다. 선찬은 상대의 일격을 받아내지 않았다. 그대로 왼쪽으로 몸을 날렸다. 휘둘러지던 보봉이 두꺼운 삼나무 줄기를 때렸다. 폭음에 가까운 충돌음이 아름드리나무를 뒤흔들었다.

가늘고 기다란 삼나무 잎이 우수수 쏟아져 내렸다. 선찬이 나무 두 개를 스쳐 지나가며 거리를 벌렸다. 탁탑천왕이 돌아선다. 거신(巨身)에 거병(巨兵)이다. 주변 모든 사물이 장애물일 수밖에 없다. 탁탑천왕이 선찬을 쫓아 몸을 날렸다. 다시 한 번 무서운 기세로 보봉을 휘둘렀지만 선찬에겐 닿지 않는다. 소나기처럼 잎을 떨구며 온몸으로 막아주는 삼나무들 덕분이었다.

'좋아!'

뒤로 몸을 뺀다. 앞에 있는 두 그루 삼나무가 곧 튼튼한 방패다. 아니나 다를까, 탁탑천왕의 거구는 딱 붙어선 두 그루 삼나무 사이를 통과하지 못했다.

운신이 어렵다. 장병을 휘두르기도 마땅치 않다.

반격의 여지가 바로 거기에 있었다.

쐐액!

선찬 역시도 큰 키에 만만치 않은 체격을 지녔다. 방편산이란 무기도 장병이긴 매한가지다. 하지만 그는 애초부터 이 지형을 싸움터로 상정한 후 대응을 시작한 사람이다. 공격이 날카로울 수밖에 없다. 더군다나 탁탑천왕은 지나치게 거대한 몸집을 지녔다. 찔러오는 방편산에 탁탑천왕이 옆으로 상체를 틀었지만, 그것만으로도 삼나무 가지에 어깨가 걸려 버렸다. 보봉 자루를 들어 올려 막아내는 움직임이 다급해질 수밖에 없었다.

따앙! 쩌정!

나무 두 개를 사이에 두고 찔러드는 방편산의 움직임은 대단히 정교했다. 탁탑천왕의 몸체가 계속 주변의 삼나무 줄기에 부딪치고 있었다. 바깥쪽에서 날렵하게 움직이며 방편산을 찔러가는 모습이 마치 거대한 곰을 철창에 가두어놓고 공격을 가하는 듯했다.

쩌저정!

쉴 새 없이 몰아쳤다. 탁탑천왕은 보봉의 한쪽 끝을 짧게 잡고, 다른 쪽 끝을 땅바닥에 질질 끌다시피 하면서 최소한의 움직임으로 짓쳐 오는 방편산을 막아내고 있었다. 불리한 상황에서도 한 차례 직격을 허용하지 않는 것을 보면 과연 무공이 대단하긴 대단하다. 탁 트인 평지에서 싸웠더라면 패배를 면치 못했을 것임을 인정해야만 했다.

쩡! 따아앙!

마침내 일격을 성공시킨다. 선찬의 방편산이 탁탑천왕의 어깨를 때렸다. 충격에 밀려난 탁탑천왕이 뒤쪽의 삼나무에 등을 부딪쳤다. 꾸웅 울린 나무줄기 위로 삼나무 잎들이 소나기처럼 흩어져 내려왔다.

'갑주가 없었더라면……!'

선찬으로서는 못내 아쉬운 순간이다. 탁탑천왕이 입은 갑주는 이제 보니 보통 갑주가 아닌 듯했다. 날이 세워진 방편산에 맞았는데도 흠집 하나 나질 않았다. 선찬이 휘두르는 방편산엔 언제나 내부에 충격을 가하는 침투경이 담겨 있었던 만큼 어느 정도 이상의 타격은 입혔겠지만, 그래도 아쉬움을 감추긴 어렵다. 갑주가 없었더라면 어깨를 갈라내며 깊은 상처를 새겨놓았으리라.

"그렇게 나온다 이건가!"

탁탑천왕은 상당히 분노한 듯했다. 빠르게 움직이려 해도 삼나무 사이는 비좁기만 하다. 머리가 너무 높은 곳에 있어 삐죽한 가지와 잎들이 시야를 가리기까지 한다. 답답하기도 답답했을 것이다. 탁탑천왕이 보봉을 선찬 쪽으로 쭉 겨누더니 왼손을 한 번 흔들었다. 그가 짤막하게 외쳤다.

"나와라, 금강!"

찰칵거리는 맑은 금속성이 금탑 안쪽에서부터 들려오기 시작했다.

'이번엔 무슨……?'

의문은 잠깐이다. 땅을 박찬 것은 무인으로서의 본능이었다. 그가 삼나무 사이로 몸을 날리며 방편산을 휘둘렀다. 기습적인 일격이다. 금탑이 변화하고 있는 바로 그 순간을 노린 것이다.

꽈앙!

하지만 탁탑천왕의 반격은 전광석화와 같았다. 마치 예상하고 있었다는 듯 보봉을 짧게 휘두르는데, 그 경력이 그야말로 무지막지했다. 방편산이 무서운 기세로 튕겨 나가 삼나무 줄기에 박혀들었다.

선찬은 대경하여 급히 몸을 숙였다. 머리 위로 보봉 끝이 스쳐 갔다. 꽝! 우지끈 하는 소리가 바로 뒤 삼나무 줄기에서 터져 나왔다.

"큭!!"

재빨리 손목을 비틀어 나무에 박힌 방편산을 잡아채고 다시 두 그루 나무 사이로 몸을 뺐다. 탁탑천왕은 쫓아오지 않았다. 그의 왼손에선 아직도 금탑이 변형을 일으키고 있는 중이었다.

'변형 중에도 섣불리 덤벼들 수는 없다는 것인가……!'

선찬의 얼굴이 어두워졌다. 난공불락이란 말이 실감난다. 그의 눈이 변형을 끝마치고 있는 금탑에 이르렀다. 탑 밑 부분이 군데군데 회전하며 맑은 금속성을 내고 있었다. 탑 중단에서 여섯 개의 팔이 튀어나오고, 탑첨부가 뒤집히며 둥그런 머리를 드러낸다.

마침내 모습을 갖춘 그것은 삼두육비의 황금야차상(黃金夜叉象)이었다.

대체 누가 있어 저런 정교한 기관을 만들 수 있었을까 싶다. 반 자 육 촌 높이 황금야차상의 여섯 개 손에는 들고 있는 보물마저 세밀하게 세공되어 있을 정도였다.

"천신의 앞길을 막지 말라! 이젠 약삭빠른 수작 따위 부리지 못할 것이다!"

탁탑천왕이 쿵! 하고 발을 굴렀다. 땅거죽이 뒤집어질 정도로 강력한 진각이다. 그다음은 돌진이다. 탁탑천왕의 몸이 선찬의 정면으로 짓쳐들었다.

파박!

선찬이 나무 세 그루를 휘돌며 뒤쪽으로 몸을 날렸다. 탁탑천왕의 거구는 그 세 그루 사이를 통과하지 못한다. 선찬이 방편산을 측면으로 돌렸다. 옆으로 돌아오는 틈새에다 꽂아 넣을 생각이었다.

그때였다.

꽈아아앙! 우지끈!

선찬의 두 눈이 휘둥그레하게 치떠졌다. 세 그루 나무가 폭발하듯 무너지고 있었다. 선찬이 다급히 오른쪽으로 몸을 날렸다. 그가 서 있던 그 자리에 탁탑천왕의 보봉이 꽂혀들었다. 땅거죽이 움푹 파이며 흙더미와 풀줄기가 치솟아올랐다.

'말도 안 되는……!'

콰직! 콰직! 콰아앙!

아름드리 삼나무가 단숨에 터져 나가고 있었다. 거구로 그냥 부딪치며 돌진해 오는데, 이건 무슨 손가락 굵기의 관목들처럼 버텨내질 못하고 있다. 믿을 수 없는 위력이었다.

꽈앙!

앞을 가로막는 삼나무들을 그냥 우지끈 부셔 비리고 들어와 보봉을 횡으로 휘둘러 온다. 어렵사리 피해낸 선찬의 바로 앞에서 보봉 끝이 두터운 삼나무 줄기에 박혀들었다. 절반이 넘도록 박혀든 보봉에 높디높은 삼나무가 한쪽으로 기울어진다. 탁탑천왕 뒤쪽의 삼나무들도 마찬가지다. 햇빛을 가렸던 삼나무 가지들이 이쪽저쪽 넘어지니, 마치 하늘이 무너지는 듯하다. 우지 끈 가지가 부러지는 소리와 거목 줄기가 꽈릉 하고 땅바닥에 처박히는 소리가 연신 사위를 울렸다.

'삼두육비의 괴물……!'

숲이 무너지고 있었다. 사방으로 비산하는 나무 파편 사이로 삼나무 잎 초록빛 구름이 일어난다. 숲 한가운데에 한 바닥의 공터가 생겨 버렸다. 철탑처럼 버텨 선 것은 그야말로 탁탑천왕 천신의 위용이었다. 압도되지 않고서는 어쩔 도리가 없었다.

'힘으로는 상대가 안 된다. 다만, 저 강대한 힘의 원천이 황금 야차상이라고 한다면……!'

마지막 노림수다. 이게 통하지 않으면 끝이다.

"카합!"

선찬은 왕호저처럼 장쾌한 기합성으로 압박에 맞서면서 땅을 박찼다. 선찬이 노리는 목표는 오직 하나다. 탁탑천왕의 왼손, 황금야차상에 방편산 중심선이 맞추어져 있었다.

따앙!

탁탑천왕이 한 손으로 보봉을 휘둘러 선찬의 방편산을 튕겨 냈다. 무시무시한 힘이다. 온몸이 방편산을 따라 날아가 버릴 것 같았다. 하지만 선찬은 멈추지 않았다. 온 힘을 발끝에 모으고 앞으로 전진했다. 좌보, 땅을 박차고 우각으로 올려 찬다. 황금야차상을 노린 일격이었다.

'이것은……!'

발끝이 황금야차상에 거의 닿았을 때다. 선찬은 순간적으로 등골이 서늘해지는 느낌을 받았다.

‘죽는다!’

죽음의 함정에 빠진 느낌이 이럴까.

탁탑천왕의 왼손은 지옥의 입구다. 깊고도 깊은 심연 속으로 온몸이 빨려드는 것 같았다.

위이잉!

피할 수 없다. 온 힘을 다해 발끝을 거두고 팔꿈치와 무릎을 끌어당겨 충격에 대비했다. 옆구리, 무릎을 휩쓸어온다. 막대한 힘의 홍수가 그의 온몸을 흔들었다.

퍼어억!

선찬의 몸이 하늘을 날았다.

쿠당탕! 땅바닥을 굴러 무너진 삼나무 그루터기에 부딪쳤다.

“쿨럭……!”

그의 입에서 핏덩이가 토해져 나왔다. 두 손으로 땅을 짚고 몸을 일으킨다. 억지로 방편산을 들어 전면을 방어했다.

죽지 않은 게 다행이다. 황천길 문턱에서 빠져나왔다.

‘잘못 생각했다. 저 기이한 법보는 탁탑천왕의 중심이었어. 치명적인 함정이다. 저 괴물의 무공은 저것을 보호하려고 할 때 가장 큰 힘을 발휘한다. 약점으로 생각하고 함부로 뛰어들었다가는 죽음을 면치 못하는……!’

선찬의 판단은 정확했다.

조금만 늦었어도 그는 죽었다. 금탑, 황금야차상. 저것은 탁탑천왕이 지닌 무공의 핵(核)이다. 탁탑천왕의 왼손 근처에는 모든 것을 빨아들이는 역장이 둘러쳐져 있다. 저걸 건들려고 하면 죽는 것이다. 보탑을 수호하는 자, 그게 탁탑천왕이다. 그것이야말로 탁탑천왕의 실체이자 그가 지닌 무공의 진정한 근원이었던 것이다.

'졌다.'

그도 알고 탁탑천왕도 알고 있다. 선찬의 내부는 이미 엉망진창이 되었다. 방편산을 꼬나 들고 있지만, 그 어떤 일격도 막아 낼 수 없다. 탁탑천왕이 달려와 그의 목숨을 빼앗지 않은 것도 그래서인 것 같다. 그래도 천신의 가면을 썼다는 것일까. 무방비나 다름없는 자에게 굳이 달려들지 않는다. 사마외도의 무리인 줄 알았더니, 묘한 자존심이 있는 모양이다. 참으로 이해 못할 족속이었다.

"패배를 인정하라. 계속 방해하면 죽이겠다."

쩌렁 울리는 목소리에 선찬의 얼굴이 확 일그러졌다. 내상을 심하게 입은지라 목소리를 듣는 것만으로도 큰 충격을 입고 있었다.

"졌다."

선찬이 말했다. 치욕적인 한마디이지만 어쩔 수 없다.

그때였다. 아까부터 들었던 금속성이 다시 들려온 것은.

"……!"

선찬의 눈이 탁탑천왕의 왼손으로 향했다.

승리를 확인했으니 금탑으로 되돌리는 것인가. 황금야차상이 변형을 일으키고 있었다.

찰칵, 찰칵! 치이잉!

머리가 접히고 여섯 개의 팔이 들어간다.

순간, 선찬의 눈이 번쩍 뜨였다.

황금야차상의 몸체가 열리고 눈동자 형태의 보석이 모습을 드러낸다. 아래쪽은 연꽃처럼 펼쳐지고 있었다.

'연꽃 형태! 그렇다면……!'

가면에 가려져 표정을 읽을 수는 없지만 탁탑천왕도 놀란 듯
하다.

아니나 다를까, 탁탑천왕이 주위를 훑어본다. 그 반응은 곧
선찬에게 있어 어둠 속에서 만난 한줄기 빛과 같았다.

탁탑천왕의 법보가 연꽃 형태로 변했다는 것은 곧 탁탑천왕
의 적이 나타났다는 뜻이었다. 그것은 다시 말해, 선찬에게 돌
파구가 생겼다는 뜻과 같았다.

"또 어떤 놈들이냐! 대체 어떤 놈들이 있어 이토록 천신의 의
지를 방해하는가!!"

탁탑천왕의 일갈이 사위를 울렸다.

잠시 동안의 정적이 숲 전체에 내려앉았다. 이내, 휘익□ 하
는 한줄기 파공음이 그 정적을 가로질렀다. 나무 사이로 날아든
이는 한 자루 협도(狹刀)를 비껴들고 있었다.

"휴우… 엄청 크구만. 뭐 이런 괴물이 다 있지?"

처음 보는 남자였다.

탁탑천왕의 저 꼭대기 머리를 올려다보는데 그야말로 질렸다
는 어투였다. 그가 한쪽을 돌아보더니 도저히 안 되겠다는 듯
고개를 설레설레 흔들며 말했다.

"안 되겠다, 샌님아. 이건 혼자서 못 당하겠어."

언제부터 그쪽에 있었던 것일까.

무너진 삼나무 줄기들을 훌쩍 뛰어넘으며 단정한 걸음걸이로
걸어오는 이가 있다. 죽립을 눌러쓰고 가슴 앞에 한 자루 검을

품었다.

"혼자 못 당하는 것은 당연지사. 둘이라고 가능할지 모르겠소."

"못할 것은 또 뭐냐. 이렇게 큰 놈은 대체로 움직임이 굼뜨다고."

비껴든 협도 끝을 까딱거리며 말한다.

막야흔이다.

스르릉.

막야흔의 옆에서 가슴 앞의 검을 뽑아 든 이는 다름 아닌 엽단평이었다. 두 사람 모두 태연한 신색이다. 거대한 기세를 온몸으로 받아내면서도 전혀 두려워하는 것 같지가 않았다.

"겁을 모르는 놈들이로다!"

꾸웅!

탁탑천왕이 보봉으로 땅바닥을 한 번 찍으며 소리쳤다. 막야흔의 반응은 가관이었다. 새끼손가락으로 귓구멍을 한 번 후비고는 그것을 코앞으로 가져와 훅 하고 바람을 불어서 털어냈다. 그가 심기가 뒤틀렸다는 표정을 지으며 귀찮다는 듯한 어조로 말했다.

"거, 시끄럽구면."

뒤에 있던 선찬이 어이가 없다는 표정을 지었다.

선찬은 이 겁없는 도객과 죽립 눌러쓴 검객의 실력을 한눈에 파악했다. 두 사람 모두 상당한 고수였지만 탁탑천왕의 괴력에는 당적할 수 없다. 이 대 일로 덤빈다 해도 마찬가지다. 덩치 큰 고양이에게 쥐새끼 두 마리가 달려드는 꼴이다. 저렇게 건방진 언사를 날릴 만한 상대가 아니었다.

“도와주려는 의도는 고맙지만, 둘만으로는 상대할 수 없네. 피하는 것이 좋을 걸세!”

선찬이 소리쳤다. 내상을 심하게 입고 피를 토해서인지 목소리까지 갈라져서 나온다. 젊은 도객 쪽이 고개를 돌리는 것이 보였다. 그의 얼굴엔 ‘이건 또 뭐야?’란 표정이 떠올라 있었다.

“맛이 가긴 했구만.”

도객, 막야흔이 비틀린 웃음을 지으며 말했다. 무슨 소리냐, 일그러진 선찬의 얼굴에 막야흔이 다시 한 번 코웃음을 친다. 막야흔이 말을 이었다.

“우리 둘만 온 게 아냐. 그것도 못 느낄 만큼 내상이 심한가?”

선찬의 얼굴이 굳어졌다.

그가 고개를 홱 돌렸다. 그때서야 느낀 것이다.

다가오는 자.

꾹꾹 내리밟는 걸음걸이에 강력한 기파가 함께하고 있다.

청룡언월도가 없다지만, 그 용맹한 무력은 결코 스러지지 않는다.

“관승!!”

밝은 목소리로 맞이한다. 관승의 붉은 얼굴, 열리는 입술로 긴 수염이 가볍게 움직였다.

“꼴이 말이 아니로군.”

“자네도 만만치 않아.”

선찬의 말마따나 관승의 몰골도 엉망이긴 매한가지였다.

휘날리던 전포는 갈기갈기 찢어졌고, 이곳저곳 긁힌 상처엔 피딱지가 앉았다. 머리 위 옥관은 온데간데없어 긴 흑발이 제멋대로 뻗쳐 있었다.

"요괴 다음은 천왕인가?"

관승의 목소리는 묵직했다.

그의 눈은 이미 탁탑천왕에게 박혀 있었다. 벌써부터 호승심으로 가득 차 있다. 당장이라도 뛰어들 기세였다.

하나, 그는 그럴 수 없었다. 언제나처럼 건방진 어투로 그를 제지한 한줄기 목소리가 있었기 때문이다.

"이 양반이 어딜 눈독을 들이나? 이놈은 우리 거야."

막야흔이 관승을 향해 소리친다.

관승의 눈이 막야흔에게로 돌아갔다. 그가 막야흔을 위아래로 한 번 내려다보더니 낮게 깔리는 저음으로 대답했다.

"자네로는 안 될 것 같은데."

"그건 당신이 상관할 바가 아니지."

관승의 굵은 눈썹이 위로 치켜 올라갔다. 선찬이 한마디 하려고 할 때다. 죽립을 눌러쓴 검사, 엽단평이 슬쩍 몸을 돌리더니 관승을 향해 말했다.

"운장대도께서 제때에 오실 거라더니 과연 틀리지 않는군. 시간이 얼추 맞을 것이라 했소. 이곳은 우리가 맡겠소. 관 대협께선 부상자와 철운거를 수습하여 용천관 쪽으로 향하시라는 전언이오."

"전언? 누구의?"

"칠종칠금… 이라 말하면 알 것이라 했소."

"칠종칠금?"

관승의 붉은 얼굴은 그저 반문으로 가득했다. 먼저 그 뜻을 깨달은 것은 선찬이었다. 선찬의 두 눈에 놀라움, 경이가 가득 찼다.

"그 꼬맹이!"

선찬이 막야흔과 엽단평을 한 번씩 돌아보았다. 그가 물었다.

"자네들은 그 녀석의……?"

"동료요."

엽단평이 대답했다. 대답을 들은 선찬이 흔들리는 발끝으로 몸을 돌렸다. 그가 관승에게 말했다.

"가자!"

관승이 미간을 좁혔다. 그가 물었다.

"무슨 소리냐?"

"용천관 쪽이 더 급해. 이쪽은 막아준다니까, 우린 그쪽으로 간다."

관승이 탁탑천왕 쪽을 한 번 더 돌아보았다.

거구만큼이나 굉장한 무력. 맞부딪쳐 호쾌하게 싸워보고 싶은 마음이 굴뚝같다.

"어서!"

선찬의 재촉에 할 수 없이 몸을 돌린다. 관승이 선찬에게 다가가 그를 번쩍 들어 옆구리에 둘러멨다. 선찬이 얼굴을 찌푸렸지만 어쩔 수가 없는 일이다. 지금 그의 몸 상태로는 경공다운 경공을 펼칠 수가 없었다. 관승은 뒤를 돌아보지 않았다. 다시 돌아보았다가는 탁탑천왕과 싸워보고 싶은 마음에 십중팔구 이 곳을 떠나지 못하게 되리라. 무너진 숲 저편으로 몸을 날려 철운거를 들어 올렸다. 어깨 위에 덜컥 올려놓는데, 관승의 눈으로 번뜩이는 기광이 스쳐 지나갔다.

멀어지는 관승을 두고도 탁탑천왕은 웬일인지 움직일 줄을 몰랐다. 철탑처럼 버텨 선 그가 막야흔과 엽단평을 내려다보았다. 그가 천둥 같은 목소리로 물었다.

"이야기는 끝났나?"

거기까지 참고 봐준 것이 신기할 지경이다.

당장 철운거가 저기 멀리 사라지고 있는데도 몸을 날리지 않는다. 의문이 남지만, 막야흔과 엽단평에게 있어서는 그런 의문 따위 그야말로 알 바가 아닌 게다. 막야흔이 협도를 겨눈다. 탁탑천왕의 거구 앞에서 마치 젓가락처럼 보이는 협도다. 막야흔이 말했다.

"그래, 끝났다. 이제 한판 신나게 어울려 봐야지."

"무지한 인간들이여, 인간이란 응당 천신의 의지에 두려움을 가져야 하는 법이거늘. 이 탁탑천왕이 네놈들에게 천신의 위엄을 가르쳐 주마!"

거대한 보봉이 꾸웅 하고 땅을 찍는다.

발밑에 우르릉, 하는 진동이 느껴질 정도다. 막야흔의 협도가 칙칙한 묵광을 뿌리니 엽단평의 강검이 새파란 빛을 머금는다.

쐐애액!

그 어떤 상대에도 두려움 따윈 없다. 두 사람의 신형이 무서운 속도로 짓쳐들어 가고 있었다.

제26장 천적(天敵)

절대로 만나고 싶지 않은 사람.

그 누구에게도 이길 수 있고 그 무엇도 무섭지 않지만, 단 하나 예외로 꼽을 수 있는 자.

어떤 것을 가지고 있어도 상대할 수 없는 그 무엇.

그것이 바로 천적이다.

하늘은 그 무엇의 독존(獨尊)도 허락하지 않는다.

그것이 천도(天道)다.

그러한 천도가 깨어졌을 때 세상은 혼란에 빠진다.

모두의 위에 군림해도 단 하나 두려워하는 것이 있다면, 그게 곧 천적의 의미다.

천적이 있기에 마(魔)를 제압할 수 있고, 또한 천적이 있기에 선(善)이 힘을 잃는다.

강호를 살아가는 자, 하늘이 내린 천적을 두려워하고 악행에 빠지지 말라. 악행에 빠진 자, 언제고 징벌할 천적이 나타날지니 영원함이란 어디에도 존재하지 않는다. 선(善)을 행하는 자, 자만의 달콤함에 속지 말라. 자기 안에 있는 천적보다 더 무서운 천적은 없다 …(중략)……

한백무림서 미완
한백의 일기 중에서.

용천관으로 내려가는 길이다.

씩씩대며 달려가는 남자, 통나무 같은 몸집과 멈추지 않고 용솟음치는 용력을 지녔다.

장팔사모 꼬나 들고 바위를 넘어 나무를 박찬다. 졸졸 흐르는 시원한 물소리를 귓전으로 스쳐 보내고 눈앞을 가리는 나뭇가지를 치워내며 굴러가듯 산길을 타고 있었다.

"흐아압!"

까마득한 협곡까시 뛰어넘었다. 이슬이슬한 단애 밑으로 흙먼지가 쏟아졌다. 한참을 더 뛰어가다 결국은 지치고 만다. 좌충우돌 뛰고 싸우기를 얼마 동안 반복해 왔던가. 내력까지 바닥나고 있나 보다. 비 오듯 쏟아지는 땀방울이 공력의 고갈을 명백하게 보여주고 있었다.

"후욱! 후욱!"

용천관이 바로 요 밑이다. 지금 당장 처들어가 모조리 박살을 내고 싶은 마음뿐이다.

하지만 그래서야 장익덕에서 덕 자를 뺀 것이 아무런 의미가 없는 게 된다. 천하를 호령하던 장익덕도 그렇게 내키는 대로 행동하다가 세상을 뜨지 않았던가.

가슴은 뜨거워도 머리는 차갑게 해야 한다.

형산파 놈들이야 하나도 겁날 것이 없다지만, 그것도 몸이 멀쩡할 때의 이야기다. 지금 이 상태로 덤벼들었다가는 비명횡사를 면치 못하게 되리라.

장익은 무조건 돌진하는 대신 어둑한 풀숲으로 숨어들었다. 주위를 신중하게 살피고, 인적이 없음을 확인했다. 뒤엉켜 자란 이름 모를 나무들과 어른 키만 한 바윗돌이 시야를 완벽하게 차단해 주는 곳으로 들어가 가부좌를 틀었다. 운기를 시작했다. 내력을 회복하려는 것이다.

중천에 떠 있던 태양이 차차 서쪽을 향해 기울어지고 있었다.

온종일, 가능하다면 다음날 아침까지라도 운기를 해서 몸 상태를 완벽하게 만들고 싶었지만 장익에게 그 정도까지의 참을성은 존재하지 않았다.

가화 누이가 어떤 고초를 겪고 있을까 싶다. 백가화만 걱정이 되는 것이 아니다. 보아하니 사방 천지에 그 깃발을 꽂아놓는 것 같았는데, 양무의라고 그것을 못 보았을 리 없다. 장익도 백가화도 없는 마당에 철운거만 달랑 굴리면서 적진으로 돌진을 감행한다면 그 결과가 어떻게 나타날지, 그저 마음이 급하기만

했다.

‘당장 움직여야 해.’

장익은 양무의를 안다.

양무의는 천재다. 그가 인정하고 모두가 인정하는 바다.

그런 천재가 형산파 놈들이 진을 친 곳으로 혼자서 난입할 리가 있겠느냐 묻는다면, ‘결코 아니다’라 대답해 주는 것이 옳을 것이다. 하지만 장익은 그렇게 생각하지 않았다.

백가화의 안위가 걸린 문제였기 때문이다.

지략가라면 모름지기 어떤 상황에서도 흔들림이 없어야 한다?

지략도 지략 나름이다.

양무의의 두뇌와 지모는 백가화를 위해 존재한다. 백가화가 있음으로 해서 양무의는 신산귀계를 펼칠 수 있었고, 뭇 군웅들의 추격을 피할 수가 있었다.

양무의는 반드시 용천관에 나타난다.

그걸 알기에 장익은 한시라도 빨리 용천관에 가야 했다.

‘서둘러야 해!’

하지만 바위 사이에서 나온 장익은 용천관으로 내려가지 못했다. 장익의 얼굴이 단숨에 굳어졌다. 텁석부리수염이 쭈뼛 설 만큼 놀랐다. 처음 보는 두 남자가 그를 기다리고 있었기 때문이다.

“……!”

편한 자세로 바위 위에 앉아 있는 장포의 남자. 화려한 장포 자락을 옆으로 늘어뜨린 채 장익을 올려 본다. 그가 흥미롭다는 표정을 지으며 말했다.

"배짱 한번 좋은 놈이다. 적지를 코앞에 두고서 운기조식이라니."

자신도 모르게 장팔사모를 비틀어 잡았다. 그러지 않고서는 이 압력을 버텨낼 방법이 없었다. 무시무시한 자들이었다.

"이것 봐라? 그 기수식, 통천벽력창인가?"

장익의 몸이 움찔 흔들렸다.

그가 목소리가 들린 쪽으로 눈을 돌렸다. 흑색 빗살무늬, 청색 장포의 남자는 드높은 고목 옆에 기대 서 있었다. 각진 얼굴, 검은 눈썹이 하늘 높이 뻗었다. 깊이 파인 검은색 눈동자가 위험스런 빛을 품고 있었다.

"혹시나 했더니 대어(大魚)를 잡는군. 통천벽력창을 익혔으면 배짱이 좋을 만도 하겠지."

장익은 좀처럼 입을 떼지 못했다.

던지는 말마다 놀라움이었기도 했거니와 전해지는 압박감이 실로 엄청났던 까닭이었다.

"웬 놈들이냐!"

겨우겨우 뱃심부터 힘을 내 한마디 소리쳤다.

이들은 형산파 놈들이 아니었다. 바로 아래쪽 용천관에 형산파 놈들이 하나 가득 서성이고 있지만, 이들은 결코 형산파가 될 수 없다. 형산파에 이런 괴물들이 있을 리 만무한 것이다.

"재미있겠는걸. 철심무혼창만큼은 아니더라도 지켜볼 만하겠어."

바위 위에 걸터앉은 남자가 말했다.

고목에 기대 섰던 남자가 어깨를 떼고 장익의 앞으로 걸어왔
다. 빗살무늬 푸른 장포 뒤쪽엔 길고 짧은 창이 세 자루나 매달
려 있었다. 그가 갈염 쪽을 돌아보며 그렇지도 않을 것이라는
표정을 지었다. 그가 천천히 입술을 뗐다.

"구주창왕은 육 척이 넘는 장대한 체구를 지녔다고 전해진다.
때문에 구주창왕의 다섯 자루 창은 여인의 몸으로 익히기 어렵
다. 출수가 단타 위주고, 쾌와 중이 동시에 강조되는 철심무혼
창 외엔 들기가 만만치 않았을 거다. 그나마 여인의 몸으로 익
힐 만한 것은 무쌍금표창인데, 무쌍금표창은 관수와 격법이 잔
인하고 독하기로 유명하지. 투로에서 드러난 그 아이의 성정으
로 볼 때, 무쌍금표창은 어울리지 않는다."

장익의 눈이 커다랗게 치떠졌다.

그 남자의 말은 커다란 충격이었다.

남자는 왜 백가화가 유독 철심무혼창만을 익히게 된 것인지
를 설명하고 있었다. 그 이유는 오직 양무의와 백가화, 그리고
장익 세 사람밖에 몰랐던 비밀이다.

한데 이 남자는 그것을 옆에서 지켜보기라도 한 양 완벽하게
파악하고 있다. 텁석부리수염 가운데에서 침음성이 흘러나왔
다.

"도, 도대체 낭신은 누구이기에……!"

"통천벽력창은 강건한 근육과 장대한 골격을 주인으로 만났
을 때 최대의 위력을 발휘한다고 전해진다. 잘만 하면 철심무혼
창보다 더 좋은 상대가 되겠어."

장익의 눈이 번쩍 빛났다.

"서, 설마… 가화 누이는 형산파에 당한 것이 아니라……!"

"그 아이는 진짜 무인이었다. 형산파 따위에게 당할 철심무혼
창이 아니지."

남자, 능위의 말은 단호했다.

직접 싸워보지 않고서는 나올 수 없는 어투다. 장익이 이를
악물며 말했다.

"그 말인즉슨, 당신이 가화 누이를 쓰러뜨렸다는 말인가?"

"그렇다."

장익이 가슴 가득 숨을 들이켰다.

분노를 삼키는 거친 숨소리가 텁석부리수염 끝을 마구 흔들
고 있었다.

"후우우우, 가화 누이가 당신들 때문에 잡혔다니……! 왜지?
왜 가화 누이를 쓰러뜨린 것이냐!"

"철심무혼창을 견식해 보기 위해서다."

"철심무혼창을 견식해?"

장익의 눈이 이글거리는 불길을 토해냈다. 바위 위에 앉아 있
던 갈염이 고개를 끄덕이며 말했다.

"그래, 화가 날 것이다. 화가 나면 풀어야지. 통천벽력창을 한
번 꺼내봐라. 철심무혼창보다 얼마나 호쾌한지 한번 구경이나
하자꾸나."

어린아이를 타이르는 어른의 말투다. 장익의 노화에 기름을
끼얹는 순간이다.

하지만 장익은 장비 익덕의 '부덕(不德)'를 떠올리며, 기어코
그 심화를 참아내고 말았다. 그가 갈염을 한 번 돌아보고는 능

위를 똑바로 쳐다보며 말했다.

"물론 한바탕 드잡이질을 하고 싶다만, 지금은 그럴 때가 아니다! 난 가화 누이를 구해야만 한다. 통천벽력창을 구경코자 하는 것이 나를 막은 이유라면, 이번만 참아주지 않겠나? 내 훗날 반드시 당신과 일합을 겨뤄보겠다."

"오호라, 말이 의외로 청산유수로군. 겉보기와 달리."

갈염이 신기하다는 표정을 지었다. 당장 씩씩대며 달려들 줄 알았더니 제법 냉정한 판단력을 보여주고 있다. 하지만 갈염도 능위도, 장익의 말을 따를 생각 따윈 조금도 없었다.

"하지만 그렇게는 안 되겠어. 혼자서 이 밑으로 내려가겠다라, 안 될 말이지. 안 될 말이고말고."

"어째서지?"

"너 말이다, 이 밑에 내려가면 죽는다."

"죽는다고? 형산파 따위!"

"형산파만이 아니지. 용천관 여도장들은 무공을 익혔다. 변변찮은 무공 같아 보이지만, 몇 명은 상당한 고수다. 월성신장 정도는 가볍게 눈 아래로 볼 수 있는 두모낭랑도 있지. 거기에 뛰어들어서 무슨 수로 살아 돌아오려는 것인가? 시체를 두고서 통천벽력창을 펼쳐 보라 소리치고 싶지는 않아."

반박할 말이 없다.

싸움은 피하지 못한다. 이들은 그를 놓아주지 않을 것이고, 그에겐 이들을 뿌리칠 능력이 없었다.

"도저히 어쩔 수 없다는 말인가."

피치 못할 싸움이라면 호쾌하게 한바탕 해볼 수밖에. 장팔사모를 잡은 손에 힘을 더한다. 갈염이 흡족한 얼굴로 말했다.

"시원시원하군. 좋은 판단이야."

장익이 장팔사모 끝을 능위에게 겨누었다. 앞에 선 능위가 잠시 생각하는 듯하더니, 등 뒤에서 곧바로 청린이룡을 꺼내 들었다.

"빨리 끝내주지. 내 이름은 능위. 자는 백당. 만창회주를 맡고 있다. 내 이름을 기억치 말라. 강호에 알려진 무명은 없다."

능위의 말에 장익이 미간을 좁히며 목소리를 높였다.

"비무 형식을 갖추자고? 웃기는군. 좋다! 내 이름은 장익이다!"

내력을 있는 대로 끌어올린다.

곧바로 통천벽력창을 시전하려는 것이다. 꽝, 하고 발을 구르며 장익이 먼저 뛰어들었다. 무서운 기세로 달려드는 장익의 장팔사모에 능위가 재빨리 두 발을 넓게 벌리며 오른손을 앞쪽으로 떨쳐 냈다. 치리리링! 소리와 함께 청린이룡 푸른 몸체가 정면으로 뛰쳐나왔다. 구불구불 뾰족하게 돋아 있는 장팔사모 창날이 청린이룡 창봉에 부딪쳤다. 당장이라도 창날이 깨져 버릴 듯 요란한 충돌음이 터져 나왔다.

쩌어엉!

놀랍게도 뒤로 튕겨 나간 것은 장익이 아닌 능위였다. 위력에서 앞섰다는 뜻이다. 한쪽 바위 위에서 지켜보던 갈염의 눈이 반짝이는 흥미로 가득 찼다. 능위가 땅을 찍으며 물러나고 있었다. 장익이 커다란 기합성을 지르며 능위를 따라붙었다.

"크하아아압!"

텁석부리수염이 무섭게 곤두섰다. 두 팔을 크게 휘두르며 찍어 누를 듯 위에서 아래로 내려친다. 빈틈이 많아 보였지만 가볍게 받아낼 만한 공격이 아니었다. 거대한 힘의 장막이 한꺼번에 내리누르는데, 마치 창봉 두께가 일 장이라도 되는 듯싶다. 통천의 위력을 지녔다더니 과연 명불허전이다. 능위의 얼굴이 굳어지고 있었다.

쩌정!

능위의 발밑에서 퍼석, 하고 흙먼지가 일었다. 청린이룡을 횡으로 들어 막아내는데 능위가 지닌 진신 내력을 전부 다 동원해야 할 판이었다. 내공의 심후함이 부족했다면 그대로 당할 수도 있었을 만큼 강력한 일격이다.

"카합!"

장익이 사모를 크게 휘두르며 다음 일격을 내려쳐 왔다. 벽력이라고 했던가. 휘두르는 것만으로도 꽈르릉 하는 뇌성이 울렸다.

쩌엉! 하는 소리와 함께 세 번째 일격을 받아냈다. 능위가 막아낸 자세 그대로 풀줄기를 날리며 뒤쪽으로 밀려났다. 장익의 기세는 실로 대단했다. 그야말로 아무도 막을 수가 없을 것처럼 무섭고 강력하기만 했다.

'무공과 인간의 근원이 합치된 순간이다. 과연 그 힘은 놀랍기 그지없구나!'

통천벽력창의 본질은 순수한 힘이다.

장익도 그렇다. 장익의 본성 역시 장대한 힘에 있다. 그 체구와 그 골격만 봐도 그렇다. 태어날 때부터 힘의 무공을 익히기로 결정된 이다.

'하지만 통천벽력은 그저 한 자루 힘의 창일 뿐……!'

치링! 쩌저저정!

청린이룡이 요동치기 시작했다. 통천의 용력을 비껴 받으며 무한대의 변화를 일으킨다. 청린이룡은 살아 움직이는 생명체와 같다. 능위의 손목을 축으로 회전하는 푸른 비늘에 연쇄적인 금속성이 터져 나왔다.

"크하!!"

위기를 느낀 장익이 기합성을 터뜨리며 사모를 떨쳐 냈다. 막강한 힘의 장벽이 생겨났다. 청린이룡은 그 장벽 앞에서도 멈출 줄을 몰랐다. 폭포를 거슬러 올라 승천하려는 이무기처럼 청린이룡은 쏟아지는 힘의 빗줄기를 헤쳐 내며 전진하고 있었다.

'나는 능위. 만 자루의 창을 지닌 이다.'

박대정심.

그것이 능위의 창술을 일컫는 말이다.

장익은 발군의 힘만을 지녔지만 능위에겐 힘과 기술, 기백과 심력, 경험과 응변, 그 모든 것이 다 갖추어져 있다.

치링! 쩌정! 쩌저저저정!

꿈틀대는 청린이룡이 통천벽력창의 경력을 모조리 흩어놓았다.

장익의 표정이 급변했다. 청린이룡 창끝이 장팔사모를 쳐내며 손목까지 쳐들어오고 있었다. 방벽이 완전히 깨져 버린 것이다.

"큭!"

사정거리에서 벗어나야 했다. 자칫하면 손목이 날아갈 순간이었다. 장익이 급히 뒤쪽으로 물러났다. 그때였다.

치잉!

청린이룡의 창신에서 날카로운 금속성이 울려 퍼졌다. 장익은 순간적으로 두 눈을 의심했다. 청린이룡의 창날이 늘어나고 있었다. 아니, 휘어지고 있었다.

'이게 무슨!!'

밧줄처럼 손목을 타고 올라온다. 꿈이라도 꾸는 것일까.

아니다. 손목을 휘감은 이 느낌은 진짜다. 푸른색 금속의 차가움이 팔을 타고 올라왔다. 장익이 본능적으로 손을 휘둘러 휘감고 올라오는 청린이룡을 떨쳐 내려 했다. 하지만 장익은 청린이룡을 뿌리칠 수 없었다. 도리어 덜컥, 하고 몸 전체가 당겨지는 느낌을 받았다.

그리고 다음 순간,

장익은 자신의 거구가 공중으로 붕 뜬 채 땅바닥으로 처박히고 있음을 알 수가 있었다.

"크엇!"

꽈아앙! 콰당탕!

흙먼지가 일고 풀잎들이 비산했다. 장익은 어깨부터 떨어졌다. 마지막 순간에 본능적으로 몸을 비틀었으니 망정이지, 그러지 않았더라면 머리부터 처박혔을 세다.

"크으윽……!"

어찌어찌 일어나긴 했다만 충격이 만만치 않았다. 잡아 채인 오른쪽 손목은 탈골이라도 된 모양이다. 욱신거리는 게 칼로 쑤시는 것 같았다. 장익이 능위를 노려보며 왼손으로 장팔사모를 겨누었다. 그가 버럭 소리를 질렀다.

"무슨 술수를 부린 것이냐!"

사태 파악이 안 된 것이다. 질문도 질문이거니와, 얼굴도 그러하다. 정신을 못 차리겠다는 듯 휘청휘청, 어안이 벙벙한 표정이다. 저편의 바위 위에서 한줄기 웃음소리가 들려왔다. 갈염이었다. 장익의 시선이 갈염 쪽으로 향했다. 갈염이 훈수라도 두겠다는 듯 은밀한 어조로 말했다.

"잘 봐라. 그거, 구절창이다."

장익의 눈이 옮겨졌다. 능위가 들고 있는 청린이룡이 그의 호안에 하나 가득 비쳐들었다.

'구절창… 그런 기병을……!'

어떻게 당했는지 이제야 알겠다.

그래서 잡아 채였구나.

장익이 오른팔에 힘을 잔뜩 주더니 한 번 강하게 휘둘렀다. 덜컥, 하고 손목에서 뼈 맞춰지는 소리가 났다. 사모 자루를 강하게 부여잡고 다시 한 번 전의를 불태워 보았다. 이글이글 솟아오르는 기세가 실로 대단했다. 그걸 정면으로 받아내는 능위가 깊이 자리한 두 눈을 빛내며 엷은 미소를 지었다.

"구주창왕이 후예들을 잘 두었군. 흡족한 상대로다."

능위가 청린이룡을 가볍게 회전시켰다. 마치 대열을 정비하는 군대의 사열음처럼 차라라락! 하는 소리와 함께 청린이룡의 마디가 다시 한 번 짜 맞춰졌다.

콰쾅!

장익이 뛰어들었다. 통천벽력창이 뇌성과 함께 짓쳐든다.

잠시 비등한 싸움을 하는가 싶더니, 이십여 합 만에 무너지기 시작한다.

능위의 청린이룡이 통천벽력창 일격을 튕겨냈다. 살아 움직이는 푸른 용이 이번엔 장익의 다리를 휘감았다. 그대로 밑으로 끌어내린다. 장익이 한쪽 무릎을 꿇었다. 그가 이를 악물며 능위의 손목을 노렸지만 허사였다. 짧게 후려치는 장팔사모를 부드럽게 움직이며 피해냈다. 치링! 하는 소리가 울리고 장익의 다리가 풀려났다.

이때다 하고 일어서려 했던 장익은 어깻죽지를 때리는 충격에 다시 한 번 주저앉고 말았다. 어느새 곧게 뻗어진 청린이룡의 창신이 그의 어깨를 짓눌러 가격한 것이다. 허물어지는 상체를 비틀어 올리며 온 힘을 다해 뒤쪽으로 몸을 뺐다. 하지만 청린이룡은 장익을 놓아주지 않았다. 한쪽 팔을 휘감아 잡아당기는가 싶더니, 단숨에 쭉 뻗으며 옆구리에 통렬한 일격을 꽂아온다. 빠악! 하는 소리가 그의 균형을 송두리째 앗아갔다. 장익의 몸이 한쪽으로 기울어졌다. 무작정 창을 뻗어보았다. 하지만 능위의 몸은 이미 그곳에 없다.

'뒤……!'

시야에서 사라진 능위는 어느새 장익의 뒤쪽으로 돌아가 있었다.

퍼억!

눈앞에 불꽃이 튀었다. 등줄기에 일격을 허용한 것이다.

'엄청나다. 엄청나게 강하구나……!'

천외천이다.

반격은커녕 창 한 번 제대로 휘둘러 보지를 못하겠다.

처음 통천벽력창으로 밀어붙일 때는 해볼 만하다 생각했는데, 완전한 오판이었다.

애초부터 본 실력을 보여주지 않았던 거다.

이런 고수가 있었다니.

다음 순간, 머리 한쪽에서 뻐억! 하는 소리가 울린다.

눈앞이 캄캄해지고 있었다.

＊　　　　＊　　　　＊

오른쪽 어깨에 철운거를, 왼쪽 옆구리에 선찬을 매달고 뛰던 관승이 발길을 딱 멈추었다. 오송정 근역부터 시원스레 흘러내린 계곡물이 눈앞을 가로지르고 있었다. 꺾이고 휘어지며 함께 내려오던 물줄기가 넓고 깊게 머물러 있는 곳이었다.

'이걸 건너야 하나…….'

물살이 급하진 않다. 지대가 완만하여 흐름이 눈에 띄질 않는다.

문제는 눈앞에 있는 다리였다. 빛깔 바랜 밧줄은 끊어지기 일보직전이요, 덧대어진 나무토막들은 뜯기고 갈라진 채 썩어가는 중이었다. 약초꾼들이나 드문드문 다닐 만한 인적 없는 산길이었으니, 손질 한 번 제대로 하는 이가 없다. 관승의 거구가, 그것도 무거운 것을 두 개나 짊어진 사람이 건너기엔 아무래도 버거워 보였던 것이다.

"내려줘. 그러면 건널 수 있을 거다."

선찬이 고개를 모로 비틀며 말했다. 관승이 옆구리를 내려다보았다. 맞는 말이었다. 선찬이 혼자 움직일 수 있다면 건너지 못할 바도 아니다. 관승이 선찬을 내려놓았다. 잠깐 휘청거리던 선찬이 방편산을 지팡이 삼아 몸을 가누었다. 관승이 다리 쪽으로 다가가 밧줄을 잡고 한 번 흔들어보았다. 퉁, 하고 탄력을 받는 느낌이 생각보다 질겼다. 겉보기보다는 튼튼한 것 같았다.

"뭐, 그냥 내려가서 건너도 되겠구먼."

선찬이 발밑을 내려다보더니 피식 웃으며 말했다. 그 말대로다. 수면에서 다리까지 고작 일이 장 높이밖에 되지 않는다. 계곡물의 폭이 넓긴 하나, 곳곳에 커다란 바위들이 머리를 내밀고 있다. 보통 사람들이야 뛰어넘을 수 없다지만 경공을 지닌 그들로서는 저 바윗돌을 뛰어넘으며 충분히 건널 만해 보였다.

흔들흔들, 선찬부터 다리를 건너기 시작했다. 부서져서 빠져도 위험할 것은 없다. 쏴아아 들려오는 물소리도 전혀 불안하지 않다. 깎아지른 협곡의 사나운 급류도 아니요, 빠지면 못 나오는 늪도 아니다. 뛰어들어 몸이나 적실 만한 계곡물일 뿐이다. 그저 시원한 느낌만 가득했다.

"그냥 와도 되겠다. 이거 안 무너지겠어."

중간까지 건넌 선찬이 관승을 향해 손짓했다. 발끝으로 딛고선 나무판자를 툭툭 두드려 보았다. 의외로 딘딘하다. 관승이 아니라 아까 본 탁탑천왕이 밟아도 쉽사리 부서질 것 같지가 않았다.

끼익.

관승이 첫 번째 나무판자를 밟았다. 선찬의 예상대로다. 다리는 멀쩡했다. 갑작스레 큰 무게가 실리는지라 다소 흔들거리긴 했지만 건너는 데에는 전혀 문제가 없다. 관승이 성큼성큼 걸음을 옮기기 시작했다.

선찬이 다리 끝자락에 당도했을 때였다. 한순간 뇌리를 스치는 기이한 느낌에 뒤를 돌아보았다. 다리 중간 즈음에 있는 관승이 보였다. 관승과 선찬의 눈빛이 허공에서 부딪쳤다. 관승이 급히 아래쪽으로 내려다본다. 그가 소리쳤다.

"뛰어!"

촤아아악!

관승의 외침도, 선찬의 움직임도 늦었다.

밑에서부터 뭔가가 올라온다.

'칼……?!'

아니다. 물이다.

계곡물이 칼날처럼 위를 향해 솟구치고 있었다.

스가각! 와작! 콰자자작!

치솟아오른 물살이 마치 보도(寶刀)라도 된 듯 밧줄을 가르며 나무판자들을 박살 내고 있었다. 관승의 눈이 치떠졌다. 사람 그림자는 보이질 않는다. 단지 물줄기뿐이다. 강력한 수압(水壓), 무서운 파괴력이다. 물줄기에 내력이 실려 있다.

촤악! 피이잉! 콰직!

다리가 통째로 무너지고 있었다. 중간부터 끊어진 밧줄이 공기를 찢어발기는 소리와 함께 하늘 높이 튕겨 나가는 게 보였다. 나무판자들이 연쇄적으로 뒤틀리며 박살나고 있었다. 당장 발밑의 판자까지 반 토막으로 조각나 버리니, 뒤쪽으로 몸을 날리기도 마땅치 않다. 관승이 난간처럼 덧대어져 있던 밧줄을 잡아챘다. 선찬도 마찬가지다. 조금만 더 가면 다리가 끝날 위치였지만 그 거리를 뛸 만한 몸놀림도 힘든 마당이었다. 그가 밧줄을 잡아챘다. 그러면서 관승에게 외쳤다.

"받아라!"

잘 움직이지도 않는 팔을 휘둘러 있는 힘껏 방편산을 던져 냈다. 방편산은 열 근을 한참 넘는 중병이었으니, 지금 선찬이 던져서 관승에게 닿을 리가 없다. 힘없이 날아간 방편산이 계곡물 중간 즈음에 머릴 내민 평평한 바위 위로 쩔그렁 소리를 내며 나뒹굴었다. 그나마 물에 빠지지 않은 것이 다행이랄까.

꾸웅! 콰당탕!

밧줄에 매달린 채 그대로 떨어져 내린 선찬이 물가에 펼쳐진 자갈밭을 굴렀다. 이 장 높이 남짓, 평소의 그였다면 그 두 배의 높이에서 떨어져도 사뿐히 내려섰겠지만 선찬은 보통 때의 그가 아니었다. 착지 동작은커녕 몸통부터 떨어진 듯하다. 흙먼지가 치솟고, 나무판자 조각들이 우수수 떨어졌다. 선찬은 몸조차 일으키지 못했다.

"괜찮은가! 선찬!"

계곡물 한쪽 바위 위에 안착한 관승이다. 그의 목소리가 쩌렁 울리는데도 선찬 쪽에선 반응이 없었다. 자갈밭 한가운데 널브러진 선찬이 보였다. 그 높이에서 떨어졌다고 죽지야 않았겠지만, 미동조차 못하는 것을 보니 덜컥 걱정이 앞설 수밖에 없다. 관승의 붉은 얼굴에 다급함이 깃들었다.

"선찬!!"

소리치며 바위를 박차고 몸을 날렸다. 그게 실수였음을 깨달은 것은 바로 그 직후였다. 촤악! 소리와 함께 물살이 치솟아오른다.

다리를 박살 낸 것과 같은 물살이었다. 공중에 떠 있는 관승은 피할 곳이 없었다.

목숨을 구한 것은 백전의 경험으로 쌓은 임기응변의 한 수였다.

순간적으로 관승이 몸을 비틀며 어깨 위에 올려놓았던 철운거를 아래쪽으로 돌려 내렸다. 철운거 철판에서 물살을 막으며 촤아악 하는 거친 물소리를 울렸다.

터엉!

물살을 막아내고 바로 옆 바위 위에 내려섰다.

관승의 몰골은 이만저만이 아니었다. 이전에도 엉망이었지만 지금은 더 심해졌다. 전포가 발기발기 찢어졌고, 몸 곳곳에 새롭게 베인 상처로부터 새빨간 선혈이 배어 나오고 있었다. 붉은 얼굴, 두 뺨에도 한 줄기씩 상처가 생겼다. 날카로운 물살에 맞아서 입은 상처였다.

꾸웅!

바위 위에 철운거를 내려놓았다. 방패로 썼던 철운거는 흠집만 조금 생겼을 뿐 망가지지 않았다. 물살이 아무리 강력한 위력을 지녔다 한들, 철판을 가를 정도는 아니다. 흠집을 낸 것만으로도 대단한 일이었지만.

'대체……!'

이런 상대, 이런 수법은 관승으로서도 들어본 적이 없었다.

관승이 상대를 확인하기 위하여 수면 쪽으로 머리를 내밀었다. 그러기 무섭게 촤악! 하고 날카로운 물살이 암기처럼 쏘아져 온다. 급히 몸을 숙이며 물살을 피했다. 굉장한 진기(眞氣)가 느껴졌다. 물살을 내공으로 펼쳐서 쏘아대는 것이다. 마치 예리한 곡도(曲刀)를 통째로 던져 내는 것 같았다.

다시 한 번 물 위로 고개를 내밀었다. 계곡물은 제법 깊었다. 물 밑에 언뜻 비치는 검은 그림자가 있었다. 촤아아악! 하고 물살이 치솟아올랐음은 물론이다. 황급히 몸을 뒤로하여 물살의 칼날을 피해냈다.

'병장기가 있어야……!'

막아낼 방도가 마땅치 않았다. 왕호저에게 빌렸던 장창도 버린 지 오래다. 팔계가면과 싸우면서 쓸 수 없을 만큼 망가져 버린 까닭이었다.

관승의 눈이 한쪽으로 돌아갔다. 저편 바위 위에 선찬이 던져 줬던 방편산이 덩그마니 남아 있었다.

그쪽으로 뛰어가려 해도 문제다. 바위 두 개를 더 뛰어넘어야만 한다. 뛰어넘는 사이에 공격이 들어올 것은 자명한 일, 난감함이 그의 얼굴을 가득 채웠다.

'큰일이군……!'

망망대해 외딴 섬에 갇혀 버린 꼴이나. 바위 주위로 놈의 움직임이 느껴졌다. 물속으로 뛰어들어 한 판 드잡이질을 벌이고 싶지만, 그러기엔 지나치게 위험한 상대다. 관승은 뛰어난 무공을 지녔지만 수공(水攻)의 달인은 아니었기 때문이었다. 물을 칼날처럼 쓸 수 있는 놈과 물속에서 싸웠다가는 무슨 꼴을 당할

지 모른다.

"모습을 드러내라!!"

참다못한 관승이 소리쳤다. 진짜로 나타나길 기대한 것은 아니었다. 상대에겐 군이 물속에서 나올 이유가 없기 때문이었다.

하지만 놀랍게도 반응이 있었다.

부글부글 물살이 끓더니, 꽃처럼 펼쳐지는 물살과 함께 한 사람의 인영이 솟구쳐 오른 것이다.

촤악!

물줄기를 흩뿌리며 맞은편 바위 위에 내려선 자.

크지 않은 체구다. 역시나 가면을 쓴 괴인이었다.

푸르죽죽 음산한 회색빛 가면 위로 부뚜막 아궁이 속 쌍등처럼 번뜩거리는 두 개의 눈동자가 깊게도 새겨져 있었다. 울퉁불퉁 괴이하게 생긴 가면이었다. 길게 째진 입에는 송곳니가 불뚝 튀어나와 있었고, 머리 위쪽으론 무슨 짐승의 털을 올렸는지 물에 젖어 축 늘어진 붉은색 털 뭉치가 이마부터 목뒤까지 치렁치렁 덮여 있었다.

말 그대로 흉측한 괴물 가면이었다. 더군다나 목에는 주렁주렁 해골까지 매달았다. 어른 주먹보다 조금 더 큰 해골들이 아홉 개나 덜렁거리고 있다. 원숭이의 그것이 아니라면 어린아이들의 두개골일 것이다. 간담이 약한 사람이 보았다간 으악, 하고 기절을 할 만큼 무시무시한 모습이었다.

맨발에 근육으로 똘똘 뭉친 신체엔 무릎과 팔꿈치까지나 겨우 올 법한 짧은 소매가 걸쳐져 있었다. 불경(佛經)으로 보이는 붉은색 글자들이 기이한 필치로 흑회색 옷을 수놓았다. 등 뒤로는 네 자 길이 철봉 양쪽에 초승달 모양의 칼날과 삽(揷) 모양의 철괴가 달린 보장(寶杖)이 가로질러 있었다. 괴인도 이런 괴인이 없다. 팔계가면보다 더 괴이한 모습이었다.

"나는 심사신(深沙神) 사화상(沙和尙) 오정수마(悟淨水魔)다."

관승의 눈이 번쩍 뜨였다.

설마했더니 역시나다. 어린 시절 당승전설에 대해 못 듣고 큰 사람은 중원 사람이 아니라 해도 과언이 아니다. 관승이라 해도 예외일 수는 없다. 대당삼장취경시화, 즉 당승전설에 대해서는 그 역시도 잘 알고 있을 수밖에 없었다.

산발한 붉은 머리, 칙칙한 청회색 가면, 목에 걸고 있는 해골들, 그리고 항요보장이라 알려진 저 기병까지. 그것만으로도 능히 정체를 짐작할 수 있다. 전생에 천계의 권렴대장이었다가 죄를 짓고 형벌에 처해져 흉측해진 외모를 지닌 채 인간세계로 쫓겨나 유사하(流沙河)의 식인괴물이 되었더라. 관음보살에게 모래 사(沙) 자 성을 받고 오정(悟淨)이란 이름을 내려받아 서역으로 불경을 찾으러 가는 대당의 삼장법사를 기다린다. 흉악한 외모, 사오정이란 이름의 연원은 그와 같았다.

"요괴들의 흉내를 내다니……!"

관승의 한마디에 오정수마가 왼 손바닥을 휘휘 휘저었다. 쭉 찢어진 가면 입 아래쪽으로부터 오정수마의 목소리가 흘러나왔다.

"우리는 요괴의 흉내를 내는 것이 아니다. 전설의 권능을 경배하는 자 귀신의 복락을 받을 것이요, 신마의 힘을 두려워하지 않는 자 마귀의 해악을 입을 것이니! 무지한 자여, 그 죄악은 죽음으로 갚아라!"

오정수마가 등 뒤에서 병장기를 꺼내 들었다. 초생달 모양 칼날이 수면에 반사되는 햇빛을 받아 번쩍이는 은광을 뿌려대기 시작했다. 항요진보장(降妖眞寶杖)이라 불리는 기병이었다. 팔계저마의 상보손금파처럼 대단한 신병임을 보는 순간 절로 알 수가 있었다.

"문답무용이로군. 덤벼라."

관승이 자세를 낮추고 두 주먹을 불끈 쥐었다.

붉은 얼굴에 형형한 눈빛으로 오정수마를 노려본다. 맨손임에도 두려워하는 기색 따위는 조금도 없었다.

오정수마의 맨발이 바위를 박찼다. 소리없이 솟구쳐 날아드는데, 둥둥 떠오르는 모습이 마치 귀신이 하늘을 가로지르는 듯했다.

쉬이익! 쉬익!

오정수마의 항요진보장이 허공 위에 두 개의 반월을 그렸다. 관승이 묵직한 보법을 구사하며 이어지는 공격을 피해냈다. 한 발 꾸웅 내딛고 주먹을 휘둘러 보았다. 하지만 관승의 붉은 주먹은 중간에 멈출 수밖에 없었다. 항요진보장의 움직임은 민활하기가 깊은 물속 물고기와 같아 관승의 접근을 철저하게 막아내고 있었던 것이다.

좁은 바위 위에서 순식간에 몇 개의 반월이 피어났다. 기나긴 수염자락이 몇 가닥 잘려 나갔다. 굉장히 빠르고 실전적인 무공이었다. 필요한 시점에서 완전한 각도로 휘어 들어오니, 도무지 주먹을 꽂아 넣을 방법이 없다. 관승의 붉은 얼굴이 더 붉게 달아올랐다.

'병장기가 필요하다.'

청룡언월도가 아쉬운 순간이다. 그게 있었더라면 이런 양상으로 전개되진 않았을 게다. 절로 저쪽 바위 위에 시선이 간다. 바위 위에 놓여진 방편산이 그를 기다리고 있는 듯했다.

관승이 바위 모서리 쪽으로 발을 옮겼다. 저쪽 바위 위로 건너갈 요량이었다. 하지만 오정수마의 항요진보장은 관승을 놓아주지 않았다. 측면과 측면으로 교묘하게 압박해 들어오면서 몸을 날릴 기회를 앗아가고 있다. 방편산을 잡으러 가려는 것을 눈치 채기라도 한 것 같았다.

쉬익! 스각!

여의치가 않았다. 오히려 팔뚝에 긴 상처까지 입었다. 오정수마의 움직임은 기기묘묘했다. 허리를 이리저리 비틀면서 항요진보장을 내쳐 온다. 틈이라곤 도무지 찾을 수가 없었다.

'팔계저마와는 다르다.'

요란스레 정신 사납던 팔계저마와는 판이하게 달랐다.

팔계저마는 틈이 많고 허술한 데가 있는 자였다. 마구 달려들었다가 이크, 하면서 물러나기도 하고, 뭐가 좀 안 되는가 싶으면 쉽게 공격법을 바꿨다. 청룡언월도가 망가져 왕호저에게 창을 빌리는 동안에도 잠자코 기다려 주기까지 했었다.

산만하기 그지없는 자였다. 싸우는 동안 기이한 언행을 멈추지 않았다.

마지막까지도 그랬다. 몇백 합에 이르는 장기전에서 왕호저의 장창이 거의 다 부서졌을 때쯤 관승은 결국 팔계저마의 두터운 뱃가죽에 창날을 깊이 꽂아 넣을 수 있었다. 팔계저마는 곧바로 쓰러지지 않았다. 사실 치명상도 아니었다. 뱃가죽이 두꺼워 마음만 먹었으면 얼마든지 싸울 수 있었을 게다. 한데 피를 철철 흘리면서 '고약한 놈, 더 이상은 못해먹겠다' 분통을 터뜨리더니 그대로 줄행랑을 치고 말았다. 허탈하기 짝이 없는 결말이었다.

그리고 지금 이 오정수마.

오정수마는 팔계저마가 그리도 흔하게 터뜨리던 기합성조차 한 번 내지르질 않고 있었다. 기합성은커녕 숨이나 쉬는지 모르겠다. 호흡음이 도통 들리질 않는다. 공격과 방어라는 것은 진기의 호와 흡을 근간으로 하는 법. 호흡을 읽을 수 없으니 맥점도 찾을 수가 없다. 공격다운 공격을 단 한 번 제대로 해보지 못하는 가장 큰 이유가 그것이었다.

"큭!"

올가미에 갇혀 버린 느낌이었다.

뛰어오르려던 것을 또다시 막혔다. 항요진보장이 위쪽에서 내리찍어 오는데, 측면으로 피할 도리밖에 없었다. 바위 끝에 닿아 몸을 날릴라 치면, 어느새 정면으로 위협적인 반월이 짓쳐 오는 중이었다.

'위험해.'

비록 병장기가 없는 맨손이라고는 하나, 관승 정도의 고수를 이런 바위 위에 묶어놓는 것은 아무나 할 수 있는 일이 아니었다. 팔계저마보다 한 수 위의 실력을 지닌 것 같았다.

피슛!

관승의 등줄기에서 다시 한 번 핏줄기가 솟아났다. 이대로는 당할 수밖에 없겠다. 관승은 모험을 감행하기로 결심했다. 그가 온몸의 진기를 두 팔뚝에 모았다. 붉은 피부, 두꺼운 팔뚝이 꿈틀꿈틀 부풀어 올랐다.

쉬이이익!

항요진보장이 공기를 찢어발기며 휘둘러 온다. 관승은 몸을 숙이거나 옆으로 피하는 대신 한 발 앞으로 뛰어들었다. 한순간, 숨을 깊이 들이쉬고 두 팔을 가슴 앞에 모았다. 보장이 관승의 팔을 휩쓴다. 까앙! 하는 소리가 잔잔한 수면 위에 울려 퍼졌다.

파락!

항요진보장의 위력은 대단했다. 회전하는 안쪽 궤도로 뛰어들어 힘이 반감되었다지만, 관승의 몸 하나 날려 버리기엔 족하고도 남았다.

관승의 몸이 붕 떠올라 저쪽 바위 위로 날아가고 있었다. 호롱불 눈동자가 새겨진 가면 안쪽에서 번쩍이는 안광이 피어올랐다. 관승이 이 정도 무리수를 둘 거라고는 예상치 못했던 모양이었다.

텅! 파박!

관승은 기회를 놓치지 않았다. 오정수마가 귀신처럼 따라붙었지만, 관승은 이미 바위 끝을 박차며 낮은편 바위 쪽으로 몸을 날리고 있었다.

쉬익!

오정수마의 항요진보장이 관승의 등을 노렸다. 뒤돌아 있는 자의 등판을 공격하는 것은 사마외도의 무리들이나 펼치는 비겁한 손속으로 받아들여지기 마련이다. 하지만 오정수마에겐 그런 기준이 없는 것 같았다. 초승달 칼날의 반대쪽 삽으로 관승의 등판을 콱 찍어오고 있었다.

항요진보장 한쪽 삽이 관승의 등에 박혀들기 직전이다. 관승의 몸이 회전하기 시작했다. 상체가 열리고 벌겋게 부어오른 팔이 휘둘러진다. 그리고 그 밑으로부터 흑색의 빛줄기가 폭사되어 나왔다.

쩌어엉!

마침내 방편산을 잡은 것이다. 항요진보장이 튕겨 나가고 묵직한 일격이 더해진다. 내려치는 흑산에 오정수마의 손놀림이 다급해졌다.

꽝!

분풀이라도 하듯이 내려치는 일격은 강력하기 짝이 없었다. 오정수마의 맨발이 하얀 바위 위에 뚜렷한 족적을 새겨놓았을 정도였다.

쩡! 쩌저정!

맨손과 방편산을 든 것과의 차이는 하늘과 땅만큼이나 컸다. 병장기가 없는 관승은 그야말로 속수무책, 완전하게 봉쇄당한 상태였지 않았던가. 하나, 일단 방편산이라는 중병을 든 이상 그는 이미 관운장의 화신이란 별명이 무색할 정도다. 일타, 일타가 묵직하고 강력한 관승의 방편산이 민활하고 기쾌한 항요진보장에 부딪치며 장쾌한 위력을 뿜낸다. 장관이었다.

쩌어어엉!

오정수마의 신형이 이 보 뒤로 밀려났다. 순간 관승은 미세한 소리를 들을 수가 있었다. 진기는 흡하는 소리였다.

'흡기……!'

관승의 머릿속에 한 가지 생각이 스쳐 지나갔다. 오정수마는 수공(水攻)을 펼치는 자다. 호흡이 일반 무인보다 몇 배나 길고 가늘다. 그래서 맥점을 찾을 수가 없었던 거다. 긴 호흡, 한 번 흡기에 열 합이고 스무 합이고 얼마든지 내칠 수가 있다.

상대의 무공 특성을 알았다. 호흡이 긴 무공은 연환초에 강하나 일타, 일타 강맹한 일격을 펼치기엔 부족함이 있다. 힘으로 승부하면 된다. 일격의 위력에 있어서는 그가 우위에 있는 것이 분명했다.

"하압!"

관승이 장대한 기합성을 터뜨리며 오정수마를 압박해 들어갔다. 따앙! 하고 창봉과 보장이 부딪쳤다. 두 사람의 병장기가 동시에 튕겨 나왔지만, 근소하게나마 항요진보장의 밀려남이 더 컸다. 관승의 힘이 더 강하다는 증거였다. 여세를 몰아 방편산을 횡으로 휘둘렀다. 항요진보장이 곧게 세워지며 방편산 일격을 막아낸다. 오정수마의 몸이 덜컥 밀려난다.

전세 역전이다.

맨손으로 아무것도 못하고 있을 때는 그렇게도 크고 강해 보이더니, 이젠 해볼 만하다는 생각이 드나.

관승이 한 발 앞으로 나섰다.

다시 보니 체구도 작다. 근육은 탄탄하기 그지없으나 관승의 거구에 비하자면 평범한 체격을 지녔다. 강력한 진각으로 땅을 딛고 혼신의 내력을 실어 방편산을 올려쳤다. 오정수마의 몸이 다시 한 번 뒤쪽으로 튕겨 나갔다.

휘리릭!

오정수마가 높이 하늘을 날아 공중에서 한 바퀴 돌며 저쪽 바위 위에 내려섰다. 고개를 설레설레 저어대더니 나직한 목소리로 말했다.

"과연, 고강한 무공을 지녔다. 팔계 놈이 엄살을 부릴 만하구나."

팔계저마처럼 줄행랑이라도 치려는가.

아니다. 오정수마에겐 그런 기미가 없다. 관승은 직감적으로 알 수 있었다. 오정수마는 자신이 지닌 수를 다 꺼내놓지 않았다. 필시 팔계저마처럼 다채로운 절기들을 지니고 있을 터다.

"시간 낭비다. 이만 길을 비키는 것이 좋을 것이다."

관승이 말했다. 오정수마가 코웃음을 치며 대답했다.

"오만함이 하늘에 닿았구나. 네놈이 죽는 것은 변하지 않는다."

오정수마가 왼손을 올려 목에 주렁주렁 매달아놓은 해골 하나를 툭 하고 잡아 뜯었다. 아무리 봐도 진짜 사람의 해골로 보인다. 그가 손에 든 해골을 두어 번 위로 튕겼다 잡더니 관승을 보며 말했다.

"받아라."

쐐액!

해골이 관승을 향해 쏘아졌다. 설마 던질까 했더니 진짜로 날아온다. 무서운 속도로 날아오는데, 그냥 맞았다가는 상당한 타격을 입겠다 싶었다. 그렇다고 피하기엔 이미 늦었다. 눈앞까지

다가와 버렸다.

위잉! 퍼석!

황급히 방편산을 휘둘러 막았다. 해골이 단숨에 박살났다. 파편이 튀었다. 관승은 그 순간 깨달았다. 실수였다는 것을.

‘이런……!’

비산하는 해골 파편 사이로 푸르스름한 연기가 함께 퍼져 나가고 있었다. 재빨리 숨을 멈추고 뒤쪽으로 몸을 날렸지만, 이미 얼굴과 팔다리가 연기에 노출된 후다. 게다가 들이마시기까지 했다. 곧바로 숨을 멈췄지만 이미 미량의 연기를 흡입한 뒤였다.

“독(毒)을 쓰다니……!!”

이건 방심이라 할 수도 없다. 오정수마의 무공이 워낙에 고강하니 독술 따위는 사용하지 않을 줄로 알았다. 더군다나 그 해골은 피할 수도 없었다. 날아오는 기세가 너무나도 빠르고 강했다. 부술 수밖에 없었다는 이야기다. 이리될 것을 미리 예상했다면 모를까, 당하는 것은 당연한 결과였다는 뜻이다.

“마귀의 해악을 입을 것이라고 하지 않았던가. 독, 주술, 무엇이든 가능하다. 요마의 힘은 인간이 당적할 수 없다.”

오정수마는 뛰어들지 않았다. 독기가 완전히 퍼지길 기다리는 것이다.

관승의 붉은 얼굴에 푸른빛이 올라온다. 피부가 보랏빛으로 변하고 있다. 중독이 순식간에 진행되고 있었다.

‘맹독이다. 내력으로 막을 수가…….’

침습해 들어오는 경로가 너무 많았다.

팔다리에 입었던 상처들이 전부 다 중독의 통로가 되고 있었다. 베인 상처들을 통해 몸속으로 침입하여 주변 경혈들을 공격해 온다. 들이마신 독기도 마찬가지다. 진흙이라도 삼킨 듯 텁텁한 느낌이 목구멍을 타고 내려가는 중이었다.

'내공이… 이어지질 않는다.'

이래서는 제압할 수가 없다. 독성이 한 가지가 아니라 더 힘들다. 최소한 세 가지 이상의 독이 조합된 합성독이었다. 단전으로부터 용솟음치던 진기가 뚝뚝 끊기고 있었다. 들고 있는 방편산이 무겁게 느껴질 정도였다.

쩔그렁!

무겁다 싶더니 손마디에도 힘이 들어가질 않아 결국 방편산을 놓치고 말았다. 딛고 선 바위가 몸 전체를 끌어당기는 느낌이다. 그래도 버텨 선다. 죽을지언정 무릎을 꿇을 수는 없었다. 보랏빛으로 변한 관승의 얼굴이지만 화등잔만 한 두 눈만큼은 강렬한 빛을 잃지 않고 있었다.

"쓰러지기에 충분할 텐데, 아직도 서 있나?"

오정수마가 흉측한 가면을 까딱거리며 말했다. 관승은 대답하지 못했다.

오정수마가 소리없이 뛰어올라 철운거가 있는 바위 위로 날아들었다. 철운거 옆에 선 오정수마가 항요진보장을 치켜들었다.

"난 원래부터 이런 철수레 따위엔 관심이 없었다."

오정수마가 철운거를 내려쳤다.

꽝! 하는 소리와 함께 철운거가 덜컥거리며 요동쳤다. 오정수마가 항요진보장의 삽 부분으로 철운거를 거칠게 밀어버렸다. 철운거가 바위 한쪽으로 기울어지더니 그대로 물속으로 곤두박질쳤다.

첨버엉!

부글거리는 공기 방울이 수면으로 올라온다. 철운거가 그대로 가라앉고 있었다.

'이놈은……!'

팔계저마와 판이하게 다른 자라고 생각했다? 아니다. 그들은 본질적으로 같다.

통제불능.

그것이 그들의 공통점이다.

팔계저마가 관승을 두고 도망쳤던 것처럼 이 오정수마에게도 뚜렷한 목적이란 것이 없어 보인다. 오정수마가 관승을 돌아보았다.

그가 항요진보장의 초승달 칼날을 치켜들었다.

"강인한 자로다. 어디 한번 그대로 서 있어보아라. 그 모습에 어울리는 최후를 선사해 주마. 내가 그 목을 단숨에 날려주겠다."

오정수마가 다가왔다.

휘어신 은빛 편월(片月)이 관승의 목덜미를 겨눴다. 오정수마의 몸이 확 돌아간 것은 그때였다. 이글이글 빛나는 두 눈빛이 먼저 오정수마의 가면을 찔러오고 있었다.

"죽일 테면 나부터 죽여라."

저쪽 바위 위에 엉망진창인 몰골로 서 있는 자.

흙먼지가 온몸을 덮고 있다. 머리에선 핏물이 줄줄 흘러내려오는 중이다.

흑산군사 선찬이었다. 당장 쓰러져도 이상하지 않을 모습이었지만 온몸에서 뻗어 나오는 기세만큼은 만부부당의 장수가 부럽지 않다. 무시무시한 기파를 뿜어대고 있었다.

"오호라, 시체 같은 몰골로 예까지 오다니. 진실로 죽고 싶은 모양이로구나."

오정수마가 항요진보장을 선찬에게로 돌렸다.

먼저 죽겠다는데 거절한 이유가 없다. 쭉 찢어진 가면의 입이 마치 잔인한 미소를 흘리는 듯하다. 오정수마가 선찬에게로 한 발 다가갔다. 땅을 박차고 항요진보장을 내리찍으면 기세뿐인 패잔병의 머리 정도야 일격에 쪼개놓을 수 있으리라.

"……!!"

막 땅을 박차기 직전이었다.

오정수마의 몸이 덜컥 멈춘 것은.

가면 속의 눈빛을 볼 수 있다면, 아마 거기에 떠오른 것은 놀라움과 당혹감일 것이 틀림없다. 멈췄을 뿐이 아니다. 움직일 수가 없다. 잡혀 버렸기 때문이다. 오정수마의 가슴통을 조이고 있는 것은 통나무처럼 굵은 두 팔뚝이었다. 보랏빛으로 변한 팔뚝이 꿈틀대면서 오정수마의 온몸을 옴짝달싹 못하게 만들고 있다.

관승이었다.

관승이 오정수마의 몸을 뒤에서부터 껴안은 것이다.

"으아합!"

뿌득, 뿌득.

무시무시한 힘이었다.

힘의 세기라는 것은 대저 체격보다는 내공의 깊이에 좌우되는 법이다. 하나, 타고난 체구에서 나오는 천생신력이라는 것은 결코 무시할 것이 못 된다. 그리고 관승은 틀림없이 그러한 천생신력을 타고난 이였다.

"크으윽!"

중독 때문에 움직이지도 못하던 몸을 움직이게 만든 것은 선찬의 위기를 보고 용솟음친 불굴의 의지력 덕분이다. 관승의 얼굴이 보랏빛에서 점차 검은빛으로 변하고 있었다. 중독이 어떻게 되든 상관없다는 식이다. 오정수마의 몸을 그대로 조여 터뜨리겠다는 듯 이를 악물고 힘을 더하고 있었다.

"이 정도 힘으로 어딜!"

하지만 그것도 어렵다.

오정수마의 한마디가 곧 진실이었다.

천생의 신력만으로는 온전한 내공의 힘을 당해내기 힘들다. 꽉 짜여진 오정수마의 근육이 긴 호흡을 받아 무서운 힘을 발하기 시작했다.

"크으으으!"

푸른 핏줄이 퍽 터져 나가며 관승의 보릿빛 팔뚝을 붉은빛으로 수놓았다. 꽉 조여졌던 관승의 팔이 점점 벌어지고 있었다. 한 손으로 잡아 쥔 팔목에서 우드득 하는 소리가 났다. 관승의 손마디가 하얗게 변했다.

한계다.

풀려나기 직전이다.

“……!!”

그 순간, 고개를 숙이고 용을 쓰던 오정수마가 황급히 고개를 쳐들었다. 그의 가면이 움찔 놀라움을 담았다. 파공음이 다가오고 있었다.

쐐액! 퍼엉!

어느새 바위를 뛰어넘고 달려든 선찬의 일장이었다. 관승과 오정수마의 몸이 통째로 흔들렸다.

꽈악!

벌어졌던 관승의 팔뚝이 다시금 조여들었다.

“크앗!”

오정수마가 몸부림을 쳤다. 선찬의 일장이 허공을 갈랐다. 그걸 본 오정수마가 온 힘을 다해 몸을 비틀었다. 그렇게나 꽉 조이는 와중에도 어떻게 몸을 움직였는지, 어깨로 선찬의 일장을 받아내고 만다.

“큭!”

무서운 내공이다. 어깨에 내력을 집중해서 선찬의 침투경을 막아냈다. 일장을 때린 선찬이 오히려 그 반탄력에 손목이 다 시큰거릴 정도였다.

오정수마가 거칠게 허리를 꺾었다. 오정수마의 머리가 관승의 턱을 빡! 하고 가격했다. 관승은 이미 한계를 넘었다. 턱에 받은 충격에 휘청거리면서도 팔을 놓지 않는 것은 그가 다른 누구도 아닌 바로 그 관승이기에 가능했던 일이다.

‘이런 놈이 어디서……!’

일장을 내쳐도 지금 선찬의 내공으로는 통하지 않을 것이다. 선찬의 눈이 땅바닥에 나뒹구는 방편산에 닿았다. 맨손으로는 안 된다. 그가 재빨리 방편산을 치켜들었다.

"고작 그걸로 날 죽일 수 있을 것 같나."

오정수마의 목소리는 나직했다.

선찬이 오정수마를 똑바로 쳐다보았다.

가면에 뚫려 있는 두 개의 눈구멍으로 오정수마의 이글거리는 눈빛을 볼 수가 있었다. 선찬은 순간적으로 서늘한 기분을 느꼈다. 오정수마의 눈은 푸른색이었다. 소름 끼치는 푸른색 한가운데가 샛노랗게 빛나고 있다. 인간의 눈빛이 아니었다. 그것은 인간과 다른 그 무엇의 눈빛이었다.

"요괴 놈이……!"

방편산을 찔러 들어갔다. 오정수마의 배를 향해서다. 목을 찔러 죽여 버렸으면 싶었지만, 관승을 다치게 할 우려가 있었다.

콰악!

방편산 넓은 칼날이 오정수마의 배에 틀어박혔다. 치명상은 아니다. 손으로 전해오는 느낌이 그랬다.

'들어가질 않는다.'

오정수마의 배에서 핏물이 배어 나왔다. 선찬이 힘을 더했다. 그래도 파고들지를 못한다. 촘촘한 그물에 잡혀 버린 듯 멈춰서 들어갈 줄을 몰랐다.

'무슨 내공이 이렇게……!'

방편산 칼날이 무딘 까닭도 있겠지만, 그것보다는 오정수마의 근육이 지나치게 질겨서 그렇다. 복근 줄기 하나하나에 진기가 담겼다는 뜻이다. 살갗을 헤치고 내장을 헤집어놓았어야 할 방편산이 근육의 방패를 뚫지 못한 채 막혀 버린 것이었다.

"그것으론 안 된다니까."

오정수마의 목소리는 소름이 돋을 정도로 음산했다. 꾸국꾸국 소리와 함께 방편산이 도리어 밀려 나오고 있었다. 선찬의 내공이 아무리 고갈된 상태라 해도 이건 심하다. 선찬의 눈이 커다랗게 치떠졌다.

"이익!"

선찬이 한 번 더 용을 써보았다.

밀려 나왔던 방편산이 다시금 안쪽으로 파고든다. 선혈이 튀었다. 오정수마의 맨발을 타고서 뚝뚝 떨어진다. 핏물이 하얀 바위 위를 붉게 물들이고 있었다.

"할 수 없군."

오정수마의 한마디다.

가면 눈 구멍에서부터 뻗어 나오던 푸른 빛줄기가 더욱더 요요롭게 변했다. 오정수마가 붙잡고 있던 항요진보장을 탁 놓았다. 선찬은 보았다. 바위 위로 떨어지던 항요진보장이 공중에서 딱 멈추는 것을 말이다.

'주술… 아니, 여, 염력!!'

항요진보장이 제 혼자 떠오르고 있었다. 느릿느릿 움직이는가 싶더니 순간적으로 번쩍이는 반월을 그렸다. 땅! 소리와 함께 방편산 철봉이 중간부터 부러져 나갔다.

힘을 쓰고 있던 선찬이 순간적으로 균형을 잃었다. 그가 재빨리 자세를 잡았다. 그리고는 흠칫하며 황급히 몸을 숙였다. 선찬의 머리 바로 위에서 항요진보장이 다시 한 번 예리한 반월을 그렸다.

'이… 무슨 말도 안 되는!!'

하마터면 머리가 통째로 날아갈 뻔했다. 선찬이 다급하게 바위 위를 굴렀다. 콰악! 하고 돌조각이 튄다. 초승달 모양 칼날이 바위 위에 발톱이 할퀸 것같이 날카로운 자국을 만들었다.

"카압!"

우득!

거기까지였다. 관승도 더 이상 버텨내지 못했다.

오정수마가 조여졌던 팔뚝을 풀어내고 바위 위에 내려선다. 오정수마는 뒤에 있는 관승을 돌아보지도 않았다. 이미 관승은 의식을 잃은 상태였기 때문이다.

의식이 날아간 채로 서 있다. 오정수마가 억지로 풀어낸 왼쪽 팔뚝이 제멋대로 뒤틀려 있었다.

"관승!!"

선찬이 관승의 이름을 부르짖었지만, 기실 그에겐 남을 신경 쓸 여력이 없었다. 오정수마가 가볍게 손짓하니 공중을 떠돌던 항요진보장이 날아와 그의 손아귀에 감겨든다. 오정수마가 선찬에게 다가왔다. 배에서 피를 철철 흘려내면서 한 걸음 한 걸음 다가오는데, 그야말로 흉신악살이 따로 없었다.

'여기서 죽는구나.'

선찬은 결국 죽음을 생각했다.

오늘 대체 몇 번의 죽음을 느끼는지 모르겠다. 탁탑천왕이고 이놈이고, 어쩌다가 이런 괴물들을 상대하게 된 것인지 도무지 알 수가 없었다.

'미안하게 되었소이다, 주군.'

오기륭의 밝은 얼굴을 떠올렸다.

죽음 앞에서도 환한 웃음을 지으며 의연함을 뽐낼 만한 남자
다. 흉내라도 내봐야 할까. 선찬의 입가에 비틀린 미소가 그려
졌다.

그때였다.

"멈추는 게 좋을 거다."

거짓말처럼 한줄기 목소리가 들려온다.

파라라락!

파공음도 들려왔다.

오정수마의 고개가 돌아가고, 선찬의 눈이 놀라움을 담았다.

바위를 뛰어넘으며 날아드는 남자가 있다.

청록색 유삼 자락이 바람을 받아 가볍게 펄럭이고 있었다.

선찬은 그를 보며 날래기 짝이 없던 한 소년의 환상을 보았
다.

도망치려던 것을 관승과 그가 일곱 번이나 잡아왔던 바로 그
소년이다.

"오랜만이야."

아무렇지도 않게 말한다.

단운룡이었다.

"네놈은 또 누구인가."

오정수마가 물었다.

단운룡은 대답하지 않았다. 선찬만을 바라보고 있을 뿐이다.

그가 말했다.

"용천관으로 바로 가다가 돌아왔어. 느낌이 안 좋았거든."

그 느낌이라는 것이 선찬과 관승의 목숨을 살렸다.

선찬이 고개를 끄덕이며 대답했다.

"하나도… 안 변했군."

오기륭은 말했다. 단운룡을 불산에서 만났었다고. 많이 변했다 했지만 선찬은 그렇게 생각하지 않았다. 변한 것은 겉모습뿐이다. 본질은 결코 변하지 않는다. 단운룡을 보며 그가 처음에 보았던 그 소년을 단숨에 기억해 낼 수 있었다.

단운룡이 고개를 한 번 끄덕여 주고는 오정수마를 돌아보았다. 그가 오정수마를 향해 말했다.

"난 말이지, 그런 가면들이 무척이나 마음에 안 들더라고."

"또 하나 무지한 자가 나타났구나. 어차피 달라질 것은 없다. 모조리 죽여주마."

"모조리 죽여? 과연 그렇게 될까?"

단운룡의 입가에 가느다란 미소가 깃들었다.

산바람이 바위 밑 잔잔한 물살을 스치고 흘러갔다. 오정수마가 소리없이 움직였다. 바위를 뛰어넘어 미끄러지듯 단운룡에게 깃쳐들었다

파라라라락!

단운룡의 유삼 자락이 경쾌한 바람 소리를 품었다. 휘두르는 항요진보장 끝에 다섯 개의 반월이 걸렸다. 단운룡의 움직임은 여유롭다. 번쩍이는 칼날을 순식간에 피해낸다. 섬영보(閃影步)다. 어느샌가 발동한 광신마체 순속의 구결이 그의 몸과 함께하

고 있었다.

'빠르다!!'

선찬의 눈이 휘둥그레하게 변했다. 단운룡의 움직임은 눈으로 쫓을 수 없을 정도였다. 저런 경공은 일찍이 본 적이 드물다. 물론 본 적이 아주 없는 것은 아니다. 남해검신 위원홍의 몸놀림이 저랬다. 그 무엇으로도 잡을 수 없을 만큼 빠르면서도 그 움직임에는 여유가 넘쳐흘렀다. 격이 다른 신법이다. 적어도 그나 관승으로는 흉내 낼 수 없는 경공이었다.

따앙!

피하기만 하던 단운룡이 처음으로 항요진보장과 부딪쳤다.

각법이었다. 단운룡의 다리와 십자로 교차한 보장이 마치 철봉과 부딪친 것처럼 튕겨 나가는 것이 보였다. 무섭도록 강렬한 각법이었다. 불패신룡이 펼치는 족도참격의 비기만큼이나 강할 것 같았다.

발끝을 돌리고 다시 몰아치는데, 그 투로가 놀랍도록 정교했다. 그렇게도 틈이 없어 보였던 항요진보장의 방어막이 너무도 쉽게 허물어지고 있었다. 관승과의 싸움, 선찬의 방편산에 내력을 소모하고 상처를 입었다지만, 그것을 감안한다 해도 놀랍긴 매한가지다. 정신없이 빠져들기에 충분한 광경이었다.

쩌엉! 따아앙!

초승달 모양의 칼날을 뒤로 돌리더니 번쩍이는 은삽 쪽으로 찔러온다. 단운룡이 측면으로 돌아가며 왼손을 휘둘렀다. 후려치는 일격은 극광추다. 반쯤 말아 쥔 왼 손바닥이 항요진보장을 멀찌감치 튕겨냈다. 그다음은 쇄도다. 단숨에 뛰어들며 발끝을 올려 찬다. 오정수마가 황급히 몸을 젖히며 단운룡의 발을 피해 냈다.

쐐액!

단운룡의 발은 공중에서 멈추지 않았다. 뻗어냈던 발끝이 무릎을 축으로 순식간에 방향을 바꾸었다. 휘어지는 발끝이 검은색 잔상을 남긴다. 어둠 속에 펼쳐지는 마왕의 날개처럼 압도적이다. 마왕익의 변환초가 오정수마의 목덜미에 내리꽂혔다.

빠악!

오정수마가 휘청이며 한쪽 무릎을 꿇었다. 디딤 발을 회전시키며 다시금 뒤꿈치를 내리꽂는다. 오정수마의 정수리가 그 밑에 있었다.

쉬익!

불의의 일격을 허용했지만 그대로 당해줄 마음은 없었던 모양이다. 오정수마의 몸이 훅 꺼지듯 옆으로 이동했다. 단운룡의 뒤꿈치가 허공을 갈랐다. 오정수마의 반격이 이어졌다. 땅을 짚고 허리를 돌리며 무서운 기세로 항요진보장을 휘둘러 왔다.

쩌어어엉!

단운룡은 피하지 않았다. 강렬한 금속성이 주위를 울렸다.

"허어……!"

지켜보던 선찬은 벌린 입을 다물지 못했다.

'수, 수도(手刀)……?'

그렇다.

단운룡은 곧게 편 손날로 항요진보장의 칼날을 막아낸 상태였다. 뚝뚝, 핏방울이 단운룡의 손목을 타고서 바위 위로 떨어졌지만 상처는 결코 깊지 않았다. 그야말로 조금 베인 정도일 뿐이다. 무미건조한 어조로 뱉어낸 단운룡의 중얼거림이 선찬의 놀라움을 더 크게 만들었다.

"상처가 났군. 신병이기라는 건가?"

맨손으로 신병이기의 칼날을 막았으니 금강불괴라는 네 자를 떠올릴 수밖에 없다. 오정수마 역시 선찬만큼이나 놀란 모양이다. 오정수마가 항요진보장을 회수하며 물었다.

"이놈! 정체가 뭐냐?"

"가면이나 쓰고 다니는 주제에 통성명은 무슨."

"가, 감히……!"

"이쪽은 시간이 없어. 어서 덤비기나 해."

오정수마는 덤벼들지 않았다. 그 반대다. 달려드는 대신 갑작스레 몸을 띄워 뒤편에 있는 바위 위에 내려선다. 단운룡이 미간을 좁히며 말했다.

"도망치려고? 그건 안 되지."

단운룡이 바위를 박찼다. 파라라락! 유삼 자락이 파공음을 담았다.

오정수마는 항요진보장을 휘두르지 않았다.

바위를 박차며 또다시 뒤를 향해 몸을 뺀다. 오정수마의 한 손엔 어느새 뜯어낸 해골 하나가 묵직하게 들려 있었다.

"독이다! 피해!!"

선찬의 경호성이 하늘을 갈랐다.

오정수마의 손에서 해골이 날았다. 피할 곳이 없도록 무서운 속도로 날아든다.

하지만 단운룡은 단운룡이다.

누구도 피할 수 없을 만한 것을 공중에서 몸을 뒤집으며 절묘하게 비껴냈다. 절로 경탄이 나올 만한 몸놀림이었다.

다급해진 것은 오정수마다.

두 번째, 세 번째 해골이 단운룡을 향해 쏘아졌다. 단운룡은 그마저도 모조리 피해 버렸다. 하나는 물속에 빠져 버렸고, 한 쪽 바위 위와 저 멀리 자갈밭에서 암적색 독연과 노란색 독연이 피어오르는 것이 보였다.

"대단하구나! 그렇다면 이건 어떨까!"

해골 두 개가 한꺼번에 단운룡을 향해 날아들었다. 파라락! 단운룡이 공중에서 방향을 꺾었다. 두 개 다 비껴낸다. 아니, 비껴내기 직전이다.

오정수마의 눈 구멍에서 요사스런 빛이 번쩍였다. 날아들던 해골 하나가 갑작스레 방향을 바꾸더니, 또 하나 날아들던 해골과 부딪치며 박살이 났다.

녹황색 연기와 흑갈색 연기가 폭발하듯 터져 나왔다. 피해낸 줄 알았던 단운룡이 그 연기에 휩쓸렸음은 물론이었다.

턱!

단운룡이 한쪽 바위 위에 내려섰다. 저편에서 물러나길 멈춘 오정수마가 득의만만한 미소를 흘렸다.

"크크크크."

마인(魔人)이란 아무리 그러지 않은 것처럼 행동해도 마인일 수밖에 없다. 침묵으로 일관하며 효율적인 무공을 구사하던 오정수마는 그저 꾸며진 모습일 뿐이다. 이 인간 같지 않은 웃음소리야말로 요마(妖魔)의 본색이라 할 것이다.

"독이라……. 그것도 극독(劇毒)인데 그래."

"내가 말했지. 모조리 죽을 것이라고."

"그랬나?"

"관운장의 환생이란 놈도 독에 당했지. 넌 움직이지 못할 거
다. 내공을 끌어올리지도 못할 것이고."

"안됐군."

"뭐라?"

"넌 틀렸어."

단운룡은 얼굴빛 하나 변하지 않았다. 비틀거리지도, 숨을 몰
아쉬지도 않는다. 그가 오정수마를 노려보며 말을 이었다.

"벌써부터 이걸 쓰게 될 줄은 몰랐는데."

단운룡이 눈을 감고 주먹을 쥔다.

하나, 둘, 셋. 셋 셀 시간으로 충분하다.

파직거리는 기묘한 소리가 단운룡의 전신에서 들려오기 시작
했다. 번쩍이며 튀어 오르는 기운이 눈에 보일 듯하다.

단운룡이 눈을 떴다.

두 눈에 충만한 뇌전(雷電)의 기운!

뇌신 발동이었다.

파지지지지직!

단운룡의 몸 전체에서 한순간 검은 연기가 피어올라 흩어졌
다. 독기(毒氣)다. 단 한 번 휘돌린 진기로 침투해 오던 독기를
모조리 태워 버린 것이다.

"그, 그것은 무슨……!"

오정수마가 자신도 모르게 한 발 물러서며 당혹감으로 가득한 한마디를 내뱉었다. 그다음 순간, 오정수마는 바로 자신의 앞에 선 단운룡을 보았다. 공간을 격하고 나타난 듯한 움직임이다. 오정수마가 다급히 항요진보장을 휘둘렀다.

콰악!

항요진보장이 덜컥 멈추었다. 단운룡이 보장의 한쪽을 잡아버린 것이다. 힘을 줘 보장을 빼내려던 오정수마는 치지지직! 하는 소리와 함께 타는 듯한 고통을 느끼고는 두 손을 놓아버렸다. 손에서 연기가 난다. 두 손아귀가 붉게 그을려 있었다.

파직! 콰아앙!

손을 보고 있을 틈 따위 존재하지 않는다. 엄청난 속도다. 단숨에 내리찍은 발끝에 커다란 바위가 반쪽으로 쪼개지고 있었다.

오정수마가 있는 힘을 다해 몸을 날리면서 목에 걸었던 해골들을 있는 대로 내던졌다. 단운룡은 피하지 않았다. 잡고 있던 항요진보장을 물 위로 내던지고 두 손바닥, 손가락을 쫙 편 채 명치 앞에서 두 손을 모았다. 광신마체 뇌신 발동으로 쓸 수 있게 된 광뢰포(光雷砲)의 전격이 그의 정면을 채웠다.

퍼어엉! 파지지지지지지직!

해골들이 기루가 되어 흩어졌다. 독 연기는 주변으로 퍼져 나가지조차 못했다. 충천하는 뇌전의 진기가 독연을 한꺼번에 태워 버린 것이다.

항요진보장을 잃고, 독으로 가득 찬 해골조차 무용지물이 되었다.

오정수마에게 남은 것은 하나뿐이다.

눈 깜짝할 새에 거리를 좁혀오는 단운룡을 두고 오정수마가 황급히 물속으로 뛰어들었다. 간발의 차로 놓쳤다. 단운룡이 바로 그 옆 바위 위에 내려섰다. 첨벙, 하고 순식간에 자취를 감춰버린 오정수마다. 단운룡이 수면 위로 고개를 내밀었다. 그 밑에 물고기처럼 훅 움직이는 그림자가 보였다.

"조심!!"

선찬의 경호성이었다.

짧은 경호성이 끝나기 무섭게 칼날 같은 물살이 치솟아올랐다. 그 어느 것이라도 갈라 버릴 수 있을 것처럼 예리한 물살이었다.

촤아아악!

그 정도 물살을 피하는 것은 뇌신을 펼친 단운룡에겐 전혀 어려울 것이 없었다. 뒤로 움직이며 피한 그의 앞으로 물살로 이루어진 칼날 두 개가 치솟아올랐다. 바위까지 갈라내며 올라온다. 앞섶을 스치고 지나가는데, 확실히 여느 보도보다 더 날카로운 것 같았다.

'물이라……'

단운룡의 눈이 번쩍 빛났다.

물속에 숨어버린 것을 어떻게 잡을 것인가.

난감하다? 아니다.

전혀 난감할 것이 없다.

단운룡이 쪼개진 바위 사이로 오른손을 쳐넣었다. 손을 적시는 것은 계곡물의 차가움이다. 단운룡이 말했다.

"물속으로 도망친 것은 실수였다."

오정수마는 물속에서 싸울 때 무적이라 해도 과언이 아니다.

숨어서 저런 칼날을 날려대면 누구라도 상대하기 힘들다.

하지만 세상엔 천적(天敵)이라는 것이 있다.

단운룡이 바로 오정수마의 천적(天敵)이다.

파지지지지직!

뇌신의 진기가 손끝으로 폭출되어 나갔다. 무시무시한 기세다. 온 계곡물을 다 뒤덮을 것처럼 사방으로 번져 나갔다.

출렁출렁, 물 깊은 곳에서 요동치는 그림자가 보였다. 오정수마다. 비명을 지르고 있을 테지만 물 위로 올라오는 것은 격하게 올라오는 공기방울뿐이었다.

파직! 파지직!

애꿎은 물고기들이 하나둘 부르르 떨면서 물 위로 떠오르고 있었다.

단운룡이 몸을 일으켰다.

아래쪽, 맑은 물밑으로 가라앉고 있는 붉은 머리털이 비쳐들었다.

"세상에 저런 무공이……!"

선찬의 눈은 이제 경악으로 물들어 있었다.

왜 불패신룡이 곁에 두고 가르치지 않았는지 이제야 확실히 알았다.

추군마 진달이 몇 년을 고생하여 전설의 주인공을 찾았다더니, 그 이유가 바로 저런 것이었나 싶다.

"크으윽!"

진기를 거둔 단운룡이 가슴을 부여잡으며 주저앉는 것이 보였다. 선찬이 어렵사리 몸을 일으켜 바위를 박차고 단운룡에게 달려갔다. 그때였다. 단운룡이 고개를 확 들더니 선찬을 향해 소리쳤다.

"다가오지 마!"

선찬이 멈칫, 그 자리에 섰다.

무릎을 꿇고 주저앉았던 단운룡이 한순간 고개를 뒤로 젖히며 하늘을 올려 보았다. 그대로 굳어진 단운룡이다. 선찬은 그걸 보며 심상치 않은 예감을 느꼈다.

무언가가 일어나려 하고 있었다.

선찬이 발을 돌려 관승 쪽으로 뛰어갔다. 관승은 아직도 그 자리에 못 박힌 듯 서 있는 상태였다. 의식을 잃은 채 그렇게 서 있는 것이 과연 가능키나 한지 모르겠다만, 어쨌든 당장 중요한 것은 그게 가능한지 어쩐지보다는 관승의 중독 상태였다. 선찬이 관승의 몸을 기울여 널찍한 바위 위에 눕혔다.

'중독이 너무 심하다.'

시체처럼 뻣뻣하게 굳어진 것이 주화입마에라도 든 것 같다. 심맥은 살아 있지만 기식이 엄엄하다. 뒤틀린 팔뚝도 상태는 좋지 않았다. 선찬이 팔을 돌려 뼈를 맞추고, 관승의 이름을 불러 보았다. 반응이 없다. 그때였다. 시야 한편으로 갑작스레 비쳐 드는 눈부신 빛줄기가 있었다. 선찬이 두 눈을 가늘게 뜨면서 단운룡 쪽을 바라보았다.

파직! 파지직!

번쩍이는 빛이 단운룡의 전신에서 마구 뻗어 나오고 있었다.

사납게 찢어발길 듯 유형화된 진기가 무서운 빛을 담고서 흩뿌
린다. 수면에 닿을라 치면 빛무리가 물줄기를 타고서 계곡 저편
의 바위까지 미친 듯 뻗어나갔다.

'이건 또 무슨 조화냐!'

눈으로 보고도 못 믿겠다. 마른하늘에 번개가 치는 듯하다.
아니, 젖은 땅 위에 번개가 솟아오르고 있다는 편이 옳겠다.

파지지직!

상상을 초월하는 광경이었다.

번개 치는 중심에 단운룡이 있었다. 명멸하는 빛의 근원은 곧
단운룡의 신체였다.

번쩍번쩍 몇 번 터지더니 사방으로 흩뿌리던 빛줄기가 점차
한곳으로 집중되기 시작했다. 몸의 중심, 중단전을 향해서다.
명치 한가운데로 빛무리가 모여들었다. 유삼 앞섶이 타 들어가
고 있었다.

파직! 버언쩍!!

마침내 한곳으로 모여든 빛줄기가 일순간 창날처럼 하늘을
향해 솟구쳐 올랐다. 단운룡의 몸 곳곳에서 연기가 피어오르고
있었다.

'세상에……!'

이런 것은 정말 듣도 보도 못했다.

어쩔 줄을 모르겠다는 심정이다. 다가가지 말라고 했으니 다
가갈 수도 없고, 그렇다고 저대로 놔두기엔 아무래도 안 될 것
같다.

그저 확실한 것은 뭔가 엄청난 일이 일어나고 있다는 사실

이다.

단운룡의 몸을 둘러치고 미친 듯 뿜어 나오던 뇌전이 이윽고 사그러들었다.

살아 있기는 하나. 선찬이 천천히 단운룡에게 걸음을 옮겼다.

"후우우우우우."

단운룡의 입에서 긴 숨소리가 흘러나온 것은 그때였다. 두 눈 가득 번쩍이던 빛무리가 눈동자 안쪽으로 빨려들 듯 갈무리되었다.

단운룡이 몸을 일으켰다.

두 손을 내려다보며 주먹을 쥐었다 폈다 몇 번을 반복했다. 단운룡의 입에서 짧은 한마디가 흘러나왔다.

"좋아. 열었다."

단운룡이 고개를 들고 선찬을 바라보았다. 그의 입가엔 은은한 미소가 떠올라 있었다. 그걸 본 선찬이 말했다.

"뭔가를 얻은 표정이로군."

"얻었지."

간결하게 대답하여 성큼성큼 걸어와 바위 하나를 뛰어넘었다. 단운룡이 선찬을 지나쳐 관승에게로 다가갔다. 옆에 털썩 주저앉은 단운룡이 관승의 맥을 짚었다.

"중독이 심한데."

"그래, 위험한 상태다."

선찬이 고개를 끄덕이며 미간을 좁혔다. 단운룡이 관승의 몸을 홱 뒤집었다. 찢어발겨진 전포 사이로 근육으로 가득 찬 넓은 등판이 드러났다.

"고개를 좀 받쳐 줘."

단운룡이 관승의 명문혈에 손을 올리며 말했다. 선찬이 주저 앉아 관승의 목을 잡고 숨통이 트이도록 고정했다. 원래대로라면 앉혀서 진기를 주입해야겠지만, 관승의 몸은 지금 통나무처럼 굳어버린 상태다. 이렇게라도 할 수밖에 없었다.

"독기를 태울 거야. 조금 찌릿찌릿할지도 몰라."

중독된 자를 치료하는 것은 이전에도 해본 적이 있다. 막야흔이 중독당했을 때였다. 한 번의 경험이었지만, 그것만으로도 충분했다. 단운룡은 무엇이든 쉽게 배우고, 쉽게 익히는 재능을 지녔으니까.

"후우우우."

내부를 관조하며 멈춰 있는 진기의 통로를 찾았다. 관승의 기혈은 엉망이었다. 내공은 초토화되어 그야말로 괴멸 상태라 해도 과언이 아니었다.

그래도 걱정없다.

광극진기는 거침이 없었다. 뿜어내는 대로 끊임없이 흘러들어 가 순식간에 독기를 물리치기 시작했다. 그 어떤 독도 광극진기를 버텨낼 수는 없다. 한 번 훑고 나가는 뇌기에 기혈마다 도사리고 있던 독기가 단숨에 파괴되고 있었다.

'이것이 광극신기의 진정한 위력!'

오정수마와의 싸움은 단운룡에게 있어 기연(奇緣)의 연속이나 다름이 없었다.

갑작스레 몸속을 침투한 맹독은 뇌정광구를 자극하는 촉발제가 되었고, 적절한 때에 발동한 뇌신이 광구가 뿜어내는 진기의 통로를 열었다. 열려가던 광구의 문을 활짝 열어준 것은 다름 아닌 계곡의 물이었다. 오정수마를 제압하기 위해 물속에 뇌전을 풀어놓은 것이 진기를 급격히 빨아들이며 뇌정광구의 힘을 한껏 해방시켜 준 것이다.

광신마체 뇌신을 풀고 온몸에서 방전(放電)이 일어났던 것은 광구가 급격히 해방되고 갈무리되면서 일어난 자연스러운 현상이었다. 그 덕분에 뇌신을 쓴 부작용에서도 자유로울 수 있었다. 일전에 정신을 잃고 있다가 선실 안을 엉망으로 만들며 깨어났던 것처럼, 뇌기의 방출과 흡수가 그의 몸을 정상으로 되돌려준 것이다.

'어떻게 개방하는지는 확실히 깨닫게 되었지만, 광구 전체를 완전히 내 것으로 소화한 것은 아니다. 그래도 괜찮다. 이 정도면 뇌신을 써도 쓰러지지 않아.'

엄청난 진보였다.

저번에 뇌신을 사용했을 때는 한 달이나 제 힘을 찾지 못했었다.

그랬던 것을 지금은 촌각 만에 회복했다. 그걸 기연이라 하지 않으면 무엇을 기연이라 부를까. 광구를 얻고 퇴보했던 무공이 이제야 비로소 위를 향해 뻗어나가기 시작했다. 그것도 비약적인 상승이다. 두 손을 들고 기뻐해도 모자랄 일이었다.

치지지직!

'이제 거의…….'

내공의 상승폭은 그야말로 놀라울 정도였다. 광극진기를 자유롭게 꺼내 쓸 수 있다는 것이 이런 느낌이었던가 싶다. 광구의 공능은 무궁무진하여 만독을 제압하고 통제할 수 있는 데까지 이르러 있었다. 관승의 독기를 순식간에 제압한 것이다. 기식이 엄엄했던 관승이 급속도로 회복되고 있었다. 호흡이 정상으로 돌아왔을 뿐 아니라 얼굴색도 본래의 붉은색을 찾아간다. 경직되어 있던 근육이 부드럽게 풀리는 것을 두 눈으로 확인할 수 있을 정도였다.

"굉장하군……!"

단운룡이 손을 떼고 일어나자 선찬이 혀를 내둘렀다. 그가 단운룡을 올려 보더니 관승을 돌려 눕히고는 끄응, 하고 천천히 몸을 일으켰다. 단운룡이 경고했던 대로 광극진기 때문에 손이 저릿저릿했던지 한 손으로 다른 손을 연신 주무르고 있었다.

"철운거는?"

단운룡이 물었다.

선찬이 바위 아래쪽을 가리켰다. 바위 밑으로 물속 저 깊은 곳에 검은색 그림자가 비치고 있었다. 그 밑에 가라앉아 있다는 뜻이다. 단운룡이 선찬을 돌아보며 물었다.

"가짜였지?"

선찬이 고개를 끄덕였다.

그렇다.

물속에 가라앉은 철운거는 진짜가 아니었다. 당연히 그 안에도 양무의는 없다.

탁탑천왕이 철운거를 들고 도망치는 관승을 적극적으로 막지 않았던 이유도 그 안에 양무의가 없다는 사실을 눈치 챘기 때문이었을 것이다. 관승이 가짜 철운거를 들어 올리며 표정이 변했던 것도, 오정수마가 망설임없이 철운거를 물속에 쳐 넣은 것도 그래서다. 그들 정도의 고수가 그런 것을 알아채지 못할 리 없는 것이다.

"그럴 줄 알았어."

단운룡은 조금 다르다.

단운룡이 여기에 당도했을 때, 철운거는 이미 물속에 빠진 상태였다. 이미 예측하고 있었다는 뜻이다. 관승과 선찬이 운반하는 철운거는 가짜였다는 것을 말이다.

"진짜는 용천관인가?"

"오송정에서 갈라졌다. 용천관으로 갔겠지. 아마도."

선찬이 대답했다.

그의 말마따나 양무의와는 오송정, 그 동굴 안에서부터 행동을 달리하기로 했었다. 선찬이 그 동굴 안에서 보았던 물건, 그것이 바로 이 밑에 있는 가짜 철운거다. 선찬이 먼저 가짜 철운거를 들고 달리면 양무의가 그 뒤에 움직인다. 적들을 교란시킨다는 간단한 계책이었지만, 철운거를 한 대 더 준비할 만한 철저함이 없고서는 실행 자체가 불가능한 작전이다. 양무의의 준비성이 드러나는 대목이라 할 것이다.

"철운거로 혼자 움직이다니. 어울리지 않게 무모한걸."

단운룡이 서남쪽 산비탈 아래로 고개를 돌렸다.

용천관이 그쪽에 있었다. 선찬은 용천관 쪽을 돌아보지 않았다. 단지 단운룡의 뒷모습을 보고 있을 뿐이다. 그가 천천히, 나직한 목소리로 입을 열었다.

"무모한 게 아닐 거다."

"무모한 게 아니다?"

"계산을 한 거지. 우리가 있었고, 자네가 나타났잖나."

"하하! 설마, 나까지 예상하진 못했을 텐데."

"예상하지 못한 것까지 염두에 두고서 움직이는 것이 진짜 군사다. 그 미지의 영역을 자신의 천운으로 끌어들이는 것이 바로 지략의 궁극이다."

"그런가? 사람 하난 잘 봤군."

"사람을 잘 봤다라……. 역시, 그런 것이었던가."

"아저씨한텐 미안하다 전해줘. 양무의는 내 차지야."

선찬은 할 말이 없었다.

닭 쫓던 개라는 표현까지 가져다 붙이기엔 상황이 그렇게나 나쁜 편은 아니다. 닭을 가져가겠다는 상대가 바로 이 단운룡이었으니 말이다. 단운룡 정도의 남자에게 양무의를 빼앗긴다면 승복할 수밖에 없다. 적어도 형산파나 가면의 괴물들에게 빼앗기는 것보다는 천배 만배 나은 일이었다.

'진인사 대천명이라는 말이 더 모양새가 좋겠어.'

깨끗이 포기하자.

선찬은 오기룡에게 그렇게 말하기로 결심했다.

그사이 주위를 한 번 둘러본 단운룡이 선찬을 돌아보며 말했다.

"그놈 시체가 보이질 않아. 안 되겠는걸. 관승 아저씨는 내가 저기까지 옮겨주겠어. 죽지 않았을 수도 있으니까 조심해."

단운룡의 말대로 오정수마의 시체가 보이질 않았다. 깊이 가

라앉았다 해도 이 정도로 맑은 물이라면 알아볼 수 있어야 정상
이다. 물론 아래쪽 물살에 휩쓸려 떠내려갔을 가능성도 배제할
수는 없다. 하지만 어쨌든지 간에 죽음을 직접 확인한 것이 아
니었으니 경계를 할 필요는 분명히 있었다.

파라락!

곧바로 관승의 거구를 들쳐 업고는 단숨에 바위 몇 개를 뛰어
넘었다. 선찬이 나뒹굴었던 자갈밭을 지나 순식간에 숲까지 왔
다. 끙끙대며 따라온 선찬을 확인하고 관승을 풀밭 위에 내려놓
았다.

"그럼."

단운룡이 몸을 날렸다. 선찬의 눈이 단운룡의 뒷모습을 쫓는
다. 파라락, 공기를 가르는 소리가 요란했다. 펄럭이는 유삼 자
락이 두 눈에 선하다. 그것은 선찬의 눈에 새 시대를 열어가는
젊은 뇌룡(雷龍)의 날갯짓처럼 보일 뿐이었다.


*      *      *


쩌엉! 까아아앙!

"크앗!"

막야흔의 몸이 겨울바람 앞의 낙엽처럼 힘없이 튕겨져 나왔
다. 공중에서 어렵사리 몸을 돌려 착지한 막야흔이다.

"왼쪽!"

엽단평의 경호성이 허공을 갈랐다. 막야흔은 망설이지 않았
다. 엽단평의 말대로 지체없이 왼쪽을 향해 몸을 날렸다.

꽈앙! 하는 폭음이 등 뒤를 따라붙었다. 바로 전, 막야흔이 서 있던 땅 위에 탁탑천왕의 거대한 보봉이 작렬한 것이다. 땅거죽이 움푹 뒤집어진 것이 보였다. 그걸 맞았더라면 얇은 협도가 단숨에 부러졌음은 물론, 몸 전체가 종잇장마냥 구겨져 땅속에 처박히고 말았으리라.

"무슨 힘이 이리도 센 거냐!"

죽음을 간발의 차로 비껴갔음에도 불평 한마디를 잊지 않는다. 여전히 두려움이라고는 없는 얼굴이다. 오히려 이 생사의 간극이 즐겁기라도 한 양 비틀린 미소까지 떠올리고 있다. 용맹함으로 점철된 칼끝이었다.

채챙! 쩌엉!

달려들었다가 튕겨 나오길 몇 차례나 했는지 모른다. 치명타를 허용하지 않도록 견제를 해주는 것은 엽단평의 검날이다. 송곳으로 찌르는 듯 맥점을 끊으며 찔러내는 검날이 탁탑천왕의 후속타를 막아주고 있었다.

"아무리 두드려도 소용이 없구만!"

막야흔이 분통을 터뜨렸다.

탁탑천왕은 난공불락 그 자체였다. 높게 선 저 거대한 덩치도 그렇거니와 보물이 틀림없는 갑주에, 아무리 부딪쳐도 흠집 하나 나지 않는 보봉은 절답요새의 성벽을 절로 떠올리게 만든다.

"오른쪽은 안 되오! 그쪽은 사문(死門)! 생로는 없소!"

"알고 있어!"

막야흔과 엽단평은 호흡이 잘 맞는 짝이었다. 공수의 보완이 확실하여 혼연일체의 공방을 펼친다. 싸움을 함께하면 할수록 손발이 더 잘 맞아 들어가고 있었다.

"밀린다! 샌님!"

"일 보 왼쪽으로! 뒤는 내가!"

완벽하게 대응한다. 막야흔이 왼쪽으로 일 보 치우치자 엽단평이 곧게 찌르며 빈 공간을 메웠다. 그다음은 전진이다. 말하지 않아도 안다. 막야흔이 쭉 쏘아져 나가면서 협도를 휘둘렀다. 순식간에 휘돌린 보봉이 막야흔의 전면을 노렸지만 엽단평의 검끝은 이미 탁탑천왕의 팔꿈치를 향해 쏘아지는 중이다. 보봉을 회수할 수밖에 없다. 탁탑천왕이 한 발 뒤로 물러났다. 굵은 보봉을 짧게 돌려 막야흔의 협도를 막아낸다. 누구도 서로에게 치명타를 가하지 못한다. 지리한 공방전이 이어지고 있었다.

"괴물 같은 놈! 끄떡도 없군!"

"이자가 남경의 그자보다 더 강한 것 같소."

"당연한 말을!"

남경에서 붙었던 살인마 이야기다.

그땐 죽음 따위 생각지도 않았었다. 죽음의 위협이 느껴질 만큼 강하지 않았다는 이야기다. 하지만 이 탁탑천왕은 다르다. 어떤 공격도 도통 통할 줄을 모른다. 무슨 수를 써도 마찬가지였다. 조금 잘 들어간다 싶으면 또 막히고, 또 막혔다. 거세게 반격이라도 나올 때면 저승 구경을 각오해야 했다. 죽음의 문턱에서 살아 나오길 몇 차례다. 무지막지하게 강한 놈이었다.

"그만 비켜라!!"

탁탑천왕이 버럭 고함을 질렀다. 탁탑천왕도 답답하긴 했을 것이다. 공격이 통하지 않기로는 그쪽도 마찬가지다. 막야흔과 엽단평은 밀리는 와중에도 간간이 반격을 날리면서 근근이 잘 버티고 있었던 까닭이었다.

"나와라, 금강!"

탁탑천왕의 짧은 한마디가 이어졌다.

찰칵, 찰칵!

탁탑천왕의 왼손에서 작은 기계음이 들려오기 시작한다. 금탑이 변형을 일으키고 있었다. 삼두육비 황금야차상으로의 변형이다.

"저건 또 뭐……!"

막야흔은 말을 다 끝맺지 못했다. 급히 몸을 숙이고는 필사적으로 몸을 날렸다.

"샌님! 피햇!"

엽단평도 몸을 날린다.

꽈앙! 꽈아앙!

폭음이 두 번 연이어 터져 나왔다. 아름드리나무 두 그루가 쓰러지는 것이 보였다.

"더 세졌잖아!!"

기세가 폭발적으로 증가했다. 무엇이든지 한꺼번에 부숴 버릴 듯 덤벼들고, 실제로 부숴 버렸다. 땅거죽이 움푹움푹 들어가고 나무가 부러졌다. 흙먼지가 비산했다. 바위는 박살이 났다.

"이대론 죽겠다!!"

막야흔이 소리쳤다. 나무 한 그루를 어깨로 무너뜨리며 짓쳐 드는데 막아낼 방법이 없다. 탁탑천왕의 보봉이 머리 위로 떨어지고 있었다.

"이익!"

절체절명의 순간.

이래서는 그것밖에 없다. 막야흔은 적벽에서 단운룡에게 얻었던 구결을 발동하고 만다. 진기가 중단전으로 치달아 상단전까지 올라갔다. 눈앞이 번쩍였다.

파라락! 쫘아아앙!

땅이 움푹 꺼진다. 그리고 막야흔은 어느새 나무 위로 올라가 있었다. 죽립을 눌러쓴 엽단평이 주먹을 불끈 쥐며 오른손 검자루를 고쳐 잡았다. 순간적으로 막야흔을 잃는 줄 알았다. 살아나왔으니 다행이다. 엽단평이 탁탑천왕의 측면을 향해 쇄도했다.

검의 움직임을 감지한 탁탑천왕이 보봉을 엽단평 쪽으로 휘둘렀다. 엽단평은 그것을 막아낼 힘이 없었다. 좌아악! 몸을 숙이고 땅을 미끄러진다. 보봉 끝이 죽립 가장자리를 슬쩍 스치고 지나가며 대나무 죽립살을 한 움큼이나 뜯어냈다.

파락! 쉬이익!

탁탑천왕의 머리 위에서 날카로운 파공음이 울린 것은 바로 그때였다. 여태껏 묵직하던 탁탑천왕의 몸놀림이 처음으로 다급해졌다. 그 큰 거구를 옆으로 돌리면서 상체를 젖힌다. 두 손으로 협도를 감아 쥔 막야흔이 수직으로 떨어지고 있었다.

슈각! 카가각! 슈가각! 카가가가각!

피가 튀었다.

첫 성공이다. 갑주는 베지 못했지만 갑주가 가려주지 못하는 곳엔 제대로 들어갔다. 가슴 한쪽과 복부 위쪽, 깊은 도상을 새겨놓은 것이다.

거대한 성채에 한 줄기 금이 간 것과 같다. 탁탑천왕이 막야흔 쪽으로 고개를 돌렸다. 막야흔은 이미 저 뒤다. 물러나는 엽단평은 측면에서 기회를 노리고 있었다.

"기어코 천신의 분노를 사겠다는 것인가!!"

찌렁 울리는 목소리에 사방의 나뭇잎이 비처럼 쏟아져 내렸다.

막야흔이 오만상을 찌푸렸다. 고함 소리 때문이 아니다. 몸속을 흐르는 진기가 뚝뚝 끊기고 있었다.

'제길, 역시 무리였군.'

탁탑천왕의 갑주가 피로 물드는 것이 보였다. 몸이 거대한 만큼 쏟아지는 핏물도 한 사발씩은 되는 것 같다. 하지만 막야흔은 알고 있었다. 피는 많이 나지만 치명상이 아니라는 것을 말이다.

치명상을 입히지도 못했는데 막야흔 쪽은 한계다. 더 싸울 수 없다는 것을 직감적으로 깨닫는다. 울컥, 뱃속을 치밀어 오르는 것이 있다. 검게 죽은 핏물이라는 것을 뱉어보지 않고도 알 수가 있었다.

"샌님, 난 끝이다."

막야흔이 말했다. 광극진기 광신마체 신풍의 부작용이 나타나고 있었다.

꿍꿍, 탁탑천왕이 달려드는 것이 보였다. 엽단평이 황급히 몸을 날렸다. 그러나 늦었다. 탁탑천왕의 보봉이 하늘 높이 들리고 하강을 시작했다.

쒜에에에엑!

순간,

무서운 파공음이 공기를 찢어발겼다. 탁탑천왕의 보봉이 멈칫 허공에서 흔들렸다. 폭음이 그 뒤를 따랐다.

퍼엉!

탁탑천왕의 어깨가 앞으로 확 기울여진다. 탁탑천왕이 거칠게 몸을 돌렸다.

쒜엑! 쒜에에엑!

또 한줄기 하늘을 가르고 날아든다.

퍼엉!

탁탑천왕의 허벅지가 둔기로 얻어맞은 양 크게 흔들렸다. 퍼어엉! 하고 이어진 폭음은 가슴 쪽에서다. 탁탑천왕의 상체가 휘청, 뒤로 밀려났다.

"누구냐!!"

탁탑천왕의 고함 소리.

대답은 또 한 번의 파공음으로 돌아왔다.

쒜에엑! 긴 파공음에 탁탑천왕이 보봉을 치커들었다.

따앙! 소리가 보봉을 울렸다. 탁탑천왕이 한 발 뒤로 물러날 정도로 강한 충격이었다.

"늦었어, 영감."

막야흔이 중얼거리며 숨을 몰아쉰다. 그의 몸이 기어코 무너지고 만다. 그로서는 전혀 통제할 수 없는 광신마체의 후유증 때문이었다.

털썩.

쓰러지는 막야혼의 옆으로 엽단평이 몸을 날렸다. 막야혼이 왜 쓰러졌는지는 엽단평도 잘 알고 있었다. 본 적이 있기 때문이다. 엽단평이 말했다.

"노괴가 왔소."

"알고 있어, 샌님아."

무섭게 날아드는 파공음.

보이지 않는 타격.

그렇다.

천하제일신궁 궁무예다. 궁무예가 온 것이다.

"일단 박살 내고 봐라. 난 신경 쓰지 말고."

엽단평이 고개를 끄덕였다. 부서진 죽립 아래 굳게 다문 입술이 결의의 빛을 띤다. 그가 검을 비껴들고 일어났다.

"모습을 드러내라!"

탁탑천왕은 보이지 않는 상대에 당황하고 있었다.

고함 소리에 다시 한 번 나뭇잎들이 우수수 떨어졌다. 분노의 감정이 고스란히 실린 목소리다. 반응이 없자 탁탑천왕이 왼손의 황금야차상을 가슴께로 올렸다. 변화하지 않은 황금야차상을 내려다보고는 탁탑천왕이 먼 산 저편을 둘러보았다.

"삼십 장 바깥이라는 건가."

혼잣말처럼 내뱉는 말도 고함치는 것처럼 크기만 했다.

금탑은 주시안의 연화를 피워 올리지 않았다. 그것은 곧 상대가 삼십 장 바깥에 있다는 뜻이다. 탁탑천왕이 짧게 소리쳤다.

"나와라, 눈!!"

황금야차상이 변형을 일으켰다. 아래쪽이 연꽃 형태로 활짝 퍼진다. 몇 번의 변화와 함께 눈동자 모양의 보석이 모습을 드러냈다.

주시자의 천안은 위험에 반응하는 법보(法寶)였다. 힘이 집중되면 먼 곳의 적도 찾을 수가 있었다.

보석이 번쩍번쩍 요요로운 빛을 발했다. 그러더니 한쪽을 향해 한줄기 미세한 빛줄기를 뿜어내기 시작했다.

"그쪽인가!!"

시야가 탁 트인 곳이다. 누구의 그림자도 보이지 않지만 탁탑천왕은 거기에 그의 적이 있음을 알 수 있었다.

꾸웅!

탁탑천왕이 땅을 박차고 거세게 달려나간다.

파바바박! 뒤따라붙는 발소리가 이어졌다. 엽단평이었다. 탁탑천왕은 몸을 돌리지 않았다. 엽단평 하나로는 위협이 되지 않음을 잘 알기 때문이었다.

텅! 쐐액!

또한 그렇기에 엽단평이 달려든 것은 의외의 일이었다. 혼자서 용감무쌍하게 측면을 노려온다. 뒤를 맡아줄 막야흔이 없음에도 전혀 신경 쓰지 않는 모습이었다.

"갈!!"

파리라도 쫓듯 탁탑천왕이 거칠게 보봉을 휘둘렀다. 엽단평은 탁탑천왕의 거력을 감히 맞받지 못했다. 땅을 찍으며 옆으로 몸을 날린다. 탁탑천왕은 그대로 전진했다. 한데 엽단평이 또다시 짓쳐든다. 아무런 생각이 없는 듯 위험 지역으로 번쩍 뛰어들고 있었다.

쫘앙! 위이이잉!

귀찮은 것을 굳이 달고 갈 이유가 없다. 탁탑천왕은 땅을 밟으며 몸을 돌리고, 허리를 회전시키며 보봉을 휘둘렀다. 이번엔 죽립만 부수는 것이 아니라 머리까지 통째로 날려 버릴 기세였다.

쒜에엑! 퍼어엉!

파공음이 들리고, 탁탑천왕의 몸이 휘청 흔들렸다.

바로 이거다.

궁무예를 믿었기에 그렇게 달려들 수 있었던 것이다.

휘둘러 가던 보봉의 궤도도 흐트러질 수밖에 없다. 엽단평의 검날이 기회를 놓치지 않고 탁탑천왕의 목덜미를 훑었다.

피슈슉!

핏물이 솟구쳤다.

아까운 일격이었다. 조금만 깊게 들어갔으면 이대로 싸움을 끝낼 수도 있었을 것이다. 그 와중에도 거구를 비틀며 치명상을 면한 것은 탁탑천왕의 본능적인 대응이었다.

"이놈들!!"

탁탑천왕은 극도로 분노하고 있었다. 커다랗게 분통을 터뜨리더니 무서운 기세로 엽단평을 향해 짓쳐들었다. 먼저 엽단평을 죽여놓고 먼 곳의 적을 상대하겠다는 식이었다.

꽝! 쫘앙! 쫘과광!

미친 듯 보봉을 휘두르며 몰아붙인다. 나무 파편이 마구 튀어오르고, 흙먼지가 시야를 가렸다. 엽단평의 손속이 순식간에 어지러워졌다. 상대가 평범한 고수였다면 이런 저돌적인 공격이 도리어 반격의 단초를 제공했겠지만, 탁탑천왕은 막무가내로 달려드는 게 더 무서웠다. 해일처럼 밀려드는 경력이 몸 주위에 진기의 보호막을 치고 있었다. 거대한 바윗돌이 굴러오는데, 얇은 검끝을 들이댄다고 멈출 수 있는 게 아니었다. 허점이 있어도 검격을 꽂아 넣을 수가 없다는 뜻이었다.

쒜엑! 퍼엉!

적절할 때 날아드는 일격이 아니었더라면 이미 황천길 중간에 서 있었을 게다. 하지만 그것도 한계가 있다. 경공이야 큰 차이가 없다고 해도 힘에서는 차원이 달랐다. 직접 맞지 않아도 내상을 입는다. 땅과 나무를 치면서 터뜨리는 충격파가 마치 몸에 때려대는 장풍과도 같았다.

"크윽!"

결국 보법이 엉키고 만다. 엽단평이 휘청하고 균형을 잃었다. 두꺼운 보봉이 그의 상체를 휩쓸어 왔다. 이미 피하긴 늦었다. 엽단평이 보봉의 궤도를 따라 땅을 박찼다. 충격이라도 흘어내기 위해서다.

퍼엉! 우직!

각오했던 바였지만 충격은 상상을 초월했다. 엽단평의 몸이 삼 장이나 날아가 나무에 부딪쳐 떨어졌다. 땅에 떨어져 몸을 일으키는데, 나무에 부딪치면서 늑골도 세 대는 나가 버린 듯했다. 무릎을 짚고 고개를 들었다. 일어나기가 힘들다. 발목도 정상이 아니었다. 성한 데가 없었다.

꿍! 꾸웅!

탁탑천왕이 다가오고 있었다. 엽단평이 재빨리 고개를 돌리며 주위를 살폈다. 검까지 놓쳐 버린 것이다. 저편에 반짝이는 검광을 발견하고 몸을 날리려는데, 뛰어나간 것은 마음뿐이었다. 몸이 말을 듣지 않는다. 움직일 수가 없었다.

"클클클, 탁탑의 금탑법보라……. 그런 게 진짜로 있기는 있었구먼."

꾸웅.

탁탑천왕의 발이 멈춘다. 탁탑천왕이 몸을 돌렸다.

저편 숲길에 장대한 체구의 노인이 버텨서 있었다.

백발이 춤을 춘다. 대마연 연초잎을 입에 물고 거친 마의를 바람에 맡겼다.

각궁 하나 손에 들고 활시위엔 아무것도 올리지 않았다.

궁무예였다.

"탁탑천왕은 아들인 나타태자와 원수를 졌고, 상제는 천왕에게 보탑을 들고 있으라 명했으니, 천왕이 보탑을 들고 있는 동안에는 나타삼태자도 천왕을 공격하지 못하더라. 그런 전설이 있었지, 아마?"

탁탑천왕의 몸이 흠칫 굳어졌다.

궁무예의 입꼬리가 한쪽으로 올라갔다. 신궁의 전설을 써 내려갈 때, 젊은 시절의 그의 얼굴이 거기에 있었다.

"어디 한번 전설이 맞는지 보자꾸나."

팅! 티팅! 티티티팅!

궁무예의 손은 보이지 않을 정도로 빨랐다.

일곱 번의 탄궁, 일곱 자루 진기의 화살.

궁무예의 성명절기 천왕칠섬이 세상에 나온 것이다.

보봉을 휘두르며 응수하려던 탁탑천왕이 한순간 다급하게 몸을 돌려세웠다. 왼손의 보탑을 뒤로 빼고, 그 앞에 보봉을 가로막으며 몸을 웅크렸다. 오른편 어깨부터 팔꿈치 갑주와 옆구리까지 일곱 번의 폭음이 연달아 터져 나온다. 일격을 맞을 때마다 뒤쪽으로 휘청휘청 물러났음은 물론이다.

"이노오오옴!!!"

탁탑천왕의 고함이 하늘을 울렸다. 사방의 나무가 흔들렸다. 쏴아아아 하는 소리와 함께 나뭇잎이 궁무예 쪽으로 날아들었다. 뻐끔뻐끔 흘러나오던 대마연 연기마저 저 뒤편으로 밀려날 정도다.

하지만 궁무예는 눈 하나 깜짝하지 않았다. 단지 가볍게 활시위를 튕길 뿐이다.

퍼억!

오른쪽 어깨를 내밀고 있던 탁탑천왕이 뭔가를 느낀 듯 갑작스레 몸을 뒤로 뺐다. 탁탑천왕의 왼쪽 가슴이 강력한 충격에 뒤쪽으로 확 밀려났다.

오른쪽을 내줬는데 왼쪽에서 터졌다?

이유는 하나다. 직선으로 날아오던 것이 휘어졌다는 뜻이다.

달려들려던 기세를 단숨에 꺾는 일격이었다.

탁탑천왕이 기어코 땅을 박찼다. 이번엔 궁무예가 활시위를 힘차게 잡아당겼다. 곡사(曲射)의 신기 다음엔 무자비한 강격(强擊)이다. 팽팽하게 당겨진 활시위가 무서운 속도로 튕겨졌다.

"……!!"

탁탑천왕이 급하게 몸을 돌렸다. 보탑을 보호하기 위한 움직임이었다. 꽈앙! 하는 폭발이 탁탑천왕의 오른쪽 등판에서 터져 나왔다.

꾸우웅! 콰르륵!

날아들던 기세 그대로다. 탁탑천왕의 육중한 몸이 땅바닥에 처박혔다. 쭉 밀려 나오는데, 그 힘이 무섭다. 땅거죽이 뒤집어지고 커다란 고랑이 패었다.

놀라운 광경이었다.

"약점이 있다는 건 괴로운 일이지."

궁무예의 목소리가 숲 길 위에 내려앉았다.

탁탑천왕이 땅을 짚고 일어난다. 이를 가는 소리가 여기까지 들릴 정도다. 그 큰 거구가 대마연에 찌든 백발노인 하나를 어쩌지 못하고 있었다. 어쩌기는커녕 가까이 다가가지도 못할 정도다.

천적(天敵). 이것이 또한 천적이다.

탁탑천왕은 분명 강자다. 대단한 고수다.

왼손을 못 쓴다는 약점이 있다지만, 대부분의 경우 그것은 약점이 아니라 함정으로 작용한다. 근접 공격으로 보탑을 노렸다가는 죽음을 면치 못한다. 그게 탁탑천왕의 무공이다.

원거리 공격? 그것도 사실 탁탑천왕의 능력으로는 그다지 경계할 바가 되지 못한다. 온몸에는 흠집조차 내지 못하는 보갑을 둘러쳤고, 보봉을 휘두르는 반응 속도도 충분히 뛰어나다. 몇 발 날아오는 궁사(弓射) 정도는 충분히 방어할 수 있다는 뜻이다.

다만 그 상대가 신궁(神弓)의 수준이라면 이야기는 달라진다. 궁무예는 어디서든 보탑을 노릴 수 있다. 중간에 궤도가 휘어지는 곡사(曲射)까지도 구사할 수 있는 자다. 보갑으로 몸을 방어해도 그 거구를 튕겨낼 만한 힘까지 갖췄다. 그런 힘으로 보탑을 노리고 있으니 당해낼 수 없다. 탁탑천왕의 약점이 마침내 치명적으로 작용하는 순간이다.

"그만 옛날이야기 속으로 꺼지거라, 탁탑천왕."

일어난 탁탑천왕을 향하여 궁무예가 빠르게 활시위를 튕겼다.

무서운 속도의 연사다. 그것도 철저하게 보탑을 노린다. 집중사였다.

퍼퍼퍼퍼펑!

탁탑천왕은 보탑을 지키기 위해 안간힘을 썼다. 보봉으로 막아내는 것도 있지만 대부분은 몸통으로 막아낸다. 궁무예에게 다가가려 했지만 그것도 되지 않는다. 피하는 것도 불가능하다. 피하기엔 탁탑천왕의 몸이 너무나도 컸기 때문이다. 과녁이 그렇게도 큰데 신궁의 화살이 못 맞힐 리가 없다. 크면서 빨랐으면 모르겠지만, 탁탑천왕의 움직임은 쾌(快)와는 한참 거리가 있었다.

퍼억!

그것은 그야말로 우연이자 필연적인 일격이었다.

쏘아내던 궁무예의 일격이 휘청이던 탁탑천왕의 가면에 맞은 것이다. 맞은 가면에 쫙 하고 금이 갔다.

"크아아악!"

탁탑천왕의 반응은 극적이었다. 보봉까지 내던지고 얼굴을 감싸더니 비명에 가까운 노호성을 터뜨린다. 탁탑천왕이 씩씩 대며 궁무예를 향해 소리쳤다.

"이놈! 내 반드시 네놈을 죽이고 말 것이다! 천신의 분노를 샀으니 반드시 후회하게 될지어다!"

탁탑천왕이 땅을 휩쓸어 보봉을 휘어잡더니 그대로 뒤를 향해 달려가기 시작했다. 거구가 땅을 울리며 멀어진다. 도주였다.

"아무래도 약점은 보탑만이 아니었던 모양이로군."

가면도 약점이 될 수 있다는 이야기다.

궁무예는 탁탑천왕을 추격하지 않았다. 막야흔과 엽단평을 수습하는 것이 먼저였다.

게다가 추격해서 싸워본들 단시간 안에 끝낼 자신도 없다. 내력만 가지고서 날리는 진기의 화살로는 치명상을 입히지도 못하거니와, 그건 무한정 쏠 수 있는 것도 아니었던 까닭이다. 지금 이 싸움만으로도 내공의 소모가 상당하다.

"후우우우우."

궁무예의 입에서 하얀 연기가 흘러나왔다.

철제 화살 몇 대만 있었어도 죽여놓을 수 있었을 텐데… 화살 한 대 챙겨오지 않은 것이 그저 아쉬울 뿐이었다.

*　　　　*　　　　*

작은 등갓 촛불들이 어둑어둑한 복도를 밝힌다. 습한 돌 냄새가 가득하다.

지하 감옥이었다. 형산파 무인들이 도열해 있다. 벽면 한쪽으로는 하얗게 빛나는 철창으로 둘러진 뇌옥들이 열 개나 쭉 늘어서 있었다.

촤악!

백가화의 얼굴이 모로 돌아갔다. 그녀의 얼굴은 이미 퍼렇게 부어올라 성한 곳이 없을 정도였다. 목불인견의 참상이다. 퉁퉁 솟아난 입술엔 피딱지가 엉겨 붙었고, 눈꺼풀은 제대로 뜰 수조차 없다. 몇 시진 만에 이렇게 변했다. 예전의 미태를 짐작키가 어려울 정도였다.

"자, 이래도 못 말하겠나."

우드득!

월성신장 형동이 백가화의 손을 비틀었다. 뼈 부러지는 소리가 사위를 울렸다. 백가화는 신음 소리로 대답을 대신했다. 목구멍이 말라붙어 바람 빠지는 쇳소리가 새어 나왔다. 할 말이 있어도 제대로 못할 상태였다.

"누굴 부른 것이냐? 그놈들은 어떤 놈들이지? 어서 말해!!"

촤악!

다시 한 번 따귀를 갈긴다. 백가화의 입에서 진득한 핏물이 쏟아졌다.

애초부터 대답을 듣고자 물어보는 것이 아니었다.

그냥 묻고 때리는 것이다.

온몸이 성한 데가 없었다. 창을 함부로 휘둘렀다며 두 팔을 전부 다 부러뜨렸고, 제멋대로 몸을 날린다며 두 발목을 다 비틀어놓았다.

그나마 강간이라도 당하지 않은 것이 다행이랄까.

명문정파라는 자존심은 있어서인지 그 정도 선을 넘지는 않았다. 하지만 그것도 장담하지 못한다. 이것만으로도 명문정파의 행태는 충분히 넘어섰다. 도열해 있는 무인들만 아니었다면, 월성신장은 강간이 아니라 그 이상도 얼마든지 했을 만한 자였다.

"지독한 년!"

퉤! 하고 백가화의 얼굴에 침을 뱉는다. 형동은 제정신이 아닌 것 같았다. 도열해 있는 무인들마저도 차마 그쪽을 쳐다보지 못한다. 고개를 숙인 자가 태반이요, 아무것도 없는 정면만 뚫어져라 쳐다보고 있는 것이 나머지 절반이었다.

퍼억!

발길질 한 번을 더 하고 씩씩대며 뇌옥을 나선다. 요란한 소리와 함께 백철 철창이 굳게 닫혔다.

"열쇠!"

옆에 있던 무인이 은색의 열쇠를 건넸다. 철혈신녀가 갇힌 뇌옥의 열쇠는 형산파에서 받아 놓고 쓰는 중이다. 그게 이곳 용천관의 방침이다. 용천관 여도사들은 필요한 자들에게 뇌옥만을 내어줄 뿐, 이곳을 거치는 죄인들의 행사에 일절 관여치 않았다.

철컹!

거칠게 열쇠를 잠그고 품속에 쑤셔 넣었다. 돌아서는 형동의 두 눈엔 광기에 가까운 분노가 깃들어 있었다.

"철운거는 아직도 못 찾았나?"

"예, 아직……."

가장 바깥쪽에 도열해 있던 무인이 고개를 조아리며 대답했다. 형동이 윽박지르듯 목소리를 높였다.

"가면을 썼다고?"

"그, 그렇습니다."

"기괴한 철운거를 타고 다니더니 요사스런 마인들까지 불러 모았구나. 저년은 죽어야 해. 운거모사도 살려두지 않으리라."

치솟는 살의가 형동의 이지를 완전히 지배하고 있었다.

형동이 고개를 돌리고 당장이라도 쳐 죽일 듯 백가화를 노려본다. 젊은 무인들이 절로 고개를 움츠린다. 경험 많은 무인들도 식은땀을 흘릴 만큼 무시무시한 살기였다.

타다다닥!

빠르게 계단을 타고 내려오는 무인이 있었다. 무인이 형동을 향해 다급한 목소리로 소리쳤다.

"적습! 적습입니다!!"

"드디어 왔는가!!"

형동의 목소리에 담긴 것은 놀라움이 아니라 반가움이었다. 오랫동안 기다리던 손님이 이제야 도착했다는 반응이었다.

"가자!"

형동이 손짓했다. 도열해 있던 무인들이 형동을 따라 신형을 날렸다. 형동이 한달음에 용천관 내원으로 뛰어나갔다.

"……!!"

펼쳐진 광경은 처음 보는 것처럼 생소하기만 했다.

마침내 철운거를 잡겠구나 기대했던 형동의 얼굴이 단박에 일그러졌다. 그가 얼굴을 있는 대로 찌푸리며 소리쳤다.

"이놈들은 웬 놈들이냐!"

대답해 줄 수 있는 이는 아무도 없었다.

모두가 제 앞가림하기에 바쁜 상황이었기 때문이다.

나타난 것은 철운거 하나가 아니라, 가면을 쓴 십여 명의 괴한들이었다. 치켜 올라간 눈알에 '어흥' 포효하는 입을 새겼다.

사자다. 사자 가면이었다. 맹렬히 뛰어들어 형산파 무인들과 난장을 벌이는 중이다. 백색 도포를 입은 용천관 여도장들까지 얽혀 들며 용천관 내원을 아수라장으로 만들고 있었다.

퍼엉! 파파파팡!

이곳저곳에서 교전이 벌어지는 가운데 용천관 여도사들이 무공을 익히던 연무장은 전장의 중심이 되어 있었다.

"운거모사……! 언제 이런 놈들을 끌어들였는가!!"

형동은 그들을 보며 양무의가 끌어들인 방수들이라는 생각부터 했다.

방금 전까지도 백가화에게 다그쳐 묻지 않았던가. 대답을 안 한다 싶었더니, 이렇게 난입하길 기다리고 있었나 보다 싶다.

"얄팍한 수를!"

형산파 무인들이 펑펑 나가떨어지는 것이 보였다. 다짜고짜 살수들을 날리는데 철천지원수라도 진 양 손속이 거칠다.

숫자는 기껏 열 명에 불과했지만 그 두 배가 넘는 형산파 무인들을 상대로 오히려 우세를 점하고 있었다. 그나마 용천관 여도사들이 뛰어나왔기에 망정이지 그러지 않았더라면 단숨에 밀리고 말았으리라.

"여기가 어디라고 소란을 부리느냐!!"

날카로운 목소리가 용천관 내원을 떨쳐 울렸다.

두모낭랑의 목소리였다. 그녀는 대단한 고수였다. 두모낭랑이 가세하자 전세는 단숨에 역전되기 시작했다.

형동의 눈이 크게 뜨여졌다.

무공이 고강한 것은 알고 있었지만 저 정도일 줄은 몰랐다.

장법을 연이어 내치는데 기교가 출중하고 파괴력이 대단했다. 순식간에 사자 가면의 괴인 하나를 물리치더니 곧바로 두 번째 사자 가면에게 몸을 날리고 있었다.

형동은 공격을 지시하지 않았다.

어떻게 해야 할지 판단이 서질 않았던 까닭이다. 대신 그는 옆에 선 제자에게 물었다.

“연화검은?”

“아직이십니다!”

“어딜 가서 아직도 안 와?”

“제자들이 습격당한 곳에…….”

“엉뚱한 곳에서 언제까지 미적거리는 거야? 놈들이 여기에 와 있잖나!”

애꿎은 사람에게 역정을 내는 형동이다.

그가 주먹을 휘두른다고 남악연화검이 당장 돌아오는 것도 아니다. 형동이 붉게 달아오른 얼굴로 씩씩대며 싸움터로 고개를 돌렸다.

두모낭랑의 힘은 대단했다. 여도사들을 독려하며 적들을 몰아붙이고 있다. 사자 가면의 괴인들이 연무장 바깥쪽으로 밀려나는 것이 보였다.

어흐으웅!

거대한 사자후(獅子吼)가 들려온 것은 바로 그때였다.

형동이 찌푸려진 얼굴을 더 찌푸리며 황급히 두 손으로 귀를 막았다.

무서운 내력이었다. 충격을 받은 형산파 무인들이 휘청거리고 있었다. 여도사들도 마찬가지였다. 내공이 약한 자들은 고막이 터져 귀에서 피를 흘리고 있다. 그대로 정신을 잃은 채 쓰러지는 자도 있었다.

"어디서 이런 고수가!!"

사자 가면의 괴인들은 끄떡하지 않았다. 무언가 특별한 술수를 익힌 모양이었다. 연무장 바깥으로 밀려나던 놈들이 다시 전세를 뒤집는다. 몸을 채 가누지 못한 형산파 무인 다섯 명이 순식간에 쓰러졌다. 여도장들도 둘이나 장법에 당해 땅바닥을 굴렀다.

"모습을 드러내라!!"

두모낭랑은 사자후에도 멀쩡했다.

그녀의 목소리가 다시 한 번 연무장 위를 갈랐다.

"크하하하하! 중늙은이 여도사가 기세도 좋구나!"

저쪽 담벼락에서부터 앙천광소가 들려왔다.

훌쩍 뛰어오르는 그림자가 있다. 하늘에서 담벼락 위로 쾅! 하고 내리찍는데, 담 위에 올린 기왓장들이 산산조각이 나며 사방으로 튀어나간다.

'우두머리……!'

요란한 등장이었다. 밑에 있는 놈들처럼 사자 가면을 쓴 자였다.

사자 가면은 사자 가면이되, 한눈에 보기에도 놈들의 우두머리임을 알 수 있는 모습이다.

졸개들보다 훨씬 더 화려하고 훨씬 더 흉포한 생김새의 가면을 썼다. 사방으로 뻗어나간 머리카락은 사자의 갈기와 다를 바가 없었으며, 청색 사자 가면 위에는 괴이한 문양이 가득했다. 진짜 사자의 머리라도 떼다가 가면에 붙여놓은 양 이빨과 코가 대단히 정교했다.

"태산의 정기가 두렵지도 않느냐! 괴이쩍은 모습으로 청량한 도관을 어지럽히다니 천벌을 면치 못할 것이다!"

"나는 말싸움을 하러 이곳에 온 것이 아니다. 묻겠다! 철운거는 어디에 있느냐!"

목소리는 탁하면서도 꿍꿍한 것이 그야말로 사자의 포효 소리 같았다.

목소리만 대단한 것이 아니다. 몸 전체엔 청사자 가면과 어울리는 화려한 경장청갑을 둘렀는데 그 위용이 실로 보통이 아니다.

"어딜 감히 있지도 않은 물건을!!"

두모낭랑이 소리쳤다.

그러자 청사자 가면의 괴인이 훌쩍 담벼락에서 뛰어내렸다. 천근추 공부라도 익혔는지 내려선 청석 바닥이 담벼락 위의 기왓장마냥 쫙 하고 갈라진다.

"시치미 떼지 말아라!"

청사자 가면이 두모낭랑에게로 걸음을 옮겼다.

겨우 정신을 수습한 형산파 무인 두 명이 용감하게 청사자 가면의 앞길을 막았다.

청사자 가면은 멈추지 않았다. 성큼성큼 걸어가 대수롭지 않게 팔을 휘두른다. 탁자 위에 있는 잡동사니들을 거칠게 치워버리듯 무성의하게 휘두른 팔이었다. 형산파 무인들은 그 간단한 손짓을 막아내지 못했다. 으악! 소리를 내며 두 사람이 한꺼번에 튕겨 나가 저만치에 떨어졌다. 사람 두 명을 손쉽게 날려버리는 신기를 보여준 것이다. 그 한 수로 자신의 실력을 보인 청사자 가면의 괴인이 위협적인 어조로 목소리를 높였다.

"이 도관을 잿더미로 만들고 싶지는 않겠지! 철운거를 내놓아라. 철운거만 내놓으면 조용히 물러나 주마!!"

청사자 가면은 두모낭랑에게 말했지만 퍼뜩 정신을 차린 것은 그녀가 아닌 형동이었다. 형동의 눈이 번쩍 뜨였다.

'철운거만 내놓으면 물어가겠다고? 철혈마녀가 우리 수중에 있는데?'

그의 눈이 청사자 가면의 괴인을 위아래로 훑었다.

느껴지는 바가 있었다. 철혈신녀나 장익과는 아무리 봐도 비슷한 점이 없다는 것이었다. 그냥 난폭하기 짝이 없는 사마외도의 무리로밖에 보이질 않는다. 철운거, 운거모사와는 어울리지 않는 자다. 그놈이 일을 꾸몄다면 이런 놈들을 보내진 않았을 것이었다.

'같은 편이 아니로구나!'

비로소 깨닫는다. 형동의 머리가 빠르게 회전했다.

'보통 강한 놈들이 아니다. 우두머리 청사자는 특히 더하다. 연화검 없이는 안 돼.'

청사자는 이제 두모낭랑의 바로 앞에 서 있었다.

승패는 불 보듯 뻔했다. 두모낭랑의 무공이 어느 정도 되는지
는 모르겠지만 저런 놈과 싸웠다가는 십중팔구 피를 뿌리고 쓰
러지게 되리라.

'빼돌려야 해!'

형동은 남악연화검의 전언을 떠올렸다.

변고가 생기면 철혈신녀를 바깥으로 빼돌리라 했던가. 같은
장로 신분임에도 아랫사람 부리듯 지시하는 남악연화검이 마음
에 들지 않아 대충 듣고 넘겼었지만, 이번만큼은 그의 말대로
해야 할 것 같았다.

'알려져선 안 된다.'

다만, 철혈신녀를 빼돌리는 것은 저놈들 모르게 해야 한다.

남악연화검의 의도는 용천관 여도사들이 말려들지 않도록 하
자는 것이었지만 형동의 생각은 달랐다. 별 상관도 없는 여도사
들쯤이야 싸움에 말려들든 말든 그에게 있어서는 관심 밖의 일
이었던 것이다.

"다섯 명은 날 따라와! 나머지는 저 악적들을 막아라!"

그래도 생색은 내야 했다.

사자 가면 괴인들과 싸우는 데 힘을 보태주기로 하고, 형동은
뒤쪽을 향해 몸을 날렸다. 무인 다섯 명이 영문도 모른 채 그를
따라왔다.

한달음에 전각으로 다시 돌아가 뛰어내리듯 지하 감옥으로
향했다. 철창 안쪽으로 돌바닥에 널브러진 백가화가 보였다. 문
을 열고 백가화의 머리채를 휘어잡아 밖으로 끌고 나왔다. 형동
이 질질 끌고 나온 백가화를 땅바닥에 내동댕이치고는 옆에 있

는 무인에게 물었다.

"통로는?"

"이쪽 끝입니다!"

"어디로 이어진다고?"

"금강경 태산 경석 근처에 출구가 있답니다."

"좋아. 넌 먼저 출구로 나가서 중천문 쪽으로 달려가. 길목을 지키다가 연화검이 오면 이곳 용천관으로 보내지 말고 태산 경석 쪽으로 오라고 해."

"하, 하지만……."

"두모낭랑은 고수다. 여긴 용천관 측에서 알아서 수습할 거야. 위엔 우리 제자들도 많으니 문제없다. 지금 중요한 것은 이년을 놓치지 않는 거다. 이년을 미끼로 철운거를 잡아야 해."

형동은 거짓말을 서슴지 않았다.

두모낭랑이 막을 수 있을 것이다? 어림없는 소리다.

용천관은 끝이다. 이대로 놔두면 박살이 날 것이 틀림없다.

'그게 최선이다.'

그가 진정한 명문정도의 인간이었다면, 여기서 철혈신녀를 빼돌릴 것이 아니라 당장 위로 올라가 두모낭랑과 함께 싸워야만 한다. 설사 죽는 한이 있더라도 말이다. 그게 용천관에 신세를 진 그들의 도리였다.

"서둘러. 명령이다."

"아, 알겠습니다."

머뭇거리는 무인을 재촉해 통로 저편으로 달려 보냈다. 형동이 잠깐 동안 계단 위쪽의 동향을 살폈다. 누구도 눈치 챈 기미

는 없다. 형동이 통로 쪽으로 신형을 날렸다. 그가 뒤를 돌아보
며 소리쳤다.

"끌고 와!"

무인들은 순간 멈칫했다. 백가화는 피투성이가 된 채 일어나
지도 못하는 상태였던 것이다.

"어떻게 하지?"

무인 하나가 난감한 목소리를 토해냈다.

당면한 문제는 다른 것이 아니다. 쓰러진 백가화가 여인이란
점이 문제다.

아무리 악녀라고는 해도 여인은 여인이다. 아무렇게나 껴안
고 운반하기는 꺼려질 수밖에 없다. 정파 무인들이기에 그렇다.
형동과는 다른, 젊고 순수한 무인들이었기 때문이다.

"에잇!"

한 명이 눈을 질끈 감으며 백가화의 몸을 들쳐 업었다.

한없이 가벼운 몸이었다. 피골이 상접할 정도로 여위어 육십
살 노인네를 들쳐 업은 것 같다. 순간적으로 측은지심이 발동했
지만, 선배와 친우들을 다치고 죽게 한 원수라는 생각에 마음을
다잡았다.

"가자!"

무인들이 형동을 따라 어두운 통로로 몸을 날렸다. 끝없이 이
어질 것 같은 어둠이 그들 앞에 있었다.

天蠱飛龍袍

## 제27장  태산(泰山)

비룡제와 신마맹의 본격적인 싸움은 이미 영락 칠년의 태산에서 부터 시작되었다 할 수 있을 것이다. 세인들에게 널리 알려진 싸움은 아니었지만, 그 싸움은 이후 있었던 그 어떤 굵직굵직한 대사건들 못지않게 중요한 의미를 가진다고 하겠다.

의협비룡회와 신화회, 요마련의 대격돌을 예고하는 일전이었기 때문이다.

운거모사 양무의로 인하여 벌어진 그 싸움에는 훗날 강호를 질타하게 될 거물들이 대거 얽혀 있었다고 전해진다.

아직 문파의 틀을 갖추고 있지 못했던 의협비룡회의 주축들이 신마맹 괴력의 천신, 요마들과 자웅을 겨루었으며, 형산파의 최고수가 검을 들었고, 성왕검주 갈염과 만창회주 능위까지 나타났다 하였으니 실로 화려한 면면이 아니라 말할 수 없겠다.

더욱이 의협비룡회 입장에서 볼 때 이 싸움에서 특기할 만한 것은 금의위의 개입이라 할 수 있겠다. 이들은 이 사건을 통해 금의위와 연결이 되었고, 이 작은 인연의 끈에 남경에서 맺었던 동창과의 인연이 겹쳐지며 황실의 주목을 받게 되는 것이다…(중략)…… 비룡제의 혈통 문제가 수면 위에 떠오르고, 운남의 정세가 심상치 않게 돌아가니, 의협비룡회는 단순히 주의해야 할 신흥문파가 아닌, 제국의 안위와 직결되는 위험 문파로 자리 잡게 된다.

황실과의 관계가 악화일로로 치달아가자 비룡제는 결국…(중략)…….

한백무림서 강호난세사 中에서.

**태**산 경석이 위치한 골짜기, 경석욕.

먼저 눈에 들어오는 것은 대지처럼 펼쳐진 엄청난 크기의 바윗돌이다.

장관이었다. 바위 위 붉은 글씨로 새겨진 이천오백 자 금강반야바라밀경은 글자 크기 하나만도 두 척에 이르며, 전체 크기로는 사람의 시야에 미처 다 들어오지 않을 정도다.

장관이라는 수식어를 아니 붙일 수 없다. 그 자체만으로 고대 석각의 보물이라 할 수 있는 대작(大作)이었다.

"어서!"

형동이 재촉했다. 무인이 재빨리 형동의 뒤로 따라붙었다. 들처 업힌 백가화는 정말로 숨이 끊어지기라도 한 듯 축 늘어진 채 젊은 무인의 등판 위에서 앙상한 두 팔을 대롱대롱 흔들고 있을 뿐이었다.

"저쪽으로!"

넓게 펼쳐진 경석 바위가 두 눈에 가득하다. 숨거나 도망치기엔 결코 좋은 지형이 아니었다. 사방이 트여 있고, 나무도 무성하지 않다. 무엇보다 신경 쓰이는 것은 사람들이 있다는 점이었다.

"눈에 띄지 말아라. 몸을 낮춰!"

목탁을 두드리며 경을 읊고 있는 승려들 한 무리가 보였다. 불교의 성지(聖地)와도 같은 곳이라서 그렇다. 다행히도 무슨 소림승이라든지, 아미승들이라든지 하는 무림문파의 승려들은 아닌 듯싶다. 무공을 익히지 않은 보통 사람들이다. 그저 중얼중얼 불경만을 죽어라고 외울 뿐이다.

"저쪽에도 사람들이 있습니다."

태산을 오르는 자, 반드시 구경하고 지나가야 할 장소라고 했던가. 아직 해가 지지 않아서인지 몇몇 백성들이 서성이며 감탄사를 내뱉는 것이 보였다. 향불을 태우며 중얼거리는 노인네와 땅바닥에 종이를 펴놓고서 뭔가를 쓰고 있는 서생도 있다. 나들이 복장을 한 젊은 남녀는 뭐가 좋은지 웃음마저 터뜨리는 중이다.

그야말로 별천지에 온 느낌이었다.

방금 전까지 흉험한 싸움터에 있다가 이런 한적한 광경을 보고 있으려니 참으로 어색하기 짝이 없다. 멀지도 않은 용천관은 아수라장이 되고 있는데, 여긴 시원한 산바람과 나른한 오후 햇살만이 가득하다.

"일단 연화검과 합류해야 한다. 중천문 쪽에서 내려오는 것이
라면 이쪽에서 기다리면 될 것이다."

숲 속으로 들어가 사람들의 눈을 피하면서 이동했다. 경석 주
위로 우회하여 한쪽에 솟아난 바위 하나를 등졌다. 나무 사이로
시야를 확보하고, 적습을 경계하며 연화검을 기다렸다.

얼마나 지났을까.

상당한 시간이 흘렀다. 형동의 마음속에 초조함이 깃들었다.

'용천관 쪽으로 샌 건 아니겠지.'

연화검이 나타나질 않는다. 설마하니 누군가에게 당하지는
않았을 터, 여태껏 나타나지 않는다면 뭔가 변고가 생긴 게다.
남악연화검은 강하다. 마음엔 안 들어도 실력만큼은 인정해 주
어야 할 사내였다.

"저, 저기……!"

기다리던 자는 오질 않고, 나타난 것은 의외의 '물건'이었다.

제자 하나가 경호성을 발하기에 경석 한가운데로 시선을 돌
렸다. 형동의 눈이 휘둥그레하게 커졌다.

끼릭. 끼리릭.

기다리던 자가 아니다?

기다렸던 것은 맞다. 다만 여기에 나타날 것이라고는 생각하
지 못했을 뿐.

형동이 황급히 풀숲을 뚫고 뛰쳐나갔다.

"철운거……!"

틀림없다. 이게 꿈인가 생시인가.

사람의 머리만큼이나 큰 붉은색 글씨들 사이로 검은색 철수

레가 울퉁불퉁 흔들리며 굴러오고 있었다. 나들이옷 남녀들이
화들짝 놀라며 뒷걸음을 치고, 염불을 하던 승려들이 부처님 운
운하며 요란을 떤다.

밀어주는 사람 하나 없이 제 혼자 굴러가는 철수레가, 그것도
금강경 경석을 가로지르고 있으니 사람들이 놀라워할 법도 한
일이다. 아미타불, 부처님의 기적이라며 벌러덩 넘어지는 향화
객이 보였다.

"달랑 혼자 오다니 배짱도 좋구나!"

사람들이 보든 말든 상관없다.

형동이 몸을 날려 드넓게 펼쳐진 경석 한쪽에 내려섰다. 철
운거 쪽으로 몸을 날리려다가 문득 드는 생각에 그대로 멈춰
섰다. 철운거는 골치 아픈 물건이다. 더 가까이 갔다가는 무슨
수작을 벌여올지 몰랐다.

끼릭. 끼리릭.

쭉 직선으로 바퀴를 굴려오던 철운거가 멈춰 선 것은 형동까
지의 거리가 십여 장 남짓 남았을 때였다. 묘한 대치였다. 철운
거를 노려보던 형동이 간악한 미소를 지으며 뒤를 향해 손짓했
다. 무인들 세 명이 뛰어나와 날랜 움직임으로 철운거를 포위했
다. 역시나 십여 장 간격이다. 철운거와 마주 본 형동까지 동서
남북 네 방향을 다 차단한 것이다.

"월성신장이로군."

철운거 안에서 나지막한 목소리가 흘러나왔다.

양무의의 목소리였다.

일이 심상치 않게 돌아가고 있음을 감지한 사람들이 뒷걸음

질을 치다가 다시 한 번 화들짝 놀라며 소란을 떨었다.

제 혼자 굴러다니는 것만으로도 신기한데 철수레가 말까지 하는 것이다. 한 명의 승려가 귀신이 들렸다며 목탁을 거세게 두드리기 시작했다. 동쪽에 버텨 선 형산파 무인이 그쪽을 향해 소리쳤다.

"조용히 하시오! 강호무인의 행사이니 다치기 싫으면 멀리 피하는 것이 좋을 것이오!"

한참 먼 호남 말투임에도 위협적인 경고만큼은 얼마든지 알아듣는 듯싶다.

승려들이 우르르 경석 바깥쪽으로 몰려갔다. 뭔가를 열심히 쓰고 그리던 서생도 마찬가지다. 종이를 탁 접고는 주섬주섬 자리를 피한다. 나들이를 나왔던 남녀 역시도 부리나케 저쪽 산길로 도망을 쳤다.

"참으로 지긋지긋하고 긴 여정이었다. 경하할 날이로다. 천하의 운거모사가 이 월성신장 형동에게 잡히다니."

형동이 극적인 표정을 지으며 목소리를 높였다. 철운거는 움직이지 않았다. 다만 조용히, 억눌린 감정으로 짧은 물음을 던진다.

"가회는?"

"가화? 철혈마녀 말이냐?"

"그렇다."

형동의 작은 두 눈은 끊임없이 움직이고 있었다. 다른 조력자가 있을까 싶어서다.

한참을 살펴도 무인의 그림자는 보이질 않는다. 기척도 없다.

철운거는 혼자다. 더욱더 득의양양해질 수밖에 없었다.

"철혈마녀라… 글쎄, 어떻게 했을까."

형동이 약 올리듯 말했다.

곱게 백가화를 넘겨줄 생각도, 철운거 양무의를 살려줄 생각도 없다. 단지 분풀이일 뿐이다. 형동에겐 그저 그것밖에 남지 않은 것이다.

"……."

잠시 동안 정적이 흘렀다. 그 짧은 시간 동안 철운거 안에서 양무의가 얼마나 복잡하고 얼마나 괴로운 생각을 했는지는 오직 그 혼자만 알고 있으리라.

"뭘… 원하지?"

결국, 양무의가 묻는다.

형동이 이빨을 드러내며 웃었다. 승리의 미소였다. 양무의의 질문은 곧 패배선언이나 다름이 없다. 형동이 비밀이라도 가르쳐 주듯 은근한 목소리로 말했다.

"이런 어쩌나……. 내가 원하는 것은 운거모사의 목숨인데."

"줄 테니 가져가라."

"어이쿠! 대답 한 번 시원하다. 한데… 생각해 보니 또 하나가 있었군."

형동이 막 생각났다는 듯 주먹으로 손바닥을 탁 치며 말을 이었다.

"구주창왕의 비급은 어디 있지?"

"그것도 주겠다."

"하! 그렇게 간단히 주겠다고 하면 도통 믿을 수가 없지 않나!"

“조건이 있다.”

“조건? 쯧쯧쯔. 뭔가 착각하고 있구먼그래. 지금 자넨 협상을 할 위치가 아니야.”

“가화를 내놔라.”

철운거에서 흘러나온 목소리는 단호했다.

할 수 없이 말을 섞고 있지만, 다 의미없는 일이다. 처음부터 하고 싶은 말은 단지 그 하나였을 것이다. 월성신장 형동의 반응은 예측했던 그대로다. 기가 막힌다는 듯 비웃음부터 날리고 본다. 형동이 소리쳤다.

“누굴 내놔? 넌 독 안에 든 쥐야!”

“내놓지 않으면 아무것도 얻지 못할 것이다.”

“아무것도 얻지 못한다고?”

“이 안엔 두 가지 물건이 있다. 하나는 구주창왕의 비급이고, 다른 하나는 주변까지 전부 다 날려 버릴 수 있는 강력한 화약이다.”

“자폭이라도 하겠다는 말인가?”

“못할 것 같나?”

형동은 알고 있다. 운거모사는 허튼소리를 하는 자가 아니다. 여기까지 혼자 왔다는 것은 그야말로 자폭이라도 하겠다는 각오를 했기 때문이었을 게다.

하지만 유리한 것은 양무의가 아닌 형동이다. 형동이 짐짓 분노한 듯 소리쳤다.

“어디서 감히 협박을!”

“온전한 구주창왕의 비급을 얻고 싶겠지. 구주창왕의 비급엔

개세(蓋世)의 위력을 지닌 다섯 가지 창법과 구주창왕의 신기를 재현할 수 있는 내공심법까지 그의 진전을 이을 수 있는 모든 것이 담겨 있다. 잿더미 속에서 조각조각 찾아보고 싶지는 않을 거다.”

형동의 눈이 번쩍 빛났다.

솔깃한 이야기임을 부인할 수 없다. 운거모사가 철운거와 함께 폭사한다고 한들, 어차피 죽여야 할 놈이 알아서 죽어주는 것뿐이다. 하나 구주창왕의 비급이 실제로 존재한다면, 상당한 손해를 감수해야 한다는 말이 된다. 눈앞의 철수레 속에 창왕비전이 들어 있다는 마당에 그 유혹을 뿌리치긴 쉽지 않다. 그는 그러한 유혹을 뿌리칠 수 있을 만한 위인이 못 되는 것이다.

“그래, 비급이 존재하긴 존재한다는 말이렷다.”

“물론이다.”

“그럼 그 증거를 내놓아봐라.”

“가화가 먼저다.”

팽팽한 기 싸움이다. 미끼를 문 것은 형동이었지만, 그는 경동하지 않았다. 그가 이내 결심한 듯 뒤를 향해 손짓했다. 한참 뒤쪽 나무 뒤에서 백가화를 들쳐 업은 무인이 걸어나왔다. 철운거 뚜껑이 열려 있었더라면 안색이 창백하게 변한 양무의의 얼굴을 볼 수 있었으리라. 양무의의 외침이 철운거 바깥으로 퍼져나갔다.

“가화!!”

그의 목소리엔 다급함과 놀라움이 하나 가득 담겨 있었다.

“가, 가화의 얼굴을 보여라.”

“얼굴을 보이라고? 어차피 못 알아볼 텐데?”

형동이 무인 쪽으로 걸어갔다. 그러더니 무인의 어깨 위에 축 늘어진 백가화의 머리채를 붙잡아 올렸다.

철운거 속 양무의의 가슴이 덜컥 내려앉았다.

백가화의 얼굴은 터지고 부어 어디에서도 옛 모습을 찾아볼 수가 없었다. 하지만 양무의는 그녀가 진짜 백가화임을 단숨에 알아볼 수가 있었다. 목불인견의 참상에 그의 분노가 철운거 밖으로 터져 나갔다.

“이놈들! 가화에게 무슨 짓을 한 것이냐?”

“이년 때문에 우리 제자가 몇 명이나 죽었는지 아느냐? 간단히 손봐줬을 뿐이야!”

“그것은 네놈들이 시작한 일이다!”

“하! 이제 와서 시시비비인가? 지략이 하늘에 닿았다면서 멍청한 소릴 지껄이는군.”

형동의 말이 옳다. 시비를 가리는 것은 무의미하다. 이런 상황에선 누가 먼저 잘못했는지가 중요한 게 아니다. 형동이 이빨을 드러내며 말했다.

“자, 이제 비급을 내놓아라.”

“가화를 먼저 넘겨라.”

“내가 바보인 줄 아나? 비급을 내놔!”

형동이 백가화의 머리채를 다시 한 번 휘어잡았다.

끼릭! 철운거의 바퀴가 흔들렸다. 양무의의 격동이 그대로 느껴지는 움직임이었다.

“그 손 떼라.”

“웃기는군.”

형동이 잔인한 미소를 지었다. 그가 무인에게 명령했다.

“내려놓아라.”

무인이 재빨리 들쳐 업었던 백가화를 땅 위에 내려놓았다. 백가화가 실 끊어진 인형처럼 경석 바위 위에 나뒹굴었다. 형동이 백가화의 옆으로 가더니 그녀의 머리 위에 발을 올려놓았다. 그가 철운거를 돌아보며 말했다.

“자, 이제 누구 말을 들어야 할까.”

백가화의 머리를 지그시 누른다. 피투성이의 백가화의 얼굴이 철운거 안으로 무섭게 비쳐들었다.

“머, 멈춰라!”

다급한 목소리가 철운거 안에서 흘러나왔다. 그 목소리에 담긴 감정을 느꼈음인가, 정신을 잃고 있던 백가화의 눈이 실낱처럼 뜨여진다. 메마르고 퉁퉁 부어 피딱지가 앉아 있는 그녀의 입술이 열렸다.

“의… 의랑……?”

“가화!”

“왔군요. 바보같이…….”

“와야지, 당연히.”

“의랑… 여기에 있으면 안 돼요.”

퍼억!

머리에 올렸던 발을 들어 올려 옆구리를 내리찍는다. 그녀의 말이 덜컥 멈추었다. 형동이 눈살을 찌푸리며 말했다.

"흉포한 마녀와 교활한 악마 주제에 아주 눈물겨운 광경이로구나!"

"어서……."

퍼억! 퍼어억!

형동이 그녀의 말문을 막았다. 철운거 안에서 절규와 같은 외침이 터져 나왔다.

"멈춰!!"

덜컹!

철운거 뚜껑이 벌컥 열렸다.

끼리릭, 하고 의자처럼 올라온다. 양무의의 얼굴이 드러났다. 백가화의 그것처럼 창백하고 수척해진 얼굴이었다.

"오호라… 드디어 나온 건가?"

형동이 비웃음을 날렸다.

신출귀몰 철운거를 조종하면서 철혈의 마녀와 함께 강호를 누빈다. 삼두육비의 괴물이라도 되는 줄 알았건만, 이제 와 드러난 그의 모습은 단지 병약해 보이는 서생이었을 뿐이다.

"비급을 넘길 테니 그녀를 풀어줘라."

터억.

형동이 다시 한 번 그녀의 머리 위에 발을 올렸다. 그가 그녀의 머리를 짓밟으며 말했다.

"풀어줘 봤자 도망이나 칠 수 있으려나 모르겠군. 제 낭군이 다리병신이라기에 똑같이 다리를 망가뜨려 놓았으니 말이다."

양무의의 얼굴이 서릿발처럼 굳어졌다. 그가 말했다.

"그녀를 이쪽으로 보내."

"하! 같이 자폭이라도 할 셈인가? 그렇게는 못하지. 아쉬우면 거기 철운거에서 빠져나와 이리로 걸어와 보든가. 못하겠으면 거기서 혼자 화약을 터뜨려 보지 그래? 이년 앞에서 장렬히 폭사하는 모습을 보여줘라."

명문정파의 무인이 할 소리가 아니었다. 긴 싸움에서의 승리를 한껏 만끽하는 형동이다. 가만두면 배를 잡고 낄낄대며 웃기라도 할 것 같은 얼굴이었다.

덜컹.

기어코 양무의가 철운거 안에서 하나의 원통형 철통을 꺼냈다. 발밑에서 두 손으로 그것을 들어 올려 철운거 바깥쪽으로 내려놓았다. 형동이 두 눈을 반짝이며 물었다.

"그게 구주창왕의 비급인가?"

"그렇다."

"생긴 것은 꼭 화약통처럼 생겼는데?"

형동은 경계를 늦추지 않았다. 잠시 그대로 서 있던 형동이 몸을 숙여 백가화의 머리채를 휘어잡았다. 그러고는 백가화를 질질 끌고 철운거 쪽으로 걸어가기 시작했다.

뿌득뿌득, 머리칼이 뽑히고 머리 가죽에서 핏물이 쏟아졌다. 그녀는 비명 소리조차 지르지 못했다. 아니, 이를 악물고 참고 있을 게다. 고통받는 모습을 양무의에게 보여주기 싫어서였다. 형동은 중간쯤에서 멈췄다. 백가화를 툭 놓아버리고는 손가락에 엉킨 머리카락을 신경질적으로 털어냈다. 더러운 것을 만졌다는 표정이었다.

"이년이 있는 데까지 굴려라."

형동이 말했다. 화약통이든 독통이든, 그녀와 함께 터뜨리진 못할 것이라는 계산이었다. 그는 웃고 있었다. 스스로 생각하기에도 꽤나 쓸 만한 꾀라고 여기는 듯했다.

양무의가 팔을 쭉 내밀고 철통을 잡았다. 형동은 양무의의 움직임을 처음부터 끝까지 뚫어져라 바라보았다. 양무의가 철통을 들어 바닥 위로 굴린다. 한눈에 보기에도 힘겨워 보이는 동작이었다.

퉁, 퉁. 드르르륵.

글씨가 새겨진 경석 바닥에 똑바로 가지 못하고 울퉁불퉁 튀었지만 그럭저럭 백가화 근처까진 굴러갔다. 형동은 그것을 주워 올리지 않았다. 대신 양무의를 가리키며 명령한다.

"반병신 서생 하나 잡느라고 참으로 고생이 심했다. 이제야 알았다. 이놈에겐 더 이상 남은 것이 없어. 놈을 제압하라!"

무인들이 서로를 돌아보더니 철운거 쪽으로 접근하기 시작했다.

이 상황에서 양무의가 할 수 있는 것은 없다. 그런 판단이었다.

타닥.

한 명씩 가까이 다가간다. 십여 장이 오 장이 된다. 몸만 날리면 양무의를 잡을 수 있다.

그렇게 생각했다.

양무의에겐 남은 것이 없다고.

양무의가 철운거의 한쪽 벽을 짚는다. 백가화가 갈라진 목소리로 중얼거렸다.

"안 돼……."

모두의 놀라움을 뚫고, 그것은 그렇게 시작되었다.

형동의 눈이 커다랗게 치떠졌다.

양무의의 몸이 올라온다. 그의 허리가 곧게 펴지고 있었다.

금강반야바라밀경, 기적이라도 일어났는가. 마치 시간이 느려지기라도 한 것 같은 느낌이다. 양무의가 완전히 몸을 일으켰다. 철운거 위에서 두 다리로 버텨 선 채 오른손을 옆으로 겨눈다. 그의 손에는 어느새 두 자 길이 휘어진 철막대가 하나 들려 있었다.

치직, 타아앙!

철막대에서 폭음이 터져 나왔다.

달려들던 무인이 덜컥, 충격을 받고 그대로 꼬꾸라졌다. 양무의가 오른손을 반대편으로 돌렸다. 민첩하기가 그 어떤 고수 못지않았다.

타아아앙! 퍼억!

달려들던 무인의 가슴팍에서 피가 튀었다. 무릎을 꿇고 쓰러진다. 양무의는 뒤를 돌아보지 않았다. 단지 오른손만을 뒤로 돌려 철막대에 달린 방아쇠를 당겼을 뿐이다.

타앙!

등 뒤 지척까지 다가왔던 무인이 피를 뿌리며 튕겨 나갔다.

휘익. 터억.

양무의가 철운거에서 경석 바닥으로 내려섰다. 형동의 눈은 찢어질 만큼 커진 상태였다.

성큼성큼, 양무의가 형동을 향해 걸음을 옮겼다. 백가화를 들쳐 업고 왔던 무인 하나가 막 땅을 박찼다. 양무의가 걸어가며 철막대를 겨누었다. 구멍 뚫린 철막대에선 하얀 연기가 뭉클뭉클 피어오르고 있었다.

타앙!

외마디 폭음으로 또 한 명의 무인이 바위 위를 굴렀다. 금강경 붉은 글씨 위에 무인들의 핏물이 색조를 더했다.

"네, 네놈……!"

양무의가 철막대를 형동에게로 겨누었다. 형동이 퍼뜩 정신을 차리며 재빨리 백가화의 몸을 들어 올렸다. 백가화의 몸으로 앞을 가리고, 그녀를 방패 삼아 뒷걸음질을 친다. 양무의가 멈춰 선 채 입을 열었다.

"끝까지 치졸하게 구는군."

오른손에 들고 있는 철막대가 뜨거웠다.

일인단수용(一人單手用) 철총포(鐵銃砲).

희대의 마장(魔匠), 당철민이 개발한 신병기(神兵機)다. 아직 반동도 크고 정확도도 낮아 오 장 바깥의 표적은 맞히기도 힘들다만, 그래도 무림 역사상 유래가 없는 무기라는 것만큼은 틀림이 없었다.

"어, 어째서… 걸을 수 있는 것이냐!"

당철민은 그러한 총포를 누고 넌 훗날 모든 싸움의 승부를 결정짓게 될 혁신적인 병기라 말했었다. 그러나 형동이 놀란 것은 양무의의 무기 때문이 아니라, 그가 두 발로 걷고 있다는 사실이다.

"가화를 내려놔."

양무의가 총포를 겨눈 채 성큼 다가왔다. 형동이 백가화의 목덜미를 치켜세운 채 허둥대며 뒤로 물러났다.

"이놈, 감쪽같이 세상을 속이다니!"

형동이 호통을 쳤다. 물러나던 그가 딱 멈춰 서며 한 손으로 백가화의 목덜미를 비틀었다. 그가 두 눈에 잔인한 빛을 떠올리며 소리쳤다.

"한 발만 더 다가와 봐라! 이년을 죽이겠다!"

다 쓰러진 여인을 두고 인질극까지 벌인다. 타락할 대로 타락한 무인의 모습이었다.

"뒤로 물러나!!"

형동이 소리쳤다. 양무의는 물러나지 않았다. 총포 끝은 오직 형동의 이마에, 타오르는 분노와 얼음 같은 정심을 지니고서 두 눈을 빛낼 뿐이다.

"그걸 버려라! 어서!"

뭔지도 모르면서 소리친다. 겁이 날 만도 할 것이다. 꽝 하는 소리가 나면 어김없이 쓰러졌다. 발악적인 형동의 외침에 기와 기의 싸움이 이어졌다.

한순간이다.

불안감에 소리치던 형동의 표정이 갑작스레 변화한다.

그의 얼굴에 기세등등한 미소가 피어올랐다. 미치기라도 한 것일까.

아니다. 그는 미치지 않았다. 형동이 양무의에게 확인이라도 부탁하는 듯 은근한 어조로 물었다.

"들리나?"

양무의는 미동도 하지 않았다.

확실히 뭔가가 들리고 있다. 먼 곳에서 불어오는 바람 소리에 풀숲을 헤치는 소리가 섞여들고 있었다.

"넌 끝났다. 연화검이 오고 있어."

형동의 말대로다. 날카로운 기세, 검기(劍氣)다. 검도의 고수 하나가 무서운 속도로 다가오고 있음을 느낄 수 있었다.

형동이 광소를 내뱉었다.

"크하하하! 남악연화검은 형산파 최고 고수다. 네놈의 장난감으로는 상대가 되지 않을 터! 넌 졌어! 끝이다!"

형동의 득의양양한 외침이 하늘을 가르고……

타앙!

순간 양무의의 총포가 불을 뿜었다.

퍼억! 하고 형동의 머리가 뒤쪽으로 치켜 올라갔다.

하늘 높이 치켜 올라 부릅떠진 눈으로 하늘을 본다. 이마에 붉은 구멍, 뒷머리에서 핏물이 폭발하듯 비산하고 있었다.

"가화!"

붙잡을 것 없는 백가화의 몸이 금강경 위로 기울어졌다. 양무의가 몸을 날려 백가화의 허리를 잡았다.

힘겹게 뜬 백가화의 눈이 양무의의 눈과 마주쳤다.

꾸웅! 하고 형동의 몸이 바위 위에 쓰러지는 소리가 울려왔다.

철운거에서 일어나 형산파 무인들을 물리쳤다. 간악한 형동까지 죽였다.

기적 같은 일이었다.

하지만 그녀의 눈에 떠오른 것은 기쁨이 아닌 슬픔이었다. 양무의가 철운거에서 일어난 것이 무엇을 의미하는지, 그렇게 함으로써 다시는 일어나지 못하게 되리라는 것을 그녀는 알고 있기 때문이었다.

"조금만 기다려."

양무의가 조심스레 백가화를 눕혀놓았다.

그가 몸을 돌렸다.

저벅저벅, 금강경 바닥을 밟으며 다가오는 자가 있다. 전신에 서린 기파로만 사위를 압도하는 고수다. 형산파 최고수라 불리는 남악연화검이었다.

"자네가 운거모사인가?"

"그렇소."

"몸이 불편하다 들었는데."

"……."

양무의는 대답하지 않았다. 남악연화검 주개의 눈이 사방에 쓰러진 무인들을 훑었다. 두 명은 신음 소리를 내며 꿈틀대고 있지만 나머지 셋은 즉사다. 게다가 그중엔 형산파 월성각주인 월성신장 형동도 있다. 이마에 동전만 한 구멍이 뚫린 채로 금강경 신성한 경석 위에 더러운 피를 흘려내고 있었다.

"굴러가기 시작한 돌은 좀처럼 막을 수가 없지. 난 이 모든 것을 바로잡고 싶었지만 이젠 어렵게 되었네. 자넨 이러지 말았어야 했어. 월성신장의 아집은 비록 형산의 정기를 갉아먹는 독이 되어 있었으나, 그는 또한 틀림없는 형산의 장로였다네. 다른 무인들도 마찬가지야. 나는 어쩔 수가 없네. 사문의 이름으로 자네를 죽여야겠어.”

“내게 그런 이유를 설명할 필요는 없는 것 같소만.”

“그렇겠지. 자네에게 닥쳤던 형산파의 과오에 대해서는 내 진심으로 사과하겠네. 내 사과는 자네의 죽음으로 받아주게.”

치리링!

연화보검을 꺼내 든다. 검을 뽑아 든 남악연화검의 기세는 또 달랐다. 월성신장 따위와는 격이 다른 무인이다. 쇄도하는 기세만으로도 몸 전체가 날아가 버릴 듯했다.

쐐애액!

연화보검이 허공을 갈랐다. 양무의의 몸이 측면으로 휘어진다. 탁, 탁, 두 발을 튕기고 뒤쪽으로 물러나는데, 움직임이 구름속을 걷는 듯하면서도 빠르기가 이를 데 없다. 철운거에 몸을 맡기고 있던 사람이라는 것이 믿어지지가 않을 정도였다.

위잉! 카가가각!

연화보검을 내려친다. 공기를 찢어발기는 검기가 금강경 귀중한 경전을 날카롭게 할퀴었다. 삐치는 획이 쪼개지고, 붉은 주사 정점이 부서졌다.

쉬익! 타닥!

양무의는 또 피했다. 남악연화검의 눈이 번쩍이는 이채를 담았다. 그가 양무의에게 검을 거누고는 천천히 입을 열었다.

“금정운해(金頂雲海). 아미파와는 무슨 관계냐?”

양무의는 침묵으로 일관했다.

무시하고 싶어서가 아니라 질문에 대답해 줄 여력이 없었기 때문이다. 남악연화검이 눈썹을 치켜 올리며 땅을 박찼다.

“말하지 않겠다면 할 수 없지!”

날아든다. 남악연화검의 검끝이 순간 세 개로 갈라졌다. 연꽃이 봉우리를 틔우려는 듯, 신묘한 검격이다. 양무의가 어렵사리 몸을 틀며 쫓아오는 검날을 흘려냈다. 그가 발을 튕겨 남악연화검의 검격 안으로 뛰어들었다. 상체를 낮추고 회수하는 검날을 스쳐 보냈다. 어깨 어림에 예리한 통증이 밀려들었지만, 손을 멈추진 않았다. 총포를 든 오른손을 밑으로 돌리고 왼손을 치켜올린다. 남악연화검의 팔꿈치가 그 앞에 있었다.

파앙! 슈각!

남악연화검의 대응은 눈부셨다. 타격음이 터져 나왔지만 소리뿐이다. 아무런 충격을 주지 못했다. 오히려 손해를 입은 것은 양무의 쪽이다. 가슴 앞섶이 붉게 물들고 있다. 팔꿈치를 돌리며 딱 붙은 틈새로 검날을 내리그은 것이다. 검격의 한계를 초월했다. 백 타의 사정거리를 가볍게 넘나드는 절정의 검공이었다.

‘위험하다.’

남악연화검이 연이어 쳐들어왔으면 그대로 당했을 것이다. 하지만 연화보검을 다시 날아오지 않았다. 남악연화검은 멈춰서 있다. 모든 것을 꿰뚫어 버릴 것 같은 눈빛으로 양무의를 바라보며 목소리를 높인다.

“아미의 금정운해 다음엔 화산파 태을미리장이라니! 정체가 무엇인가!”

양무의는 대답하지 않았다. 아니, 대답할 수 없었다.

곁눈질로 보고 배운 무공이다. 그 이상도 이하도 아니었다.

금정운해보와 태을미리장은 각각 아미와 화산의 절기들이었다. 그냥 보고 배웠다? 불가능한 일이다. 보통 사람들에게 있어서는 말이다.

양무의는 달랐다. 그는 보통 사람의 범주에 들지 않는다. 우연히 견식할 기회가 있어 머릿속에 각인시켜 두었고, 형을 토대로 구결을 파악하여 몸에 붙여놓았다.

그런 것을 누가 믿어줄까.

말하자면 한눈에 훔쳐 배웠다는 뜻이다. 그가 지닌 또 하나의 재능이 그것이다. 무평 최고의 기재라고 불렸던 데에는 두뇌뿐 아니라 무공도 포함된 일이었던 것이다.

"역시나 대답이 없구나! 말할 수 없는 이유가 있다는 뜻이렷다!"

말할 수 없는 이유.

있을 수밖에 없다.

그가 철운거에 타게 된 사건이 이를 통해 비롯되었으니까.

쇄도하는 검격을 힘겹게 피해낸다.

몸을 뒤로 날리고, 한순간의 점을 찾았다. 지금이다. 그의 손가락이 방아쇠를 당겼다.

타아앙!

총포가 불을 뿜고, 화살족 보양의 격탄이 허공을 갈랐다. 보통 암기와는 차원이 다른 속도다. 보이지도 않을 만큼 빨랐다.

따아앙!

하지만 남악연화검의 검은 그보다 더 빨랐다. 연화보검의 검날에서 불꽃이 튀었다. 그다음은 반격이다.

타앙! 다시 한 번 양무의의 총포가 불을 뿜었다. 이번 격탄은 남악연화검에 이르지도 못했다. 낮은 정확도로 인해 멀리 빗나가고 만 것이다.

스각! 촤아악!

양무의의 가슴에서 피가 뿜어져 나왔다. 휘청, 뒤로 물러나 쓰러진다. 공교롭게도 백가화의 바로 옆이다. 땅바닥에 누운 양무의의 눈이 얇게 뜬 백가화의 눈과 마주쳤다.

이대로 끝이구나.

그의 눈이 하고 싶은 말을 쏟아낸다. 그녀의 눈빛이 소리없는 그의 말을 받았다.

'거의 다 되었는데.'

'혼자서 어쩌려고 왔어요.'

'장익이 제때에 올 줄 알았거든.'

'도박이잖아요. 의랑답지 않아요.'

'그래도 어쩌겠어.'

'의랑은 일어나지 말았어야 했어요. 오 년의 적공이 무산되었잖아요.'

'오 년 적공이 대수야.'

'하지만 이제 다시는……'

'괜찮아. 어차피 이젠 일어날 수 없을 테니까. 우리 둘 다.'

연화보검 검광이 눈앞에 어른거린다.

머리 위에서 근엄하고 진중한 목소리가 내려앉았다.

"검날이 깊이 들어가지 못했다. 마지막 순간에 펼친 건 연대구품이었나? 소림승이 무평에서 상승무공의 탈취자를 잡아 죽였다 하더니, 그게 자네였어. 나이가 어려서 죽이지 않고 살려 둔 게야."

양무의가 고개를 돌려 위쪽을 쳐다보았다. 머리 위, 기울어져 가는 햇살 밑으로 남악연화검의 그림자가 내려앉는다. 죽임을 당하기에 수치스럽지 않은 상대다. 남악 최고의 무인에게 이토록 멋진 태산에서 최후를 맞이한다. 백 장 너비 금강경이 생전의 번뇌와 고통을 씻어주니 바랄 것이 없다. 양무의가 입을 열었다.

"짧은 생애, 가진바 모든 재주를 펼쳐 보지도 못했지만 억겁을 함께할 반쪽과 목숨을 맡길 친우를 얻었소. 후회는 없소. 죽이시오."

"마지막으로 한 가지만 묻겠네. 자네의 몸은 정상이 아니야. 잠력격발이었나? 몸의 회복은 필경 일시적인 것이었을 터! 그 몸으로는 설령 자네의 짝을 구했다 하더라도 도망치지 못했을 것이네. 그것을 뻔히 알면서도 무엇을 믿고서 여기까지 혼자 온 것인가?"

"친우를 믿었고, 하늘을 믿었소. 하늘이 나를 저버렸지만, 괜찮소. 다음 하늘은 나를 저버리지 않을 것이라 다시 한 번 믿어 볼 뿐이오."

"기개가 있는 남자로군. 나는 호남 영흥에서 태어나 형산파에 입문하여 검을 닦았고, 남악연화검이라는 별호를 얻었네. 내 이름은 주개일세. 저승길이 외롭지 않도록 자네의 짝도 곧바로 보내주겠네. 고통없이."

"고맙소."

양무의가 눈을 감았다. 그가 이제 잘 움직이지 않는 허리를 비틀어 왼손을 뻗었다. 백가화의 손이 그의 손을 마주 잡았다.

검광이 번쩍였다.

그리고……

쩌어어엉! 하는 소리가 마지막 양무의의 여정을 가로막았다.

"눈물이 앞을 가려 볼 수가 없더군."

나타난 남자.

남자의 검은 신검이었다. 도철의 칠대기병 중 하나, 강의검 검날이 연화보검의 검날과 교차되어 시린 검광을 뿌려대고 있었다.

"정체가 무엇인가?"

남악연화검이 물었다.

남자가 고개를 든다.

장포 자락이 화려하게 휘날렸다. 그가 대답했다.

"대협."

그의 모습은 그와 같다.

무를 숭상하기에 숭무련이요, 검을 흠모하기에 흠검단이다.

흠검단주, 갈염의 출현이다.

"다른 문파의 행사에 끼어들어 일을 방해하는 것이 대협인가?"

남악연화검의 목소리는 차분하기만 했다. 흥분하지도 않고, 화를 내지도 않는다. 잘 벼려진 검 한 자루다. 갈염이 만면에 미소를 지었다. 그가 말했다.

"좋은 검이다. 좋은 상대야."

치리리리링!

갈염이 교차된 검을 들어 올렸다. 연화보검 검날에 스치며 맑은 검명을 토해낸다.

동문서답으로 검끝을 겨눈다.

남악연화검의 표정이 서릿발처럼 굳어졌다. 그가 말했다.

"난데없이 나타나 검을 겨누다니. 무례하기 짝이 없는 자로다."

"무례란, 싸우기에 좋은 구실이 되지."

갈염의 언사에는 거침이 없었다.

그가 눈짓으로 연화보검을 들라 재촉했다. 갈염을 노려보던 남악연화검이 검끝을 치켜 올린다. 그가 침중한 목소리로 말했다.

"정 그렇다면 할 수 없군."

남악연화검의 전신에서 무서운 기세가 일어나기 시작했다. 그 기세를 정면으로 받아낸 갈염이 흡족한 표정으로 입을 열었다.

"드디어 내 차례가 왔구나. 부탁하건대 날 만족시킬 검무(劍舞)를 보여주길!"

갈염이 호방하게 외치며 강의검을 떨쳐 냈다.

마주치는 연화보검이 화려하게 약동한다. 팔방으로 정교하게 움직이며 연꽃을 피워내는데, 펼쳐지는 검기(劍技)가 놀랍도록 날카롭고 예리했다.

강의검이 넘치는 힘을 뿜어내며 연꽃 꽃잎을 흩어낸다. 두 사

람의 검이 무서운 속도록 교차되었다. 검기가 사방을 가로지르
며 공기를 찢어발긴다. 경석 바닥 금강경 글자가 부서진다. 경
천동지의 싸움이 사위를 휩쓸었다.

두 사람의 싸움은 길게 이어지지 않았다.

애초부터가 길게 끌고 갈 수가 없는 싸움이다.

남악연화검의 검법은 일견 정교하고 세밀해 보이지만 내부의
흐르는 힘은 일격필살의 강격으로 구성되어 있다. 양무의와 싸
울 때는 본색을 드러내지 않았다는 이야기다. 갈염도 마찬가지
다. 사방을 넓게 쓰며 검격을 날리는데, 일격 일격이 지나치게
강했다.

쩌엉!

충돌음이 무지막지했다. 미처 해소되지 못하고 흩뿌려진 검
기가 바닥을 할퀴고 바람을 헤집었다. 연화보검이나 강의검이
나 두 검 모두 신병이었으니 망정이지, 검이 먼저 내공을 버텨
내지 못하고 박살났을 충돌이었다.

쩌정! 채애애앵!

실제로 부딪친 것은 열 차례도 채 되지 않을 것이다. 더 강한
힘, 더 뛰어난 내력으로 승기를 잡아가던 갈염이 결국 남악연화
검의 검법에 균열을 만들었다.

"하압!"

기합성과 함께 두 손으로 강의검 검자루를 휘어잡는다. 양수
검으로 베어내는 혼신의 일격에 연화보검이 속수무책으로 튕겨
나갔다.

"크윽!"

신음성은 곧 패배의 비명이다. 그렇게나 강력한 검격을 자랑하던 강의검이 한순간 세필로 글씨라도 쓰는 듯 정교하게 움직여 남악연화검의 손가락 사이로 들어갔다. 피가 튀고, 연화보검이 하늘을 날았다.

검을 날려 버렸으니 끝난 줄 알았다. 남악연화검의 집념은 놀라웠다. 순식간에 일 장을 날아 튕겨 나간 연화보검을 잡아채더니, 그 기세 그대로 갈염의 머리를 내려쳐 왔다.

어쩔 수가 없다.

갈염의 눈이 번쩍이는 빛을 발했다.

후려치는 검격으로 연화보검을 밀어내고는, 다음 일격은 가슴에 꽂아 넣는다. 푸욱, 하고 들어가는 파육음이 묵직한 여운을 남겼다.

"죽일 마음은 없었는데 미안하게 되었다. 자네의 검은 너무 강했어."

"크으윽! 이름, 이름은……?"

남악연화검의 눈이 흐려지고 있었다.

죽음을 맞이하지만 상대의 이름은 알고 죽어야 되겠다. 그게 명예로운 죽음이다.

갈염이 그의 눈을 똑바로 바라보았다. 대협이다, 농담할 때가 아니었다. 그가 무겁고도 강렬한 목소리로 대답했다.

"나는 검의 기상을 흠모하는 자다. 갈염, 그것이 내 이름이다."

남악연화검이 쓰러졌다.

거대한 금강경 경문으로 저승길을 위로받는 것은 양무의가 아닌 그가 된 것이다.

갈염이 쓰러진 남악연화검을 잠시 내려다보고는 몸을 돌렸다. 압도적인 무력을 보여준 그다. 그가 이번엔 양무의 쪽으로 다가갔다. 그가 양무의를 내려다보았다.

"괜찮은가?"

출혈이 만만치 않다. 가슴을 흠뻑 적시고 흘러내려 새겨진 금강경 글자를 채운다. 선혈의 웅덩이가 생기고 있었다.

"대체 누구이기에……."

"단도직입적으로 말하겠다. 너, 숭무련에 들어와라."

갈염이 말했다.

양무의가 눈썹을 치켜 올렸다. 그의 눈동자가 크게 흔들리고 있었다.

"수, 숭무련이라면……!"

"숭무련의 이름을 알고 있는가?"

양무의가 고개를 끄덕였다. 갈염이 놀랍다는 듯 두 눈에 이채를 떠올렸다.

"우릴 알고 있다라……. 어디의 후예지? 사패와 관련이 있나?"

양무의는 고개를 가로저었다.

사패에 대해서도 알고 있는 것이다. 단호하게 고개를 젓는 것을 보면 적어도 사패가 뭔지는 확실히 알고 있는 듯했다.

갈염이 입매를 굳히며 말했다.

"이 시대에 숭무련을 알고 사패를 안다. 예사롭지 않군."

장포 자락을 옆으로 젖히고는 양무의 앞에 쭈그려 앉았다. 갈염이 손을 뻗어 양무의의 가슴 위 혈도 몇 개를 짚었다. 샘솟듯 흘러나오던 핏물이 잦아들었다. 혈도를 점해 지혈을 시킨 것이다.

"그렇다면 너… 팔황 쪽인 건가."

양무의는 대답하지 않았다.

그는 고개를 끄덕이지도 가로젓지도 않았다.

의미를 알 수 없는 표정으로 갈염을 올려 볼 뿐이다. 그가 천천히 말라붙은 입술을 떼고 탁한 목소리를 흘려냈다.

"거절… 하겠소."

"거절. 거절. 숭무련엔 들어오지 않겠다는 말이렷다."

이번엔 고개를 끄덕인다.

갈염이 몸을 일으킨다. 그가 양무의에게 말했다.

"그러면 도와줄 수가 없는데… 아쉽게 되었군."

양무의의 눈이 또 한 번 흔들렸다.

도와줄 수가 없다.

도움이 필요한 일이 또 있었던가.

그렇다.

또 있다.

푸드득, 푸드득, 난데없이 요란한 새소리가 들려왔다. 수십 마리 새들이 어지럽게 주위를 누볐다. 검은 깃털, 푸른 깃털이 떨어지는 가운데 한줄기 바람 소리를 몰고 홀연히 나타난 자가 있었다. 두 갈래로 갈라진 망토를 날개처럼 휘날린다. 쭉 찢어진 눈동자에 얼굴 밑엔 코와 입 대신 날카로운 부리가 뾰족하게 돋았다. 머리 위로 길쭉한 뿔이 하늘을 찌르고 그 주변엔 화려한 깃털 장식을 달고 있다. 붕조(鵬鳥)의 요괴 가면이다. 또 한 명 가면의 괴인이 용천관에 이어 이곳에도 모습을 드러낸 것이다.

"이게 누구신가? 키이익, 숭무련의 흠검단주 아니신가. 키키 키킥."

들려오는 목소리는 인간 같지가 않았다. 정말 새 한 마리가 사람의 말을 하는 듯하다. 갈염이 한 발 나서며 입을 열었다.

"혼천대성 붕마천괴라……. 이산대성 사타군왕이 용천관을 깨부수는 걸 보았다. 두 대성을 한꺼번에 보는 것은 쉬운 일이 아니지. 이랑진군이 온다던데 이랑진군은 없고……. 설마하니 그 대신에 요마련 여섯 대성이 전부 다 출동하기라도 한 것인 가?"

"전부 다는 아니지. 키이이익."

혼천대성 붕마왕 붕마천괴.

당승전설에 따르자면, 제천대성 미후왕이 괴력을 뽐내며 세상을 어지럽힐 때 동주의 마왕들과 의형제를 삼았다고 했다. 붕마왕은 그중의 하나다. 온갖 새들을 부리며 세상을 어지럽히는 하늘의 마왕을 일컫는 이름이다. 전설처럼 새들과 함께 날개를 휘날리고 나타났다. 위험한 고수임은 전해져 오는 음험한 기운 만으로도 충분히 알 만했다.

"전부 다가 아니라면 또 누가 왔지? 사타군왕 말고 더 있나?"

"키기긱! 흠검단이 상관할 바가 아닐 텐데."

"상관하고 말고는 내가 정하는 것이지."

화아아악!

갈염의 기파가 사방을 채우며 뻗어나갔다.

푸드드득! 푸드득!

갈염의 주위를 날던 새들이 사방으로 흩어진다. 눈을 까뒤집고 땅바닥에 떨어지는 새까지 있었다. 엄청난 기세였다.

"키익. 화를 낼 일이 아님에도 화를 내시는군! 사타군왕은 제흥에 취해 난장을 벌이고 있고, 우융대왕은 산을 오르고 있지만 걸음이 느리지. 제아무리 큰일이 있다 해도 여섯 대성이 모두 나설 만한 일은 아니다."

"여섯 대성 중에 셋도 많다. 운거모사가 그리도 대단한 존재였는지는 몰랐군."

"키기기익! 아니다."

"아니다?"

"우리 대성들은 운거모사 때문에 모인 것이 아니야. 키이이익!"

"그렇다면 무엇 때문이냐?"

"음마정(音魔晶)이 세상에 나왔다. 키이익. 우리의 본래 목적은 그것이었다."

"음마정?"

갈염이 반문했다. 대답은 갈염의 등 뒤에서 들려왔다.

"음을 다루는 마성의 능력, 이능력자(異能力者)다."

갈염은 고개를 돌리지 않았다.

처음부터 지켜보고 있던 동행이다. 청색 빛살 장포에 세 자루 창, 능위였다.

"이능력자라……."

"가면의 주인을 찾고 있는 것이로군."

능위가 붕마왕에게 말했다. 붕마왕이 꿈틀, 새처럼 고개를 주억거렸다. 붕마왕이 기괴한 각도로 고개를 비틀고는 째지는 목소리를 토해냈다.

"만창회주까지 왔구나. 키이익. 우린 음마정을 쫓아 제남으로 향하고 있었다. 팔계저마 바보 놈의 호들갑에 태산에 들르기로 한 것뿐이다. 키이이이익."

"본래부터 철운거를 노린 것은 아니었단 말이렷다."

"그렇다. 키익."

갈염의 말에 붕마왕이 다른 쪽으로 목을 비틀며 대답했다. 능위가 발을 움직여 갈염과 나란히 섰다. 능위는 다른 쪽에 더 관심이 있는 듯했다. 능위가 물었다.

"그 가면은 무슨 가면이지?"

"키이익, 음마정의?"

"그래."

"팔부신중, 건달바(乾達婆)의 가면이다. 키이이이익!"

"건달바는 비파를 들었지, 아마."

갈염이 히죽 웃으며 능위를 돌아보았다. 능위가 시들해진 듯 고개를 끄덕거리며 입을 다물었다. 주병기로 창을 쓰는 가면을 기대했던 모양이었다.

"그럼 그 이능력자나 찾으러 가지 그래. 운거모사 따위 어찌 되어도 상관없잖나."

"키이익. 상관이 있다. 운거모사를 데려가는 건 맹주의 명령이다. 오히려 상관이 없는 것은 숭무련 쪽 아니었던가. 키이이익."

"기어코 데려가야 한다는 말이군!"

"키이익. 그렇다!"

갈염이 슬쩍 양무의를 돌아보았다. 쓰러진 채로 올려보는 눈빛이 갈염의 눈빛과 부딪쳤다. 갈염이 마지막으로 다시 한 번 물었다.

"그렇다는데 어떻게 할까. 마음은 바뀌지 않았나?"

양무의는 가타부타 대답이 없었다.

잠시 기다리던 갈염이다. 그가 답답하다는 듯 피식 웃으며 대답을 재촉했다.

"이러면 못 도와줘. 우린 상호불가침의 맹약으로 얽혀 있다. 특히 신마맹과 숭무련은 더하지. 성혈교와는 달라."

갈염의 말에 양무의가 두 눈을 질끈 감는다.

이 대답 하나에 생사의 기로가 갈리게 될지도 모른다. 양무의가 침을 한 번 삼키고는 떨리는 입술로 대답했다.

"남악연화검을 막아준 은혜는 언제고 반드시 갚도록 하겠소. 하지만… 숭무련에는 들어갈 수 없소."

"하! 이 갈염이 두 번이나 퇴짜를 맞는군! 후회하지 말아라, 양무의."

양무의는 의식이라도 잃은 듯 눈을 뜨지 않았다.

갈염이 고개를 들어 능위를 한 번 돌아보고는 다시 몸을 돌려 붕마왕을 바라보았다.

"우린 손 뗀다, 붕마천괴."

갈염이 검집에 검을 집어넣고 뒤쪽으로 물러났다. 때마침 저편에서 어흥, 하고 푸른색 경장 갑옷 청사자가 나타난다. 청사자가면, 사타군왕이 한달음에 달려와 붕마왕의 옆에 섰다. 붕마왕이 사타군왕에게 말했다.

"늦었다. 키이익."

"두모낭랑 늙은 여도사를 때려눕혔더니 남악천주부란 놈이 나타났다. 도끼까지 분질러 주고 오느라 어쩔 수가 없었다. 한데… 저놈들은 누구냐?"

"키이익. 숭무련. 흠검단주와 만창회주다."

사타군왕이 흠칫 놀라며 몸을 굳혔다.

성질이 급하고 제멋대로인 그가 커다란 목소리로 버럭 소리를 질렀다.

"흠검단주 따위가 여기엔 왜 나타났지? 감히 위대한 대성들의 행사를 방해할 셈인가!"

물러나던 갈염이 씨익 웃으며 답했다.

"애송이가 겁도 없구나."

그가 몸을 돌리며 검자루에 손을 올렸다.

양무의의 연이은 거절로 심사가 뒤틀린 그다.

전신에서 뿜어 나오는 기파가 무지막지했다. 단단한 바위 위, 금강경 글자가 쫘자작 갈라졌다. 사타왕은 크게 놀랐다. 실로 엄청난 힘이다. 흠검단주의 힘이 이 정도였을 줄이야.

기세에 눌려 버린 사타왕은 감히 대꾸조차 하질 못했다.

갈염은 당장이라도 검을 휘두를 기세였다. 그런 갈염을 말린 것은 다름 아닌 능위였다. 능위가 갈염의 어깨를 탁 잡았다. 돌아보는 갈염에게 능위가 고개를 한 번 가로저었다.

"안 된다, 흠검."

갈염이 이를 갈며 사타왕에게 말했다.

"네놈 무기가 검이었다면 넌 죽었어."

갈염이 몸을 휙 돌리고는 성큼성큼 멀어져 갔다. 푸른 장포 자락에 세 자루 창, 만창회주 능위가 사타왕을 똑바로 쳐다보며 말했다.

"행운인 줄 알아라, 사타. 운거모사는 놓고 간다. 하고 싶은 대로 해라."

능위마저 갈염을 따라 멀어진다.

금강경 바닥 위에 피투성이로 쓰러진 두 남녀가 덩그마니 남았다. 두 대성요괴가 양무의와 백가화에게로 다가갔다. 이 모든 것을 보고 들으며 꿈틀대고 있던 형산파 두 무인들이 있었다. 혼천대성 붕마왕이 가볍게 손짓했다. 쉬익, 두 줄기 파공음이 공기를 찢고 날았다.

피를 흘리던 형산파 무인들이 즉사했다. 늘어진 그들의 이마 엔 검은 깃털이 하나씩 박혀 있었다.

양무의의 지척에 이른 그들이다. 독수리의 발톱처럼 깡마르고 날카로워 보이는 손가락이 망토 밖으로 튀어나왔다. 그의 손이 양무의에게 닿았다.

"키이익. 방해꾼이 또 나타났군."

붕마왕이 손을 집어넣고 몸을 돌렸다. 사디왕도 고개를 돌린다.

파라라락!

바람줄기가 유삼 자락에 붙잡혔다 풀려 나간다.

단운룡이었다.

"거기서 나와."

단운룡의 첫마디는 그것이었다.

넓게 펼쳐진 금강경 경석 위에 낭랑한 목소리가 내려앉았다. 붕마왕이 고개를 모로 비틀며 소름 끼치는 목소리로 대꾸했다.

"키이익. 그게 무슨 소리냐?"

"태산 경석은 천고의 재능이 빚어낸 위대한 작품이다. 부수고 싶지 않아."

전신에 서린 위엄은 뇌룡의 그것이다.

무슨 말인지 당장 알아듣지 못했다는 것일까.

사타왕이 잠시 동안 말없이 그를 쳐다보더니 이내 하늘을 향해 앙천광소를 터뜨리며 소리쳤다.

"카하하하하! 이런 건방진 놈을 보았나!"

사타왕이 밑을 내려다보더니 꾸웅, 하고 발을 한 번 굴렀다. 밟고 있는 글자가 엉망으로 망가졌다. 단운룡의 눈살이 확 찌푸려졌다. 사타왕이 땅을 박차고 단운룡에게 몸을 날렸다. 으허허헝! 사자후와 함께 소리쳤다.

"이 사타왕 어르신이 나가주마! 거기 그대로 서 있거라! 내 당장 찢어 죽여주마!"

이산대성이라 했다.

포효하며 달려드는데, 산을 옮긴다는 대성의 이름이 무색하다.

갈염에게 위축되었던 분노를 고스란히 단운룡에게 쏟아 부은 것이다. 이런 기세를 지니고도 누구에겐가 밀렸다는 것이 이해

되지 않을 정도였다.

"크하압!"

사타왕의 주먹이 단운룡을 내리찍었다. 흉험함이 가득한 일격이다. 먹이를 노리는 맹수의 움직임 그대로였다.

파라락!

제아무리 무섭게 짓쳐온다 해도, 그런 일격을 허용할 단운룡이 아니다. 단운룡의 몸이 훅 꺼지듯 옆으로 움직였다. 헛손질을 한 사타왕이 그대로 몸을 돌리며 뒷발을 내쳐 왔다. 변칙적인 각법이다. 각법에는 각법으로. 단운룡의 몸이 회전했다. 순식간에 순속을 발동한 그의 다리가 사타왕의 다리에 부딪치며 강렬한 충격파를 일으켰다.

퍼어엉!

두 사람의 몸이 튕겨 나왔다. 금강경 경석을 벗어나 풀밭에 내려선다. 은은한 충격이 무릎을 타고 전해져 왔다.

'이것 봐라. 힘에서 밀렸다?'

사타왕의 힘은 대단했다. 마광각을 내치고도 이 정도 충격이라면, 정말로 강한 거다. 놀라울 정도로 깊은 공력을 지녔다는 뜻이었다.

디텅! 짜아앙!

사타왕이 땅을 박차고 날아들었다.

좌우, 횡으로 권격을 내치고는 이어 연환으로 아래에서 위를 올려쳐 온다. 단운룡의 신형이 연신 뒤쪽으로 밀려났다. 쏟아지는 권력을 일일이 비껴내며 기회를 보았다.

'빠르다!'

틈이 생기질 않는다.

강할 뿐 아니라 빠르기도 했다. 공격 시엔 순속의 속도를 상회하는 것 같다. 이 힘과 이 빠르기라면 오정수마 이상일지도 모른다. 굉장한 적수였다.

겨우 기회를 잡아 반격을 감행한다.

단운룡이 광검결 수도를 곧게 세우고는 무서운 속도로 몸을 날렸다. 경장청갑 비구가 단운룡의 일격을 가로막았다. 마치 장검으로 후려친 듯 채앵! 하는 소리가 사타왕의 두 팔에서 터져 나왔다.

보통 재질이 아니었다. 청갑은 광검결의 진기에도 잘려 나가지 않았다. 다만 밀어냈을 뿐이다. 사타왕의 신형이 뒤쪽으로 퉁겨 나갔다. 단운룡이 쇄도했다. 극광추 손바닥을 꽂아 넣기 위해서다.

어흐흐흐흥!

강렬한 사자후가 터져 나온 것은 극광추가 사타왕의 가슴에 꽂혀들기 직전이었다.

초근접거리에서 펼쳐진 사자후의 진경은 전신을 후려치는 거대한 망치와도 같았다. 구형으로 퍼져 나가는 충격파에 단운룡의 몸이 단숨에 뒤쪽으로 퉁겨 나갔다.

굉장한 공부였다. 단지 소리를 질렀을 뿐인데 폭탄이라도 터진 듯 몸 전체가 훅 밀려 나갔다. 광극진기로 보호되는 두 귀까지 순간 먹먹해질 정도였다.

"카아압!"

달려들며 주먹을 휘두른다. 사자후 일격으로 내공 소모가 상당할 텐데, 권격의 강도와 속도는 조금도 줄지 않았다.

단운룡이 사타왕의 주먹을 피해내며 측면으로 몸을 날렸다.

설상가상이다.

단운룡이 순간 멈칫하며 급박하게 허리를 젖혔다.

쉬이익!

날카로운 파공음이 위쪽을 스치고 지나갔다.

'암기?'

놀라고 있을 겨를이 없다. 따라붙으며 내쳐 오는 사타왕의 각법은 머리를 날려 버릴 위협이다. 단운룡이 급히 고개를 숙였다.

쉬익!

다시 한 번 파공음이 울렸다.

왼발을 축으로 한 바퀴 돌면서 먼 곳으로 시선을 고정했다.

저편에 있는 붕마왕이 손목을 튕기는 게 보였다. 암기를 날린 것은 사타왕의 손속이 아니라 저 붕마왕의 소행이다.

단운룡이 공중으로 뛰어올라 몸을 비틀었다. 두 줄기 파공음이 그의 발밑을 스쳤다.

"붕마왕! 끼어들지 말아라!"

버럭 소리를 지른 것은 단운룡이 아닌 사타왕이었다. 자존심을 건들지 말라는 거다. 붕마왕의 째지는 목소리가 그의 호통을 받아쳤다.

"빨리 처리해라. 키이익. 그걸 하나 못 잡나?"

"걱정 마라!"

사타왕이 다시금 땅을 박찬다. 박찬다고 생각했더니 어느새

바로 눈앞이다. 단운룡이 한껏 몸을 숙였다. 바위라도 부술 듯
한 뒷발차기가 그의 등줄기를 스치고 지나갔다.

몸을 일으키려는데, 어느새 주먹이 턱밑으로 따라와 있다. 저
자세에서도 권격을 날릴 수 있구나 싶다. 아슬아슬하게 권격을
비껴내고 마광각을 내찼다. 파앙! 소리와 함께 간단히 방어해
낸다. 본능적인 움직임이었다.

'강하다.'

백타의 수급이 이리도 자유로운 자는 사부 외엔 경험해 보지
못한 것 같다. 어지간한 고수는 상대도 안 될 강자다. 단운룡의
눈이 가볍게 흔들렸다.

그때였다.

"이제야 도착했군."

설상가상에 이어 첩첩산중이다.

사타왕은 강하다. 붕마왕도 마찬가지일 게다.

한데 또 하나의 강적이 더해졌다.

단운룡이 한쪽으로 시선을 돌렸다.

저쪽 산길 옆으로 느릿느릿 다가오는 가면의 괴인이 있었다.

거인처럼 커다란 체구지만 꼽추처럼 등이 굽었다. 굵디굵은
두 팔에 손끝이 무릎까지 내려온다. 온몸에 붉은빛 털가죽을 둘
렀는데, 손목에는 족쇄와 같이 두꺼운 황금빛 팔찌가 둘러져 있
었다.

가면은 더욱더 괴이했다.

우는 듯 눈꼬리가 처진 원숭이 가면이었다. 흔히 알려진 원숭
이 요괴 가면, 제천대성의 가면과는 완전히 다르게 생겼다. 눈

주위를 검은색으로 둘렀고 입술은 아래쪽으로 축 처졌다. 얼핏 우스꽝스럽게 생긴 가면이었지만 희극적인 모양 속에 기묘한 공포가 도사리고 있다. 웃기게 생긴 인형을 보았을 때 처음 보면 웃음이 나오지만 계속 보고 있자면 왠지 모를 무서움이 느껴지는 것과 같은, 그런 성질의 두려움이었다.

"우융왕… 왔다…….'"

멀리서도 옆에 있는 것처럼 들린다.

졸린 듯한 목소리다. 밑으로 꺼지는 듯한 저음에 어눌한 느낌의 언어를 발한다.

동승신주 산속에서 아무것도 하지 않고 잠을 자다가 불쑥 팔을 뻗어 지나가는 행인들을 잡아채더니, 사람 고기를 산 채로 잡아먹는다. 게으른 성성이 요괴 구신대성 우융왕(□헴王)에 얽힌 전설이다. 그 우융왕의 가면을 쓴 우융대왕이 전설처럼 느릿한 움직임으로 이렇게 모습을 드러낸 것이다.

"조금만 기다려라. 배도 고플 터인데, 이놈을 얼른 죽여서 먹을 것으로 던져 주마!"

사타왕이 기세 좋게 소리쳤다.

죽여서 먹을 것으로 준단다. 농담이 아니라 진짜다. 우융대왕 가면에 뚫린 눈구멍에서 번쩍이고 드러난 눈빛은 주체 못할 탐욕이다. 식욕(食慾)이었다.

'이놈들…….'

식인(食人)을 아무렇지도 않게 이야기하는 이들은 진정한 마인(魔人)들이다.

단운룡의 눈이 전광을 뿜었다.

강적이 셋이나 된다. 순속으로 어찌할 수 없다. 순속으로는 사타왕 하나도 잡기 힘들다.

'뇌신을 써야겠어.'

순속으로 안 된다면 방법은 하나다.

뇌신이다.

단운룡이 사타왕과 붕마왕, 우융왕을 한 번씩 돌아보았다. 놈들은 어느새 단운룡을 둘러 사타왕을 정점으로 자연스러운 품(品)자 대형을 이루고 있었다.

단운룡은 한순간 피할 수 없는 숙명 같은 것을 느낀다.

각오해야 했다.

단운룡은 강해졌고, 그만큼 상대해야 할 적의 폭도 넓어져 버렸다.

이젠 천하다. 그냥 천하로 한 발 내딛는 것이 아니라 천하의 한복판에 들어온 상태인 것이다. 그것은 곧 순속이 통하지 않는 상대를 계속 만나게 될 것이라는 뜻과 같다. 뇌신으로 상대해야 할 고수들이 많아진다는 이야기였다.

"카앗!"

생각은 짧고, 순간은 길다.

사타왕이 일권을 직선으로 내쳐왔다. 사타왕의 주먹 끝에 극광추를 때려 박고, 반탄력을 이용해 뒤쪽으로 튕겨 나왔다. 주먹에 충격을 받은 사타왕은 곧바로 짓쳐들어오지 않았다. 주먹을 두 번 쥐었다 폈다 하더니 어흐흥! 하며 짧은 사자후를 토해냈다.

단운룡이 광극진기를 힘차게 끌어올렸다.

광구가 열리고, 무한대의 뇌기가 치받아 오른다.

파지지지지직!

빠지직거리는 뇌전이 단운룡의 전신을 둘러치기 시작했다.

사타왕의 몸이 흠칫 굳어졌다. 동시에 붕마왕이 몸을 날린다. 붕마왕의 뾰족한 부리 밑에서 찢어지는 괴성이 울려 퍼졌다.

"키이익! 사타왕 물러나라!"

번쩍!

단운룡의 신형이 사라지는가 싶더니 사타왕의 앞에 나타난다. 사타왕은 용맹했지만, 멍청하진 않았다. 붕마왕의 경고대로 단운룡과 정면으로 부딪치는 대신 카앗! 소리를 내며 다급히 측면으로 몸을 뺐다.

파지직!

급격히 방향을 꺾는 단운룡의 발밑에서 황백색 전광이 번뜩였다. 단운룡의 손이 사타왕을 따라붙는다. 극광추를 쳐내는 손아귀에 뇌광이 머물렀다.

퍼어엉! 파지지직!

극광추를 막은 것은 진기로 가득 찬 한 무더기의 깃털이었다. 깃털로 만든 부채 하나가 확 오그라들면서 사방으로 불똥을 날렸다.

사타왕이 뒤쪽으로 봄을 날리고, 그 지리를 붕마왕이 메운다. 깃털 부채를 날린 자가 바로 이 붕마왕이다. 붕마왕의 깡마른 양손에는 갈고리 모양의 다섯 줄기 금조(金爪)가 요사스런 빛을 발하고 있었다. 황금십마조(黃金十魔爪), 붕마왕의 주 병기였다.

"키이익! 괴력을 숨기고 있었구나!"

붕마왕이 괴성을 지르며 기다란 황금 손톱을 휘둘러 왔다. 마치 각 손가락에 박아놓기라도 한 듯 괴이하고 흉험하다. 단운룡이 광검결을 운용하며 수도로 황금십마조를 받아냈다. 쩌엉! 하는 금속성이 터져 나왔다.

파직!

짧은 순간 충돌이지만 뇌기가 팔을 타고 올라갔을 터인데도 붕마왕은 아무런 타격을 입은 것 같지가 않았다. 주저없이 오른손 다섯 개의 손톱을 휘둘러 온다. 단운룡이 한 발 앞으로 나섰다. 왼손 광검결로 다섯 손톱을 막고, 오른손을 쭉 뻗어내며 극광추를 때려 넣었다.

쉬이이익!

'이걸 피해?!'

단운룡의 극광추가 허공을 갈랐다.

엄청난 일이었다. 뇌신의 속도에 대응하고 있는 것이다. 게다가 붕마왕은 번쩍이는 뇌기에도 타격을 받지 않고 있었다. 뇌기의 침습을 방어할 만큼 내력이 심후하다는 뜻이다. 사타왕보다 훨씬 빠르고, 내력도 고강하다. 예상치 못한 일이었다.

까앙! 꽈아앙!

두 번의 공방이 이어졌다.

그래도 뇌신은 뇌신이다. 속도에서는 따라올지 몰라도 파괴력에서는 뇌신의 힘이 훨씬 더 앞선다. 붕마왕의 신형이 뒤쪽으로 튕겨 나갔다. 이번엔 타격을 줬다. 뇌기가 상대방의 내공벽을 허물고 팔 안으로 침투해 들어가는 느낌을 받았다.

우우우우웅!

　기선을 잡은 김에 끝을 낼 생각이었다. 한데 사타왕 쪽에서 들려오는 소리가 단운룡의 발목을 잡는다. 그의 눈이 그쪽으로 돌아갔다.

　벌 떼 소리와 같은 진동이 윙윙대며 커지고 있었다. 손목에서 주먹을 감싸고 내려온 철갑비구가 푸르게 빛나고 있었다. 눈으로 볼 수 있을 만큼 유형화된 진기다. 청사자 사타왕의 최고비기인 청광철권(靑光鐵拳)이었다.

　"박살을 내주마!"

　사타왕이 짓쳐들었다. 붕마왕도 땅을 박찬다. 앞뒤 양쪽에서 달려드는 괴수들의 합공이다. 단운룡의 선택은 사타왕 쪽이었다. 사타왕 쪽으로 한 발 내딛고 허리를 회전시키며 극광추를 휘둘렀다. 반월형으로 휘둘러진 극광추에 사타왕의 청광철권이 요란하게 충돌했다.

　꽈아아앙!

　밀려나는 것은 청광철권이었다. 사타왕의 몸이 측면으로 튕겨 나간다. 단운룡은 그 자세 그대로 광구의 진기를 등 뒤에 모았다. 뒤로 기대듯이 등을 내밀며 다리와 허리의 움직임으로 광극진기의 힘을 끌어올렸다.

　그리고 힘을 개방한다. 광혼고의 구결로 전광의 벽이 펼쳐졌다.

　퍼어엉! 파지지직!

　광혼벽, 고법으로 둘러친 진기의 방패다. 그것도 광극진기 뇌전의 방패였다. 붕마왕의 금색 손톱은 단운룡의 등에 닿지도 못했다. 붕마왕의 몸이 그대로 튕겨 나갔다. 팔을 감싼 옷가지에서 모락모락 연기가 치솟는다. 두 갈래 날개 모양 망토에도 군데군데 구멍이 뚫려 있었다.

"이런 괴물이……! 우융왕! 너도 끼어야겠다."

"우융왕… 싸운다……."

느릿느릿 움직이다가 어느 순간 불쑥 다가온다. 단운룡의 지척에서 다시 멈춰 서며 꾸부정하게 기묘한 기수식을 잡았다.

붕마왕도 이대로는 안 되겠다 느꼈는지 삐이익, 하고 휘파람 소리를 냈다. 그러자 사방에 흩어졌던 온갖 새들이 날아들며 붕마왕의 앞을 가렸다. 넓게 두른 장막과도 같다. 시야를 가리겠다는 속셈 같았다.

'사타왕부터 깬다.'

붕마왕의 잔재주보다는 사타왕의 청광철권이 훨씬 더 위협적이었다. 극광추로 간단히 밀어낸 것 같지만 반탄력이 실로 만만치 않았다. 전력으로 후려친 극광추에도 팔과 주먹이 멀쩡할 뿐 아니라, 직접 부딪쳤는데도 전격이 통하질 않았다. 사람 몸을 통째로 뜯어내고 부숴 버리던 뇌신의 위력을 어렵지 않게 버텨 낸 것이다.

터엉! 쉬익! 파지지직!

순간과 순간 사이에서.

각각의 파공성이 사위를 울렸다. 단운룡의 광검결이 사타왕의 목덜미를 노리고 들어간다. 청광철권이 위에서 아래로 치켜올라오니, 뒤쪽에서는 예의 깃털 암기가 종전보다 배는 더 강한 진기를 품고서 짓쳐든다. 왼손으로 극광추를 휘둘러 올라오는 청광철권을 비껴냈다. 목을 내치던 광검결을 회수할 수밖에 없다. 광극진기가 집중된 두 손은 금강불괴와 같지만, 진기를 퍼뜨리지 않은 등판은 결코 철벽이 아니다. 저 정도 내력의 암기라면 등판이 꿰뚫리고 말리라.

공중에서 몸을 비틀고 사타왕의 어깨를 타 넘으려는데, 순간적으로 생명의 위협을 느꼈다. 단운룡이 다시 한 번 몸을 휘돌렸다. 옆구리를 스쳐 가는 일격이 있다. 전혀 눈치도 못 채는 사이에 다가온 일격이었다.

'이것이 우융왕……!'

등을 구부정하게 굽히고서 팔을 뻗어오는데 사정거리가 무섭도록 길었다. 담겨 있는 힘은 뇌신의 진기를 둘러친 단운룡에게 생명이란 단어를 떠올리게 만들 정도다.

공중에서 거꾸로 몸을 숙이고 마광각을 내찼다. 뻗어오는 팔을 통째로 부러뜨릴 요량이다. 다리와 팔이 닿는 순간, 우융왕의 팔이 채찍처럼 휘어졌다. 마광각의 강력한 진기를 단숨에 흘어낸 것이다.

사타왕에게 가한 공격은 실패했고, 우융왕에게도 치명적인 타격을 입히지 못했다. 일격필살 뇌신의 위력으로도 극강한 고수 세 명을 압도하긴 힘들다는 뜻이다.

파직! 꽈과광!

황백색 전광이 번쩍이고 새피란 광염이 어른거린다. 느릿느릿 채찍처럼 날아드는 손아귀는 붉었고, 갖가지 새들로 앞을 가리며 날려대는 깃털은 음험한 검은색이었다.

삼 대 일의 격전이 이어졌다.

경천동지의 결투다. 붕마왕의 앞을 가렸던 새들이 하나둘 경력에 휘말려 날개를 꺾은 채 땅바닥에 떨어진다. 바위가 부서져 나가는 것은 예사요, 고송이 분질러져 불타는 것도 놀라운 일이 아니다. 금강경 경석 위를 싸움터로 잡았으면 희대의 역작이 단숨에 지워져 버리고 말았으리라.

"죽어랏!!"

사타왕의 청광철권이 허공을 갈랐다..

철권를 둘러친 광영이 깜박깜박 흐려지고 있었다. 가장 먼저 내력의 고갈을 드러낸 것이다. 단운룡은 기회를 놓치지 않았다. 번쩍이는 뇌광을 발끝에 머금고서 중단으로 마광각을 후려쳤다. 철권을 들어 막아내는 사타왕의 팔목이 우지끈 하고 비틀렸다.

"크아악!"

사타왕이 뒷걸음질치는 순간, 단운룡은 후속타를 전개하는 대신 곧바로 측면으로 몸을 날렸다. 우융왕의 일격이 짓쳐들고 있기 때문이었다.

꽈앙!

우융왕의 긴 팔이 바윗돌에 박혔다. 부서진 바위에서 손을 빼내는데, 손아귀에 잡힌 돌무더기가 가루가 되어 쏟아졌다. 잡아채이기라도 하면 살점과 뼈대를 한 움큼 내줘야 한다. 그만큼 강한 위력이었다.

쉬익! 퀘에에엑!

우융왕의 일격을 다시 한 번 피하고서 반격에 들어가려는데, 등 뒤로 다가드는 파공음이 만만치가 않았다. 단운룡이 무서운 속도로 이동했다. 그의 몸이 있던 허공을 쭉 가르고 지나가는

데, 암기라기에는 너무나도 크고 묵직하다. 뻗어나가 처박히는 나무에서 퍼억, 하고 피가 튀었다.

'새를……!?'

괴이하고도 괴이한 암기술이었다. 단운룡이 붕마왕을 돌아보는데, 예의 그 묵직한 파공음이 연이어 들려온다. 붕마왕 주변에 날고 있는 새들이 하나씩 단운룡을 향해 날아오고 있었다. 그것도 내력을 담고서. 마치 화탄과도 같은 힘으로.

퍼억! 퍼어엉!

나무가 분질러지고, 땅거죽이 뒤집어졌다.

이런 건 듣도 보도 못했다. 게다가 위력도 굉장하다. 진기로 방어해도 타격을 입을 것이요, 잘못 맞으면 즉사를 면치 못할 것 같았다.

우득!

저편에서는 사타왕이 부러진 손목을 맞춰 끼고는 다시금 전의를 불태우고 있었다. 승부를 빨리 내야 했다. 지나치게 오랫동안 뇌신을 유지하고 있었다. 만에 하나 사타왕의 청광철권이 풀려 버린 것처럼 뇌신의 진기가 끊어지게 되면, 손목 하나 부러지는 것으로 끝나지 않을 게다. 시간이 없었다.

단운룡이 붕마왕에게 뛰어들었다. 새들이 두 마리, 세 마리 한꺼번에 날아든다. 극광추를 쇠우로 힌 번씩 휘두르고, 광검결로 새들을 조각내며 전진했다. 새들의 장막에 거의 닿았을 때다. 아래쪽을 휩쓸어오는 경력에 단운룡의 눈이 번쩍 빛났다. 우융왕이 거의 눕듯이 상체를 구부리고 단운룡의 발목을 잡아채 오고 있었다. 잡히면 잡히는 게 아니라 발목째로 쥐어

뜯기는 거다.

‘광뢰포.’

여기가 승부처다. 단운룡은 한 발 훌쩍 더 나아가며 우융왕의 손아귀를 비껴내고 양손을 명치 앞에 모았다. 무시무시한 전격이 그의 전면을 가득 채웠다. 남아 있던 새들이 한꺼번에 후두둑 땅으로 곤두박질쳤다.

장막이 걷히자 기다렸다는 듯 황금빛 손톱이 날아들었다. 극광추 한 번 앞으로 때리고, 다시 한 번 양손을 명치 앞에 모았다. 붕마왕을 통째로 날려 버릴 생각이었다.

“……!!”

방출 직전이었다. 훅, 하고 붉은색 털가죽이 그의 앞을 가로막는다. 붕마왕을 보호하기라도 하듯 우융왕이 온몸을 한껏 웅크린 채 광뢰포 앞으로 뛰어든 것이다.

파지지지직!

광뢰포 전격이 번쩍거리면서 사위를 채웠다.

붕마왕 대신 우융왕을 잡았구나 생각했을 때다. 단운룡의 눈이 커다랗게 치떠졌다.

“우융왕… 끄떡없다…….”

우융왕이 움츠린 몸을 펴고서 일어나고 있었다. 파직파직, 전광이 우융왕의 전신을 누비고 있지만 우융왕은 그의 말마따나 끄떡없었다.

당황한 단운룡에게 휘익, 팔을 휘둘러 오는데, 뇌신의 반응속도가 아니었다면 머리를 통째로 쥐어뜯길 뻔했다.

‘광뢰포가 통하질 않는다!’

놀라운 일이다.

광뢰포는 단순한 전격의 방출이 아니다. 거기엔 모든 것을 파괴하는 광극진기의 충격파가 함께하고 있다. 뇌신 상태에서 펼칠 수 있는 가장 강한 공격이다. 일격필살의 비기였다.

"우융왕의 몸은 금강불괴다. 키이이익! 네 공격은 더 이상 통하지 않을 것이다!"

붕마왕이 소리쳤다.

진짜로 금강불괴라도 되는 것인가.

단운룡이 우융왕에게 뛰어들며 마광각을 내챘다. 우융왕이 흐느적, 그의 각법을 피해냈다. 금강불괴라면 피할 이유가 없다. 그런데도 피한다. 단운룡이 속도를 더 올렸다. 뇌신 상태에서도 최고 속도다. 우융왕은 제대로 반응하지 못했다. 미처 피하지 못하고 움츠리며 어깨를 들이대는데 극광추 일격이 꽈앙! 하는 폭음을 울렸다.

"……!!"

우융왕의 몸이 밀려났다. 하지만 그 어디도 박살 낸 느낌은 없다. 뇌신의 진기를 싣고 극광추를 제대로 때렸는데 손상을 입히지 못했다. 있을 수 없는 일이었다.

"네놈은 절대로 깰 수 없을 것이다! 키이익!"

붕마왕은 말만 하고 있지 않았다. 그 지신이 다시금 황금색 손톱을 휘두르며 달려든다. 사타왕도 철권을 휘두르며 측면을 향해 짓쳐들고 있었다.

'뇌신으로도 안 된다. 그렇다면……'

가능할지 모르겠다.

극광추을 때려내고 광검결로 황금십마조를 막은 다음, 마광각을 내질러 세 대성을 떨쳐 냈다. 뇌신의 속도로 전권에서 벗어나 거리를 벌렸다.

뇌신의 내력을 있는 대로 하단전에 집중했다. 중단전 광구에서 남은 진기를 모조리 끌어낸다. 하단전에 모여든 뇌신의 진기가 상당전을 향해 치솟아오르기 시작했다. 중단전 광구에서 풀려 나온 기운이 치솟아오르는 뇌신의 힘을 감싸고 회전한다. 중단과 하단의 진기가 회전하고 공명하며 상단에서 만났다. 휘황한 광휘가 머릿속을 가득 채웠다.

'음속(音速)!'

광신마체 사식, 음속 발동이다.

단운룡이 땅을 밟고 몸을 날렸다. 시간이 느려지고, 소리가 사라졌다. 몸을 날리며 팔을 뻗는데, 마치 진흙 속을 유영하는 것 같다.

공기의 흐름이 무겁다. 다리도 느려진 것 같고, 손도 느려진 것 같았다.

'극광추.'

손가락을 오므리고 손바닥을 내미는데 물속에서 손을 내치는 것처럼 답답하다. 손 주위를 따라 흘러가는 공기가 물살처럼 눈에 보일 것 같다.

느리고 또 느리다. 한데 상대방은 더 느리다. 느린 것이 아니라 아예 멈춰 있는 느낌이다.

단운룡의 손이 쭉쭉 뻗어나갔다.

붕마왕을 향해서다. 붕마왕의 황금 손톱이 내려온다. 내려오며 그의 팔뚝을 할퀴려고 하지만, 내려오는 속도가 너무나도 느리다. 기다려 줘도 맞지 않을 것 같았다.

터억.

그것은 소리가 아니라 느낌이었다.

붕마왕의 가슴에 단운룡의 극광추가 닿았다. 그의 손은 멈추지 않았다. 천천히 계속 들어간다. 손가락 끝이 따뜻하다고 느꼈다. 질척질척한 진흙 속에 손을 집어넣는 기분이다.

기묘한 체험이었다.

천천히 들어간다고 생각했더니, 어느새 손목까지 들어가 있다. 피는 터지지 않았다. 방울방울 솟아 나오고 있지만 그 역시도 느릿느릿하다. 손바닥 밑에서 단단한 무언가가 쪼개지고 박살나는 느낌이 전해져 왔다. 가슴뼈다. 피륙과 뼈대가 갈빗대와 함께 산산조각으로 부서지고 있는 중이다.

'회수를…….'

이대로 가다간 팔뚝까지 들어가겠다.

단운룡이 손을 도로 당겼다. 자기 손을 빼는 것인데도 남의 손을 잡아당기는 것처럼 만만치가 않았다. 넘실넘실 흘러가던 모든 흐름을 역으로 되돌리려는 느낌이 들었다.

어렵사리 손을 빼고 몸을 돌렸다.

휘적휘적 공기의 흐름이 답답했다. 기까운 곳부터 가야 했다. 바로 옆에 사타왕이 느릿느릿 주먹을 뻗어오고 있었다. 단운룡은 아무런 위협을 느끼지 못했다. 주먹이 지척이지만, 피하려고 옆으로 움직이려니 뻗어오던 주먹은 시늉뿐이요, 멈춘 채 전혀 다가오질 못하고 있는 모습이었다.

한 발 나아가며 다시 한 번 극광추를 뻗어냈다. 공기가 너무 무거워서인지 저절로 짧게 치는 단타부터 시도하게 된다. 느릿느릿 나아간 손바닥이 사타왕의 경장청갑에 닿았다. 이번엔 진흙 같은 느낌이 안 든다. 단단하고 차가운 것을 밀어내는 느낌이다.

쿠쿡.

내부에서 뭔가 일그러지는 느낌이 전해졌다. 뭔가 부서지는 감촉도 있다. 경장청갑에 천천히 금이 가고 있었다.

일격이 제대로 들어간 것을 알았다. 단운룡이 극광추를 회수하기 위해 팔을 잡아당겼다.

흐름에 역행하고 있다 생각했을 때다. 덜컥, 하고 순간적으로 뒤쪽으로 쏠리는 느낌이 왔다. 마치 쏟아지는 홍수 앞에 서서 물살을 있는 대로 맞고 있는 것과 같다.

느릿느릿 흘러가던 모든 것들이 다시 빨라지고 있었다. 아무것도 들리지 않던 귀에 웅웅거리는 울림이 파고든다.

시간이 제 속도를 회복하고 있었다.

그리고 단운룡은 사위를 울리는 엄청난 소리를 들을 수 있었다.

쿼이이잉! 퍼어어어엉!

움직임이 먼저. 그다음이 소리다.

공기가 빨려드는 소리에 이어 엄청난 폭음이 터져 나왔다.

붕마왕의 가슴이 그 폭음과 함께 폭발하고 있었다. 손목까지 집어넣다 뺐다고 느꼈는데, 그게 아니었다. 무시무시한 충격파가 사방을 뒤흔드는 한가운데 핏물과 뼛조각이 하늘로 비산했다.

퀴잉! 퍼어엉!

부서진 것은 붕마왕의 몸뿐이 아니었다. 사타왕의 경장청갑이 박살나 흩어지고 있었다. 충격파에 휩쓸리며 뒤쪽으로 튕겨 나가는데, 대신 터져 나간 보갑이 아니었더라면 그의 몸도 붕마왕처럼 산산조각이 나고 말았으리라.

"크억!"

저만치에 튕겨 나가 나뒹굴던 사타왕이 팔꿈치로 땅을 짚고서 힘겹게 몸을 일으킨다. 그는 피를 토했다. 청사자 가면 밑으로 진한 핏물이 폭포수처럼 쏟아지고 있었다.

'이것이 음속……!'

단운룡이 우융왕에게로 몸을 돌렸다.

우융왕은 등을 구부정하게 굽힌 채 부들부들 떨고 있었다.

겁먹은 듯 뒷걸음질치는 우융왕이다.

털썩.

가슴 위의 상체가 모조리 날아가고 그 아래만 남은 붕마왕의 반쪽 몸뚱어리가 땅바닥에 넘어지는 소리였다. 그걸 본 우융왕이 꾸물거리는 목소리로 중얼거렸다.

"우융왕… 죽는다……. 우융왕… 도망친다……."

우융왕이 퍼뜩 몸을 일으킨다. 그렇게도 느릿느릿하던 몸놀림이 싸울 때처럼 재빠르게 변했다.

"우융왕! 쿨럭! 쿨럭!"

사타왕이 피를 토하며 그를 불렀다. 우융왕이 방향을 꺾으며 사타왕을 한 손으로 잡아채더니 바로 옆의 숲 속으로 몸을 날렸다. 두터운 가지를 한 손으로 잡아채고는 허리를 비틀어 두 다리로 사타왕의 몸뚱어리를 가랑이 사이에 꼈다.

휘릭! 쏴사사사사삭!

긴 두 팔로 나뭇가지와 나뭇가지를 건너 잡는다. 나뭇잎 헤치는 소리가 숲을 뚫고 퍼져 나간다. 긴 팔을 지닌 성성이처럼 나무를 날아 넘으며 순식간에 사라져 버렸다.

'끝났군.'

단운룡은 쫓지 않았다. 아니, 쫓을 수가 없었다.

음속 발동에는 성공했지만 유지는 성공적이지 못했다. 두 번, 극광추를 날리는 것이 전부였다. 그 짧은 시간 한 놈을 죽이고 한 놈을 만신창이로 만들었으니, 위력만큼은 넘치도록 실감했다고 할 수 있다.

하지만 음속은 두 번째 극광추를 회수하는 순간 풀려 버렸고, 그다음부터는 움직일 수가 없었다. 우융왕이 지레 겁을 먹고 도망치지 않았더라면 단운룡도 죽음을 면치 못했으리라.

"크윽."

서 있는 것이 고작이다.

참고 있던 신음성이 올라온다. 요동치는 핏물이 함께 올라오고 있었다.

"커억!"

결국은 피를 토해내고 만다.

그리고 시작이다.

마치 쳐낸 뒤에야 충격파가 터져 나왔던 것과 같다. 잠시 동안 멀쩡하다가 밀려든다. 음속의 후유증이다. 폭발처럼 격하게 밀려들고 있었다.

파직! 파라락! 퍼벅!

전광이 번쩍 비치는가 싶더니, 단운룡의 가슴 앞섶이 퍽 하고 찢겨 나갔다. 부스스 부서지는 옷자락에 몸 전체의 근육이 경련을 일으킨다.

털썩.

단운룡의 몸이 땅바닥에 쓰러졌다.

'정신은… 날아가지 않았어……'

뇌신 때와 다른 것이 또 있다. 언제 끊어질지 모르는 의식이지만 당장 흐려질 것 같지는 않다. 아니, 오히려 더 또렷해지고 있었다.

광구의 개방법을 터득했기 때문일까. 아니면 상단전이, 뇌력이 극도로 활성화되었기 때문일까.

머리가 한없이 맑아져 간다.

날뛰는 광극진기를 필사적으로 끌어모았다. 억지로 진기를 수습하려 하니 온몸이 타 들어갈 것 같은 고통이 밀려들었다. 머리가 맑은 만큼 열 배나 생생한 고통이 전신을 치달렸다.

고통을 참으며 손가락을 움직였다.

가능하다. 손가락을 움직이고, 팔을 들었다. 끊어지는 듯한 통증을 참아내며 허리를 들고 가부좌를 틀었다.

호법 하나 없지만 어쩔 수 없다. 어차피 쓰러져서 땅바닥을 기어 다니나, 가부좌를 틀고 운공을 하나 적에게 발견되면 죽기는 매한가지다.

진기를 다스리던 단운룡이 한순간 느껴진 인기척에 두 눈을

떴다. 저 멀리 경석 저편으로 사람들이 다가오고 있었다. 어수
선한 발소리로 짐작하건대 강호무인들이 아닌 보통 사람들이
다. 아니다. 개중에는 무인도 있다. 무겁지도 가볍지도 않은 발
소리, 잘 정련된 무공을 지닌 자가 한 명 있다. 고수 반열에 든
무인이었다.

'누구……?'

여기선 잘 보이지 않는다. 세 대성들과 싸우면서 숲과 산비탈
을 누볐고, 태산 경석 바위 벌판과는 상당 거리 떨어지게 된 까
닭이었다. 광극진기를 끌어올려 안력을 돋우려 했지만 그 간단
한 운기조차 쉽지가 않았다. 나뭇잎에 가려진 시야 아래로 어렴
풋이 보인다. 저 멀리로 한 무리의 사람들이 모습을 드러내고
있었다.

"이, 이쪽입니다, 무사님!"

승려 몇 명이 호들갑을 떨고 있었다. 가운데로 나서는 자는
건장한 신체에 의관이 정제된 금의(錦衣)를 입었다. 성큼성큼
걸어오는 이 뒤로 제복을 입은 남자들이 열 명이나 따라붙고 있
었다.

'금의위?!'

그렇다. 앞에 선 자의 복식은 황실직속 금의위의 그것이었다.
그 뒤의 열 명이 입은 제복은 다름 아닌 대명제국 관병들의 군
복이다.

의외도 이런 의외가 없다.

차라리 가면의 괴인이 더 나타났더라면 이렇게 놀라지는 않
았을 것이다.

"대체 무슨 일이 있었기에!"

금의위 무사, 원태의 목소리가 금강경 경석 위에 가라앉았다.

이곳저곳에 시체들이 널브러져 있었다. 시체들마다 붉은 피 웅덩이를 만들고 있다. 뒤쪽에 있는 승려들이 아미타불 목탁을 두드린다.

"오 위병, 장 위병. 저들을 살펴봐."

금의위 위사 원태의 지시에 관병들이 재빨리 흩어졌다. 원태는 똑바로 걸어가 덩그마니 서 있는 철수레로 향했다.

"여긴 죽었습니다."

"여기도 죽었습니다."

"그건 이미 알고 있어. 그보다 그 무인들, 형산파 맞나?"

원태가 물었다. 어수룩한 관병 하나가 머리를 긁적이며 대답했다.

"자, 잘 모르겠습니다. 전 산동 토박이라……."

"거긴?"

"맞는 것 같은데요. 강서 출신이라 몇 번 본 적이 있습니다."

무식한 관병들 중에서도 그나마 영민한 놈이 하나 있긴 했다. 원태가 고개를 끄덕이며 중얼거렸다.

"형산파, 그리고 철수레란 말이지."

원태가 철수레를 이리저리 뜯어보다가 발길을 돌렸다.

시체가 널린 이 거대한 금강경 위에서 아직까지 숨 쉬고 있는 두 사람을 향해서였다.

창백한 얼굴로 정신을 잃은 남자 하나와 이리저리 부어터져 제 몰골을 알아볼 수 없는 여자 하나가 거기에 있었다. 원태가 눈살을 찌푸리고는 한쪽 옆으로 시선을 돌렸다. 여자의 바로 옆에 이마에 구멍이 뚫린 시체 하나가 입을 쩍 벌린 채 두 눈을 부릅뜨고 있었다. 죽기 직전까지 여자를 잡고 있었던 모양이다. 여자의 옷가지에 시체의 손가락이 걸린 채였다.

"그거 줘봐."

원태가 뒤쪽으로 손을 내밀었다. 모여든 관병들이 두리번거리며 서로의 얼굴을 쳐다보다가 강서 출신이란 놈이 손뼉을 딱! 치며 저쪽을 향해 손짓했다. 승려들 사이에 서 있던 서생 하나가 코와 입을 가리고서 쪼르르 달려왔다. 두 눈을 차마 못 뜨겠다는 듯 벌벌 떨면서 두루마리 한 뭉치를 꺼내 들었다.

관병이 그중 하나를 골라 원태에게 내밀었다. 받아 든 원태가 두루마리를 쫙 폈다. 안에 그려진 것은 세 명의 초상화다. 텁석부리수염이 가득한 남자 하나, 그리고 눈이 날카롭게 그려진 서생 하나, 그리고 아름다운 여인 하나였다.

"아무리 봐도 닮지 않았나?"

"예, 그렇군요. 근데… 여자는 영……."

"저렇게 망가지면 누구라도 못 알아봐."

원태가 양무의 앞에 쭈그려 앉았다. 그리고는 손바닥을 들어 양무의의 뺨을 툭툭 치고는 소리쳤다.

"어이, 양무의!"

그게 그 두루마리 그림 밑에 쓰여 있는 이름이었다. 원태가 몇 번 더 양무의의 이름을 불렀다. 양무의는 눈을 뜨지 않았다. 창백한 얼굴에 갈수록 호흡이 느려지고 있었다.

원태가 앉은 채로 어기적어기적 몸을 옮겨 백가화 앞에 쭈그려 앉았다. 원태는 이름을 부르는 대신 백가화의 손을 보았다. 얼핏 보기엔 섬섬옥수 같지만, 손마디가 강인하게 잘 발달된 손이었다. 손가락과 손바닥에는 하얀 굳은살이 잡혀 있었다.

"창술을 익혔어. 맞아. 철혈신녀다."

원태가 일어났다.

그가 관병들에게 명령했다. 관병끼리 실랑이를 하다가 한 명이 양무의를 들쳐 멨다. 핏물 때문에 옷 버리겠다며 툴툴거린다. 다른 한 명이 백가화를 들쳐 업었다.

"위사님! 이거 말입니다! 굉장한 보검인뎁쇼?"

주위가 산만하던 관병 하나가 타다닥 달려가더니 화려한 연화 문양 검집과 검광이 번쩍이는 검을 들고 온다. 검날에 은은한 분홍빛이 감도는 보검이었다. 원태가 보검과 검집을 넘겨받았다. 원태의 눈이 번쩍 뜨였다. 관병 말마따나 보통 검이 아니었다. 원태가 퍼뜩 한쪽으로 발을 옮겼다.

"이 시체… 설마……!"

원태가 누워 있는 시체를 내려다보며 침음성을 내뱉었다.

그의 견식이 그렇게 깊은 것은 아니었지만 적어도 형산의 연화보검이 무엇을 의미하는지 정도는 충분히 알고 있는 바다.

"남악연화검……!"

능슬기를 타고 서늘한 깃이 올리온다.

이건 대사건이다. 실로 예사로운 일이 아니었다.

"관병들이 더 필요하겠어. 아무도 들이지 못하게 하라. 거기, 두 명은 기다려. 나와 함께 내려간다. 나머지는 저 철수레를 운반해라. 저것도 챙겨. 땅에 떨어진 것은 사소한 것 하나도 빼먹지 마.”

관병들이 대답하며 주위를 뒤졌다. 관병 하나가 한쪽에 떨어진 철통을 들어 올리더니 휘적휘적 걸어가 철운거 안에 던져 넣었다. 그 안에 있는 것이 무쌍금표창, 구주창왕의 비급임은 까맣게 모른 채 말이다.

양무의가 쏘았던 총포와 화살촉 모양의 탄환들, 그리고 형산파 무인 두 명의 이마에 꽂혀 있던 검은 깃털이 회수되었다. 시체들은 그 자리에 그대로 둔 채 관병 하나를 시켜 형산파 사람들이 어디에 있는지 알아보라 명령했다.

대충 수습을 하고서 산을 내려가려고 했다. 서두르던 원태가 멈칫, 한쪽으로 고개를 돌렸다. 그의 감각이 하나의 인기척을 잡아낸 것이다.

‘이건 또 무슨⋯⋯?!’

인기척이라고 생각했다. 한데 다시 보니 사람 같지가 않다.

뭔가 강력하고도 무서운 것이 저쪽에 있다. 거대한 용 한 마리가 똬리를 틀고서 이쪽을 보고 있는 것 같았다.

단운룡 쪽이었다. 원태가 단운룡 쪽으로 발을 옮겼다.

그때였다.

“위사님! 큰일 났습니다!!”

허둥지둥 달려오는 관병 한 놈이 그의 발을 멈춰 세웠다. 원태가 미간을 좁히며 그쪽으로 몸을 돌렸다.

“무슨 일이기에 그러느냐?”

“요 앞에 있는 용천관이⋯⋯!”

“용천관이 어떻게 되었다고?”

“박살이 났습니다! 무인들의 시체가 즐비합니다! 형산파 무인이라고들 합니다!”

“용천관은 여도장들의 도관 아니었나?”

“마, 맞습니다! 어린 여도사들은 산 중턱의 중천문으로 대피해서 목숨을 건졌는데, 용천관에 있는 여도장들은 상당수가 죽거나 다쳤습니다. 관주인 두모낭랑도 쓰러져 죽을 둥 살 둥 목숨이 오락가락한답니다.”

“그게 정말이냐?”

“참말이고말고요! 제가 직접 보고 왔는뎁쇼!”

놀랄 일이다?

아니다. 그렇게 놀랄 일도 아니다. 남악연화검이 쓰러졌는데 무슨 일인들 벌어질 수 없겠는가.

“용천관에 관병들을 더 보내라. 그리고 너, 병사들 중 날랜 자를 뽑아 태산 정봉 벽하사에 보내도록 해. 벽하사는 유수의 무림명문이야. 용천관의 변괴를 수습하는 데 도움을 줄 거다. 태안부에도 연락을 넣고, 대묘 쪽에도 사람을 보내라. 죄인들은…… 제남으로 압송한다.”

원태의 판단은 빨랐다. 명령도 상황에 맞아 적절하기 그지없다.

그가 관병을 몇 명 더 불러 따로따로 지시를 내렸다. 민심이 흉흉해지는 것을 막기 위한 최선의 선택들이 그의 입에서 줄줄 흘러나왔다.

지시를 끝낸 그가 다시 발길을 옮겼다.

그가 성큼성큼 걸어가 바위 하나를 뛰어넘었다. 풀숲 나뭇가지 하나를 젖히고 들어가자 생전 처음 보는 괴이한 풍경이 그를 맞이한다.

"이게 어찌 된……!"

사방 천지에 죽은 새들이 널려 있었다. 땅바닥 이곳저곳이 뒤집히고 패어 있었다. 나무들도 마찬가지였다. 부러진 나무들, 박살난 바위들이 한두 개가 아니었다.

그중에서도 백미는 상체가 통째로 날아가 버린 시체 한 구였다. 명치 위로 싹 날아가 아무것도 남지 않았다. 주위를 둘러보았다. 저 멀리 팔 하나가 떨어진 게 보였다.

싸움의 흔적이라고 하기엔 너무나도 살벌하다. 폭탄 하나, 아니, 몇 개가 터졌다고 해야 믿겠다. 싸움이 있었다면 경천동지의 싸움이었을 게다. 상상을 초월한 고수들이 대격돌을 벌였던 모양이었다.

원태가 주변을 한 바퀴 돌았다.

터져 나간 몸뚱어리, 부서진 청색의 갑주 조각이 발끝에 채였다. 황금색 금조가 매달린 손목도 있었다.

살아 있는 사람은……

아무도 없었다.

天蠶飛龍袍

# 제28장  이능(異能)

이능(異能)이란 것이 있다.

타고난 능력이되, 보통 사람이 갖지 못한 특별한 능력을 뜻함이다.

그것은 무공을 익히고 내공을 연마함으로써 개발되는 새로운 능력의 구현과 본질적으로 다른 능력이다. 내공심법을 한 번도 연마해 보지 못한 사람이 천고의 재능과 노력으로 연마한 능력들을 아무렇지 않게 구사할 수 있는 경우가 그에 해당한다.

술가의 고명한 술사들의 견해에 따르자면, 이런 이능력자들의 출현은 난세가 시작되기 이십에서 삼십여 년 전부터 갑작스레 증가했다고 한다. 괴력(怪力), 속신(束身), 불괴(不壞) 등 무공 영역에서 누구라도 연마할 수 있는 능력에서부터 비행(飛行), 투시(透視), 재생(再生) 등 무공 영역을 넘어서는 능력까지, 기이한 이능을 타고난 자들이 세상을 활보하게 된 것이다.

대표적인 것이 환신 월현의 마신안(魔神眼)이다. 마신안의 위력은 술가에서 주목하는 이능력 중에서도 가장 위험하고 다루기 어려

운 것으로 치며, 저 환신 월현조차 완벽하게 구사하는지 의문이라
고 말해질 정도다…(중략)…….

　무당의 마검, 북풍단주의 염력도 무당파 태극도해를 통해 얻은
능력이라 알려져 있지만, 실제로는 타고난 이능력이며 태극도해는
단지 증폭시키는 역할만 했다는 것이 술가의 일반적인 해석이다.
사신검을 통해 공명결을 구사하는 화산의 질풍검과는 근본적으로
다르다는 이야기다…(중략)…….

　벽안성자의 성광(聖光) 역시 그와 같은 이능력의 범주에 들어간
다 할 수 있을 것이며, 또 하나 예를 들자면, 의협비룡회 소천마고
의 능력 역시 이능(異能)이라 할 수 있겠다. 소천마고의 능력은 일
찍이 비슷한 계통의 공부를 닦은 여러 다른 고수들과 원천적으로
다르다고 할 수 있는데…(중략)…….

한백무림서 무공 편

최종장 미분류, 번외(番外) 中에서.

**덜**컹덜컹.

커다란 마차가 바람을 타고 움직이기 시작한다.

열 명이 타도 될 만큼 큰 마차다. 마부만 세 명이요, 마차를 끄는 말은 네 마리나 된다. 상가(商家)에서 물품을 운송할 때 쓰는 대형 마차다. 철운거와 함께 움직일 것을 대비해 강설영이 준비해 놓았던 마차였다.

"마차 하난 좋구먼. 클클클."

궁무예는 웃었다.

원태가 발견하기 직전 단운룡을 빼돌린 것이 바로 궁무예다. 조금만 더 늦었더라면 단운룡도 금의위에 압송되었을 것이고, 그렇다면 일은 조금 더 복잡해졌을 것이다. 나름 제때에 당도했던 것이라 할 수 있었다.

"대체 어떻게 된 거예요?"

강설영은 먼저 산기슭에 내려와 그들을 기다리고 있던 중이었다. 거구의 가면 괴인을 모조리 쓰러뜨렸음은 물론이다. 궁무예가 만면에 주름을 지으며 대답했다.

"보시다시피."

"기가 막히네요. 진짜."

단운룡은 옷가지가 만신창이가 된 채 주구장창 운기행공만 하고 앉았고, 막야흔은 그보다 심하여 숫제 인사불성 상태다. 엽단평도 성친 않다. 옆구리를 부여잡고 쩔룩쩔룩 다리를 저는 게 갈빗대와 발목을 다쳤단다.

"그래서, 운거모사를 빼앗겼다고요?"

무슨 일이 있었는지 대충 흘려들었다.

탁탑천왕을 물리친 데까지는 좋았지만, 끝이 최악이다.

난데없이 금의위가 나타나 철운거를 가로채 갔다니 성질이 안 날 수가 없다.

태산까지 와서 좌충우돌했더니, 그 결과가 고작 이거란 말이다. 부상자 속출에 얻은 것은 전무했다. 멀쩡한 것은 강설영과 궁무예 두 명뿐이었다.

"마침 제남으로 이송한다던데. 클클."

궁무예는 기어코 대마연을 끊지 못했다.

사실 다시 보면 지금 피우는 게 대마연인지 뭔지는 모르겠다. 가끔 보면 아무 나뭇잎이나 돌돌 말아다가 피우고 있는 것 같았다. 연기가 독할 때도 있고 그렇지 않을 때도 있었다.

"후우우우."

이번 연초는 어느 쪽이냐 하면 독한 쪽이라 할 것이다. 뻐금뻐금 피워대는데 골치가 아플 정도로 향이 진하다. 아무리 생각해도 운기행공하는 단운룡에게는 좋을 것 같지가 않았다.

'좋든 말든……'

하지만 강설영은 궁무예를 제지할 마음이 없었다.

독한 연기에 잘못되든 말든 자업자득이란 생각이다. 동료를 얻겠다며 큰소리친 것도 봐준 마당이다. 그런데 여기까지 와서 양무의를 데려오지도 못했다니 화가 치밀 수밖에 없다. 당장이라도 감고 있는 눈을 뜨라 빽 소리친 다음 있는 대로 심술을 부려주고 싶었다.

"다시 또 일을 벌인다면 난 빠질 거예요."

단운룡 대신 궁무예에게라도 톡 쏘아줘야 직성이 풀리겠다. 궁무예가 연초 연기를 있는 대로 빨아들이더니 그녀의 얼굴에 정면으로 내뿜는다. 그녀가 손을 휘휘 내저으며 창 쪽으로 고개를 돌려 버렸다. 궁무예가 킬킬거렸다.

"삐쳐서 그러면 곤란하지. 써먹을 수 있는 손도 없는 마당에."

"그러니까 이번에 성공했어야죠. 잘 알잖아요. 상대는 황실이에요, 황실."

"클클클. 그게 황실은 아니지."

"황실이 아니라고요?"

"금의위 위사는 그냥 책임자인 거고… 형부(刑府)에서 다루거든, 그런 사건은."

궁무예가 늙은 목소리로 느릿느릿 대답한다. 그는 수많은 죄인들을 잡아 처넣었던 전설의 포쾌이자 순검이었다. 그는 죄인

관리와 압송 분야에 있어 누구보다 더 자세히 통달하고 있는 것이다. 강설영이 휙 고개를 돌리며 목소리를 높였다.

"형부든 황실이든, 난 안 껴요. 어쨌든 관(官)이잖아요. 관이랑 얽히면 곤란하다고요!"

"금상의 소상주라 이거구먼. 장사를 해먹어야 하는 상가로서 잘못 걸리면 입장이 난처해지겠지. 클클클."

"……"

강설영은 확 입을 다물어 버렸다. 정곡을 찔렸기 때문이었다. 늙은이의 지혜는 무섭다. 얄밉다는 눈빛으로 궁무예를 노려볼 뿐이었다.

"쓰으으읍."

궁무예가 독한 연초 잎을 쭉 빨아대더니 하얀 연기를 길게도 뿜어냈다. 그가 주름진 손가락을 펴 들었다. 그가 마차 등받이에서 강설영 쪽으로 몸을 굽히고는 보란 듯이 손가락을 꼽기 시작했다.

"어디 보자, 운거모사 정도의 죄인을 호송하려면 여기서 제남까지 이틀은 걸릴 거고… 제남 관아의 뇌옥에 들어가서 삼 일, 형부로 이송돼서 조사받는 데엔 보름 이상 걸릴 텐데……. 그 정도 지나면 동창 번역이나 창위 하나 정도는 나타날 거란 말이지. 강호 인물이니까. 그때까지 끌면 빼오는 게 불가능해져. 가장 좋은 것은 관아 뇌옥에서 형부로 이송되기 직전이니까."

"몰라요. 난 못 들은 걸로 할게요."

궁무예가 피식 웃으며 다시 한 번 연초 연기를 들이켰다. 그가 연기 때문에 더 칼칼해진 목소리로 말을 이었다.

"이러지 마라, 꼬맹아. 나라고 좋아서 하자는 게 아니다."

"그럼 왜 그러는 건데요?"

"사정이 딱해서 그런다."

"누가요? 운거모사요? 딱하긴 뭐가 딱해요? 군웅들 가운데 두고 폭탄이나 터뜨리는 사람인데."

"폭탄을 터뜨렸는지 어쨌는지는 내 알바 아니지. 내가 본 건 그게 아니었거든. 고놈 말이다. 제 짝이 잡혀갔다고 얼마나 광분했는지, 철수레 하나 끌고서 혼자 덤벼든 것 같더라고."

"혼자요? 그건 또 무슨 말이에요?"

"형산파 놈들이 그렇게 지독한 놈들인 것은 내 처음 알았다. 못 봤나 보지? 사방 천지에 깃발이 꽂혀 있었는데."

"깃발은 봤죠."

"봤으면 알 거 아닌가. 내가 갔을 때는 이미 상황이 끝나 있었지만, 여하튼 고놈 혼자 온 것은 틀림없었다. 다리를 못 쓴다 들었는데 철수레에서 튀어나와 지 여자 손 붙잡고 나란히 기절해 있더군. 피투성이가 된 채로 말이지."

"뭐, 그, 그럴 수도 있죠."

강설영의 눈이 가볍게 떨렸다.

"그럴 수가 있기는 하지. 하지만 모사(謀士)란 것들은 본디 그런 식으로 움직이지 않는다. 그긴 그냥 바보다. 고놈은 말이다, 그냥 지 여자랑 죽을 때까지 함께하겠다는 거였어. 그거면 다른 건 다 필요없단 거지. 클클클."

"그, 그래서요? 그게 우리랑 무슨 상관이래요?"

"그야 상관은 없겠다만."

궁무예가 웃으며 고개를 모로 돌렸다. 주름진 입술, 창밖에 연기를 풀어내고 노회한 두 눈이 먼 산을 바라본다.

강설영이 미간을 찌푸리며 입술을 삐쭉 내밀었다.

'반칙이야.'

실성한 시늉을 할 때부터 알아봤어야 했다.

궁무예는 여우다. 그것도 보통 여우가 아니라 긴 세월에 온갖 교활함을 다 갖춘 영물이 틀림없었다.

강설영은 이미 흔들린 것이다. 그녀 역시도 한 명의 소녀였기 때문이었다.

양무의와 백가화.

기발한 꾀로 똘똘 뭉쳐 있던 모사꾼이 곁에 있던 여인을 위해 불구인 몸을 이끌고 죽음을 향해 달려갔단다. 그런 낭만적인 이야기에 방심이 흔들리지 않을 소녀는 어디에도 없다. 그것이 모든 소녀들의 환상이며, 모든 소녀들이 꿈꾸는 강호의 모습이기 때문이다.

그녀가 문득 고개를 돌렸다.

단운룡 쪽이다. 왜 고개를 그쪽으로 돌렸는지는 그녀 자신도 모를 일이었다. 눈을 감은 채 가부좌를 틀고 있는 얄미운 인간이 거기에 있었다.

'에고, 기대할 것을 기대해야지.'

미쳤나 보다. 별생각을 다 하고 앉았다.

강설영이 창밖으로 시선을 돌렸다.

굽어지는 길 저 멀리로 장엄한 태산의 전경이 두 눈에 비쳐들었다. 성산 태산은 수많은 싸움과 수많은 사연들을 품고서 변함

없는 자태로 그냥 그렇게 거기에 서 있을 뿐이었다.

*　　　*　　　*

"또 실패했다. 죽을 맛이구만."

아쉬워하는 이들은 여기 또 있었다. 또 놓친 것이다. 흑산군
사 선찬이 고개를 설레설레 저으며 말을 이었다.

"그때 운거모사를 혼자 보내는 게 아니었는데."

"지나간 일이다. 자책하지 말아라."

관승의 목소리는 언제나처럼 묵직했다. 겨우겨우 몸이나 일
으킬 정도지만 붉은 얼굴은 여전하다. 혈색만 놓고 보자면 일
어나는 게 문제가 아니라 당장이라도 날아다닐 수 있을 듯했
다.

"그래, 운거모사가 뭘 어쨌다고?"

선찬이 왕호저에게 물었다. 깊은 밤 야조의 울음소리가 깜깜
한 숲 위에 내려앉았다.

"주군께 뭘 좀 전해달라 했지요."

선찬은 왕호저와 합류하기 위해 한나절 넘도록 산을 헤집고
돌아다녀야만 했다. 운신도 어려운 몸으로 관승까지 들쳐 업고
서 말이다.

왕호저와 만난 후에 산기슭 외딴곳의 다 쓰러져 가는 상제묘
에 들어가서야 겨우겨우 운기를 할 수 있었다. 관승이 정신을
차린 것도 얼마 되지 않았다. 여유를 찾은 선찬이다. 그가 한쪽
눈썹을 쭉 치켜 올리며 물었다.

"뭔데 그래?"

"그게… 말입니다."

왕호저가 두터운 손을 커다란 행낭에 쑤셔 넣었다. 탁탑천왕과 싸우느라 엉망이 된 와중에도 행낭 하나는 기막히게 챙겨왔다. 잡풀과 흙먼지로 범벅이 된 행낭이었다.

"이겁니다."

주섬주섬 꺼내놓은 것은 두 개의 철통이었다. 없어지지 않은 것이 용하다. 선찬이 두 개의 철통을 받아 들었다.

"뭐야, 이건."

겉보기엔 꽤 무거워 보이는데, 막상 들어보니 속이 빈 것마냥 가볍기만 하다. 선찬이 통 하나를 슬쩍 흔들어 보았다. 안에서 사각사각 하는 소리가 들렸다. 종이 소리 같았다.

"열어보시렵니까?"

"글쎄다. 위험한 물건 같지는 않은데."

왕호저의 질문에 선찬이 고개를 갸웃거리며 답했다. 먼저 열어봤다고 불패신룡이 뭐라 할 남자는 아니다. 다만, 불패신룡에게 직접 전해주라 했다면 그걸 그냥 열어보는 것은 도의에 맞지 않는다. 선찬이 수염을 매만지며 미간을 좁혔다. 어찌할까 고민하기 시작한 것이다.

"뭐, 열어보지."

결국 궁금함이 승리한다. 관승과 왕호저는 선찬을 제지하지 않았다. 그들도 궁금하긴 매한가지였기 때문이다.

끼릭.

뚜껑을 여는 것은 쉽지 않았다. 제대로 밀봉되어 있다. 열다가 꽝 하고 터지는 거 아닌가 싶다. 내가고수가 아니라면 엄두도 못 내겠다.

내력을 운용해서야 어렵사리 통을 열 수가 있었다. 그가 철통을 거꾸로 돌려 위쪽을 툭 쳤다. 하나의 두터운 두루마리가 쏟아지듯 떨어져 내렸다. 둘러 있는 비단 한 겹엔 고색창연한 색조가 가득했다. 선찬이 조심스레 두루마리를 펼쳤다. 고작 몇 치 정도 펼쳤을까, 그의 눈이 휘둥그레 떠졌다.

"이, 이건……!"

가장 먼저 눈에 들어온 글씨.

그것은 창왕비전(槍王秘傳) 네 글자였다. 그다음에 새겨진 다섯 글자는 청룡굉화창(靑龍轟火槍)이다. 선찬이 두루마리를 더 폈다. 찌르고 휘두르며 가로막고 내려치는 창술 연마의 그림들이 하나 가득 그려져 있다. 각 동작을 세세히 설명한 글자들과 투로에 따른 내력 운용의 구결들이 빽빽한 글씨로 가득하게 채워져 있었다.

"창왕비전… 이었나……."

관승도 태연하진 못했다. 짙은 눈썹을 높이 치켜 올리며 침음성을 발했다.

관승의 목소리를 들은 선찬이 퍼뜩 정신을 차렸다. 그가 두루마리를 조심스럽게 다시 말아놓고, 하나 더 있는 철통을 들어 올렸다.

"그렇다면 이것도……!"

두 번째 철통에서 나온 것은 첫 번째와 똑같이 생긴 두루마리였다. 같은 필치, 포효호심창이라는 다섯 글자가 두 눈에 박혀들었다.

"청룡굉화창과 포효호심창……. 창왕비전을 넘기다니……!"

선찬의 목소리에선 허탈감마저 느껴질 정도다.

이번에도 실패했다고만 생각했다. 아무것도 못 얻은 줄 알았더니 말도 안 되는 보물을 받아버렸다.

"운거모사……! 이걸로 은혜를 갚는다는 것인가."

관승이 나직한 감탄성을 토해냈다.

그게 정답이다.

그들이 운거모사를 도와준 것은 틀림없는 사실이다. 불산에서도 그랬고, 이번에 태산에서도 그랬다. 참룡방이 불산에 나타나지 않았더라면 양무의가 지금 있는 곳은 산동성이 아닌 해남도였을 것이다. 관승과 선찬이, 불패신룡 오기룡이 해남 장문인 위원홍을 막아주었기에 여기까지 올 수 있었다. 여기서도 관승이 없었더라면 팔계저마에게 끌려갔을 것이요, 왕호저와 선찬이 없었더라면 탁탑천왕 무리들에게 잡혀갔을 것이다.

물론 운거모사는 단 한 번도 먼저 그들에게 도와달라 말한 적이 없다. 그렇기에 그것을 은혜가 아니라고 한다면 어찌할 도리가 없다. 운거모사의 입장에서는 필요없는 일에 참룡방이 제멋대로 끼어든 것이라 생각할 수도 있는 것이다.

하지만 운거모사는 그것도 다 갚아야만 할 은혜라고 느꼈던 모양이었다. 이렇게 구주창왕의 두 가지 절기를 흔쾌히 넘긴 것을 보면 말이다.

"과하게 갚았군. 따지고 보면 은혜라고 볼 수도 없는데."

선찬이 고개를 설레설레 저었다.

눈앞에 있는 두 개의 두루마리가 왠지 거짓말 같다. 온 무림인이 눈에 불을 켜고 달려들 만한 무가지보들이다. 눈으로 보고도 믿기지가 않았다.

"이런 물건을 줬다는 것은… 달리 생각할 수가 없어."

놀라움이 가시고 냉정함이 찾아든다.

선찬이 철통 두 개를 한 번씩 돌아보며 중얼거렸다.

"다름 아닌 완곡한 거절이란 뜻이다."

은혜를 과하게 갚았다는 것은 곧, 할 도리를 충분히 했으니 더 이상 건들지 말아달라는 말과도 상통한다. 참룡방에는 들어가지 않겠다는 뜻으로 해석할 수 있었다.

"거절이 아닐 수도 있지 않나."

"아니, 거절이 맞다. 그는 그런 남자다."

선찬이 단언했다.

여기서 더 도와준다고 한들, 양무의는 참룡방에 들어오지 않을 것이다. 같은 모사이기에 알 수 있다. 선찬은 그 두 개의 비급으로부터 양무의의 의도를 분명하게 읽을 수 있었다.

"이제 어떻게 할 셈이지?"

"돌아가야지."

"참룡방으로 말인가?"

"그래."

"그렇군."

"그리고 또 하나. 이 두 개의 비급, 두 사람이 익히면 되겠다."

"우리가?"

"청룡굉화창은… 보자, 이건 언월도에도 충분히 맞겠다. 아니, 언월도를 위해 만들어진 무공이라 해도 되겠어. 포효호심창은 호저가 익히면 되겠다."

"하, 하지만……."

왕호저가 두 눈을 왕방울만 하게 떴다. 선찬이 왕호저에게 포효호심창 비급을 건넸다.

"주군도 그렇게 했을 게 틀림없다."

"자네는?"

"난 모사다. 새로운 무공을 익힐 시간 따위 없어. 게다가 내 방편산은 창과 달라. 비급의 위력을 제대로 살리지 못할 거다. 이 나이에 다시 창을 잡기엔 한참 늦었어."

선찬은 비급에 조금도 미련을 두지 않았다.

그가 두 눈을 번쩍 빛내며 관승과 왕호저에게 말했다.

"이것은 말하자면, 하늘이 내려준 기회라고 할 수 있다. 두 사람 다 이걸로 더 강해질 수 있을 테니까."

청룡굉화창과 포효호심창은 그렇게 자신들의 주인을 찾았다.

한 시대 영웅의 위대한 신공이 다음 시대 호걸들의 손으로 넘어왔으니, 그것이 곧 강호무림사 유구히 이어져 온 인연의 법칙이다.

역경과 위기를 뛰어넘으며 강해지는 참룡방의 남자들이 거기에 있었다.

*　　　*　　　*

제남에 도착한 그들은 곧바로 그들이 묵었던 역하정으로 향했다. 엽단평은 제 혼자서 의원을 찾아가 필요한 처치를 했고, 돌아온 직후에는 막야흔에게 달라붙었다. 진기를 안정시킬 수 있도록 운기요상을 도와주기 위함이었다.

단운룡은 운기를 멈추지 않았다. 객잔 방으로 이동할 때도 궁무예가 들고서 움직여야 했을 정도다. 광극진기는 동공(動功)에도 제약이 없는 진기도인법이었기에 자세를 바꿔도 상관없었던 것이 다행이었다고 할까. 운기 중에 들쳐 업어 옮겨도 괜찮았다는 이야기였다.

"죽을 뻔했네. 쪽팔리게."

자리를 먼저 털고 일어난 것은 막야흔이었다.

인사불성이 된 지 이틀째, 그러니까 제남에 도착한 지 얼마 안 되어 깨어났고, 그로부터 이틀 후엔 멀쩡하게 돌아다닐 정도까지 회복했다. 죽을 고비를 넘기고도 욕지거리와 툴툴거림은 줄어들 줄을 몰랐다.

"대체 그놈들은 뭐였던 거지? 가면이나 뒤집어쓰고."

"……."

"소상주, 뭐 아는 것 없어?"

"……."

강설영은 대답해 줄 말이 없었다.

모르기도 모르거니와, 그들이 누군지는 관심도 없다. 제남에 돌아온 지금, 그녀의 관심사는 오직 천잠보의에 맞춰져 있을 뿐이었다. 가면 괴인들이 누구든 천잠보의를 찾는 데 방해만 안

하면 된다. 어디서 갑자기 나타나 달려들지 않기만을 바랄 뿐이다.

"소상주, 이야기는 들었지? 형산파 말이야."

강설영이 고개를 끄덕였다. 막야흔이 혀를 내두르며 말을 이었다.

"남악연화검은 진짜 고수인데 죽어버렸다니 믿기지가 않아. 영감, 그것도 그 가면 놈들이 죽인 걸까?"

"모르는 일이지."

궁무예가 건성으로 대답했다.

강설영이 대꾸해 줄 생각을 않는 것 같으니 아예 궁무예 쪽으로 말상대를 돌린 것이다.

남악연화검의 사망 소식이 제남을 강타한 것은 어제의 일이었다. 한참 먼 호남의 고수가 죽은 게 무슨 상관이냐며 관심조차 없는 자들이 태반이었지만, 뭘 아는 자들은 달랐다. 남악연화검은 드넓은 천하 장소의 시간을 초월한 진짜 고수였기 때문이다.

"남악연화검이 죽은 것도 큰일이지만, 그보다 문제가 된 것은 용천관이지요."

잠자코 있던 엽단평이 입을 열었다. 엽단평은 아직도 두 눈을 가린 붉은 천을 풀지 않고 있었다. 그의 말에 막야흔이 고개를 끄덕이며 답했다.

"맞다. 거기에도 가면의 무리들이 나타났다면서."

"이 지역에서 남악연화검은 외인에 불과하지만, 두모낭랑은 그렇지 않소. 용천관은 태산의 명소로 이름이 높고, 두모낭랑은 산동 전체에 명망이 높은 여도사라더군. 진상을 밝히겠다며 팔을 걷어붙인 사람들이 여럿 된다고 하오.”

“그게… 사자 가면이라 했지?”

“그렇소.”

“괴물 놈들 정체라도 알아야 박살을 내줄 텐데.”

산동무림이 들끓던 말든 알 바 아니다.

막야흔은 그냥 화가 난 거다.

탁탑천왕에게 당한 것이 못내 분한 것이다. 창문 밖에 고개를 내밀고 연기를 내뿜고 있던 궁무예가 끌끌 허를 차며 고개를 돌렸다.

“탁탑천왕 때문에 그런 거냐? 그걸 네놈이 무슨 수로 박살을 내?”

“박살 내지 못할 건 또 뭐요?”

막야흔이 주먹을 확 휘두르며 소리쳤다. 호기는 여전하다. ‘다시 만나기만 해봐라, 죽여놓을 테다!’ 하는 다짐이 두 눈에 가득했다.

“아서라. 십 년은 이르다.”

“십 년이고 이십 년이고, 그놈에게 이 수모는 반드시 갚아줄 테요.”

궁무예는 더 약을 올려주려다가 피식 웃으며 연초잎을 빨아들였다.

막야흔과 같은 혈기는 나쁜 게 아니다.

그런 결심은 종종 무공 이상의 힘이 된다. 태반은 제 주제를 모르고 설치다가 개죽음을 당하지만, 몇몇은 언제고 진짜 큰일

을 저지르곤 한다. 막야흔은 전자에 가까우나 후자에서도 멀지
는 않은 이였다.

"그나저나, 영감은? 영감은 그래도 뭐 아는 게 있을 텐데?"

"그놈들? 없어."

"가면 쓰고 다니는 놈들이면 보통 특이한 게 아니잖아. 뒷구
멍으로 나이만 처먹은 것도 아닐 테고, 주워들은 거 하나도 없
다는 게 말이 돼?"

"허어, 이놈 말버릇 좀 보게."

"말이야 바른 말이지. 그만큼 큰 놈은 세상에 몇 명 없다고!
괴이한 가면에다가 이 막야흔을 물 먹일 만한 무공, 보물 갑주
에 요상한 법보까지 들었으니 이름이 안 알려진 게 이상한 거
아냐?"

막야흔은 간만에 이치에 맞는 이야기를 하고 있었다.

그때였다. 듣는 둥 마는 둥 하던 강설영이 양미간을 좁히며
막야흔을 돌아보았다. 그녀가 두 눈을 가늘게 뜨며 중얼거렸
다.

"가면… 보물……?"

문득 생각이 났다는 듯 퍼뜩 고개를 돌린다. 강설영이 궁무예
를 올려보았다. 그녀가 빠르게 입을 열었다.

"노괴, 왜 그때 남경에서 미친 척하고 있을 때 말이에요. 공포
마왕 마왕신의 염마전포, 그거 본 적이 있다 그랬죠?"

"그건 저번에 했던 이야기잖냐. 염마전포를 본 게 아니라, 그
런 얼굴을 한 놈이 있었다고."

"그 얼굴이면, 가면 아닌가요?"

“가면이겠지, 염라대왕의.”

“혹시 같은 거 아니에요?”

강설영의 물음에 궁무예가 입으로 가져가던 연초잎을 딱 멈췄다.

그가 눈살을 확 찌푸렸다.

왜 그걸 생각하지 못했을까.

아주아주 오래전 얼핏 들었던 이야기가 생각난다. 궁무예가 나직한 목소리로 말했다.

“그래… 맞는 말이야, 그럴 수 있어.”

“뭐야? 뭐 떠오른 거야?”

재촉한 것은 막야흔이다. 궁무예가 손에 든 연초잎을 내려다 보았다. 그가 천천히 말을 이었다.

“젊었을 때였다. 난 출도가 늦은 편이었지. 군벌을 전전하며 궁술을 닦고 있었으니까. 그게 아마 하북에 있었을 즈음이었을 거다. 묘한 이야기를 들었지. 염라대왕 가면을 쓴 위험한 놈이 있다고.”

“탁탑천왕에 염라대왕?”

“소문이 오래가진 않았어. 이름은 거창했지만.”

“오래가진 않았다니?”

“그 염라대왕이란 놈이 죽어버렸거든.”

“염라대왕이 죽어?”

“그랬다는 것 같다. 기억이 가물가물해. 그땐 온 천하가 난리통이었으니……. 무장 곽자흥이 죽고, 소금장수 장사성이 난을 일으키고, 서수휘가 진우량에게 죽임을 당하고, 세상이 미쳐 돌아가고 있었지. 무슨 일이 있어도 이상하지 않을 때였어. 그땐 내 몸 건사하기도 벅찰 정도였다."

"여하튼 그런 무림문파가 있었다는 이야기군요? 가면을 상징으로 삼는."

강설영이 끼어든다. 궁무예가 고개를 설레설레 흔들며 대답했다.

"무림문파였는지도 확실치 않아. 어디 구석에 붙어 있던 군벌이었는지도 모를 일이고."

궁무예가 연초를 입에 물었다. 이야기하는 사이 다 타버려 하얀 재만 후두둑 떨어진다. 막야흔이 눈썹을 확 치커 올리며 말했다.

"결국은 잘 모른다는 이야기로구만!"

궁무예가 클클대며 웃었다.

강설영이 마무리하듯 두 눈을 빛내며 말을 이었다.

"그들은 강했어요. 이 이상 얽히지 않으면 좋겠네요."

하지만 동조하는 이는 없다.

막야흔과 궁무예는 그렇게 생각하지 않는 듯했다. 엽단평도 마찬가지다.

앞으로 얽히고 싶지 않다? 제대로 얽혀서 한바탕 더 하고 싶은 모양이었다.

강설영은 문득 골치가 아파온다고 생각했다.


골치 아픈 일은 또 있었다.

"도 악공께서는 지금 부재중이십니다."

"언제 오시겠다는 기별은……."

"외인께는 말씀드릴 수 없습니다."

도고악당에서는 처음 찾아갔을 때와 똑같이 문전박대부터 당했다.

태산으로 출발하기 전날, 보름 정도 있으면 돌아온다는 소문을 들었다. 시간이 남았다는 것을 잘 알고 있지만 연이어 문전박대를 당하고 보니 기분이 좋을 리 없었다.

'아직도…….'

단운룡은 다섯 날이 되도록 일어나지 못했다.

차라리 아예 드러누웠을 때가 훨씬 낫지 싶다. 당장이라도 일어날 듯 가부좌를 틀고 있으니 오히려 더 조급한 느낌이다.

물어보고 싶은 것이 많았다.

궁무예의 이야기에 따르자면, 당시 마지막까지 현장에 있었던 이는 단 공자 하나밖에 없었다고 했다. 진짜 양무의가 혼자 찾아왔는지도 궁금하고, 형산파 무인들은 어떻게 죽었는지도 궁금하다. 용천관 변고는 어떻게 된 것인지, 가면 괴인들은 다 어찌 된 것인지 물어볼 것이 한두 개가 아니었다.

'그걸 알아야…….'

관심이 없다 했지만, 생각하면 생각할수록 뒤꽁무니 잡아당기는 것처럼 찝찝함이 남는다. 탁탑천왕이야 궁무예가 패퇴시켜 살려 보냈다니 상관없고, 그녀가 싸웠던 탁탑천왕의 수하들도 죽은 자는 없을 거였다. 일부러 살수를 쓰지 않았으니 말이다.

결국 단 공자가 무슨 짓을 했는지가 관건이라는 말이다.

그가 가면들을 마구 죽이기라도 했다면 보통 문제가 아니다. 그런 놈들과 원수를 지고 무림 곳곳에서 부딪치게 된다면 천잠보의를 찾는 데에 큰 애로사항이 생길 게다.

형산파도 문제다. 남악연화검이 죽은 곳도 태산 경석이 있는 골짜기다. 행여 남악연화검을 단 공자가 죽이기라도 했다면, 그것도 수습하기가 쉽지 않다. 쉬운 게 아니라 형산파 전체와 싸우게 될지도 모른다.

'그렇게 되면……'

그녀는 선택을 해야만 했다. 단 공자가 그렇게 문제를 한 아름씩 달고 다닌다면 천잠보의를 찾는 것도 불가능해진다.

갈라서는 것은 그전에 해야 한다. 문제가 커질 대로 커진 다음이면 늦는다.

그녀가 아버지와 싸우면서까지 집을 나온 것은 천잠보의를 찾기 위해서다. 좌충우돌 무림에서 싸움판을 벌이기 위해 나온 것이 아니란 뜻이었다.

"이제 어떻게 할 거지?"

궁무예가 물어왔다. 강설영이 퍼뜩 정신을 차리고 되물었다.

"뭘요?"

"운거모사."

바로 이거다. 이렇게 되면 안 된다는 거다.

태산에서의 싸움은 여기 제남까지 뒤숭숭하게 만들고 있다. 엽단평의 말마따나 산동무림 전체가 술렁거리고 있을 게다.

운거모사는 그 모든 일의 중심에 있는 자다.

또 일을 벌이면 진짜 소란을 각오해야 한다. 그녀가 두 눈을 빛내며 천천히 입을 열었다.

"여기에 못 붙어 있게 돼요. 알죠?"

"일을 어떻게 하냐에 달렸지."

"왜죠? 왜 도와주려는 거예요?"

"난 모든 일에 이유를 붙이고 사는 사람이 아냐."

"이곳에 못 붙어 있으면 도고악당에도 못 가요. 도백균은 병기전설에 대해 잘 알고 있는 이라 했죠. 천잠보의뿐 아니라 사일적천궁에 대해서도 아는 바가 있을 거예요."

궁무예가 품속에서 연초잎 한 줄기를 꺼내 물었다.

강설영의 말이 제법 솔깃했던 것이다.

하지만 궁무예는 이미 양무의를 도와주기로 결심을 내렸다. 그가 부싯돌로 연초에 불을 붙였다. 그가 말했다.

"도고악당이 당장 없어지는 것도 아니잖는가."

"눈앞에 두고 돌아가라고요? 그건 안 되죠."

강설영의 어투는 단호했다. 궁무예가 연초잎을 한껏 빨아들이더니 긴 연기를 토해냈다. 그가 고개를 설레설레 흔들며 말했다.

"그렇다면 할 수 없지. 소상주는 도고악당 일을 해결해. 우린 운거모사를 빼돌릴 테니."

따로 움직이자는 말이다.

강설영이 대답했다.

"알겠어요. 그럼 그렇게 해요."

당당하게 말하면서도 기분은 좋지 않다. 혼자서 굉장히 이기적인 사람이 된 듯한 느낌을 받았기 때문이었다.

하지만 어쩔 수 없다.

무작정 끌려 다니다가는 아무것도 되지 않는다. 강설영이 객
잔 위층을 올려 보았다. 단 공자가 있는 방이 거기에 있었다.

아무것도 모른 채 운기조식만 하고 앉아 있겠지.

미운 사람이다.

미워하는 마음이 걷잡을 수 없이 커져 가고 있었다.


석양이 깔린다. 푸른빛 대명호가 반짝반짝 빛나고 있었다.

"화도(火刀)하고 부싯돌 좀 주시오. 작고 잘 터지는 걸루다
가."

궁무예는 저잣거리에서 새 부싯돌을 샀다. 내력이 심후하여
늙은 나이에도 기운이 철철 넘치지만 안 좋은 점 한 가지가 있
었다. 손마디에도 충만한 내력 때문에 화도와 부싯돌이 너무 빨
리 닳아버리는 것이다.

"여기 있소이다."

"부싯깃도 좀 더 챙겨주시지 않고."

"아이쿠, 알겠습니다. 노인장, 조금만 기다리시오."

손이 까만 점주는 인상이 좋았다. 헐레벌떡 안쪽으로 들어가
자작나무 껍질을 무더기로 가져오는데 인심도 얼굴처럼 후하기
만 했다.

한적한 저녁이었다.

궁무예가 물건을 챙기고 몸을 돌렸다. 그러다가 멈칫 걸음을
멈추고는 한쪽으로 시선을 옮겼다.

“도고악당이 어디요?”

저편에서 한 남자가 상인 하나를 붙잡고서 길을 묻고 있었다. 뱃심에서 솟아 나오는 목소리다. 강력한 내공이 절로 느껴진다.

‘뭐 하는 놈이지?’

궁무예가 눈살을 찌푸렸다.

삼십이나 되었을까. 치렁치렁한 머리카락을 뒤로 넘기고 어슬렁어슬렁 멀어진다. 위험한 냄새가 물씬 풍겨왔다.

‘다쳤군.’

궁무예의 눈은 날카로웠다. 놈은 한쪽 손목에 붕대를 감고 있었다. 부목까지 대놓고 있는 걸 보니 꽤 크게 다친 것 같다. 그뿐이 아니다. 겉으로 보이는 거야 궁무예가 아니더라도 누구나 다 알아볼 수 있다. 문제는 내상이다. 중심이 흐트러진 것을 느낄 수 있다. 중단전부터 시작된 내상이다. 기혈을 한꺼번에 진탕시킬 만한 충격을 입은 것 같았다.

‘그런데도 저 정도란 말이렷다.’

젊은 놈이 어떻게 저런 공력을 쌓았는지 궁금해진다. 내상을 입고도 저 정도라면, 진짜 대단한 거다. 쉽게 볼 수 없는 고수였다.

‘심상치 않아.’

궁무예는 그렇게 생각하며 돌아섰다.

도고악당이 어디냐고 묻는 자.

도고악당의 가주가 곧 도백균이다. 소상주 강씨 꼬맹이가 눈이 빠져라 기다리고 있는 이가 바로 그 도백균이었다.

좋지 않은 예감이 들어 다시 고개를 돌려 보았다.

놈은 보이지 않았다. 저잣거리의 북적이는 사람들 사이로 모습을 감춰 버린 것이다.

'설마 문제가 되는 것은 아니겠지.'

궁무예가 발길을 옮기기 시작했다.

두 사람은 그렇게 멀어졌다.

반대편으로 사람들 사이를 헤치며 걸어가던 남자는 작은 골목길에서 꺾어져 어둠 속으로 들어갔다. 으슥한 골목길에서 남자는 한쪽으로 손가락을 치켜 올린다. 도고악당이 있다는 쪽이다. 짙은 그늘 속에서 한 남자가 느릿느릿 몸을 일으켰다. 다 일어났는데도 허리는 구부정하여 펴질 줄은 모른다. 두 손은 무릎까지 내려와 있었다.

골목길로 들어온 남자가 품속에서 푸른색 물건을 꺼냈다. 어둠 속에서도 홀로 빛을 내는 듯 푸르스름한 인광이 감돌고 있었다. 송곳니가 무섭게 돋아 있는 사자의 형상, 청사자의 가면이었다.

*　　　　*　　　　*

운거모사는 비밀리에 호송하기로 했다.

사실 죄인들의 이송이라 함은 수많은 백성들 앞에서 공개적으로 이루어지는 것이 보통이었다. 모진 문초와 고생스런 옥살이로 피폐해진 범죄자의 모습을 보여줌으로써 백성들로 하여금 죄지을 엄두를 내지 못하도록 만들고자 함이었다.

하지만 운거모사는 그런 대상이 되지 못했다.

운거모사는 극악무도한 중죄인도 아니거니와, 그저 수많은 무림인들의 표적일 뿐이다. 화약을 썼다는 것이 용서 못할 대죄(大罪)인 것은 맞다. 적어도 대명률에서는 그렇다. 하지만 그걸 가지고 일벌백계 차원에서 백성들 앞에 세우기에는 위험 부담이 너무나도 컸다. 그를 노리는 자가 한두 명이 아닌 까닭이었다. 운거모사를 공개적으로 이송하다가 무림인들에게 빼앗기면 문제가 심각해진다. 관아의 권위는 땅에 떨어지게 되는 것이다.

"이거, 안 열리는뎁쇼?"

어둑어둑한 제남 관아의 뇌옥이었다. 원태는 작달막한 위병으로부터 하나의 검은색 철통을 넘겨 받았다.

"그냥 놔둬. 위험한 물건인지도 모른다."

원태는 굳이 그 철통을 열어보려 하지 않았다. 말마따나 함부로 열었다가 화약이라도 터지면 곤란하기 때문이었다.

"철운거는 어쩔까요?"

"함부로 건드리지 마라. 그리고 그 횃불, 저쪽으로 치워."

철운거는 그 자체로 하나의 병장기와 같았다.

철운거 밑에 있는 뚜껑 하나를 잘못 열었다가 옆면에서 펑! 하고 불꽃이 튀는 바람에 위병 누 녕이 크게 다쳤다. 기관 하나를 건들면 저쪽에서 촤르르륵 하고 쇠사슬이 뽑혀져 나왔고, 또 다른 걸 건들면 바퀴 옆에서 철가시가 철컹 하고 튀어나왔다.

잘못 만졌다가 무슨 사고가 생길지 모른다. 언제 터질지 모르는 화약고와 같은 것이다. 횃불과 위병들의 접근을 제한한 이유였다.

"마차는?"

"대령해 놓았습니다."

"병사는 모두 몇 명이지?"

"삼십 명 대기 중입니다."

삼십 명이라면 조금 불안하다. 보아하니 제대로 무공을 익힌 놈도 없는 것 같다. 고수들이 나타난다면 순식간에 무너질 만한 인원수였다.

"군사를 더 모아야 할 것 같다. 관아에 추가를 요청해."

"예, 알겠습니다."

위병이 뛰어나가려 할 때였다. 저벅저벅, 계단을 내려오는 소리가 들린다. 위쪽으로부터 한줄기 느릿느릿한 목소리가 흘러내렸다.

"삼십이면 충분하지, 뭘 더 모으려고 그러나?"

원태가 미간을 좁혔다.

나타난 자는 굽실거리는 관사들을 두 명이나 달고 있었다. 개기름이 흐르는 얼굴, 둥글 넙적한 하관에 두 눈 사이는 한없이 벌어졌다. 황진방이란 이름의 남자다. 원태보다 한 단계 더 지위가 높은 금의위 상관이었다.

"죄인을 노리는 강호의 무리들이 많습니다. 관병 삼십으로는 부족하리라 생각됩니다."

"괜찮아, 괜찮아. 뭘 그렇게 열을 내고 그래. 신입들은 이게 문제라니까."

황진방은 거드름을 피웠다.

원태의 눈이 위험스런 빛을 띠었다. 어떻게 이런 놈이 금의위가 되었는지 모를 일이다. 오랫동안 연마하지 않아 늘어진 살에 피부와 근육엔 탄력이라곤 찾아볼 수가 없다. 금의위의 신분을 이용, 지방 관리들을 쥐어짜서 뇌물 받아먹을 생각밖에 안 하는 놈이었다.

"하면, 운거모사와 철혈신녀를 따로 호송하는 것이……."

"무슨 소릴! 형부(刑部) 뇌옥이 지척에 있는데. 인력 낭비일세."

황진방은 원태의 말을 중간부터 잘라먹었다.

운거모사와 철혈신녀는 떨어질 수 없는 한 쌍이다. 오히려 그렇기에 따로 호송해야 한다고 생각했다. 누가 눈독을 들였든, 운거모사나 철혈신녀 둘 중 하나만 빼돌리는 것은 불가능하다고 보았다. 하나씩 호송하면, 설사 호송 중에 빼앗기게 되더라도 하나는 확보가 된다. 그러면 그 남은 하나를 이용해서 빼앗긴 하나를 되찾을 여지가 남는다. 그게 원태가 하고 싶었던 말이다.

하지만 황진방은 그걸 들으려고 하지도 않았다. 원태 혼자 처리하면 좋았을 것을, 뭐 건수라도 하나 잡아볼까 했던지 장청부에 있던 놈이 여기에 나타난 것부터가 잘못이다.

"그럼 철운거는……."

"그것도 같이 옮겨. 듣자 하니 위병들이 다치기도 했다던데, 우리가 가지고 있어봤자 무슨 쓸모가 있겠나? 동창 번위나 첩형이 오면 그쪽으로 다 넘겨 버리도록 해."

원태가 이를 악물었다.

‘멍청한 놈. 이렇게 생각이 없을 수가 있나…….’

저 얼굴 바닥에 원공권 구루수를 후려치고 싶다. 하지만 어쩌겠는가. 원태는 자유분방한 강호인이 아니라 관에 소속된 금의위 위사였던 것을.

“알겠습니다. 그렇게 처리하지요.”

마지못해 대답한다. 철운거를 챙기려고 발길을 옮기려 했더니 황진방이 다가와 탁자 앞에 서는 것이 보였다. 철운거에서 꺼낸 물건들과 다른 증거품들을 모아둔 탁자였다. 원태가 노골적으로 눈살을 찌푸렸다. 황진방은 원태의 표정을 보지 못한 듯 히죽대며 탁자 위를 둘러볼 뿐이다.

“이게 연화보검인가?”

“그렇습니다.”

“보검이로군. 아쉽지만 이건 너무 유명한 물건이라 안 되겠고…….”

번들거리는 두 눈이 이리저리 움직인다.

두꺼운 손가락으로 연화보검을 한참이나 만지작거리더니, 불쑥 손을 뻗어 하나의 물건을 들어 올렸다. 원태의 얼굴이 확 일그러졌다.

“그, 그건…….”

“이게 그렇게도 신기한 물건이라면서?”

황진방이 들어 올린 것은 완만하게 휘어진 철막대였다. 미끄러지지 않도록 홈이 깎인 나무 손잡이 앞쪽에 반월형 철 방아쇠가 달려 있다. 위쪽으론 복잡한 기관이 만들어져 있는데, 아무리 무지한 사람이 보아도 범상치 않은 물건이란 것을 알겠다.

양무의가 썼던 소형총포였다. 원태가 이를 갈며 대답했다.

"위험한 물건입니다."

"암기(暗器)를 발사하는 기병(奇兵)이라고 하던데……."

"일단은 그렇게 결론 내렸습니다."

"형산파 무인들은 이거에 죽은 것 같다지?"

"그, 그렇습니다만."

"죽은 놈들 중엔 월성신장이란 고수도 있다고 들었어."

"…예, 맞습니다."

"고수도 꼼짝 못하게 만드는 물건이라니 쓰임새가 많을 거야."

황진방이 소형총포를 이리저리 들여다보면서 느끼한 웃음을 지었다. 그러더니 불쑥, 뒤쪽으로 손을 내밀었다. 그러자 뒤에 따라붙어 있던 간신배 같은 관사 한 명이 작은 상자 하나를 올려다 바쳤다. 황진방이 탁자 위에 상자를 턱하니 올려놓고서 뚜껑을 열었다. 차르륵, 한 움큼의 은자가 그 안에 있었다.

"거기 병사, 이리 와보게."

위병이 쪼르르 달려왔다. 황진방이 상자 속의 은자를 두 개 꺼내어 위병에게 건넸다. 황진방이 은근하면서도 위협적인 어조로 위병에게 속삭였다.

"자넨 여기서 무슨 일이 있었는지 아무것도 보지 못한 거네. 탁자 위에 뭐가 있었는지도 잘 모르는 거야. 알겠지?"

은자에 혼이 빠지고, 금의위의 무시무시한 말투에 겁을 먹은 위병이 필사적으로 고개를 끄덕였다.

"혹시 뭐라도 알려지면……."

황진방이 엄지손가락으로 자신의 두툼한 목줄기를 한 번 훑었다. 죽는다는 뜻이다. 위병이 꿀꺽 침을 삼키고 두 눈을 질끈 감았다 떴다. 황진방이 흡족한 얼굴로 말했다.

"그럼, 믿겠네."

그러고는 탁자 한쪽에 나머지 은자를 다 쏟아놓았다. 황진방이 은자 한 움큼을 집어서 뒤에 선 관사들에게 나누어 주었다. 아직도 남은 은자가 꽤 된다. 황진방이 원태 쪽으로 고개를 돌렸다. 그가 벌어진 두 눈을 음흉하게 빛내며 말했다.

"자네도 마찬가지일세."

황진방이 은자를 쏟아내고 비어버린 상자 속에 양무의의 총포를 집어넣었다. 원태가 눈썹을 치켜 올렸다.

"그건 중요한 증거품입니다."

"아니, 증거품은 없었네. 운거모사는 맨손 암기술의 달인이었을 뿐일세."

딸깍.

상자 뚜껑이 닫혔다. 원태가 한 발 앞으로 나갔으나 황진방은 이미 돌아선 후다. 그가 뒤도 돌아보지 않고 말했다.

"금의위의 호봉은 박한 편이지. 황실을 수호하고 역적을 색출하며 천하창생을 위해 일한 대가가 그것밖에 안 돼서야……. 쯧쯔."

황진방이 계단 위로 올라갔다.

원태는 기어코 황진방을 잡지 못했다. 충격이었기 때문이다.

썩은 놈이라는 것은 얼굴을 보자마자 알았지만, 이런 짓까지 할 줄은 몰랐다.

차라리 저걸 들고 호신용으로 쓰겠다면 또 모른다. 저놈은 그 럴 생각도 없을 것이다. 신기한 기병이라니까 가져다가 팔아먹 으려는 심산이다. 잘 모르는 원태가 어림짐작으로 생각하기에 도 은자 수백 냥은 호가할 물건이었다.

'이렇게라도 붙어 있어야 하나……'

탁자 위의 은자가 벽에 걸린 불빛을 받아 어둑한 붉은색으로 빛나고 있었다.

원태가 한쪽에 있는 철운거를 밀고 탁자 앞으로 걸어갔다. 그 의 손이 탁자 위를 휩쓸었다. 탁자 위의 모든 것이 철운거 안으 로 떨어져 내렸다.

쩔그렁! 철컹! 차르르륵!

철통에 암기에 연화보검까지 쓸어 담았다. 옆에 있던 위병이 놀란 눈을 동그랗게 뜨는 것이 보였다. 이제 어찌 되든 상관없 다. 철컹, 거칠게 철운거 뚜껑을 닫아버렸다. 뭘 잘못 건드려서 터지든 말든 개의치 않는다.

"준비해라. 전부 다 형부에 넘겨 버려."

원태가 탁자 옆 의자에 주저앉았다. 위병이 위쪽으로 올라갔 다 내려온다. 관병 열 명과 함께였다. 그들이 조심조심 철운거 를 들고 위쪽으로 올라갔다. 남은 관병들은 뇌옥문을 열고서 양 무의와 철혈신녀를 끌어냈다.

원태는 오랏줄에 묶인 채 계단 위로 끌려 올라가는 두 남녀를 돌아보지 않았다. 등을 돌린 채 앉아서 아무것도 없는 탁자 위 를 내려다보고 있을 뿐이다.

문득 원태는 어전무술대회 결승전에서 만났던 장춘 진인을 떠올렸다. 어전에 괴이한 무리들이 난입하고, 암살자가 처형당하는 북새통이 끝난 후 원태는 장춘 진인과 술을 마셨다. 난데없는 괴사에 퇴색되어 버린 결승전이었지만, 그들 둘만큼은 호방했던 싸움에 승리도 패배도 만족스러웠다 말하며 백년지기를 약속했던 날이다.

장춘 진인은 지금쯤 무엇을 하고 있을까.

강소성으로 돌아간다 했는데.

요비암은 경치가 좋다고 했었다.

원태가 자리에서 일어났다. 태산에서 싸움이 날 것 같다 하여 달려갔더니 뒤치다꺼리밖에 안 하고 있다. 그것도 이런 더러운 꼴을 보면서.

반짝.

일어나는 원태의 시야 한쪽에 은빛 한줄기가 비쳐들었다. 은자다. 철운거에 쏟아 넣다가 한 개 흘린 모양이었다.

원태가 허리를 숙여 은자를 집어 들었다.

장춘 진인이 부럽다. 세상은 그 앞에 광활히 펼쳐졌고, 유아검(柔牙劍) 부드러운 이빨은 날이 갈수록 자유로워지고 있겠지.

은자를 품속에 넣었다.

*　　　　*　　　　*

강설영은 늦게까지 앉아 있었다.

술판이 벌어지고 있는 객잔 한구석에 혼자 자리를 잡고 앉아 별빛 부서지는 호면 위를 내려다본다. 호수 위엔 흥청망청 화선(花

船)들이 아름다운 홍등을 걸고서 인세의 천국을 재연하고 있었다.

휘이이이.

대명호 불어오는 바람은 여전히 시원했다. 태산에 가기 전날, 이곳에서 모두와 술을 마셨던 그때와 똑같은 바람이었다.

'괜찮을까.'

바람은 그때와 똑같았지만 그의 옆엔 그들이 없었다.

아무도 없다. 탁자 위 시끌시끌하게 농담을 주고받던 그 웃음소리는 이미 오래전에 흩어져 다른 이들의 웃음소리로 묻혀 버릴 뿐이다.

'문제는 없겠지.'

강설영은 궁무예를 따라가지 않았다. 막야흔은 요란스레 함께 가자 소리쳤고, 엽단평은 차분하게 부탁했었다. 그래도 강설영은 움직이지 않았다.

'이들에게 중요한 것은 천잠보의가 아니야.'

막야흔과 엽단평은 그녀를 탓하지 않았다. 따라나서지 않는 이유도 별반 궁금해하지 않았다. 그녀가 없으면 자기들끼리 하면 된다는 투였다.

그녀는 그게 아쉬웠고, 또 서운했다.

그리고 그녀는 깨달았다.

궁무예, 막야흔, 엽난평. 그 모두는 그녀 때문에 여기 있는 것이 아니라는 사실을 말이다.

'단 공자 때문이지.'

작은 입술, 한숨이 쏟아져 내렸다.

그녀가 고개를 들었다. 그녀의 손이 탁자 위로 올라갔다.

탁자 위엔 작은 술병이 놓여 있었다. 딱히 술을 먹으려고 해서가 아니라 아무것도 시키지 않은 채 자리를 차지하고 있는 것이 어색해서였다. 그녀가 혼자 잔을 채웠다. 한 잔 들이켰지만 아무런 느낌이 없다. 천룡무제신기는 일부러 억제하지 않는 이상 술기운 따위 범접도 못하는 신공이었다.

천룡무제신기.

절세의 신공. 그것도 마찬가지다.

천하의 신공이지만, 단 공자의 내공에는 당적하지 못한다.

그녀가 고개를 돌려 위층으로 올라가는 계단 쪽을 쳐다보았다. 그 위로 올라가 회랑을 건너고 통로를 따라 굽어지면 단 공자가 있는 방문이 나타난다.

'단 공자가 없으면, 그들도 없어. 단 공자가 운거모사를 원했기에 그들은 운거모사를 찾으러 간 거야.'

부인할 수 없는 진실이었다.

그녀가 그렇게 안 한다 말했는데도 궁무예는 아랑곳하지 않았다. 이유가 필요하냐, 내키는 대로 움직일 뿐이다라 했지만 진짜 이유는 그게 아니라는 사실을 궁무예도 알고 그녀도 알고 있었다.

'단 공자가 천잠보의를 포기하자고 말하면… 그들도 포기하겠지.'

강설영의 결론은 마침내 거기까지 닿는다.

한 잔 더 술잔을 기울이게 되는 이유다.

강설영은 한 잔 더 마시고 대명호 저편을 바라보았다. 호변을 따라 저 멀리로 유난히 환하게 밝혀진 거리가 보였다. 관아와 공부, 형부 건물이 위치한 관청 거리였다.

'시작한 건가……?'

까마득하게 멀리 있는 저편에서 횃불들이 어지럽게 움직이는 것이 보였다. 소란이 일어난 것 같았다. 내공으로 안력을 돋우면 확실히 보이겠지만, 강설영은 그럴 필요를 느끼지 못했다. 어떤 이들의 소행인지 잘 알기 때문이었다.

강설영은 그쪽으로 달려가는 대신 술잔에 술을 더 따랐다. 가만히 술잔을 기울인다. 천룡무제신기를 일부러 억누르고 보니 취기가 은근하게 올라왔다.

처음 들어보는 목소리가 들려온 것은 바로 그때였다.

"대명호 호변은 언제나 아름다워요. 그렇죠?"

옥쟁반에 구슬이 굴러가는 듯 맑은 목소리였다. 강설영이 고개를 돌렸다. 크지 않은 키, 호리호리한 몸매의 서생이 그녀를 보고 있었다. 강설영이 고운 아미를 치켜 올리며 손가락으로 자기 자신을 가리키며 물었다.

"저한테 한 이야기인가요?"

"그래요. 어여쁜 여인 홀로 술잔을 기울이시다니, 그것 또한 남다른 흥취가 있네요."

서생은 허락도 없이 강설영의 맞은편 의자에 앉아버렸다.

옥관으로 틀어 올린 머리카락은 진머리 하나 삐져 나오지 않고 깔끔하게 고정되어 있었다. 귀밑머리 턱 선이 고왔다. 단아한 이목구비, 우수가 깃든 눈동자, 속눈썹이 무척이나 길었다.

강설영이 미간을 좁히며 말했다.

"무례하시군요. 전 합석해도 된다 이야기 드린 적이 없는데요."

"괜찮아요. 엉뚱한 수작을 벌이기 위한 것이 아니니까."

서생은 독특했다.

산동 억양은 틀림없는데, 묘하게도 알아듣기가 어렵지 않았다. 북부와 남부 말투가 묘하게 섞여 있었다.

억양도 신기했지만, 더 독특한 것은 서생의 태도였다. 제멋대로 다가와 앞에 앉아놓고도 전혀 미안한 기색이 없다. 강설영이 서생을 빤히 쳐다보았다. 서생이 태연하게 점소이를 불렀다.

"여기 술잔 하나만 더 주세요!"

지나치게 높은 목소리다. 점소이가 부리나케 달려와 잔을 두고 사라졌다. 서생이 뻔뻔하게 술잔을 들이대며 말했다.

"한 잔 따라주실래요?"

생긋 웃는다.

붉은 입술에 하얀 이빨이 가지런했다. 예쁜 미소였다.

'……!'

순간 스쳐 가는 것이 있다. 뭔가 이상하다 했다니, 그랬구나 싶었다.

남자처럼 차려입고 있지만, 어딘지 모르게 몸에 안 맞는 느낌이다. 띠를 두른 허리는 지나치게 가늘어 폭이 맞지 않았고, 어깨 품이 어색하게 남았다.

목소리를 굵게 내려는 듯하지만 그래도 심하게 맑고 높다. 목선도 부드러운 데다가 손가락 또한 가늘다. 남장여자, 여인이라는 이야기였다.

"너무 티가 나네요."

"그런가요? 사람들은 잘 눈치 채지 못하던데요?"

남장여인이 천연덕스럽게 대꾸했다. 스무 살 조금 넘었을까. 아무리 어리게 봐줘도 강설영보다는 언니다. 강설영이 술병을 들었다. 남장여인이 소매를 곱게 걷고 술잔을 받았다. 그녀가 술잔을 쭉 들이켜고는 캬아, 하고 두 눈을 질끈 감았다. 어떤 바보가 남장여인임을 눈치 채질 못하는지 궁금해질 모습이다.

"좋아요. 무슨 용건이지요?"

강설영이 물었다. 남장여인이 두 눈을 동그랗게 떴다. 그녀가 생긋 웃으며 대답했다.

"특별한 용건은 없어요."

남장여인의 눈빛엔 거짓이 없었다. 하지만 강설영은 믿지 않았다. 이런 때에 누군가가 이렇게 접근했다. 우연일 리가 없다고 생각했다.

"진짜예요. 이 시간에 여자 혼자서 술잔을 기울이는 게 신기해서 와봤어요. 범상치 않은 무공도 신경이 쓰였고요."

강설영의 두 눈에 이채가 감돌았다.

아닌 게 아니라 남장여인의 기도도 예사롭지는 않다. 무공을 익혔다. 그것도 아주 높은 수준의 무공이다. 내공을 깊게 연마했다. 보통 내공과 다른 이질적인 무언가도 느껴지는데, 그것이 무엇인지는 알 수가 없다. 파악이 어려운, 특별한 내공을 익힌 것 같았다.

"그쪽도 무공이 만만치 않네요."

강설영이 말했다.

다소 날카로운 어조였다. 남장여인이 입술을 삐죽이며 말했다.

“화가 많이 난 모양이에요. 제가 그렇게 무례했나요?”

“화가 나진 않았어요. 무례하긴 했지만 그렇게 심하지도 않았고요.”

여전히 가시가 돋친 말투였다. 남장여인은 다소 주눅이 든 듯했다. 그녀가 슬쩍 고개를 숙이며 입을 열었다.

“미안해요. 혼자 술을 마시는 모습이 어딘지 고민이 있는 것 같았거든요. 사실은 저도 좀 고민이 있어서 말이에요.”

미안하다면서도 별반 미안해하는 것 같지 않다.

함께 고민이라도 나누자는 것일까.

하기야 그것이 또한 강호의 풍경이긴 하다.

강호란 그런 곳이다. 생판 모르는 자들끼리 마음을 나누고 술잔을 기울이는 것이 이상하지 않은 곳.

잠시 동안 말이 없던 강설영이 이윽고 술병을 들었다. 남장여인의 얼굴이 대번에 밝아졌다. 그녀가 기다렸다는 듯 술잔을 내밀었다.

“한 잔 더 줄려는 거죠?”

강설영은 술부터 따랐다. 당연한 긍정이다. 술잔을 다 따르고는 남장여인의 눈을 본다. 그녀가 물었다.

“이름이 어떻게 되죠?”

그것은 말하자면 ‘초대’다. 홀로 마시는 술자리에 손님을 반기는 물음이었다. 남장여인이 커다란 눈동자를 한 번 굴렸다. 그녀가 주위를 한 번 둘러보더니 조금 곤란하다는 표정을 지었다. 그녀가 머뭇머뭇 입을 열었다.

“이름이요? 음, 그게 말이죠…….”

그녀가 몸을 아래로 숙였다. 그리고는 술잔에 스치듯 강설영 쪽으로 얼굴을 가져왔다. 그녀가 옆에 있는 사람들 눈치를 보며 들릴 듯 말 듯 조그만 목소리로 속삭였다.

"요화(謠花)요. 도요화라고 해요."

"상당히 조심스러워하네요. 곤란하면 이야기 안 해도 괜찮았는데."

"안 놀라네요. 제 이름을 듣고도?"

"전 처음 들어보는 이름인데요?"

"정말요?"

처음 들어봤다는 강설영의 말에 도요화는 오히려 밝은 웃음을 지었다.

주위 사람들을 의식하는 것을 보아하니 이 지역에선 제법 알려진 이름이라도 되나 보다. 강설영이 자신의 이름을 처음 들어봤다는 것이 더 신기하고 반갑다는 눈치였다.

"아가씨는 이름이 어떻게 돼요?"

"글쎄요. 내 이름은 말이죠."

이번엔 강설영이 몸을 낮췄다. 그녀 역시도 아무 데서나 이름을 말하고 다니기가 애매한 사람이었다. 그녀가 도요화처럼 작은 목소리로 속삭였다.

"설영, 강설영이에요."

도요화가 큰 눈을 다시 한 번 굴리고는 입술을 한 번 내밀었다. 그러더니 밝게 웃으며 반문했다.

"저도 처음 들어보는데요? 호호호."

다시 한 번 생각했다.

입까지 가리며 웃을 거면 남장은 뭐 하러 한 것인지 모르겠다
고.

절로 웃음이 나온다. 도요화는 재미있는 남장여인이었다.

"좋아요. 그럼 물어보죠. 강 소저는 무슨 고민이 있기에 이렇
게 술을 먹는 거예요?"

도요화는 강설영을 강 소저라 불렀다.

그녀가 어깨를 한 번 으쓱하고는 간단히 대답했다.

"세상일이 제 맘대로 안 돼서 그렇죠 뭐."

"그거 정답이네요. 사실 저도 그래요."

도요화가 술잔을 탁 털어 넣었다. 그건 그래도 조금 남자 같
다. 남자 같아 보이도록 따로 연습이라도 한 것 같았다.

"좀 자세히 이야기해 봐요, 강 소저."

도요화가 은근히 강설영의 이야기를 재촉했다. 오랫동안 마
음속의 이야기를 해본 적이 없기 때문에 무엇부터 시작해야 할
지 고민이 된다. 그녀가 천천히 입을 열었다.

"난 말이죠, 찾는 게 있어요. 어릴 때부터 꿈꿔왔던 거고, 그
걸 찾으러 집까지 나왔죠."

"어머나, 남자?"

놀라는 것이 영락없는 여자다. 남자인 척하기를 포기한 듯했
다. 강설영이 고개를 설레설레 흔들며 대답했다.

"아니요. 남자는 무슨……. 그냥, 중요한 거예요."

"남자 맞네요."

"아니라니까요."

강설영이 짐짓 목소리를 높였다. 도요화가 은근한 미소를 짓

는다. 문득 강설영은 그런 도요화의 표정에서 시비인 여은의 얼굴을 겹쳐 보았다.

"아니라고 쳐요. 그런데요?"

"아니라고 치는 게 아니라 진짜 아니에요. 여하튼, 전 그걸 찾으러 아주아주 먼 거리를 달려왔어요. 그러면서 함께할 동료들을 만났고, 집에 있을 때는 몰랐던 단서도 얻게 되었죠. 그런대로… 뭔가 되어간다고 생각했어요."

"무슨 안 좋은 일이 있었군요?"

"사실 대단한 일은 아닐 거예요. 동료들과 조금 의견이 틀어진 것에 불과하죠. 하지만 모르겠어요. 우리는… 애초부터 목적이 서로 달랐던 것 같아요."

"가까운 사람과 틀어지면… 힘이 많이 들죠."

오랜만이었다, 이런 대화는.

여은에게 모든 것을 털어놓던 금상에서의 나날을 떠올리게 만든다.

강설영이 고개를 끄덕이며 말했다.

"괜찮아요. 어떻게든 되겠죠. 혼자라고 못할 바는 아니니까요."

"충분히 그럴 수 있을 거예요. 강 소저는 강한 사람이에요. 한눈에 알 수 있었어요."

도요화가 웃었다.

이번엔 강설영이 물었다.

"도 소저는 어떤 고민이 있는데요?"

"도 소저가 아니라 도 공자라 불러요."

도요화가 짐짓 손가락을 치켜 올리며 나직한 목소리로 말했다. 태도가 영락없이 여자인데 무슨 차이가 있을까 싶었지만, 강설영은 해달라는 대로 해주고 보았다.

"알겠어요. 도 공자에겐 무슨 일이 있었죠?"

도요화가 술잔을 예쁜 입술 안에 호기롭게 털어 넣고는 빈 술잔을 가득 채웠다. 자작이다. 그녀가 한숨을 한 번 내쉬고는 천천히 입을 열었다.

"전 한 가지 재주가 있어요. 제법 잘한다고 자신있게 이야기할 수 있는 재주죠."

"무공?"

"아니에요. 무공은 강 소저가 훨씬 더 자신있을걸요. 그런 게 아니라… 그냥 뭘 좀 잘 다뤄요. 조금 많이 잘 다루죠."

강설영은 그것이 뭔지 캐물으려 하지 않았다. 사연이 있으니 남장을 했을 것이요, 이유가 있으니 말하지 않는 거다. 강설영은 잠자코 그녀의 이야기가 이어지길 기다렸다.

"전 원래부터 그쪽에 재주가 있었어요. 뭐, 말하자면 우리 가족 전부 그쪽에 재주가 있어요. 아버지는 특히 대단하죠. 그러니까… 물려받은 거죠."

"타고난 거네요."

"그래요. 맞아요. 타고났죠. 문제는… 전 그랬지만 오빠, 아니, 형님은 그렇지 못했다는 거였어요."

도요화는 잠시 말을 끊었다. 복잡한 감정이 큰 눈에 그대로 드러나고 있었다.

"형님도 사실 재주가 없는 것은 아니에요. 아니, 재주가 대단하죠. 아버지의 후계자로도 전혀 손색이 없어요. 이미 그쪽에서는 굉장한 명성을 쌓았을 정도죠."

"도 공자의 형님은 타고난 게 아니라면서요."

"정확히 말하자면 덜 타고난 거죠. 제가 더 잘했어요. 어릴 때부터 그랬죠. 잘난 척하는 게 아니라, 그건 그냥 그런 거예요. 아버지도 오, 아니, 형님도 그걸 알았죠. 두 사람은 그걸 좋아하지 않았어요. 어린 제가 훨씬 더 잘한다는 사실에 형님은 기분이 많이 상했죠. 아버지는 아버지대로 곤란해했고요. 가문의 후계자로 여자를 세우는 것은 불가능한 일이라 생각하셨거든요."

"그것은 좀……."

"그래요. 말이 안 되는 일이죠. 전 처음부터 말이 안 된다고 생각했어요. 하지만 세상은 그렇지 않은 것 같았죠. 어머니마저도 싫어하셨으니까요. 저에게 그만두라고까지 하셨죠. 특히 형님 앞에서는 절대 재주를 뽐내지 말라 하셨어요. 하지만 전 어렸고, 아무것도 이해하지 못했죠. 저와 함께 재주를 논할 때면 형님은 화를 내곤 했어요. 더 못하다는 사실을 인정하지 않으려고 했던 거예요. 결국 아버지는 강제로 모든 것을 그만두게 하셨어요, 아무것도 못 만지게 하셨죠. 그리고는 절 멀리 북경의 백운관에 보내셨어요. 형님과 경쟁하지 못하도록 말이에요. 쫓겨난 거나 다름이 없었죠."

"……."

말문이 막힌다.

강설영은 딱히 해줄 수 있는 말이 없었다.

그녀가 짐작할 수 없는 부분이었기 때문이었다.

강설영의 아버지는 도요화의 아버지와 달랐다. 강설영의 아버지는 언제나 그녀를 모든 것의 첫 순위로 두는 분이셨던 것이다. 그녀의 아버지 강건청은 단 한 번도 아들의 존재를 아쉬워한 적이 없었다. 설사 아들이 생겼다 해도 그녀에게 모든 것을 물려주기를 주저치 않았을 게다. 그것이 그녀의 아버지였다.

하지만 도요화는 불행히도 그렇지 않은 것 같다.

강설영은 아버지과 싸우고서 집을 나온 것이지만, 도요화는 아버지로부터 내침을 당한 것이나 다름이 없다. 아들이 가문을 이어야 한다는 이유 때문에 말이다.

“아버지는 말씀하셨어요. 저에게는 무공이 더 어울릴 것이라고요. 십 년 넘게 백운관에 있었어요. 어머니가 아프실 때도 거기에 있으라 하셨고, 돌아가셨을 때도 자리를 못 지켰어요. 한참 지나서 비석 위에 눈물을 뿌린 것이 전부였죠.”

도요화의 어투는 담담했다.

그러나 강설영은 그 안에 흐르는 격정과 슬픔을 고스란히 읽을 수가 있었다.

“많이… 힘들었겠네요.”

그녀는 도요화가 그녀에게 해준 말을 그대로 돌려줄 수밖에 없었다. 그것 말고는 무슨 말을 해줘야 할지 알 수가 없었다. 도요화가 술잔을 한 번 더 들이켜고는 표정을 밝게 바꾸며 말했다.

“지금은 괜찮아요. 어머니가 돌아가신 후 일이 년에 한 번씩 집에 오긴 했는데, 올 때마다 사고를 내곤 했었죠. 화가 치밀어서 말이에요. 때문에 제 이름을 들으면 깜짝 놀랄 사람이 한둘이 아니에요. 이번에도 말이죠. 사실 아버지와 형님이 덕주(德州)까지 마중 나오기로 되어 있었어요. 하도 얄미워서 그냥 따돌리고 와버렸죠. 허탕만 치게 만든 거예요. 알겠죠? 왜 이름을 비밀로 했는지.”

즐거운 듯 말하지만 즐겁지 않다는 것을 잘 알고 있다. 그래도 강설영은 마주 웃어주었다. 도요화가 기운을 얻은 듯 술술 이야기를 풀어놓았다.

“그보다 내가 묻고 싶었던 건 따로 있어요. 강 소저는 아무래도 나보다 공력이 더 뛰어난 것 같아요. 보면 볼수록 그런 것 같아요. 도대체 어떻게 그럴 수가 있는 거죠?”

“그냥… 배운 것이…….”

“말이 안 돼요. 강 소저도 뭔가 먹은 거죠?”

“먹었다니? 뭘요?”

도요화가 다시 몸을 숙이고 목소리를 낮췄다. 진짜 비밀을 말해준다는 듯, 목소리가 모깃소리마냥 작았다.

“난 어릴 적에 소위 영물의 내단이란 걸 먹었어요. 문요신어(文謠神漁)라는 날개 달린 잉어의 내단이랑, 기도영조라는 새의 요정(夭精)을 먹었죠. 아버지가 무공을 익히려면 필요할 것이라 해서 구해준 것인데, 난 솔직히 그런 것은 필요없었어요. 무공보다 집에 있는 것이 훨씬 더 좋았죠. 여하튼, 그런 것을 얻은 나보다 강 소저가 더 뛰어난 내공을 지녔다니 잘 이해가 안 돼서 그래요.”

문요신어와 기도영조가 뭔지는 모르겠지만, 영물의 내단이라니 놀라운 일이 아닐 수 없다. 어쩐지 젊은 나이에도 대단한 내공을 쌓았다 싶었는데, 내단이란 것이 진짜로 존재하긴 하나 보다. 하기야 거대한 교룡이 하늘로 승천하는 것까지 본 마당에 뭔들 불가능하겠냐는 생각이 들었다.

"어떻게 그럴 수 있는지는 저도 잘 모르겠네요. 어쩌면 저도 사부님이 저 몰래 뭔가를 해준 것일 수도 있고요."

강설영은 그렇게 답할 수밖에 없었다. 도요화가 고개를 갸웃거리며 요리조리 그녀를 뜯어보더니, 또 다른 질문을 던져 왔다.

"그건 그렇다 치고, 무공 말이에요. 정말 그것만 가지고도 살 만해요? 내 말은 그러니까, 여협으로 강호를 주유하는 것도 재미가 있냐는 말이에요. 어차피 아버지와 틀어진 것은 어쩔 수 없는 일이고, 집에 붙어 있는 것도 불가능한 일 같으니까요."

"음, 왜 집에 있는 것이 불가능하죠?"

"아버지와 계속 부딪치고 살 수는 없잖아요. 결국, 하고 싶은 것을 자유롭게 하려면 강호를 떠돌아야 한다는 소린데… 그게 과연 해볼 만한 일인지 궁금하거든요."

"강호를 떠도는 게 해볼 만한 일이냐라면… 글쎄요. 집 나오면 고생이라는 느낌?"

강설영이 웃으며 말끝을 올렸다. 도요화가 마주 미소를 지으며 말했다.

"강 소저의 집은 좋은 곳인가 봐요. 하지만 어떤 집은 나와 있는 것이 더 편할 수도 있는 법이죠."

"도 공자 이야기 속에 답이 있네요. 집보다 강호가 더 편하다면, 강호가 더 좋은 거 아닐까요?”

“그도 그렇네요. 하지만 강호는 무척이나 사납다죠. 결코 너 그렇지 않을 거예요. 저 같은 사람 반갑게 받아줄 만큼 넉넉한 품을 가진 것은 아니라는 거죠. 견디기 힘든 고초와 아픔만 기다리고 있다면, 차라리 집에서 형님과 후계자 경쟁을 해보는 게 낫겠죠. 모두에게 상처주는 일이 되겠지만요.”

“아무리 그래도 가족에게 상처를 입히는 것은 쉽지 않은 일일 텐데요.”

“그게 가장 큰 문제죠. 선택이라는 것은 참으로 어려운 일 같아요. 확신이란 게 없으니까. 여인의 몸으로 강호에 나가서도 한평생 가치있는 일을 할 수 있다는 보장이 있다면 아무런 주저 없이 떠나볼 텐데, 그런 걸 약속해 줄 사람은 어디에도 없는 거겠죠.”

“맞는 말이에요. 선택이란… 언제나 힘든 일이겠죠.”

강설영이 고개를 끄덕이며 대답했다.

도요화의 고민은 정말 보통 일이 아닐 것 같다. 그 처지에 놓이지 않고서는 감히 이해하기조차 힘든, 그런 고민이리라.

“후우……. 어쩌다 보니 넋두리만 길었네요. 분명한 것은 난 아무런 준비가 안 되어 있다는 거예요. 혼자 잘 해결해야 하는 일이죠. 누구 말을 들어서 할 게 아니리.”

“그래도 누구에게든 이야기하고 나면 마음이 좀 편해지잖아요? 고민이란 건 원래 그런 모양이에요.”

강설영의 웃음에 도요화가 마주 웃었다.

“고마워요, 정말. 술도 잘 마셨어요.”

도요화가 자리에서 일어났다. 그녀가 어울리지도 않는 옷매무새를 가다듬으며 탁자 위에 은자 하나를 올려놓았다. 강설영이 두 눈을 크게 뜨며 돌려주려 했지만, 도요화는 손사래를 치며 받으려 하지 않았다. 그녀가 웃으며 말했다.

"먹은 술값은 내고 가야죠. 다음에 제대로 한 번 사줘요. 난 엄마나 보러 갈래요. 엄마 앞에서 한참 더 고민해 보고, 마음이 가라앉으면 그땐 집으로 돌아갈 수 있겠죠. 보나마나 다시 뛰쳐나오게 되겠지만……."

어머니 묘소에 찾아가겠다는 뜻이다. 강설영은 문득 엄마가 보고 싶었다.

"그것도 좋겠죠. 또 만날 수 있을 테니까."

"호호호. 맞아요. 또 봐요, 그럼!"

도요화가 주객들 사이로 사라졌다. 고운 목소리가 바람결에 실려 흩어졌다. 왁자지껄 웃음소리만 남았다.

'이런 인연도 있네…….'

무림강호.

스쳐 가는 인연이란 언제나 신비롭고 경이로운 법이다.

그리고 그 인연은 결코 스쳐 가는 것이 전부가 아니었으니.

짧은 만남은 또 다른 만남으로 이어지기 마련이다.

하늘이 그 인연을 풀어내고, 다시 묶어내어 영원 속에 얽히도록 만들기 때문이다.

"그나저나 이제 귀가 좀 즐거워지겠구먼!!"

마지막 술잔을 기울이고 있을 때였다.

옆에서 누군가 호탕하게 던지는 말이 강설영의 귀를 솔깃하게 만들었다.

"그러게 말이오! 악공이 돌아왔다지요? 모처럼 도고악당에 아름다운 선율이 흐르겠소!"

저편에 앉았던 유생 하나가 말을 받는다.

강설영의 눈이 번쩍 뜨였다. 도고악당에 선율이 흐른다는 말은 곧, 도백균이 돌아왔다는 뜻이었다. 그녀가 자리에서 일어나 그쪽으로 발을 옮겼다. 그녀가 유생에게 다가가 물었다.

"말씀 좀 묻겠어요. 산동제일고가 돌아왔다는 게 사실인가요?"

유생이 강설영을 올려다보았다. 별빛 같은 눈동자에 오뚝한 코가 곱기도 곱다. 취했기 때문일까. 저 멀리 남부 억양이지만, 평소에는 몹시도 거슬렸던 억양이 그렇게 귀엽게 들릴 수가 없었다.

"그렇소. 오늘 저녁 무렵에 도착했다고 하오. 예정보다 일찍 돌아왔다는 것 같소."

유생은 함박웃음을 지었다. 강설영이 고개를 꾸벅 숙이며 대답했다.

"그렇군요. 고마워요."

그녀가 그대로 유생을 지나쳐 갔다. 유생이 벌떡 일어나 그녀에게 말했다.

"이, 이 지역 분이 아닌 것 같은데, 혹 일행이 없으시다면 함께 술 한잔하심이……."

쉬익.

눈 깜짝할 사이다. 바로 앞에 있던 강설영의 뒷모습이 갑자기

혹하고 사라져 버린다. 유생이 몇 번이나 눈을 비비고 멍청한 표정을 지었다. 그가 일행들을 돌아보았다. 일행들의 표정도 다를 것은 없었다. 히죽 웃으며 유생이 하는 양을 보고 있던 그들도 한꺼번에 귀신에 홀린 듯 입을 딱 벌리고 앉아 있는 것이었다.

"저, 저거……."

"봤냐? 갑자기 사라졌잖아."

"아니지, 아니야. 뭔가 착각을 했겠지."

"어서 쫓아가 보게. 앞에 있을 거 아닌가."

유생이 허둥지둥 주위를 둘러본다. 강설영이 걸어간 쪽으로 발을 옮겨 탁자 사이 이곳저곳을 다 찾아보았지만 그녀의 흔적은 어디에도 없다. 영영 찾을 수가 없었다.

유생이 힘없이 자리에 돌아왔다.

대명호에 빠져 죽은 귀신일지도 모른다면서 두런두런 술잔을 기울인다. 그렇게 예쁜 여인이 이 세상 사람일 리가 없다. 어디에 앉아 있었더라, 저쪽에 앉아 있었던 것 같은데 탁자 위엔 아무도 없다.

그렇게 유생들은 한참 동안 주거니 받거니 술을 권했다. 그러다가 한 명이 퍼뜩 고개를 들며 목소리를 높였다.

"음? 저거, 아까 그 억양인데……?"

혀가 꼬부라지도록 마셨건만, 그런 건 또 어떻게 들었는지 모를 일이다. 목을 길게 빼며 한쪽을 가리켰다. 부어라 마셔라, 술에 취하던 그들이 동시에 그쪽으로 고개를 돌렸다.

"이 공자님은 어디로 갔다죠?"

“모르지. 혼자 좀 알아보겠다고 했으니.”

할아버지와 손녀쯤 될까.

노소가 주위를 둘러보며 말을 나눈다.

아까 사라졌던 미인과 정확하게 같은 억양들을 쓰고 있었다.

“찾을 수 있을까요? 며칠째 본 사람이 없다잖아요.”

“있을 거다. 그런 느낌이 들어.”

강인한 인상의 노인이다. 주름이 가득한 얼굴이었지만 번쩍 번쩍 찔러대는 안광은 그 어떤 젊은이들보다 형형하다.

노인이 술판 벌어지는 탁자 사이를 걷다가 한 남자를 붙잡고 정중히 말했다.

“말씀 좀 묻겠소이다.”

인상이 좋은 뚱뚱한 취객이 무슨 일이냐며 고개를 들었다. 노인이 비단 족자 하나를 꺼내 들었다. 취객의 눈앞에 비단 족자를 들이대며 물었다.

“혹시 이런 사람 본 적이 있소?”

취객이 피식 웃었다. 그가 거친 산동 억양으로 대답했다.

“이건 사람이 아니지 않소? 선녀지.”

못 봤다는 이야기다. 노인이 비단 족자를 거둔다. 저벅저벅 걷는 발소리에 존재감이 무섭다. 유생들은 숫제 술잔 돌리기를 딱 멈춘 채 노인의 모습만을 뚫어지게 바라볼 뿐이다.

노인은 자리를 옮겨가며 비단 족자를 내밀었다.

취객 중의 한 명이 이쪽을 가리킨다. 그사이에 본 놈이 있었던 모양이었다.

“진짜 여기 있었나요?”

손녀딸뻘의 소녀가 펄쩍 뛰며 묻는다. 유생들이 들었던 것과 똑같이 귀여운 남부 억양이었다.

"그 그림처럼 꼭 선녀 같았드랬지."

취객은 정말 취한 듯 눈과 코가 전부 다 빨개져 있었다. 고개를 주억거리며 말하는데, 취해서 하는 말인지 진짜 뭘 보긴 본 건지 알 수가 없었다.

노인과 소녀가 유생들 쪽으로 다가왔다.

강설영과 말을 나눴던 유생 하나는 아예 반쯤 일어난 상태다. 유생이 노인과 눈을 마주쳤다. 노인이 눈썹을 치켜 올리며 슬쩍 비단 족자를 들어 올렸다. 유생이 억, 소리를 냈다.

"어엇!"

"저, 저거!"

유생 한 명뿐이 아니다. 같이 술 마시던 모두가 똑같이 왁, 하고 놀라 자빠진다. 비단 족자, 선녀처럼 그려진 그림이 아까 사라진 미소녀와 꼭 닮아 있었기 때문이었다.

"본 적이 있소?"

노인의 질문에 유생이 열 번 고개를 끄덕였다. 노인의 두 눈에 이채가 감돌고, 소녀의 얼굴에 웃음꽃이 피었다. 노인이 다시 물었다.

"어디서 보았소?"

"여, 여기서 보았소이다."

"여기?"

유생이 횡설수설 대답했다.

"이쪽으로 와서 산동제일고에 대해 묻고는, 그러니까 엄청

아름다웠는데, 저기 남부, 한참 남쪽 억양을 쓰고 있었고, 마,
맞소. 노인장과 같은 억양이고……. 여하튼 여기 와서 물었는
데, 갑자기 팟! 하고 사라져 버렸소. 그냥 혹! 촛불이 꺼지듯이.”

“산동제일고?”

노인은 유생의 말을 다 알아듣지 못했다. 금상의 상단과 함께
전국 각지 안 다녀본 데가 없어 어디 말투라도 어렵지 않게 소
화할 수 있었지만, 유생의 말은 지나치게 빨랐고 두서가 없었기
때문이었다. 하지만 그 와중에도 노인은 핵심적인 단어 하나를
놓치지 않았다. 딱 하나, 그것만 알아들었으면 되는 그런 단어
였다.

“그, 그렇지요. 산동제일고. 도고악당에 돌아왔냐는 것을 물
었었소.”

“도고악당이라면, 타마명고의 그 도고악당 말이오?”

“맞소! 도고악당의 타마명고는 태대고, 대고, 소고, 군용철고,
기악목고 할 것 없이 천하제일의 극상품이라오. 우리 제남의 자
랑거리지요!”

노인의 기억력은 아직도 건재했다.

도고악당은 악사들의 학당(學堂)이며, 또한 최상품의 북을 만
드는 공방(工房)이기도 했던 것이다. 도고악당과 거래를 했던
것이 벌써 몇 년 전이던가. 얼추 십오 년은 뜀직했다.

“이 그림 속의 여인이 도고악당에 간다고 했소?”

“그, 그건 모르오. 갑자기 팍! 하고 사라져서 말이오. 팍! 하
고.”

“알겠소. 고맙소.”

"저, 저기……!"

유생이 돌아서는 노인을 불러 세웠다. 유생이 머뭇거리며 물었다.

"그, 그림 속의 여인이… 귀신은 아니겠지요?"

"물론 아니오."

"그럼 이미 죽은 사람이거나……."

"그것도 아니오."

"하면… 선녀, 선녀라도 되는 것이오?"

노인이 또다시 아니라고 입을 열 때다. 소녀가 끼어들며 밝은 목소리로 말했다.

"선계의 궁전에서 도망친 천녀(天女)에요. 전 천녀님의 시녀고, 이분은 천녀를 곱게 데려오기 위해 나서신 선성(仙城)의 천노(天老)랍니다!"

오양성 광주의 선성천녀 강설영.

그녀를 집으로 데려가기 위해 제남까지 따라온 이들이 있다.

시녀 여은이 유생들을 놀렸지만, 광동천노 곽경무는 그녀의 재치있는 말장난을 말리지 않았다. 손녀딸에게 웃어주듯 인자한 웃음을 지으며 저벅저벅 발을 옮길 뿐이다.

"천녀……!"

말을 잊은 유생들이 그 자리에 굳어져 있다. 멀어지는 두 노소의 뒷모습에, 대명호 화선의 불빛만 어른거릴 뿐이었다.

＊　　　＊　　　＊

"영감 말이 맞군! 저쪽으로 움직이는데!"

막야흔은 언제나처럼 기운이 넘쳤다. 그가 담벼락 위를 빠르게 내달렸다.

파바박, 발소리가 아래쪽을 채운다. 엽단평이 담벼락 위쪽의 막야흔과 나란히 속도를 맞추며 골목길을 달리고 있었다.

"난 이쪽으로 가겠소."

"좋았어. 어디 한번 날뛰어보자구!"

엽단평이 한쪽 골목길로 꺾어져 들어갔다. 건물 하나를 지나고, 다시 꺾어지면 오른쪽이 약방(藥房)이다. 거기서 쭉 나아가 왼쪽 길로 나가면 위병 세네 명이 보일 것이라 했다.

궁무예의 예상은 한 치의 오차도 없었다.

죄인을 잡는 데 능했으니 그 반대에도 통달해 있다. 언제 호송할지, 통상 몇 명 정도의 위병이 호송하게 되는지 완벽하게 꿰고 있는 것이다.

쉬익!

엽단평은 평소에 안 입던 검은 옷을 입었다. 항상 눌러쓰던 죽립도 흑묵으로 까맣게 칠해 버렸다. 어둠 속에서 바람을 가르고 나타나는데, 담벼락의 그림자가 늘어난 것만 같았다.

퍼억! 퍼벅벅!

엽단평은 청강검을 검집째로 휘둘렀다. 둔탁한 소리가 연이어 터져 나왔다. 위병 세 명이 그대로 꼬꾸라졌다. 반격도, 비명 소리도 없었다.

빠악! 퍼어억!

저쪽도 상황은 다르지 않았다. 막야흔이 담벼락 위에서 훌쩍 뛰어내리며 도갑을 휘둘렀다. 위병 하나가 정수리를 얻어맞고 실 끊어진 인형마냥 무너져 내렸다. 착지한 다음 바로 옆의 놈의 배를 노렸다. 두툼한 뱃살에 협도의 도갑이 깊게도 박혀들었다. 위병이 억! 하고 새우처럼 허리를 꺾었다.

"빡!

막야흔의 발이 놈의 턱에 작렬했다. 각법이랄 것도 없었다. 냅다 올려 차는데, 그대로 두 눈을 까뒤집고 쓰러져 버렸다.

"죽이진 마시오."

엽단평이 속삭이듯 말했다.

"안 죽였어."

막야흔이 그답지 않게 작은 목소리로 답했다. 소란이 일어선 안 되기 때문이다.

"안 들켰지?"

"그런 것 같소."

순식간에 다섯 위병을 눕혀놓았음에도 아무런 낌새가 없다. 첫 번째 조건은 지켰다. 이쪽을 지키던 위병들은 전부 다 처리한 것이다.

"그다음은 저쪽인가?"

"그럴 거요."

궁무예는 죄인들의 호송에 대해 제 손바닥 살펴보듯 자세히 알고 있었다. 여기부터 공략한 것은 다음 반응을 늦추기 위해서라 했다. 쉽게 말해, 지원병을 차단하기 위해서라는 것이다.

"열다섯을 세라고 했지?"

"지금 열셋이오."

"열넷. 간다!"

막야혼이 먼저 땅을 박찼다. 엽단평은 거기서 열을 더 셌다. 그러고 달려나가면 반대편에서 뛰어나오는 위병과 마주칠 거라 했다.

퍽! 퍽! 하는 소리가 저 앞에서 들려왔다. 막야혼은 막야혼대로 제 역할을 십분 해주고 있었다. 엽단평이 열을 다 세고 몸을 날렸다. 아니나 다를까, 반대편에서 위병 두 명이 달려오는 게 보였다. 엽단평의 검이 검집째로 골목길 그림자를 갈랐다.

퍼억! 따앙!

옆구리를 얻어맞은 놈이 벽에 부딪쳐 땅바닥에 나뒹굴었다. 옆 놈은 운인지 실력인지, 자못 빠른 몸놀림으로 돌아서며 창대를 들이대 왔다. 하나 엽단평의 검은 강했다. 창대가 중간부터 뚝 부러져 나간다. 위병의 눈이 화등잔만 하게 커졌다.

쿠욱! 빠악!

찌르고, 후려쳤다. 위병의 몸이 땅을 굴렀다.

'여기서 담벼락을 넘고, 오른쪽으로.'

궁무예는 철저했다. 불과 반나절 전, 두 사람을 아예 이쪽으로 데려다 놓고 어떻게 해야 할지 하나하나 맞춰보도록 했다.

엽단평은 연습한 대로 움직였다. 담벼락을 넘고, 오른쪽 샛길로 빠져서 푸른 기와 담벼락을 넘는다. 그다음 다시 붉은 처마 목담을 넘으면 비로소 죄인 호송용 마차가 보일 거라 했다. 그의 눈앞에 아무런 특색이 없는 마차 하나가 비쳐들었다. 칙칙한 검은색에 창문 하나 뚫려 있질 않다. 궁무예가 말했던 호송용 마차의 모습 그대로였다.

‘마부부터.’

엽단평이 마차 위로 날아들었다. 마차 위의 마부가 벌떡 일어나며 어자석 옆에 놓여 있던 단창을 집어 들었다.

삐억!

마부는 단창을 휘둘러 보지도 못했다. 굴러 떨어지는 것을 잡아채 어자석 한 켠에 던져 놓았다. 대열을 갖추고 따라오던 위병들이 그때서야 눈치를 채고서 고함을 지르기 시작했다. 본격적인 싸움이 시작된 것이다.

“습격이다!”

“잡아라!”

마차가 요동을 쳤다. 갑작스런 괴변에 마차를 끌던 말 두 마리가 투레질을 하며 이리저리 몸을 흔든다. 진정시켜 줄 마부가 뻗어버렸으니 수습이 될 리 만무했다.

흔들거리는 마차 옆으로 건장한 관병들이 우르르 달려들었다. 엽단평이 어자석에서 몸을 날리며 종횡으로 검을 휘둘렀다. 둔중한 타격음이 연속적으로 터져 나왔다.

“으악!”

“크아악!”

다섯 놈이 순식간에 넘어졌다. 용감하게 달려든 관병 두 명이 더 튕겨 나가 한쪽 담벼락에 처박혔다.

‘여기서 나올 거라 했지.’

엽단평이 생각했다.

뒤쪽을 돌아보기 무섭게 한줄기 장소성이 하늘을 가른다. 웅혼한 내력이 담겨 있는 일갈이었다.

"당황하지 마라! 대열을 갖추고 퇴로를 차단해!"

어쩌면 이렇게 딱 맞아들 수가 있을까.

마차 저 앞쪽, 꽉 짜여진 체격의 남자가 달려오는 것이 보였다. 비단 금의가 횃불을 받아 매끄럽게 빛났다. 관병 무리들 가운데 있는 유일한 고수, 금의위 위사였다.

'정면으로 부딪치지 말고 뒤로 끌어들인다.'

엽단평이 이 역할을 맡은 것은 그가 더 냉정한 판단을 내릴 수가 있어서라 했다. 달리 말해, 시키는 대로 하기 때문이란 것이다. 막야흔이었다면, 저자가 나타남과 동시에 호기를 부리면서 몸을 날렸으리라. 저만큼 호승심을 자극하는 상대를 두고서 물러난다는 것은 엽단평에게도 쉬운 일이 아니었던 까닭이었다.

"뒤를 막아!!"

금의위, 원태가 소리쳤다. 관병들이 황급히 엽단평의 뒤쪽을 막아섰지만, 그게 제대로 될 리가 없다. 엽단평이 검을 휘두르면 날이 없는 검집인데도 맞은 자가 일어나질 못했다. 막아서려던 자들 세 명이 더 쓰러졌다. 그다음부터는 막으려는 자가 없었다. 원태의 고함 소리보다 앞에서 휘두르는 검집이 훨씬 더 무서웠기 때문이었다.

파락! 쉬이익!

엽단평은 마차 뒤쪽까지 물러났다.

채앵!

그가 처음으로 검을 뽑았다. 휘두르는 강검에 번뜩이는 광영은 사람을 향한 것이 아니다. 그의 검이 철제 바퀴에 박혀들었다. 우지끈, 마차가 한쪽으로 기울어진다. 원태가 짓쳐들었다.
엽단평은 검을 내치고 싶은 유혹을 뿌리치며 다시 뒤쪽으로 몸
을 뺐다. 권풍을 흘려내고, 마차를 휘돌아 반대편 바퀴 쪽으로
몸을 날렸다. 쩌엉! 소리가 골목길을 울렸다. 그쪽 바퀴까지 부
숴놓은 것이다.

"도망만 칠 셈인가!!"

엽단평은 등까지 돌린 채 땅을 박찼다. 마차 앞쪽을 향해 달
려가 기마에 연결된 줄 하나를 끊어버렸다. 기마가 히히힝! 울
부짖으며 뛰쳐나왔다. 순간적으로 길이 막힌 원태가 기마의 말
안장을 타 넘었다. 엽단평의 등이 저 앞에 있었다.

"치잇!"

원태가 호송마차를 한 번 돌아보고는 엽단평을 쫓아서 몸을
날렸다. 예감이 좋지 않았지만 어쩔 수가 없다. 원태로서는 목
표가 눈앞에 있는데, 쫓지 않고는 배길 수가 없었을 따름이다.

'역시 쫓아오는군!'

엽단평은 검을 검집에 꽂고 원태의 쇄도를 기다렸다. 싸움은
잠깐이면 된다. 이길 필요도, 죽일 필요도 없다. 시간을 벌면 그
만이었다.

"검을 뽑아라!"

원태가 소리쳤다. 그렇게 소리치고 사납게 짓쳐든다. 뽑는 걸
기다려 주지도 않을 거면서 왜 그런 소릴 쳤는지 알 수가 없다.

파앙! 파팡!

원태의 권격이 허공에서 원을 그렸다. 거센 파공음이 터져 나
왔다. 발경에 전사의 묘리가 가미된 무공이다. 훌륭한 공부였다.

'지금이오.'

엽단평은 원태의 공격을 이쪽저쪽으로 흘려내며 마음속으로 막야흔을 불렀다. 화답은 금방 돌아왔다. 막야흔의 신형이 멈춰 선 마차 위에 번쩍 나타난 것이다.

콰직!

마차의 측면은 강철판이 덧대어져 열쇠 없이는 뚫을 방도가 없다 했다.

막야흔의 협도가 마차 위의 지붕에 박혀들었다.

궁무예는 또한 말했다. 지붕 위엔 철판이 덮여 있지 않다고.

막야흔이 손목에 힘을 더했다. 내력이 주입된 협도 날에 두꺼운 강목이 콰드득, 썰려 나갔다. 변고를 눈치 챈 원태가 버럭 소리를 지르며 뒤를 돌아보았다.

"이놈들! 양동작전이로구나!"

원태는 엽단평을 버려둔 채 마차 쪽으로 몸을 날렸다. 아니, 날리려고 했다. 땅을 박차려고 보니 두터운 검집이 가슴 앞을 가로막는다. 팅겨낼 심산으로 손바닥을 올려쳤다. 검집이 귀신처럼 움직여 원태의 손바닥을 비껴낸다. 원태가 얼굴을 찌푸리며 획 몸을 돌렸다. 그가 소리쳤다.

"보내주지 않겠다는 건가!"

대답 대신 검집이 하늘을 난다. 엽단평의 정교한 검술은 질긴 포승줄과도 같았다.

원태는 발이 묶였다. 그것도 단단하게.

원태가 엽단평의 검집을 아슬아슬하게 피해내고는 힐끔 뒤쪽을 돌아보았다. 그의 눈에서 불꽃이 튀었다.

그사이에 막야흔은 마차 뚜껑을 전부 다 들어내 버린 상태였다. 미처 뜯어내지 못한 강목 조각들이 마차 안으로 우수수 쏟아졌다.

"좀 막아봐!"

원태의 고함이 문제가 아니다.

어떻게 좀 저지해 보려고 뛰어오르는 관병들이 있었지만, 마차 지붕 위엔 접근조차 할 수가 없었다. 뛰어오르기 무섭게 막야흔이 도갑을 휘둘러 모조리 떨궈 버린 까닭이었다.

"안에 있나?"

막야흔이 마차 안으로 고개를 들이밀었다. 닭장 같은 철창이 별로 넓지도 않은 마차 안을 사등분으로 쪼개놓고 있었다.

"안에 있으면 대답을 해!"

대답은 없었다.

어둑한 마차 밑바닥에 널브러진 남자 하나가 보였다. 옆 칸에도 있다. 여자였다.

"할 수 없군!"

막야흔의 몸이 마차 안으로 빨려들었다. 남자의 몰골은 말이 아니다. 막야흔이 남자의 멱살을 틀어 올리며 목소리를 높였다.

"운거모사?"

남자가 두 눈을 가늘게 떴다. 눈꺼풀 들어 올리는 것도 힘든 것 같다. 남자가 고개를 끄덕였다. 막야흔이 도갑을 허리춤에 껴 넣고, 남자의 몸을 옆구리에 꼈다. 마차 지붕 위로 뛰어올라 철창을 넘어 다시 밑으로 내려갔다. 이번엔 백가화다. 막야흔이 주저없이 백가화를 들어 올려 어깨 위에 들쳐 멨다.

"사람 맞나? 뭐 이렇게 가벼워?"

불평 아닌 불평 한마디 잊지 않았다. 막야흔이 지붕 위로 솟구쳐 올랐다. 뜯겨서 얼마 남지도 않은 지붕 위에서 아래쪽을 내려다보았다. 저 밑으로 엽단평이 금의위 위사와 좌충우돌 한바탕 부딪치고 있는 것이 보였다.

"혼자만 재미를 보다니! 이쪽은 끝났다. 알아서 따라와!"

막야흔이 훌쩍 마차 밑으로 몸을 날렸다.

위병들이 그를 막아서려 했지만, 이젠 서 있는 놈도 몇 명 없다. 막야흔이 씨익 웃으며 땅을 박찼다. 그때였다. 옆구리에서 들려오는 작은 목소리에 막야흔이 덜컥 발을 멈췄다.

"처… 운……."

"뭐라고?"

막야흔이 버럭 소리를 지르며 귀를 기울였다. 자신들에게 소리친 것으로 받아들인 관병들이 주춤주춤 뒷걸음질을 쳤다. 보다 확실한 발음의, 하지만 여전히 작은 목소리가 귓전을 파고들었다.

"철운거, 철운거를……."

막야흔의 얼굴이 대번에 찌푸려졌다. 차라리 듣지 말 것을. 막야흔이 고개를 뚝 떨구고 양무의의 귀를 향해 소리쳤다.

"이봐! 난 손이 세 개가 아니라구!"

"처, 철운거를……. 부탁이오……."

다 죽어가는 목소리다.

막야흔이 욕지거리를 내뱉었다.

"제기랄!"

안 들어줄 수가 없게 만드는 부탁이었다. 운거모사에겐 철운거가 다리 대신이란 말을 들어두지 말았어야 했다.

"그거 어딨어!"

막야흔이 고함을 내질렀다. 이번에는 관병들에게 내지른 것이 맞다. 뒤로 물러나던 관병들이 서로서로를 돌아본다. 아무리 겁을 먹었다 한들, 순순히 가르쳐 줄 수가 있겠냐는 눈빛들이 허공에서 교차되고 있었다.

"철운거가 어딨는지 당장 말해!"

막야흔이 일갈하며 몸을 날렸다. 엉거주춤 어쩔 줄 모르던 관병이 막야흔의 발길질에 나가떨어졌다. 옆에 섰던 어린 관병 하나가 울 것 같은 얼굴로 빠르게 입을 열었다.

"저, 저 뒤쪽입니다! 저 뒤쪽에 오는 수레가……!"

산동성 말투는 도무지가 알아먹질 못하겠다. 막야흔은 관병이 손가락질하는 방향을 향해 땅을 박찼다. 수레 어쩌고 하는 것 같더니, 아닌 게 아니라 중간 크기 수레 하나가 저쪽에 있다. 바보같이 멈춰 선 관병들이 으앗! 소리치며 창대를 꼬나 잡는 게 보였다

"샌님아, 얼른 와라! 손이 모자라!!"

관병들 물리치는 것 정도야 일도 아니었다. 땅을 박차고 발끝을 휘둘렀다.

옆구리에 양무의, 어깨 위에 백가화를 걸친 상태임에도 날쌔기가 비호와도 같다. 전광석화 같은 발차기에 관병 셋이 흙밭을 뒹굴고 한 명이 골목길 그림자에 처박혔다. 나머지는 관병 신분에 도망은 못 치고, 그렇다고 덤벼들지도 못하니 한참 멀리서

창만 겨누고 있을 뿐이었다.

와작! 우지직!

수레 한쪽을 부숴 버리자 끼리리릭, 하고 검은색 바퀴가 굴러 나왔다. 흑철 몸체에 구름 문양, 철운거였다.

"어이! 혼자선 못한다니까!!"

막야흔이 소리쳤다.

마차 쪽에서부터 경풍을 주고받으며 엽단평이 다가오고 있었다.

공수 한 번 교환한 엽단평이 반탄력을 이용, 막야흔 쪽으로 튕겨 나왔다. 막야흔을 본 원태의 얼굴이 돌처럼 굳어졌다. 양무의와 백가화, 두 죄인을 들고 있는 데다가 철운거까지 끄집어 냈다. 원태의 입장에서 상상할 수 있는 최악의 상황이 벌어진 것이다.

"이놈들……!"

"가자!"

막야흔이 먼저 몸을 날렸다. 엽단평은 주저하지 않았다. 곧바로 몸을 돌려 철운거를 번쩍 들어 올리고는 막야흔을 따라 골목길로 파고들었다.

"뭐 해! 당장 쫓아와!"

원태가 버럭 역성을 내며 골목길로 몸을 날렸다. 관병들이 화들짝, 그의 뒤를 따라붙었다.

파바바박!

막야흔과 엽단평이 앞서거니 뒤서거니 어둑한 골목길을 주파했다. 아무것도 들지 않은 원태가 서서히 거리를 좁혀오고 있었다.

"그쪽이다! 지원병!!"

원태의 목소리가 밤하늘을 갈랐다. 막야혼과 엽단평이 달리는 길목 저편으로 관병들이 우르르 몰려들었다. 관아로부터 달려나온 지원병들이었다.

"포위해!!"

지원병들은 생각보다 많았다.

이쪽과 저쪽 골목으로도 밀려들고 있다. 지원병 투입을 지연시키기 위해 미리 몇 놈 손봐두었는데도 대응이 무척이나 신속했다.

"오른쪽이라 했었나?"

엽단평이 고개를 끄덕이곤 오른쪽 길을 향해 달려나갔다. 막야혼이 그 뒤를 따랐다. 관병들의 벽이 저 앞에서 그들을 가로막고 있었다. 숫자가 꽤 많다. 잘못하면 꽉 막혀서 도망치기 힘들 수도 있겠다. 무슨 일이 있어도 관병들은 죽이지 않기로 약속한 데다가 막야혼은 두 손이, 엽단평은 한 손이 묶여 있다. 제약 조건이 만만치 않았다.

"일단 돌파해!"

점점 더 가까워진다. 달려오는 관병들이 그들의 기세에 놀란 얼굴로 창끝을 겨눠왔다.

쐐애애액! 하는 파공성이 들려온 것은 바로 그때였다.

퍼어엉!

선두에 있던 관병이 덜컥 뒤로 튕겨 나갔다.

쐐엑! 퍼엉! 쐐엑! 퍼어엉!

관병들이 뒤로 날아가고 있다. 전열이 순식간에 무너지고 있었다.

"영감이다! 좋았어!"

클클클, 웃으면서 연초 연기를 내뿜고 있겠지.

엽단평과 막야흔이 무인지경으로 달려들었다. 마구 헝클어진 관병들의 벽을 뛰어넘으며 내달린다. 원태의 입에서 강렬한 호통이 터져 나왔다.

"무슨 일이냐! 어서 막아!"

쐐액!

소리 한 방에 두세 명이 넘어졌다. 보이지 않는 거인의 손이 뒷덜미를 잡아채서 던져 버리는 것 같다. 파공음에 맞아서 날아가는 놈, 날아오는 관병 때문에 뒤엉켜 넘어지는 놈들까지 있으니 골목길은 순식간에 아수라장이다. 목표가 뻔히 눈앞에 있는데도 잡을 수가 없었다.

두 사람이 관병들의 숲을 뚫고 나왔다. 이젠 대로다. 난데없는 소란에 밤길을 걷던 행인들이 비명을 질렀다.

"어디야, 영감!"

막야흔이 소리쳤다. 합류하기로 약속한 데까지 왔다. 늙수그레한 목소리가 막야흔의 말을 받았다.

"여기다, 이놈아."

휘익 날아서 사뿐히 내려선다. 거친 백발을 휘날리는데, 주름진 두 눈으로 막야흔의 그것과 같은 열정과 호기가 고스란히 내비치고 있었다.

"자, 이제 어쩌지?"

궁무예의 눈은 엽단평의 어깨 위에 머물러 있었다. 궁무예가 다소 곤란한 표정을 지으며 철운거를 가리켰다.

"그걸 들고 왔군!"

"이놈이 들고 오자는데 어쩔 수 없었어!"

"기마를 준비했는데, 못 써먹겠다."

철운거를 들고서 기마를 타기엔 아무래도 무거운 감이 있다. 말이 버텨줄지도 의문이거니와, 설사 버텨준다 한들 제 속도를 내지도 못할 게다.

궁무예가 재빨리 주위를 돌아보았다. 원태가 저쪽에서 소리치며 달려오고 있었다. 궁무예의 눈이 한쪽에 이르렀다. 우마차 커다란 수레가 있는 쪽이다. 과일과 쌀 포대가 한 무더기 실려 있는 대형 수레였다.

"저거라도 써야겠군!"

궁무예가 수레 쪽으로 달려갔다. 상인 하나가 그 수레 앞에 있었다.

"이 수레, 당신 거요?"

상인이 고개를 끄덕였다. 궁무예가 주름진 손을 품에 넣더니 반짝이는 은덩이 두 개를 꺼냈다.

"받으쇼."

궁무예가 은덩이 두 개를 상인에게 던졌다. 상인이 엉겁결에 은덩이 두 개를 받아 들었다. 궁무예가 허리를 쭉 굽히더니 수레 밑에 손을 집어넣었다. 그의 입에서 한줄기 기합성이 내뱉어졌다.

"흐압!"

늘어선 상인들의 눈이 휘둥그레 치떠졌다. 놀라 자빠지는 사람도 있다.

포대 수십 개 가득 채워진 수레, 과장 좀 보태서 집채만큼 커다란 수레가 통째로 올라가고 있었다.

퍼억! 꿍, 꾸우웅!

궁무예가 번쩍 들어 올린 수레를 한쪽으로 기울이고 흔들어 채워졌던 포대를 전부 다 쏟아내 버렸다. 땅바닥에서 쌀 포대가 터지고, 과일들이 마구 튀어나와 흩어졌다.

"이 위에 올려!"

세상에, 이렇게 기운 센 늙은이가 또 있을까.

막야흔이 혀를 내두르며 수레 위로 양무의와 백가화를 밀어넣었다. 궁무예가 이번엔 엽단평을 바라보며 소리쳤다.

"그것도!"

엽단평은 토를 달지 않았다. 곧바로 달려가 철운거를 수레 위에 실었다. 막야흔과 엽단평의 손이 자유를 찾은 것이다.

궁무예는 그대로 땅을 박찼다. 머리 위에 커다란 수레를 번쩍 짊어진 채 세상 다시 볼 수 없는 진풍경을 보여준다.

"저건 네놈들이 막아라!"

"당연한 말을!"

막야흔이 호기롭게 대답하며 몸을 돌렸다. 이미 엽단평은 선수를 쳐 원태에게 달려드는 중이었다.

"샌님! 나도 재미 좀 보자!!"

관병들이 몰려들고 때 아닌 경풍이 대로 위를 채운다.

뽑히지 않은 검과 뽑히지 않은 도가 춤을 췄다.

순식간에 대로를 가로지른 궁무예는 이제 보이지도 않을 정
도였다. 커다란 수레만 흔들흔들, 담벼락 위쪽으로 멀어질 뿐이
었다.

*　　　　*　　　　*

강설영은 월담을 준비하고 있었다.

어차피 병기전설에 대한 이야기는 공개적으로 할 수 있는 성
질의 것이 아니다. 저번 육홍의 집무실에 침입했을 때처럼 은밀
히 해결하는 편이 좋을 것 같았다.

술도 한잔 걸쳤겠다, 담을 넘기엔 나쁘지 않은 날이다.

지금 저편에서는 노괴와 막, 엽이 한바탕 난장을 벌이고 있을
텐데, 그녀라고 가만히 있을 수는 없었던 것이다.

'좋아. 따로따로 어디 한번 해보자구.'

강설영의 발끝이 땅을 박찼다.

훌쩍 담벼락 위에 올라섰다. 강설영의 눈에 이채가 감돌았다.

'무가(武家)……?'

전각의 배열이 심상치가 않았다. 악기를 연마하는 곳이라 들
었는데, 막상 위에서 내려다보니 어떤 적이라도 막을 수 있는
요새형 구조다. 내원과 외원 두 겹 둘러친 방벽은 두텁고 튼튼
해 보인다. 요지마다 횃불이 밝혀 있었고, 내원의 네 귀퉁이엔
작은 망루까지 세워져 있었다.

'경계가 지나치게 삼엄해!'

강설영이 담벼락 아래로 소리없이 내려섰다.

안쪽 깊은 곳에서 뚱땅거리는 탄금 소리가 들려온다. 전시(戰時)라도 되는 듯한 경계와는 도무지 어울리지 않는 소리다. 단잠을 방해하지 않을 만큼 부드럽고 조용한 곡조였다.

'어째서지?'

운신이 만만치 않다.

비무상왕 육홍의 거처보다 더 심한 것 같았다. 무림인의 침습을 대비하기 위한 준비가 철저하게 갖춰져 있었다.

강설영은 조심스레 외원 정원을 가로질렀다. 이거 어째 잘못 들어온 것 같다는 생각이 든다. 외부인에게 무척이나 배타적이었던 하인의 얼굴이 머리를 스쳤다.

'돌아갈까.'

외원 중간을 둘러친 담벼락에 당도했다. 두 명씩 순찰하는 무사 두 무리가 저편에서 교차하는 것이 보였다. 뛰어난 무인들은 아니었지만 적어도 무공이란 것에 입문이라도 확실히 한 무인들이었다. 어지간한 무가(武家)가 부럽지 않은 순찰조였다. 자칫 본전도 못 건지고 소란만 커지겠다는 생각이 절로 들었다.

강설영이 천천히 담벼락을 타고 발을 옮겼다. 여기서 넘으면 내원까진 들어갈 수 있을 것 같다. 이왕 들어온 김에 끝까지 가 볼까, 아니면 돌아서고 내일을 기약해야 되나, 선택의 기로에 선 것이다.

그때였다.

"침입자다!"

"적침이다! 북을 울려라!"

둥둥둥둥!

내원 망루 위에서부터 북소리가 들려온다. 곳곳의 불이 환하게 밝혀졌다. 발소리가 어지럽게 들려오기 시작했다.

'들켰어? 어째서?'

강설영은 놀랐다.

들켰을 리가 없다. 그녀의 움직임은 그 누구도 눈치 채지 못할 만큼 완벽하게 은밀했다. 궁무예가 근처에 있었더라도 속일 수 있을 것이라는 자신감이 있었다.

"이쪽이다!!"

한줄기 고함 소리에 발소리가 가까워진다. 강설영 쪽으로 온다. 진짜 들킨 모양이었다.

'큰일이네.'

잡히지라도 말아야 한다.

한줄기 무지막지한 사자후가 들려온 것은 강설영이 어둠 속에서 몸을 날리기 직전이었다.

어흐흐흐흐흥!

쏴아아, 음파의 파동이 사방을 휩쓸었다. 바람이 불었다. 나뭇잎이 우수수 떨어지고, 기왓장이 딸그락 요동을 쳤다.

강설영이 넘어왔던 담벼락 근처다.

콰앙! 요란한 소리와 함께 나타나는 자가 있다. 청사자 가면, 부서진 경장청갑은 두르지 않았다. 이산대성 사타군왕의 출현이었다.

"도백균의 혈육을 찾아라!!"

사타왕의 명령이 하늘 위에 뿜어진다. 담벼락을 훌쩍훌쩍 뛰어넘으며 사자 가면의 괴인들 열 명이 쏟아져 내렸다.

　도고악당의 무인들이 우르르 달려나와 사자 가면의 괴인들에게 뛰어들었다. 철저하게 훈련이 된 이들이다. 몸을 사리지 않는 공격이었다.

　퍼엉! 퍼퍼퍼펑!

　"크악!"

　"으아아아악!"

　하지만 사자 가면의 괴인들은 강했다. 도고악당의 무인들은 가면 괴인들의 일장을 채 견뎌내지 못했다.

　누군가 나서야 했다. 하지만 강설영은 망설일 수밖에 없었다.

　그녀 역시도 무단으로 담을 넘어 들어온 침입자다. 함부로 나섰다가는 입장이 곤란해질 가능성이 있었다. 더군다나 이놈들은 가면을 썼다. 태산에 나타났던 놈들과 같은 무리일 게 뻔했다.

　'곤란해졌어…….'

　여기서 강설영이 나서면, 확실히 이놈들과 원수를 지게 된다. 강호를 누비며 부딪쳐야 할 적 하나를 확정짓게 되는 것이다. 손을 쓰기가 망설여지는 가장 큰 이유였다.

　"늦어. 어서 올라와라!"

　"우웅왕… 들어간다……."

　꾸물꾸물, 괴이한 목소리가 늘려왔다.

　콰아아앙!

　폭음과 함께 담벼락 한쪽이 터져 나갔다.

　구부정한 등허리에 울상인 원숭이 가면을 썼다. 구신대성 우웅왕이었다.

끼익! 끼이익!

콰드득 무너지는 돌무더기 사이로 괴인들 한 무더기가 괴성을 내지르며 뛰쳐들었다. 하나같이 새까만 원숭이 가면을 썼다. 우융왕은 이번엔 혼자가 아니었던 것이다.

"성성(猩猩)들은… 도백균의… 새끼를… 찾아라."

우융왕의 명령에 원숭이 가면들이 시끌시끌 몸을 날린다. 외원 정원의 나무를 타고, 바윗돌을 박차며 요란스레 파고들었다. 그 숫자가 거의 삼십에 가까웠다.

도고악당의 무인들은 그들을 막아내지 못했다. 외원 담벼락의 입구에 무인들이 몰려들었지만, 그런 길목을 지킨다고 되는 게 아니다. 원숭이 가면들은 높은 담벼락을 순식간에 넘어 들었다. 수라장이 따로 없었다.

청사자 가면이 강설영이 있는 곳을 지나쳐 내원 쪽으로 몸을 날리는 게 보였다. 구부정한 원숭이 가면의 우두머리도 청사자 가면을 따라 외원 담벼락을 넘었다.

'할 수 없어.'

이젠 손 놓고 볼 수가 없다.

이들은 위험한 놈들이다. 이들과 불공대천의 원수를 지게 되더라도 할 수 없다.

도백균의 혈육을 노린다 공공연히 큰소리를 쳤다. 그것은 곧 도백균도 무사하지 못할 것이란 말과 같았다.

강설영이 어둠 속에서 뛰어나왔다. 무서운 속도로 달려나와 일권을 날렸다. 사자 가면 괴인 하나가 단숨에 팅겨 나가 정원의 바위에 부딪쳐 떨어졌다.

사자 가면들의 시선이 한순간 그녀에게 집중되었다. 그들이 강설영에게 뛰어들었다. 생각보다 기세가 대단했다. 각개격파할 요량으로 뛰어나왔는데, 이렇게 일제히 움직일 줄은 몰랐다.

강설영은 그들과 맞서 싸우지 않고 내원 쪽으로 몸을 날렸다. 이걸 한꺼번에 상대했다가는 발이 묶여 운신이 어려워질 게다.

휘익! 파락! 파라라락!

사자 가면들이 강설영의 뒤를 쫓았다. 담벼락을 번쩍 뛰어넘었다. 하늘 위의 달이 밝다. 공중에서 내려다본 내원의 전경은 대혼란, 그 자체였다.

도고악당 소속의 무인들이 이리도 많았던가.

백여 명 맨 얼굴의 무인들이 삼십여 원숭이 가면들과 어우러지며 권각을 내치고 창검을 휘두른다. 숫자도 숫자지만 수준도 높다. 외원을 지키던 무인들보다 훨씬 강해 보였다.

‘오래 버티진 못해!’

짧은 순간 공중에서 둘러본 것으로도 충분히 알 수 있다.

지금 당장은 팽팽해 보이지만 그것은 어디까지나 방어형 전각 구조를 충분히 활용한 덕분이다. 외원 무인들보다 강하다고 한들, 가면 괴인들의 무공에는 미치지 못한다.

하나둘 쓰러지고 있는 것도 원숭이 가면들이 아니라 도고악당 무인들 쪽이다. 원숭이 가면들은 그야말로 기괴한 무공과 예측 못할 움직임을 보여주고 있었다. 도고악당 무인들로는 당적할 수 없다. 겨우겨우 접전을 벌이고 있지만, 한 번 균형이 깨지면 삽시간에 무너질 것이 뻔했다.

“도백균!!”

으허허허헝!

거대한 사자후가 반대편을 휩쓸었다. 내원 심부, 가장 안쪽에 있는 건물 쪽이다. 도백균의 거처, 도고각이었다. 사자후의 충격파에 도고각 창문과 창틀이 와장창 터져 나오고 있었다.

파락! 터엉!

착지하자마자 그대로 땅을 박찼다. 강설영의 몸이 내원의 한복판을 가로질렀다. 길을 막는 원숭이 가면 하나를 날려 버리고, 도고각을 향해 질주했다. 으허헝! 다시 한 번 커다란 진동이 도고각을 뒤흔들었다. 기왓장이 들썩이고 망가진 창틀이 부서져 나간다. 내부에서 큰 싸움이 벌어지고 있는 듯했다.

'서둘러야……!'

도고악당 무인들이 무너지고 있었다. 하나둘씩 땅에 눕더니, 이젠 세네 명씩 땅바닥을 나뒹군다. 거진 오십 명에 달하는 무인들이 쓰러져 버렸다. 괴이한 무공을 구사하는 원숭이 가면들이 그들의 세 배에 달하는 무인들을 밀어붙이고 있는 것이다.

파라락!

강설영이 도고악당으로 올라가는 계단에 당도했다. 양옆에서 무인들과 원숭이 가면들이 얽혀들며 드잡이질을 벌이고 있었다.

'들어간다.'

도백균이 위험하다. 그것은 예감을 넘어선 확신이었다.

'천잠보의를 위해서야!'

그렇게 생각하며 몸을 날릴 때다.

뒤쪽에서 느껴지는 무서운 기파에, 강설영의 신형이 덜컥 멈쳤다.

강설영이 돌아섰다.

또 다른 가면의 괴인이 저벅저벅 걸어오고 있었다. 사자 가면 괴인들과는 근본적으로 다른 자다. 강대한 무력이 피부로 전해져 왔다.

"거긴 방해하지 않는 것이 좋아."

화려한 가면이다.

늑대 형상 투구 아래로, 군사를 호령하는 흑면 장수의 얼굴이 조각되어 있다. 수염 없는 장수의 얼굴이었다. 부리부리한 눈 두 개가 분노한 듯 위를 향해 치켜 올라갔고, 이마에는 또 세 번째 눈이 그려져 있었다.

고풍스런 복식에 은회색 경장갑주가 가슴 전면을 막아준다. 선도 도교의 문양, 기이한 도형들이 촘촘하게 새겨져 있었다. 양팔엔 흑색의 비구를 장비했다. 백색의 수투(手套:장갑)로 손까지 가려놓았다.

강설영은 그 가면이 무엇인지 대번에 알아볼 수가 있었다. 청사자 가면은 본 적이 없지만, 저 삼안(三眼) 장수의 가면은 본 적이 있다.

"이랑진군……?"

강설영의 입에서 하나의 이름이 세어 나왔다.

이랑진군의 가면은 제천대성의 가면과 함께 가장 흔한 가면 중 하나다. 가면의 괴인이 고개를 끄덕이며 묵직한 어조로 대답했다.

"그렇다, 내가 이랑진군이다."

이랑진군이 한 발 더 다가왔다.

강설영은 순간, 그를 어디서 본 적이 있는 자라고 생각했다. 무슨 가면인지 알아봐서가 아니다. 따로 만나본 적이 있거나, 최소한 스쳐 지나간 적이라도 있는 자다.

"당신들, 정체가 뭐죠?"

강설영이 물었다.

도고각 안에서 무슨 일이 벌어지고 있을지 마음이 급했지만 안 물어보고는 배길 수가 없었다. 이랑진군이 고저없는 억양으로 대답했다.

"우리는, 발견하는 이들이다."

의외로 순순히 대답해 온다. 강설영이 두 눈을 반짝 빛내며 말했다.

"이해할 수가 없군요. 대체 무엇을 발견하겠다고 이런 일을 벌이는 건가요?"

"진정한 모습을 깨닫지 못하고 살아가는 자들에게 천신의 도리를 일깨워 준다. 음마정이 인세에 태어났지만 그 부모가 하늘을 가리고 진실을 속여왔으니, 음마(淫魔)는 합신의 이치에 닿지 못한 채 인간의 껍데기 속에 살고 있을 뿐이었다. 그것은 그야말로 천도를 거스르는 죄악이라 하기에 부족함이 없다. 도백균은 죽음으로 그 죄를 갚아야 할 것이다."

강설영의 얼굴이 굳어졌다.

음마정이 무엇인지는 알 수가 없다. 하늘을 속였다는 것이 무슨 의미인지, 천신의 도리와 합신의 이치가 무엇인지도 모르겠다.

다만 확실한 것은 이들이 도백균을 죽이러 왔다는 사실이다. 그리고 강설영은 그것을 좌시할 생각이 조금도 없었다.

"그건 안 되겠어요."

"무엇이 안 된다는 거지?"

"도백균을 죽이는 거."

"천리를 거스른 자의 운명일 따름이다."

"지금 죽어선 안 될 사람이죠."

"왜지?"

"물어볼 것이 있거든요."

강설영이 섬섬옥수 두 주먹을 말아 쥐었다. 그녀의 전신에서 강력한 힘의 파도가 밀려들었다. 단지 거기에 서 있는 것만으로도 내력을 진탕시킬 수 있을 만큼 강렬한 기파였다. 누구라도 알 수 있다. 그 자체로 싸움을 건 것이나 다름없었다.

"할 수 없군."

이랑진군이 왼손을 등 뒤로 돌렸다. 철컥, 하고 등 뒤에서 풀려 나오는 병장기가 있다. 장병, 창대 끝에 세 줄기 양날이 선 삼첨양인도(三尖兩刃刀)였다.

"급하니까, 빨리 끝내죠."

강설영이 손짓했다.

전력으로 부딪쳐 오라는 뜻이다. 이랑진군의 삼첨양인도가 강설영에게 짓쳐들었다. 강설영의 권격이 삼첨양인도의 창대를 튕겨냈다.

콰앙!

돌계단 하얀 벽돌이 깨지고 난간의 장식이 부서져 하늘을 날

왔다. 무서운 경파가 사방을 훑어내며 거기에 닿는 모든 것을
박살 냈다.

두 사람의 신형이 엇갈리고 부딪친다.

충돌음이 연이어 터져 나왔다.

사패 천룡회 철위강의 무공을 익힌 선성천녀.

팔황 신화회 이랑신의 가면을 이은 이랑진군.

수십 년 전부터 내려온 이야기가 마침내 시공을 초월하여 이
곳에 펼쳐진 것이다.

꽈아앙!

경천동지의 싸움이 시작되고 있었다.


도고각 안은 엉망진창이었다.

창문이란 창문은 다 날아가 버렸고, 탁자와 서가의 장식이란
장식은 모조리 박살나서 남아난 것이 없다. 줄 끊어진 악기와
가죽이 찢어진 북들이 땅바닥을 나뒹군다. 그 옆으론 호위무사
네 명이 오공에서 피를 쏟으며 쓰러져 있었다.

그 한가운데.

청사자 가면 사타왕이 발을 옮긴다. 그의 뒤에는 구부정한 우
융왕이 두 손을 늘어뜨리고 있었다. 사타왕이 입을 연다. 도고
각 안을 쩌렁 울리는 목소리가 가면 밑에서 새어 나왔다.

"말하라! 음마정은 어디에 있느냐?"

사타왕의 맞은편엔 한 명의 중년인이 서 있었다. 그가 이를
악물며 대답했다.

"말하지 않는 것이 아니라 못하는 것이다. 음마정이 무엇인지

모른다고 하지 않았던가."

얼굴 전체에 불굴의 의지가 가득하다.

단정한 수염, 부릅뜬 눈매에는 강인한 기상이 서려 있다. 선 굵은 콧날에 검미가 웅혼하게 뻗었다. 입가에 핏물이 줄줄 흘러 내리고 있음에도 두 눈에 담긴 고집스런 의지는 조금도 줄어들지 않았다. 그가 바로 도고악당의 당주, 도백균이었다.

"음마정을 모른다라……. 나는 당신 말을 믿지 못하겠다."

"모르는 것은 모르는 것이다. 기와 악을 연마하는 신성한 악당에서 이 무슨 해괴한 짓이냐! 어서 물러가지 못할까!"

북을 치는 악공은 비파를 뜯는 악사와 다른 법이다. 비파가 섬세한 마음이라면, 북이란 뜨거운 심장이다. 북은 힘찬 생명력으로 두드리는 악기였다. 평생 동안 북과 함께해 온 그는 그렇기에 쓰러지지 않았다. 가슴을 부여잡고 서 있는 것이 고작이지만, 도리어 상대를 향해 호통을 친다. 만용에 가까운 의지였다.

"모른다면 가르쳐 주지. 음마정을 타고난 자, 음마요신은 모든 음률에 통달한 마신(魔神)이다. 그가 발하는 음(音)은 사람을 미치게 할 수도, 손발을 부숴 버릴 수도, 목숨을 빼앗을 수도 있다. 무공을 익힌 이들은 그것을 일컬어 음공(音功)이라고도 하지. 음마정은 음공을 따로 연마할 필요가 없다. 그걸 타고났기 때문이다. 그게 바로 음마정이다."

도백균의 눈빛이 가볍게 흔들렸다. 아주아주 작은 변화였지만, 불행히도 사타왕은 그 미세한 흔들림을 놓치지 않았다. 사타왕이 앙천광소를 터뜨리며 말을 이었다.

"으하하하! 그래, 이제 좀 생각이 나나? 우린 알고 있다. 음마정은 이 땅에서 태어났고, 바로 이곳에서 처음으로 능력을 보였다. 숨길 생각 따위 하지 않는 게 좋을 것이다. 난 산을 옮기고 세상을 떠돌며 수많은 무가(武家)를 보았다. 어지간한 무가를 봐도 이렇게 무인들이 많지는 않아. 게다가 이곳은 무가도 아니다. 난 이렇게도 이만큼 무인이 지키고 있는 악당(樂堂)은 본 적이 없다. 그것은 무언가를 지키기 위함이었겠지! 그 무언가가 음마정이라는 것은 당신도 알고, 나도 안다! 음마정이 어디 있는지 말하라!"

도백균의 얼굴은 이제 돌처럼 굳어져 있었다.

죽음 따위 두렵지 않다. 그가 천천히, 한 자 한 자 또박또박 입을 열었다.

"괴이한 자여, 생각이 짧구나! 무언가를 지키기 위해 무인들을 모았다는데, 그것이 어디 있는지 내가 이야기하리라 생각하는가?"

"그도 그렇군. 그렇다면 그냥 죽어라."

사타왕이 다가왔다. 붕대를 감지 않은 왼손에 공력이 집중된다.

내려치면 끝이다.

그때였다.

콰장창! 하는 소리와 함께 한쪽 문이 부서진다. 낭랑한 일갈이 터져 나왔다.

"멈춰라!!"

젊은 남자다.

선 굵은 콧날, 길게 뻗은 검미가 도백균과 꼭 닮았다. 한쪽 옆구리에 커다란 철고(鐵鼓)를 들고 있었다.

"어허, 아직도 싸울 놈이 남아 있었나?"

"도고악당은 도적 무리가 이렇게 행패를 부릴 곳이 아니다!"

젊은 남자가 호기롭게 소리쳤다.

그가 두꺼운 북채를 치켜들었다. 그것을 본 도백균이 다급하게 소리쳤다.

"안 돼! 이들에겐 당적할 수 없다!!"

"이들이 당적할 수 없는 고수라면, 어차피 도망치지도 못합니다! 그렇다면 북이라도 신명나게 두드려 보아야지요!!"

젊은 남자의 목소리엔 호연지기가 가득하다.

사타왕이 젊은 남자 쪽으로 고개를 돌렸다. 그가 물었다.

"다시 보니 닮았군. 도백균의 혈육인가?"

얼굴만 닮은 것이 아니다.

호방한 마음가짐, 무엇도 두려워하지 않는 기상이 도백균과 똑같았다.

젊은 남자가 기다렸다는 듯 소리쳤다.

"그렇다! 내가 바로 도고악당의 차기당주, 도요진(陶謠震)이다. 도고악당의 모든 문제는 내가 해결하도록 되어 있다! 그러니 당장 그 손을 치우고, 아버님에게서 떨어져라!!"

대단한 용기다. 도백균을 구하고자 하는 마음이 절절하게 전해져 온다.

"아들이었군. 제대로 찾은 모양이야."

사타왕이 우융왕을 돌아보았다. 우융왕이 느릿느릿 말했다.

“찾았으면… 잡아간다…….”

“그래, 잡아가야지.”

사타왕이 도요진에게로 몸을 돌렸다. 그가 발을 옮긴다. 뒤에서 도백균이 비틀비틀, 닿지 않는 손을 뻗는다. 사타왕을 막기 위해 옷깃이라도 부여잡겠다는 것일까. 도백균의 두 눈에 절망이 서린다. 그가 쥐어짜는 음성으로 소리쳤다.

“안 돼! 아들아! 도망쳐라!”

“아버님, 그럴 수는 없습니다.”

“차라리 날 죽여라!! 그를 놔둬!”

“늙은이는 조용히 해!”

퍼엉!

사타왕이 가볍게 손을 휘둘렀다. 도백균의 몸이 뒤쪽으로 튕겨 나가 벽에 부딪쳐 와장창 땅바닥을 나뒹굴었다. 도요진의 두 눈에 불꽃이 튀었다. 그의 입에서 절규와도 같은 목소리가 터져 나왔다.

“아버님!!!”

가슴 터지는 부르짖음에도 응답은 없다. 도요진이 분노에 가득 찬 얼굴로 사타왕을 노려보았다. 그가 치켜들었던 북채를 힘차게 내려쳤다.

투웅! 하는 소리가 철고에서 울려 퍼졌다. 다시 한 번 북채를 내려친다. 투웅! 소리가 퍼어엉! 하는 폭음으로 변했다. 사타왕이 움찔, 몸을 굳혔다. 마치 보이지 않는 일권에 맞은 듯한 모습이었다. 사타왕이 광소를 터뜨리며 목소리를 높였다.

“으하하하하! 감히 이 몸에게 음공으로 덤빈다는 것인가!!”

퍼어어엉!

철고에서 뻗어 나온 폭음이 주위를 휩쓸었다. 이미 깨져 있던 사기그릇이 더 잘게 부서졌다. 사타왕이 두 발을 어깨 너비로 버텨선 채 정면으로 그 힘을 받아냈다. 바람이라도 불고 있는 듯 그의 옷자락이 뒤쪽을 향해 떨렸다.

투웅! 퍼어엉! 퍼어어엉!

도요진의 북채가 흑색의 철고를 연속으로 진동시켰다. 이를 악문 도요진의 양쪽 귀에서 핏물이 흘러내렸다. 한쪽 코에서도 붉은 피가 쏟아져 내리고 있었다.

퍼엉! 콰아아아앙!

사타왕의 몸이 크게 흔들렸다. 딛고 선 백석 바닥에 쫘아악, 하고 금이 간다. 그의 발밑에서 돌먼지가 튀어 올랐다.

"제법이로군! 음공을 집중시켜 터뜨리다니. 하지만 음마정도 듣던 것만큼은 아니다. 나에겐 안 돼!"

사타왕이 짧게 숨을 들이켰다.

위기를 느낀 도요진이 북채를 짧게 잡았다. 그의 손이 빠르게 움직인다. 둥둥둥둥, 짧게 끊어 치는 북소리가 그의 전면을 채웠다.

으허허허허허허헝!

사사후가 터져 나온다. 도요진을 그대로 날려 버릴 듯, 무시무시한 충격파가 그의 전신을 휩쓸었다.

두두두두두.

말발굽 소리처럼 몰아치는 고성(鼓聲)이 넓은 범위 몰아쳐 오는 사자후를 방어한다. 음파로 음파를 상쇄하는 것이다.

두두두, 우우우웅…….

사자후가 뻗어나가 흩어지고, 느려지는 북소리에 음파의 충돌로 생긴 여진만 남았다.

왈칵, 도요진이 핏덩이를 뱉어냈다.

심각한 내상을 입은 것이다. 그걸 본 사타왕이 호통을 치듯 말했다.

"이게 음마정이라고? 젊어서 그런지 제 아비만도 못하구나! 건달바의 가면을 씌우기가 아까울 지경이다!"

쿨럭쿨럭.

도요진은 연신 핏물을 뱉어내고 있었다.

한계였다. 그의 음공은 심후한 내공이 뒷받침되어야만 펼칠 수 있는 음공이었다. 음파를 집중시켜 한 점을 공격할 수 있는 놀라운 공부였지만, 반대편에 있는 자신에게도 공명이 일어나 똑같은 타격을 입는다는 단점이 있었다. 그것은 곧, 자신보다 심후한 내력을 가진 자에겐 무용지물이라는 뜻과 같다. 공명을 버텨낼 만큼의 음공을 시전하려면 자신의 내력 수준 이하의 충격만을 줄 수 있기 때문이었다.

"우융왕… 생각한다. 음공… 약하다. 이랑진군… 물어보자."

우융왕은 둔해 보이고 실제로도 둔하지만, 종종 의외로 날카로운 면모를 보여줄 때가 있었다. 지금이 그런 때다. 우융왕의 이야기는 다른 뜻이 아니다. 이 정도 음공을 펼치는 자를 보고 음마정이라 하기는 부족하지 않냐는 의미였다.

"하기야 우린 알아볼 방법이 없지. 내키지는 않지만 물어볼 수밖에."

사타왕이 성큼성큼 도요진에게로 걸어갔다.

도요진이 고개를 들고 북채를 쥐어보았지만, 그는 철고를 두드릴 수가 없었다. 사타왕이 그의 목과 허리춤을 붙잡더니 번쩍 들어 도고각 바깥쪽으로 던져 버린 것이다.

와장창!

너덜너덜한 창틀이 완전히 떨어져 나가고, 도요진의 몸이 도고각 바깥쪽 땅바닥을 굴렀다. 놓친 북채가 계단에 걸쳐지고, 흑색 철고가 난간 밑으로 떨어졌다. 퉁! 하는 소리가 무너지는 도고악당을 상징하는 것 같았다.

사타왕이 훌쩍 바깥으로 튀어나왔다.

예상 밖의 전경이 눈앞에 펼쳐지고 있었다.

도고악당 무인들이 모두 다 쓰러진 것은 예측했던 대로지만, 그 가운데 벌어지고 있는 싸움은 확실히 의외다. 도백균과 도요진의 음공이 몹시도 시끄러웠다고 하나, 이런 싸움이 벌어지고 있는데도 느끼지 못했다는 것은 실수였다고밖에 말할 수 없었다.

콰아앙! 퍼어엉!

이랑진군과 작은 소녀 하나가 박빙의 승부를 벌이고 있었다. 아니, 박빙이 아니라 종종 소녀 쪽이 우세해 보이기도 할 정도였다. 이랑진군이 놀아질 때도 있있지민, 그렇다고 소녀의 추식이 망가지거나 투로가 얽히는 일은 없다.

콰앙!

마구 휘몰아치는 경파에 이십여 명으로 줄어든 원숭이 가면과 절반 깎이고 다섯으로 줄어든 사자 가면들이 황급히 뒤로 물러났다.

　놀랍고도 놀라운 일이었다. 이랑진군은 신화회에서도 대단한 위치에 있는 실력자다. 사타왕 자신도 이랑진군 앞에서는 한 수 접어줘야 하는 절정의 고수였다. 그런 고수와 이런 싸움을 벌이고 있다니, 두 눈으로 보고도 믿을 수가 없었다.

　쾅!

　'저것은……!'

　한순간, 사타왕의 몸이 움찔 흔들렸다. 가면 밑 두 눈이 크게 치떠졌다.

　소녀가 펼친 일격의 무공 때문이다.

　소녀의 몸이 무서운 속도로 이랑진군의 품속에 뛰어들더니 몸을 돌려 등과 어깨를 때려 박는다. 강맹한 위력의 고법이었다. 이랑진군의 몸이 튕겨 나가는 것이 보였다. 이 장이나 밀려나 꿍꿍 땅을 밟고서 삼첨양인도를 바로 잡는다.

　'그때 그놈의……!'

　사타왕은 그걸 본 적이 있었다. 그것도 바로 며칠 전에.

　온몸에 전광을 둘러치고 끊어 치는 고법.

　무지막지한 위력이었다.

　붕마왕의 황금십마조가 속수무책으로 튕겨나지 않았던가.

　거의 같은 동작이다. 같은 무공이라고밖에 생각되질 않았다.

　"이랑진군!!"

　사타왕이 소리쳤다.

　삼첨양인도를 고쳐 쥐고 전열을 가다듬던 이랑진군이 사타왕의 목소리에 고개를 돌렸다. 사타왕이 성큼성큼 나서면서 말했다.

"그 여자. 우리에게 양보하면 안 될까."

어느새 밖으로 나온 우융왕이 사타왕의 바로 옆에 따라붙고 있었다. 우융왕도 알아본 것이다. 그녀가 그때의 그놈과 비슷한 무공을 쓰고 있다는 사실을 말이다.

하지만 이랑진군은 그녀를 양보할 생각이 없는 듯했다.

그는 가타부타 대답하지 않았다. 대신, 다른 반문으로 그 대답을 대신한다.

"마정은 확보했나?"

사타왕은 당장이라도 강설영에게 뛰어들 기세였다. 하지만 이랑진군의 말을 무시할 수는 없다. 그가 등 뒤쪽을 가리키며 대답했다.

"저놈 같기는 한데, 확인할 방도가 있어야지."

이랑진군의 얼굴이 계단 위, 널브러져 있는 도요진으로 향했다. 이랑진군이 말했다.

"잘 보이지 않는군."

사타왕이 번쩍 몸을 날리더니 도요진의 뒷덜미를 잡아채 돌아왔다. 그가 도요진을 치켜 올려 이랑진군 쪽으로 내밀었다.

"도백균의 아들놈이다."

이랑진군이 도요진을 바라보았다. 이마 위에 그려진 세 번째 눈에서 은은한 붉은 빛이 솟아 나오다 사라졌다. 이랑진군이 말했다.

"마정의 기운을 받긴 했지만 온전하지 않다. 그는 음마요신이 아니다. 비슷한 무엇일 뿐."

가면에 뚫린 두 개의 눈에서 위험한 빛이 새어 나왔다.

사타왕이 이를 가는 음성으로 말했다.

"허탕을 친 거라 이 말인가! 그럴 리 없다. 마안괴(魔眼怪)의 눈은 절대로 틀리지 않는다."

"효천견은 울지 않았다. 음마정은 여기에 없다. 처음부터 그렇게 말했건만."

으허허헝!

사타왕의 입에서 짧은 사자후가 터져 나왔다. 분노에 찬 음성이다. 그가 도요진의 목덜미를 휘어잡고 소리쳤다.

"그렇다면 이놈은 필요없다!"

콰직!

목뼈가 부러진다. 사타왕이 도요진의 몸을 머리부터 땅바닥에 내리꽂았다. 퍼억, 하고 피가 튀었다.

즉사다.

그 누구도 살아남지 못한다.

"무슨 짓을!!"

강설영의 얼굴이 하얗게 굳어졌다. 도백균의 아들이라 그랬을 때부터 호시탐탐 뛰어들 기회만 보고 있었다. 한데 그렇게 간단히 죽여 버릴 줄은 몰랐다.

"안 돼……."

그때다. 힘 빠진 목소리가 들려온 것은.

저편, 도고각 쪽에서 비척비척 걸어나오는 한 명의 중년인이 있었다. 머리카락 단정하게 묶어주던 청옥 옥관은 온데간데없다. 쏟아진 머리카락에 부릅뜬 두 눈으로 얼굴 전체를 푸들푸들

떨고 있었다. 피가 쏟아지는 입술에서 비탄에 가득한 절규가 터져 나왔다.

"요진! 요진아!!!"

도백균이었다. 강설영은 그를 처음 보았지만 그가 도백균이라는 것을, 지금 막 목숨을 잃은 젊은이의 아버지라는 것을 직감적으로 알 수가 있었다.

"이놈들! 어떻게… 어떻게……."

어떤 일에도 무너지지 않을 것 같던 도백균의 얼굴이 피와 눈물로 범벅이 되었다. 강설영이 몸을 날렸다. 도백균이라도 지키기 위해서였다.

파앙! 퍼어엉!

하지만 강설영과 도백균 사이엔 사타왕과 우융왕이 있다. 사타왕의 권격과 우융왕의 손아귀가 강설영을 밀어낸다. 강설영의 눈이 가볍게 흔들렸다. 한쪽에는 사타왕과 우융왕, 다른 한쪽에는 이랑진군이 있다. 이 셋과 싸우는 것은 아무리 그녀라도 역부족이다.

그래도 어쩔 수 없다. 힘이 부족하다면, 부족하지 않도록 있는 대로 끌어올려 본다.

우우우웅.

천룡무제신기를 극성으로 끌어올렸디. 전체에서 넘쳐 나는 진기가 뭉클뭉클 안개와도 같은 일렁임을 만들었다.

예상치 못한 일은 바로 그때 일어났다.

"음마정은 이미 다른 곳으로 빼돌려진 것이 틀림없다. 음마정이 없다는 것을 확인했다면, 볼일은 끝났다. 난 이만 돌아간다."

"무엇이?"

사타왕이 휙 고개를 돌렸다.

이랑진군은 진짜로 삼첨양인도를 거두고 있었다. 등 뒤로 돌려 갑주 위에 붙여놓았다. 그가 도백균 쪽을 돌아보며 말했다. 도백균은 하나뿐인 아들 곁으로 걸어오지도 못했다. 그 자리에 주저앉은 채 피눈물을 쏟고 있을 뿐이다.

"저자는 이미 죽었다. 내장이 다 박살이 나서 살아남을 수 없다. 징벌은 내려졌으니 천신의 분노도 가라앉았다. 내 임무는 거기까지다. 그리고… 관병들이 오고 있다."

이랑진군이 훌쩍 뒤로 물러났다.

그가 이번엔 강설영을 향해 말했다.

"도고악당과 아무런 관계가 없다는 것을 알고 있다. 도백균은 곧 죽는다. 궁금한 것이 있어도 물어볼 수가 없을 테니, 죽고 싶지 않다면 당장 물러가는 것이 좋을 것이다."

난데없는 배려다.

이랑진군이 단숨에 몸을 날려 외원 쪽으로 사라져 버렸다. 강설영의 시선이 도백균 쪽으로 향했다. 도백균은 땅바닥에 쓰러진 채 한쪽만을 하염없이 바라보고 있었다. 그의 눈에 비친 것은 오직 쓰러진 도요진뿐이다. 그렇게 바라보고 있으면 다시 일어나서 도백균에게 돌아오리라 믿기라도 하는 것 같았다.

"차라리 잘되었다. 신화회 천신과 함께 손을 쓸 수는 없는 일이었으니."

사타왕이 주먹을 쥐고 가볍게 흔들었다. 한쪽 손엔 붕대가 감겨 있지만, 문제될 것은 없다. 우융왕이 느릿느릿 접근한다. 주위에 있던 사자 가면들과 원숭이 가면들이 촘촘한 포위망을 형성했다. 사타왕이 당장이라도 주먹을 내칠 수 있는 거리까지 걸어왔다. 싸움을 시작하기 직전이다. 그가 물었다.

"이것부터 물어보자. 그놈은 어디에 있지?"

강설영은 대답하지 않았다.

누굴 묻는지도 모르겠거니와, 이런 극악무도한 놈들과 말을 섞고 싶지도 않았다. 오직 전의만을 불태우고 있는 그녀를 앞에 두고 사타왕이 이를 갈았다.

"태산에서 가면 하나가 깨졌다. 네년과 같은 무공을 쓰는 놈에게 말이다."

강설영의 눈이 번쩍 빛났다.

단운룡을 떠올렸기 때문이 아니다. 사타왕이 묻는 것은 단운룡의 행방이었으되, 강설영이 떠올린 것은 단운룡이 아니라 다른 천룡의 후예였던 것이다.

"끝까지 대답이 없군. 그럼 죽어라."

사타왕이 주먹을 내쳐 왔다.

전신의 내력을 있는 대로 쓸어 올린 듯, 주먹에 담긴 경기가 강맹하기 그지없다. 이랑진군과 싸우는 것을 보았기 때문에 처음부터 전력을 다하는 것이다.

파앙!

강설영은 강했다.

전력을 다한 사타왕의 주먹도 가볍게 튕겨낸다. 사타왕은 당황하지 않았다. 그쯤은 예상했기 때문이다. 사타왕이 몸을 휘돌리며 각법을 내쳐 왔다. 강설영이 발끝을 휘둘러 사타왕의 각법을 정면으로 쳐냈다. 충돌음이 터져 나왔다.

쾅!

정강이와 정강이가 부딪쳤기 때문에 나는 소리가 아니다. 둘러친 내공과 내공이 부딪치며 폭발음을 내는 거다. 두 사람의 권격과 각법이 빠르게 교차되었다. 일격 일격, 순식간에 균형이 깨진다. 사타왕이 밀려나고 있었다. 정상이 아닌 오른손에, 내력도 온전치 못하다. 압도당하는 것이 당연했다.

쉬익! 콰득!

뛰어오른 강설영의 발밑에서 돌바닥이 뜯겨 나간 것은 그녀가 사타왕의 가슴팍에 결정적인 일격을 날리기 직전이었다. 하단으로 위협적인 공격이 들어오고 있다. 채찍처럼 휘두르는 긴 팔에 조공(爪功)이라도 익혔는지, 강철 같은 손아귀가 살벌하기 그지없다. 우융왕이 싸움에 끼어든 것이다.

두 고수의 합공 속에서도 강설영은 운신의 제약이 없었다. 사타왕을 우선 목표로 두고, 권격과 장법을 연이어 발출한다. 사타왕의 투로가 무너지고 있었다.

"크핫!"

사타왕이 두 팔을 휘둘러 강설영의 각법을 막아내고, 뒤쪽으로 훅 몸을 뺐다. 쫓아서 땅을 박차던 강설영의 앞에 우융왕의 손아귀가 짓쳐들었다.

파앙! 파파팡!

연발로 권격을 내친다. 우융왕의 두 손이 튕겨 나갔다.

우우우우웅.

벌 떼의 날갯짓 소리가 들려왔다. 강설영이 다시 사타왕 쪽으로 몸을 돌렸다. 흉갑은 깨졌지만, 철갑비구는 건재하다. 청광 철권, 푸른빛이 사타왕의 왼손에서 일렁거리고 있었다.

위잉! 콰앙!

뛰어올라 내리찍는 사타왕의 권격에 닿지도 않은 백석 바닥이 움푹 깨져 나갔다. 강설영은 빨랐다. 사타왕의 청광철권을 가볍게 비껴내고, 옆구리를 향해 일장을 내갈긴다. 퍼엉, 하는 소리와 함께 사타왕의 몸이 일 장이나 날아갔다.

터엉!

공중에서 몸을 뒤집어 땅 위에 내려선다. 강설영은 사타왕에게 시선을 고정한 채 왼발을 들어 올리고, 옆으로 몸을 기울였다. 보지도 않고 피한다. 우융왕의 긴 팔이 왼발 밑과 어깨 옆을 스쳐 지나갔다.

퍼엉!

강설영은 강했다. 순식간에 몸을 돌리며 일장을 내친다. 우융왕의 몸이 쭉 미끄러져 밀려 나갔다.

으허허허헝!

사타왕의 입에서 사자후가 터져 나왔다. 그가 소리쳤다.

"모두 공격하라!"

사자 가면의 괴인들이 기다렸다는 듯 몸을 날려왔다. 그러면서 사타왕 자신도 땅을 박찬다. 합공을 아무렇지도 않게 생각하는 자들이다. 눈앞으로 닥쳐드는 기운이 만만치 않다. 더군다나 뒤쪽에서는 우융왕이 두 팔을 휘두르며 하단을 향해 짓쳐들고 있었다.

퍼엉! 파파팡! 꽈앙!

천룡무제신기.

사자 가면 세 명이 한꺼번에 달려들던 속도 그대로 뒤를 향해 튕겨 나갔다. 비집고 들어오는 사타왕의 청광철권을 흩어내고, 공중에서 몸을 회전시키며 또 한 명 사자 가면의 뒤통수를 돌려 찼다.

천룡회주의 무공이 얼마나 강한지 여실히 보여주는 광경이다.

뇌전을 둘러치지 않아도, 세상이 느려지는 속도가 없어도 그냥 강하다. 그게 천룡회주 철위강으로부터 사사한 무공이었다.

사자 가면들이 한꺼번에 달려들어도 소용이 없자, 이번엔 우융왕 쪽의 원숭이 가면들이 달려들었다.

"끼익! 끼이익!"

이들은 사자 가면보다 더 까다롭다. 움직임이 지나치게 기괴하여 공격을 적중시키기가 쉽지 않았다. 이리 비틀고 저리 비틀며 손을 할퀴어 오는데, 산만하기가 그지없다. 실린 힘은 그다지 강하지 않아 천룡무제신기의 방패로 둘러친 몸엔 상처조차 입힐 수 없겠지만, 집중력을 흩어놓는 데는 충분하고도 남는다. 거기다가 직격당하면 충분히 위험할 수 있는 청광철권과 우융왕의 강철 같은 손아귀가 틈을 노리니, 누구라도 운신이 어려울 수밖에 없다. 끝 가는 줄 모르고 뻗어나가던 강설영의 기세가 마침내 처음으로 벽에 부딪친 것이다.

퍼엉!

"끼이이익!"

원숭이 가면 하나를 튕겨내고, 사타왕의 청광철권을 비껴냈다. 원숭이 가면 두 놈이 달려든다. 막을 수 없다. 뒤쪽으로부터 우융왕의 손아귀가 사나운 기세로 짓쳐들고 있었기 때문이다.

최우선으로 피해야 할 공격이다. 강설영이 우융왕의 손아귀를 비껴내고, 오른쪽 어깨와 왼쪽 다리에 내공을 퍼뜨렸다. 퍼억! 파앙! 하는 소리와 함께 강설영의 신형이 크게 흔들렸다. 공격을 가한 원숭이 가면 둘이 피를 뿌리며 뒤쪽으로 훌쩍 튕겨나갔다. 피할 수 없으니 몸으로 받아낸 것이다. 그것도 강력한 반탄력을 담아서.

'충격이 좀 있어.'

제대로 들어온 것이라서 그런지, 생각보다 충격이 컸다.

이러면 문제다. 전부 다 피하는 것은 불가능하다. 시간을 끌수록 불리하다는 뜻이었다.

파팡! 퍼어억!

엉키고 돌아가는 와중에 셀 수 없이 많은 공격이 오갔다. 파황고 고법으로 한꺼번에 세 명을 날려 버렸다. 피하지 못한 일격이 있다. 그런 식으로 손해가 쌓인다. 원숭이 가면을 일곱 명까지 줄여놓았고, 사자 가면은 서 있는 놈이 없었지만, 그만큼 강설영도 지쳐 갔다.

무엇보다, 사타왕과 우융왕이 건재했다. 나머지 놈들을 전부 다 정리해도 그 둘을 이길 힘이 남지 않았다면 끝이다. 어처구니없게도 이런 곳에서 죽을 수도 있다는 말이다.

'한 명만 있었어도……!'

어쩔 수 없이 떠올린다.

궁무에, 아니, 엽단평만 있었어도 싸움이 이런 식으로 전개되진 않았다. 하다못해 막야흔만 날뛰어줬어도 이러지는 않았다. 누가 되었든 한 명만 있었다면, 이미 이긴 싸움이었을 것이 틀림없었다.

퍼어엉!

없는 사람은 아쉬워해도 소용이 없다.

있는 힘이라도 더할 수밖에.

강설영의 무공이 더 거세게, 더 강하게 몰아친다. 원숭이가 면 하나가 깨지고, 사타왕 청광철권이 뒤쪽으로 밀려났다.

콰악!

그렇게 무리를 하고 나면 반드시 빈틈이 생길 수밖에 없다. 허용하지 말아야 할 일격을 허용하고 만다. 우융왕의 손이 강설영의 어깨를 잡아챈 것이다.

“크읏!”

무시무시한 고통이 등줄기를 타고 치달렸다.

뜯겨 나간 살점이 허공에 흩뿌려졌다. 강설영의 입에서 참을 수 없는 신음성이 흘러나왔다. 뜨뜻한 선혈이 옷깃을 물들이고 번져 나갔다. 작은 어깨가 온통 피범벅이 되어 있었다.

“드디어 잡았구나!!”

사타왕이 득의에 찬 목소리를 내뱉었다.

위기다.

강설영의 얼굴이 어두워졌다.

타다다닥! 척척척척척!

일사불란한 발소리가 들려온 것은 바로 그때였다. 우융왕과 사타왕의 눈이 외원 쪽으로 돌아갔다. 정확하게 떨어지는 발소리, 관병들의 발소리였다.

'관병들이 와도……!'

강설영은 냉정했다.

이건 반가울 것도, 희망적인 것도 아니다. 그것은 분명 상황을 변화시킬 수 있는 발소리였겠지만, 결코 구원의 발소리가 되진 못한다. 이 정도 괴물들에겐 관병들 따위 우습다. 양 떼 사이에 풀어놓은 흉포한 늑대들과 같을 것이다. 도리어 강설영이 힘을 내 무고한 관병들을 지켜줘야 할 판이었다.

"우융왕…… 서두른다……."

우융왕이 느릿느릿 말하고 먼저 달려들었다.

강설영이 뒤로 물러났다. 몸을 젖히고 손을 뻗으려는데, 쿡 쑤시는 고통이 온몸을 흔들었다. 투로가 흐트러지고, 다시금 빈틈을 내준다. 우융왕의 손끝이 강설영의 옆구리를 훑었다. 종이 한 장 차이, 본능적인 움직임으로 겨우겨우 위기를 모면했다.

사타왕, 원숭이 가면들이 가세했다.

관병들의 발소리가 지척까지 다가왔다. 외원을 지나 여기 내원까지 들어온 것이다.

파락! 파파팡!

관병들이 어떻게 도열했는지 볼 거를조차 없다. 공중에서 몸을 뒤집으며 공격을 피해낸다. 착지하자마자 다시 땅을 박찼다.

위험한 공격은 다 피했지만, 이 원숭이 가면 하나를 피하지 못하겠다. 계속된 싸움으로 완전하지 않은 내력에 타격이 상당하겠다. 두 팔로 얼굴을 가리고, 내력을 집중했다. 휘둘러 차오는 발이 눈앞으로 확대되고 있었다.

퍼어어억!

격타음이 울려 퍼졌다. 하지만 강설영은 아무런 충격을 느끼지 못했다.

타격음이 터져 나온 것은 강설영의 팔이 아니라, 원숭이 가면의 몸통에서였다. 강설영이 팔을 풀고 그 자리에 섰다.

그녀의 앞에 커다란 등이 있었다.

하염없이 커 보였던 등.

강설영은 순간, 이것이 꿈이라고 생각했다.

그녀는 이 등을 안다. 업고 안기면서 놀았던 등이다.

백발성성한 머리카락이 정겹다. 너무나도 익숙했던, 그렇기에 더더욱 믿어지지 않는 목소리가 그녀를 가로막은 그의 입에서 조용히 흘러나왔다.

"언제나처럼 주변이 시끌시끌합니다. 아가씨는 말이지요."

은퇴하여 자유로운 몸이 되었음에도 아가씨란 호칭과 공손한 말투는 변하지 않았다.

주름진 손목에서 은월륜이 내려와 손가락에 잡혀든다.

쌍월벽. 광동천노 곽경무였다.

"곽 노대! 어떻게……?"

그에게 있어 그녀가 영원토록 모셔야 할 어린 아가씨라면, 그녀에게 있어 그 역시도 그저 곽 노대일 뿐이다.

"상주가 보냈지요. 나 때문에 이리되었으니, 끝까지 수습하라는 명이었습니다."

곽 노대가 한 발 앞으로 나섰다.

쌍월벽, 한 쌍의 반월륜이 월광을 받아 은은한 빛을 뿌렸다.

여은을 객점에 데려다 주고 도고악당으로 향하던 중, 도고악당 정문으로 관병들이 달려 들어가는 것을 보고는 급히 담을 넘었다.

곽경무는 그렇게 여기에 온 것이다.

곽경무와 강설영.

두 사람이 나란히 섰다. 무너뜨릴 수 없는 거대한 성벽 같은 기세가 뿜어져 나온다.

그 뒤로는 관병들이 꾸역꾸역 들어오고 있다. 이 아수라장에 놀란 표정들을 짓지만, 창검을 꼬나 쥔 그들의 군기는 자못 삼엄하기 짝이 없다.

사타왕이 발을 꿍! 구르고 우융왕을 돌아보며 소리쳤다.

"도저히 못 참겠다! 모조리 죽여 버리자!"

당장이라도 달려들 기세다. 하지만 우융왕은 달랐다. 우융왕의 가면 밑으로부터 언제나와 같은 느릿한 목소리가 흘러나왔다.

"우융왕… 안 한다……. 옥황상제… 관병… 죽이지… 말라고 했다."

"관병들 따위!!"

"옥황이… 맞다……. 아식은… 때가 이니다……."

사타왕은 이를 갈았다.

우융왕이 훌쩍 뒤로 물러났다. 그러자 몇 남지 않은 원숭이 가면이 그를 따라 뒤로 몸을 날렸다. 그의 결정이 그러하니 사타왕도 어쩔 수가 없다. 사타왕이 몸을 돌린다.

휘릭! 파박!

우융왕이 뛰어올라 도고각 처마를 잡고 지붕 위를 타 넘어 사라졌다.

사타왕이 번쩍 땅을 박차고, 도고각 지붕 위로 올라섰다. 꽝! 하고 내리찍는 발에 지붕 위 기왓장이 마구 부서져 떨어졌다. 그가 강설영 쪽을 바라보며 쩌렁 호통을 내질렀다.

"다시 보면 죽을 줄 알아라! 결코 살려두지 않겠다!!"

지붕 뒤로 모습을 감춘다.

강설영이 소매를 찢어 어깨를 묶었다. 곽 노대가 뒤로 돌아가 상처를 감싸는 것을 도와주며 말했다.

"상처가 심하군요. 의원에 가봐야겠습니다, 아가씨."

"그보다 중요한 게 있어."

강설영은 마음이 급했다.

대충 지혈만 해놓곤 바로 도고각을 향해 뛰어 올라갔다.

관병 하나가 쪼르르 달려와 곽 노대에게 일이 어떻게 된 것이냐 묻는다. 이리저리 흩어진 관병들이 살아 있는 무인들을 흔들어 앉히고 자초지종을 묻기 시작했다.

도고각 현판 밑에 도백균이 쓰러져 있었다.

강설영이 도백균의 바로 옆에 주저앉았다. 도백균의 시선은 여전히 한곳에 고정되어 있다. 도요진의 주검에서 떠날 줄을 모른다.

결국 일어나지 않는, 일어날 수 없는 아들임을 깨달았음인가.

점차 흐려지고 있는 눈이 식어가는 생명의 불길을 고스란히 내비치고 있었다.

"도 악공!"

강설영이 도백균을 불렀다.

맥을 잡아보았다. 끊어지지 않은 것이 이상하다. 토해낸 피 웅덩이 속에 내장 조각이 섞여 있었다. 이미 늦어버린 것이다.

강설영이 고개를 들고 곽 노대 쪽을 바라보았다.

곽 노대는 아무것도 모른다. 이것이 어떻게 된 것인지.

하지만 그녀는 곽 노대를 보지 않고는 참을 수가 없었다.

구할 수 있었는데.

조금만 빨리 들어갔었더라면.

망설이지 않고 담을 훌쩍훌쩍 넘어서, 그냥 도고각까지 들어와 있었더라면.

이제는 다 소용없는 일이 되었다.

곽 노대는 그런 그녀의 표정을 보며 그녀가 말하지 않은 많은 것들을 읽을 수가 있었다. 그가 입매를 굳히며 고개를 한 번 끄덕여 주었다. 사람의 운명은 아무도 모르는 것, 너무 상심하지 말라는 뜻이었다.

그녀가 다시 도백균을 내려다보았다.

조심조심 도백균의 고개를 들어 올렸다. 도백균의 눈동자는 흐려지는 와중에도 아들의 주검을 놓치지 않기 위해 움직였다.

마지막 숨을 몰아쉬는 도백균이디.

그때였다.

"아빠!!"

갑작스레 하늘을 가르는 한줄기 목소리가 있었다.

강설영이 퍼뜩 고개를 들었다.

곽 노대 뒤쪽으로, 내원 문 앞에 나타난 한 사람이 있다.

강설영의 눈이 크게 뜨여졌다.


"전, 한 가지 재주가 있어요. 제법 잘한다고 자신있게 이야기할
수 있는 재주죠."


아련하게, 기억 속의 목소리가 귓전을 울린다.

타고난 재주로 인하여 집에서 쫓겨나야만 했던 아이.

재주가 있었으나 그 재능이 하늘을 비웃으니, 해괴한 일로 뭇
사람들을 무섭게 만들었더라.

오른손 북채로 북을 치면 산짐승이 기괴하게 춤을 추고, 왼손
손바닥으로 북를 때리면 죽은 사람의 흥거운 목소리가 들렸다.

아이가 슬피 북을 치면 사람들이 울고, 아이가 즐거워 북을
치면 사람들이 웃었다.

아이가 앙심을 품고 북을 때리면 사람이 다쳤고, 아이가 놀라
서 북을 때리면 지나가던 사람이 기절을 했다.

아버지는 북채를 빼앗았다.

아이는 울었다. 온종일 울부짖었다.

귀신의 재능은 결국 아이를 미치게 만들 것이라 하였다.

요괴의 재주는 결국 사람들을 절망의 구렁텅이로 몰아넣을
것이라 하였다.

아이가 타고난 그것은 결코 사람의 재능이 아니었으니, 아버
지는 그 재능을 두려워하여 평생토록 북채를 멀리하길 바랐단
다.

아이는 아버지를 원망했다. 원망하고 미워했다.

미움받는 아버지는 세상을 다 뒤져서 영물의 내단을 구해왔다.

아이가 미치지 않도록 영험한 기운으로 몸을 채웠고, 백운관 전진도량 정종심법으로 마음을 다스리게 했다.

도백균의 딸. 도요진의 누이.

음마정의 화신, 도요화가 거기에 서 있었다.


『천잠비룡포』 8권 끝

― 여러 신마요괴들의 가면에 대하여

· 탁탑천왕

탁탑천왕의 형상화엔 어려운 점이 많았다. 탁탑천왕은 본디 주나라 때 실존했던 이정이란 장수를 모델로 했다는 것이 정설인데, 이에는 여러 가지 의견이 분분하다. 후대에 나타나는 탁탑천왕의 본성이란 이정이란 장수 한 명을 신격화했다기보다는 도교와 불교가 두루 섞이면서 갖추어진 것으로 보이기 때문이다.

탁탑천왕은 천계의 장군이라는 신분에 기반하여, 대체로 전포를 두른 전신(戰神)의 모습으로 나타난다. 탁탑천왕을 이미지화할 때 있어 가장 중요한 것은 왼손에 든 보탑이다. 이 보탑은 말 그대로 탑, 보통은 불자들의 사리를 보관하는 탑을 의미하며 달리는 재물의 상징이나 보물 그 자체의 의미로 쓰이기도 한다. 따라서 일반적으로 탁탑천왕이라 함은, 보탑을 수호하는 수호자로서 받아들여지는데, 여기에도 달리 해석할 수 있는 여지가 굉장히 많이 존재한다. 탁탑천왕이 수호하는 보탑은 결국 불교의 보물이란 이야기인데, 또한 탁탑천왕은 옥황상제의 측근, 하늘의 승상이라고도 불리고 있다. 한편으로는 인간계에 실존했던 장수를 기반으로 하고 있기도 하다. 불교와 도교, 그리고 인세의 영웅설화가 복합적으로 얽혀 있다는 뜻이다. 이는 중국고대설화의 중대한 특징을 단적으로 보여줄 수 있는 일례라 할 수 있다. 탁탑천왕이란 인물에 대해 어떤 하나의 이미지를 뽑아내기가 어려웠던 가장 큰 이유가 되겠다.

후대에 받아들여지고 있는 탁탑천왕의 이미지를 근본적으로 파고들면, 결국 불교의 원산지인 인도의 신들에게 닿을 수밖에 없다. 도교 전설에서의 탁탑천왕은 기본적으로 힌두신인 바즈라파니, 그러니까 밀적금강역사—금강수, 집금강보살 등으로 표현되는—와 대체적으로 비슷한 특성을 지닌다. 밀적금강은 종종 야차왕으로도 표현되며, 대일여래 금강일족을 통칭하는 보통명사로 쓰이기도 한다. 결론적으로 밀적금강역사는 금강저를 휘두르는 신이면서 부처님을 호위하는 역할도 맡는다. 이 부분은 천계—옥황상제—를 호위하는 장수라는 이미지와 맞물려 있다.

문제는 이 밀적금강역사가 들고 있다는 금강저에 있다. 일설에 의하면 불교 초기 밀적금강역사의 중국전래 과정에서 금강저의 용도나 이름을 잘 모르던 중국인들이 그 생김새를 보고 탑으로 착각하여 탑을 들고 있는 역사(力士)인 탁탑천왕이란 이름으로 받아들였다는 이야기가 있다. 고대 힌두신화를 그린 그림들에 나타나는 금강저는 과연 탑으로 착각힐 수도 있겠다는 모양으로 생겼으며, 그에 따라 그러한 추측도 꽤나 설득력이 있어 보인다. 어찌 되었든, 탁탑천왕이란 캐릭터를 특징짓는 가장 중대하고 중요한 요소는 왼손에 들고 있는 탑의 존재라 할 것이다. 이 탑의 중요성을 엿볼 수 있는 설화로는 이와 같은 이야기도 있다.

탁탑천왕 이정에겐 나타라는 아들이 있었다. 나타는 출생부터 비범하다. 어머니 뱃속에서 3년 6개월을 있었다고 하며, 태어날 때 구슬과 같은 고깃덩이로 태어났다가 이정이 고깃덩이를 가르자 그 안에서 용모가 출중한 아기가 나왔다고 되어 있다. 나타에 대한 일화로 가장 유명한 것은 용궁에서 행패를 부리고 자진하여 죽었다가 태을 진인의 도술로 부활한 것이 있겠다. 이 나타는 탁탑천왕 이정의 셋째 아들이라 하여 나타삼태자라고도 불리는데, 아버지인 이정과는 여러 이유로 사이가 안 좋은 것으로 되어 있다. 이에 한 설화에서 나타태자는 호시탐탐 이정의 목숨을 노리는 것으로 나타나기도 하는데, 보탑을 들고 있는 동안에는 나타태자가 공격하지 못한다는 원칙이 있었다고 한다. 즉, 탁탑천왕 이정은 나타태자에게 죽임을 당하지 않으려고 탑을 애지중지 항상 들고 다녔다는 전설이다.

밀적금강역사의 금강저가 보탑이 되고, 보탑을 수호하기 위함이 아니라 목숨을 구하기 위해 보탑을 들고 다녔다는 이야기는 또한 신들의 희극적이고 복잡미묘한 인격화를 보여주는 일례다. 이 또한 중국 설화전설의 중요한 특징이라 할 것이다.

한편으로 탁탑천왕은 불교 사대천왕 중 하나인 비사문천과 동일시되기도 한다. 북방을 지키는 비사문천은 여러 가지 모습으로 형상화가 되고 있는데, 그중 하나가 보탑을 왼손에 들고 있는 분노한 역사의 모습이다. 이는 중국의 사찰뿐 아니라 우리나라 절에서도 종종 볼 수 있는 바다. 한데, 유의할 것은 우리나라 절에서 일반적으로 탑을 들고 있는 사천왕상은 비사문천이 아니라 광목천왕이라는 점이다. 비사문천은 탑을 들고 있다기보다는 비파를 들고 있는 식으로 형상화되는데, 이는 전래 과정에서 두 캐릭터가 혼용되어 빚어진 결과로 보인다. 재미있는 것은 비사문천의 다섯째 아들이 나타라는 점이다. 불교사대천왕에게는 각각 91명의 아들들이 있었다고 전해지는데, 나타가 그중 비사문천의 아들로 되어 있다. 즉, 비사문천과 탁탑천왕이 완전히 똑같은 인물이라고 하기엔 문제가 있다 해도, 동일한 근원을 가졌다는 점만큼은 확실시되는 바다. 따라서 천잠비룡포 상에서의 탁탑천왕은 광목천왕의 이미지가 아닌 비사문천에 가까운 이미지로 나타나고 있음을 밝혀둔다.

한편, 옥황상제라는 캐릭터 자체는 당나라 이전까지 나타나지 않았다는 것이—이전에 있었다 하더라도 그 캐릭터로 정형화된 것은—정설이라고 알려져 있다. 전승되고 있던 신화적인 존재들을 취합, 모두를 지배하는 권능자로서 옥황상제라는 초월적 존재가 나타나게 되었고, 그것이 당나라 전후라고 볼 때, 옥황상제를 보좌하는 천신으로서의 탁탑천왕 역시도 그 이후에 만들어졌다고 봐야 할 것이다. 그렇다면 사천왕 중 하나인 비사문천이 탁탑천왕보다 먼저 나타났다고 봐야 옳다. 비사문천은 힌두신 바이스라바나라는 뚜렷한 모델이 있지만, 또한 비사문천은 북방 야차와 나찰의 군대를 다스리는 야차왕으로서의 면모도 지닌다. 결국 위에서 말했듯 바즈라파니—밀적금강의 특성까지 지녔다는 이야기다.

즉, 중국 불교가 힌두신인 바즈라파니와 바이스라바나를 흡수하면서 비사문천의 캐릭터로 탑을 든 모습이 나타났고, 이것이 다시 도교적으로 재생산되어 탁탑천왕이란 이름으로 나타난 것이라 여겨진다는 뜻이다. 물론 이는 몇 가지 정보를 취합한 개인적인 추측일 뿐, 학술적으로 도출된 결론과는 거리가 있을 수 있다.

또 한 가지 흥미로운 점은 비사문천은 또한 중국설화상 재신(財神), 재물신으로 여겨지고 있다는 사실이다. 금강역사의 이미지는 여전하지만, 또한 재물신의 특성까지 갖추고 있다는 뜻이다. 비사문천은 탑을 든 역사로 형상화될 때가 있지만 종종 우산──우산은 힌두 북방신의 권위를 상징한다──을 들고, 한 손에 마니보주(여의주와 같은 보석, 불교에서 지고한 가치를 지니는 보물, 또는 가치를 따질 수 없는 진리로 표현된다)를 토해내는 토보유(족제비)를 들고 있는 모습으로도 그려지고 있다. 보탑이란 그 자체로 소중한 재물이며, 그러한 보탑을 수호하는 신이자 마니보주를 생산하는 족제비까지 지녔으니, 재물신으로 받아들여진 것도 이해 못할 바는 아니다.

결국 탁탑천왕은 도교의 군신(軍神)이며 불교의 수호신(守護神)이고, 아들과 원수를 진 아버지이며, 힌두교 금강신의 변용이자 북방신의 형상으로 민간의 재물신이라는 역할까지 두루 수행하고 있다. 되도록 이들 모두의 모습을 전부 다 표현하고 싶었지만, 이는 결코 쉬운 일이 될 수 없었다. 이미지는 대체로 나타난 비사문천의 형상을 참고했으며, 다른 여러 가지 캐릭터를 다 살릴 수 있도록 작업할 예정이다. 고민한 만큼 모쪼록 흥미로운 모습으로 그려졌기를 바랄 뿐이다.

추가로 건달바에 대한 이야기를 짧게 해보겠다. 실제 한자음은 건달파(乾達婆)지만, 흔히 건달바로 음사되며 따라서 건달바로 통칭하기로 했다. 음악과 향(香)의 신으로 묘사되나 종종 삼차륜을 든 전사의 모습으로 그려질 때가 있다. 천룡팔부중 중 하나인 신이며, 한백무림서 상에서는 순수한 음(音)의 신으로 보았고, 따라서 건달바의 가면을 쓴 이는 강력한 음공(音功)을 주무기로 한다고 설정하였다.

· 팔계저마와 오정수마

팔계저마와 오정수마는 탁탑천왕에 비해 훨씬 더 형상화가 쉬운 인물들이었다. 저팔계에 대해서는 워낙에 잘 특징지어진 이미지가 있으니 더더욱 어렵지 않았고, 사오정은 우리나라에서 실제 서유기상의 이미지와는 전혀 다른 식으로 변화되어 있는 바가 컸기 때문에 다소의 애로사항이 있었으나, 원전의 느낌에 충실한 쪽으로 가닥을 잡았다.

우리나라에서 사오정의 캐릭터라 함은 크게 두 가지 정도로 구분이 된다. 첫째는 모두가 잘 알고 있는 허영만 화백의 사오정 캐릭터다. 귀가 잘 안 들리는 사람들을 통칭해서 쓰이는, 거의 보통명사에 가까운 느낌으로 쓰여질 정도이며, 바로 그 이미지야말로 우리에게 가장 친근하고 대중적인 사오정의 형태일 것이다.

두 번째는 등 뒤에 거북이와 같은 등딱지가 붙어 있고 삐죽삐죽한 머리카락에 정수리가 대머리인 수중요괴의 형상이다. 이는 사실 원전의 이미지와 전혀 다른 모습이며, 전적으로 일본에서 전래된 이미지라 보는 것이 옳을 듯하다. 이는 실질적으로 일본의 수중요괴인 '갓파' 내지는 '캇빠'와 거의 동일한 형태이기 때문이다.

서유기는 중국 원전으로 한국, 일본까지 널리 전파된 고전이다 서유기상에서 사오정은 '유사하의 수중괴물'로 일컬어지며, 이것이 일본인들 눈에는 자신들의 전래 요괴인 갓파와 비슷하게 여겨졌던 모양이다. 아니면 당나라 시기부터 민간에 전승된 후행자 사화상 전설이 일본까지 건너가 갓파의 오리지널이 되었을지도 모르는 일이다.

중요한 것은 서유기 상에서의 사오정 캐릭터는 그러한 갓파 요괴와 크게 다르다는 점이다. 물론 그 이미지를 그대로 차용해 오는 것이 오히려 더 좋을 것이라는 생각을 하기도 했었다. 머릿속에서 그림을 그리는 데 훨씬 더 편할 수 있기 때문이다. 하지만 그래도 원전에 맞게 쓰는 것이 더 좋을 것이라는 판단을 내렸고, 그에 따라 만들어진 것이 한백무림서 상 오정수마의 이미지다.

다만, 한백무림서 상의 오정수마도 서유기 원전의 사오정과 완전히 같은 것은 아니다. 사오정은 유사하의 수중괴물이라 불리긴 하지만, 사실 유사하란 지명은 흔히 말하는 호수나 강 같은 물을 두고 하는 말이 아니다. 유사하(流砂河)는 한자 뜻대로 흐르는 모래의 강을 두고 붙인 이름이다. 사막 한가운데 흐르는 유사의 강이란 말이다. 따라서 사오정은 맑은 물속에서 난동을 부리는 것이 아니라 모래 속에서 난동을 부리는 것이 옳다. 유사하의 수중괴물도 원문 정황상의 특징을 살리자면 유사하의 모래괴물이 되어야 맞은 표현이 될 것이다.


· 여섯 대성

여섯 대성은 본디 서유기 상에서 제천대성 손오공이 의형제를 맺은 동승신주의 여섯 마왕을 일컫는 말이다. 이들의 이름은 각각 평천대성 우마왕, 복해대성 교마왕, 통풍대성 미후왕, 이산대성 사타왕, 혼천대성 붕마왕, 구신대성 우융왕으로, 이름에 따른 동물요괴들을 다스리는 마왕들이다. 주목해야 할 점은 통풍대성 미후왕과 제천대성 미후왕이 서로 다른 요괴라는 점이다. 통풍대성 미후왕과 제천대성 미후왕은 둘 다 원숭이 요괴이긴 하지만 서로 한자가 다르며, 다스리는 원숭이 종족도 다르다. 하지만 우리 글로 읽을 때에는 음가가 같기 때문에 혼동의 여지가 있을 것으로 보았다. 따라서 통풍대성의 가면은 이전 사패 시절에 깨져서 수복하지 못했다고 설정했으며, 앞으로도 등장시키지 않기로 결정을 내렸다. 즉, 여기서 말하는 여섯 대성은 통풍대성을 뺀 다섯 대성에 제천대성을 합친 여섯 대성이라 보면 된다.

사실 이 여섯 대성들은(손오공까지 일곱 대성) 서유기 원전에서도 언급되는 바가 그다지 많지 않다. 그나마 가장 대중적이고 널리 알려진 것이 이들 의형제 중의 첫째인 우마왕(牛魔王)인데, 이 우마왕의 가면은 화산질풍검에서 이미 우마군신이란 이름으로 등장한 전적이 있다. 이들의 캐릭터와 이미지는 사실 원전에도 자세히 쓰여 있지 않으며(버전에 따라 다르겠지만), 그에 따라 상당 부분을 상상으로 재구성할 수밖에 없었다.

노파심에 덧붙이자면, 인터넷 상에서 검색을 해보면 우융왕이 코끼리 요괴라는 이야기가 나오는 텍스트를 찾을 수가 있다. 명백한 오류다. '우융'이란 두 글자 모두가 원숭이 우, 원숭이 융 자이며, 작은 원숭이가 아니라 나무늘보나 성성이 같은 종류를 일컫는 글자로 쓰인다. 더욱이 중국 신화 전설에서 코끼리란 굉장히 상서로운 동물로 받아들여지며, 요괴니 귀신으로 쓰이는 케이스는 거의 찾아보기가 힘들다. 또한 우융왕의 이미지 역시 상상으로 만든 것이니, 타 버전의 서유기와는 다른 모습일 수 있음을 밝혀둔다.

— 총포에 관하여

화약, 화포에 대한 내용은 수많은 무협에서 흔히 등장하는 주변 아이템이며, 드물게는 중심 스토리로 다뤄지기도 하는 굉장히 매력적인 소재이다. 이전 무당마검과 화산질풍검을 통해서도 줄곧 화약에 대한 내용을 다루어오긴 했던 바지만, 이번 천잠비룡포 상에서는 특히 중요한 장면들에 쓰이고 있기 때문에 한 번쯤 짚고 넘어가야 할 때가 된 것이라 생각했다.

화약 화포는 역사적으로는 중국이 가장 먼저 실용화했다는 것이 정설이다. 처음 발명된 시점보다는 '실용화'에 초점을 둔 해석이다.

화약과 화포를 전투에 사용하기 시작한 것은 중국이 서양(유럽)보다 이백여 년 앞서 있었다고 되어 있다. 흘러가는 역사 속에서 기술적인 우위를 결국 서양 쪽에 내주게 되었다지만, 훨씬 먼저 쓰고 있었음은 틀림없는 사실이다.

그렇다면 그 당시 병기로서의 화약 기술 수준은 어느 정도였었는가.

굉장히 어려운 부분이다. 과연 제대로 된 대포가 있기는 했던 것일까. 목표에의 명중률은 얼마나 되었을 것이며, 화탄의 크기는 어느 정도였고, 화력은 얼마나 강했었을까. 어느 정도 위력이 최대였고, 병장기로의 기동력은 어느 정도였던가. 중요한 것 하나, 어느 정도까지 '축소'할 수 있었던가.

사실 무당마검이나 화산질풍검을 통해 가장 문제가 될 부분은 '유탄'의 개념이었다. 유탄이라 함은 내부에 화약을 넣어 발사한 후 충돌 시 이차적인 폭발이 일어나도록 되어 있는 탄환을 뜻한다. 이

이차적 폭발이라 함은 착탄에서 발사 시의 충격에서는 멀쩡하게 발사되고, 떨어져 충돌했을 때야 비로소 터질 수 있도록 만들어져야 하기 때문에, 일종의 시한폭탄 식의 장치가 되어 있어야만 가능한 기술이었다. 문제는 이 한백무림서 시기엔 세계 어느 곳에서도 '공식적으로' 그런 유탄을 사용했다는 증거가 없다는 사실이다. 즉, 기술 수준 자체가 효과적인 유탄을 만들 정도만큼 발달하지 못했다는 이야기다. 결국 이 시기의 대포라 함은, 단지 거대한 쇳덩이를 멀리 쏘아 보내는 수준이었으며, 그 자체의 파괴력으로 선박 또는 성벽에 타격을 입혔다는 이야기가 된다.

그래서 등장한 인물이 마장 당철민이다. 화산질풍검에서부터 얼굴을 비친 마장 당철민은 현실과 상상의 차이를 메워주어야 하는 의무를 가진 매우 중요한 인물이다. 안에서 밧줄이 튀어나오고 제멋대로 방향을 선회하며 기계기관에 의해 내부 조작으로 산길을 오르내리는 철운거란 사실 이 시기엔 절대로 만들어질 수 없는 물건이라 할 것이다. 마장 당철민은 이른바 '불가능을 가능케 하는, 당시의 기술 수준을 훨씬 뛰어넘는 천재적인 장인'이라는 말이 되겠다.

이번 본편에서 등장한 일인용 총포 역시 그의 작품이다. 다만, 그 총포는 결코 지금의 총과 같은 형태가 아니며—외형은 얼추 비슷하지만—강두와 효용성도 지금의 총포에는 진히 비할 바가 못 됨을 밝혀둔다. 양무의의 총포는 '열 발 이상 쏘지 못하고 파괴된다'가 기본 설정으로 들어갔으며, 반동을 이겨내고 쏠 만한 내력이 없으면 쏘지도 못하고, 내열성이 낮아 보통 사람은 한두 발만 쏴도 포신이 뜨거워져 잡을 수 없다는 식이다. 명중률이 낮고 파괴력이

높지 않기 때문에 가까운 거리가 아니면(10m 안쪽, 즉 삼사 장 이내) 치명상을 입히기도 어렵다. 탄환은 구형이나 현재의 총탄 형태가 아닌, 화살촉 모양이라 설정했다. 즉, 양무의의 총포는 당시의 기술 수준(파격적인 천재가 만드는)으로 만들어질 수 있었던 가장 원시적인 형태의 권총이라 생각하면 된다.

덧붙여 화포, 화탄 밑, 총포에 대한 것은 다음 글인 소림 이야기에서 다시 한 번 자세히 다뤄질 예정임을 밝혀둔다.


— 두모궁, 그리고 태산의 경석욕에 대한 짧은 이야기

현존하는 도량인 두모궁은 북두칠성의 어머니라는 여신선 두모낭랑을 모신 곳이다. 이 두모궁의 옛 이름이 용천관이라 하였으며, 거기에 착안해 작중의 용천관과 용천관 관주 두모낭랑이 탄생했다. 이 용천관에서 산길을 따라 조금 더 가면 경곡이라 하여 경석욕으로 들어가는 진입로가 나온다. 경석욕에서의 욕(탐)은 골짜기 욕 자다.

경석욕에 위치한 태산 경석은 세계적인 문화유산이다. 실존하는 유적지이고, 태산에 가면 반드시 거쳐 가야 할 주요 관광지로 되어 있으며, 본래는 이천오백 자가 새겨졌던 것이 지금에 와서는 천사십삼 개만 남아 있다고 한다. 따라서 갈염과 남악연화검, 단운룡의 싸움 때문에 몇 글자 사라진 것은 상관이 없는 일이라 할 것이다.